2005·11

(总第 350–353 期)

合订本

上海文艺出版社

图书在版编目(CIP)数据

《故事会》2005 年合订本.11／《故事会》编辑部编.
上海：上海文艺出版社，2005
ISBN 7-5321-2936-5

Ⅰ.故… Ⅱ.故… Ⅲ.故事－作品集－中国－当代 Ⅳ. I 247.8

中国版本图书馆 CIP 数据核字(2005)第 126008 号

责任编辑：鲍　放
封面设计：李宝强

故事会 2005 年合订本 11
(总第 350-353 期)
《故事会》编辑部　编
上海文艺出版社出版
地址：上海绍兴路 74 号
电子信箱：gushihui@263.net
网址：www.slcm.com
中国图书进出口上海公司发行
地址：上海市广中路88号
电话：36357888
字数 280,000

ISBN 7-5321-2936-5/I·2256

350 2005 SEMIMONTHLY 上半月刊

9月

STORIES

故事会

2005 年 9 月

上半月 · 红版

主　编：何承伟

常务副主编：吴　伦

副主编：姚自豪（上半月 · 红版）

副主编：夏一鸣（下半月 · 绿版）

本期责任编辑：周　吟（实习）

发稿编辑：

姚自豪　蔓　石

夏一鸣　鲍　放　梁宁宁

美术编辑：李宝强

电脑制作：郭瑾玮

通　　联：归依玲

本社办公室电话：021-64375030

上半月刊编辑部电话：021-64332325

下半月刊编辑部电话：021-64336469

（上海市绍兴路 74 号 邮编：200020）

主管：
主办：上海文艺出版总社

督印 发行：张　凯

电话：021-64313938

广告总代理：上海文艺广告传播中心

（上海市绍兴路 74 号 邮编：200020）

广告总监：张　淮

广告业务：021-34010383

广告投诉：021-64333738

广告经营许可证

沪工商广字 3100320050022 号

发行：中国图书进出口上海公司

本刊各栏目欢迎来稿。来稿寄上海市绍兴路 74 号《故事会》杂志社，邮编：200020；本期责任编辑 E-mail 地址:keyin118@163.com

胸怀大志

单位里盛传王冠是个胸怀大志的小青年。有一次，上级组织去边疆采风，王冠却以身体不佳而推脱。有人批评他：“王冠，你连这点苦都吃不起，算什么胸怀大志？”王冠不服气地把自己的外衣一掀，只见里面的T恤衫正中印着一个大大的“酷”字，他指着胸前的字说：“我早就胸怀大字(志)了。”

（小　小）

（本栏插图：包丰一）

乘机施教

大火已熄，消防人员开始收拾工具。旁观的一位母亲对孩子说：“看见了吗？他们玩过之后，就会把玩具收拾好！”

（刘迎雪）

挑拨父子关系

上小学一年级的汤姆很调皮，常常让老师头痛不已，这天，因为他用毛毛虫吓哭了一位女同学，老师又把他叫到教导室训话。

老师：“明天你把你爸爸请来，这事我非告诉他不可！”

汤姆：“老师，有什么事不能跟我说吗？为什么每次都非请我爸爸来不可呢？”

老师：“这件事很严重，我必须亲自跟你爸爸谈！”

汤姆：“老师，为什么您每隔几天就要挑拨一下我们的父子关系？”

（吴金衡）

变 脸

甲：昨天，我和一个黑人小伙子到动物园去看鳄鱼。

乙：发生了什么有趣的事吗？

甲：那黑人小伙子一不小心掉进了鳄鱼池。

乙：结果怎么样？

甲：他的小黑脸吓得刷白，池子里的鳄鱼也四处奔逃。

乙：鳄鱼逃什么呀？

甲：一个黑人，顶个白脑袋，鳄鱼能不害怕吗？

（海日东）

最好的证据

一个男孩向他的同伴炫耀：“有一次，我爸爸不小心掉进河里，眼看就要淹死了，幸好他急中生智抓住身边游过来的两条小鱼，被这两条小鱼带到了岸上。”

同伴们听了都不信，纷纷要男孩拿出证据来。

“这还要证据？”男孩睁大眼睛，不解地说，“我爸爸至今还好好地活着，这难道不是最好的证据吗？”

（王 平）

谁更厉害

几个女人在一起互相炫耀着自己在家中的地位。

第一个女人说：“我丈夫每月的工资奖金，都一分不少地上缴到我手里！”

第二个女人说：“我们家中的大小事情，全由我说了算！”

第三个女人说：“我丈夫在我面前每天都低着头讲话！”

前两个女人一起惊叫了起来：“天啊！你都用了些什么办法呢？”

第三个女人慢腾腾地回答道：“这很简单，因为我身高1.5米，而我丈夫身高是1.8米。”

（李如有）

·笑话·

与众相同

这天，4岁的小民从幼儿园哭着回来，妈妈问出了什么事？

小民回答："同学们都笑我长着两颗门牙。"

妈妈松了一口气，安慰儿子："没关系，再过几天，整排牙齿就会长出来了。"

没想到，小民更急了："不要嘛，我不要！"

妈妈纳闷了："为什么呀，那你要什么？"

小民说："我要拔掉一颗牙，和同学们一样只有一颗门牙。"

（柯　音）

借　鉴

酒馆经理正因生意不好而一筹莫展。一天，他偶然到一家书店买书，见书店墙上贴着大横幅："为好书找读者，为读者找好书。"他眼睛一亮，立即奔回家，叫人写了一条大横幅，贴在酒馆正面墙壁上。第二天，店门口围了不少人指指划划，原来横幅写的是："为好酒找酒鬼，为酒鬼找好酒。"

（田建峰）

启蒙教育

幼儿园的老师对小朋友进行启蒙教育，她拿出一张中国地图，问："哪位小朋友能告诉我这是什么？"

只听有人答道："天气预报。"

老师又把一张天安门广场的大照片挂起，问："这是什么？"所有小朋友都答："新闻联播！"

（李云贵）

反问

有一人，对社会上一些现象十分憎恨，写了一篇言辞激烈的文章，稿件寄到报社后，没被采用。编辑退稿并附言："仅有骂是不够的。"

这人接信后很不服气，当即给那位编辑回信，说"难道你要我去打吗？"

（姜泽强）

绝杀

一对老夫妻，早已过了生育的年龄。一天，老头子从药店里买来几盒避孕药，他不但自己服用，还逼着他的老伴也服用。他老伴生气地问："我们这把年纪，服用这玩意儿干吗？"老头子说："我要让叮咬我们的蚊子断子绝孙。"

（海日东）

误 会

饭堂门口，刚吃完饭的教官掏出了一盒火柴，士兵甲见状立马拿出自己的名牌打火机递了过去，教官大怒："你要我拿打火机来剔牙缝啊！"

（骆健鹏）

21 楼

两个爱显摆的司机在一起吹牛，司机老李"身经百战""吹"技一流，小王明显处于下风，十分窝囊，最后，只见他憋得面红耳赤，半天吼出一句话："不是跟你吹，只要有人住的地方，我就能把客人送到！"话音还没落，一位在此路过的老大爷紧紧地握住他的手："太好了，小伙子，你开车送我回家吧，我们那电梯坏了，21 楼啊，我这把老骨头可爬不上去喽。"（沈 凡）

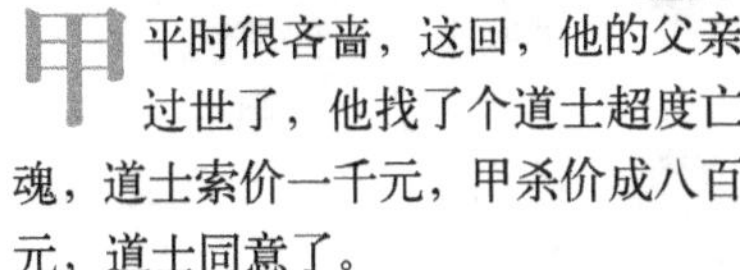

诵经超度

甲平时很吝啬，这回，他的父亲过世了，他找了个道士超度亡魂，道士索价一千元，甲杀价成八百元，道士同意了。

做道场那天，道士诵道："请魂上东天，上东天……"甲奇怪地问道："为何不是上西天？"道士说上西天要一千元，八百元只能到东天。甲无奈，只好同意一千元，道士便改口道："请魂上西天，上西天……"

这时棺材里传来了甲的父亲的骂声："你这不孝子，为了区区两百块，害得老子从东跑到西，腿都跑断了！"

（王俊杰）

圆满与缺憾

国王有七个女儿，这七位美丽的公主是国王的骄傲。她们都有一头乌黑亮丽的长发，所以国王送给她们每人一百个漂亮的发夹。

有一天早上，大公主醒来，一如既往地用发夹整理她的秀发，却发现少了一个发夹，于是她偷偷地到了二公主房间，拿走了一个发夹。

二公主发现少了一个发夹，便到三公主房里拿走了一个，三公主发现少了一个发夹，也偷偷拿走了四公主一个，这样如法炮制，最后七公主的发夹只剩下九十九个。

隔天，邻国英俊的王子突然来到皇宫，他对国王说："昨天我养的百灵鸟叼回了一个发夹，我想这一定是属于公主们的，而这也真是一种奇妙的缘分，不晓得是哪位公主掉了发夹？"

公主们一听此事，都在心里念道：是我掉的，是我掉的。可是头上明明完整地别着一百个发夹，所以都懊恼得很，说不出来。只有七公主走出来说："我掉了一个发夹。"话刚说完，七公主一头漂亮的长发因为少了一个发夹，全部披散下来。王子不由得看呆了，决定和七公主一起过快乐幸福的生活。

其实，人生中的缺憾也能孕育出美丽和幸福。一百个发夹，就像是完美圆满的人生，少了一个发夹，这个圆满就有了缺憾，但正因为缺憾，未来就有了无限的转机、无限的可能性，这何尝不是一件值得高兴的事？

（**推荐者**：张呈富）

满足是哲学家的宝石，它碰到的一切都将变成金。——托·富勒

自我心灵的解脱

在一个深山老林里，有两座相距不远的寺庙。甲庙的和尚经常吵架，人人戒备森严，生活痛苦；乙庙的和尚一团和气，个个笑容满面，生活快乐。

甲庙的住持看到乙庙的和尚们天天和睦相处，相安无事，心里非常羡慕，但又不知其中的奥妙所在。于是，有一天他特地来到乙庙，向一位小和尚讨教秘方。住持问："你们是用什么好方法使庙里一直保持和谐愉快的气氛呢？"

小和尚不假思索地回答道："因为我们经常做错事。"

正当甲庙住持感到疑惑不解之时，忽见一和尚匆匆从外面回来，走进大殿时不慎摔了一跤。这时，正在拖地的和尚立刻跑过来，一边扶他一边道歉："真对不起，都是我的错，把地拖得太湿，让您摔着了。"

站在大门口的和尚见状，也跟着跑过来说："不，不，是我的错，没有提醒您大殿里正在拖地，该小心点。"

摔跤的和尚没有半句怨言，只是自责地说："不，不，是我的错，都怪我自己太不小心了。"甲庙住持看到这一幕，恍然大悟，终于明白乙庙和尚和睦相处的奥妙所在。

自责既是一种对他人的道歉，也是一种自我心灵的解脱，它既可以化暴戾为祥和，也会使人真诚相待。逃避责任只会引起人与人之间无谓的争吵，使得隔阂加深。

（**推荐者**：张呈富；**插图**：箭　中）

一个女人幸福的生活却因容纳着另一个女人而算不得美满，自从藕荷色晚礼服出现，那根点缀礼服的绸带似乎将带给一个女人欣喜，而让另一个女人痛苦，然而，生活总在转折……

生日晚宴

□徐庆琳

茜妮是一家服装公司的设计师，两年前嫁给比她大20岁的富翁金先生。对茜妮来说，工作爱情都很满意，但美中不足的是，金先生前妻留下的女儿美娜却让她伤透了脑筋。

在结婚的头一年，茜妮也曾经千方百计地接近美娜，但美娜认为世界上只有自己的生母最好，根本不接受茜妮这个后妈，常常在亲友面前让茜妮下不了台。而金先生又偏偏宠爱美娜，老是迁就她，这更使茜妮的怨怒越来越深。

转眼，美娜快满十八岁了，金先生决定邀请亲朋宾客，以及美娜的同学，准备星期天晚上在自己的别墅里举行一个盛大的生日晚宴，好好庆祝一番。

周六一大早，金先生推醒了熟睡的茜妮，一脸兴奋地挥挥手里的两张飞机票，说："亲爱的，咱们去首都一趟，给咱们的宝贝女儿买点生日礼物回来，明天好让她大大惊喜一下！我看你身材和美娜差不多，买的东西让你先试一下准错不了！快点起来吧，亲爱的！"茜妮听了，心里像揉进了一瓶五味酱，别提是什么滋味了，但还是强颜欢笑地跟丈夫去了首都。

在繁华的首都，金先生给女儿买

 嫉妒实在是纷扰的源泉。——德谟克利特

了许多东西，但他仍意犹未尽地东瞧西望。忽然，他看见了一件藕荷色的晚礼服。他和茜妮上前仔细一看，原来这件晚礼服出自名家之手，别出心裁地用一根绸带左穿右系，将上半身的几块小布料弄成了类似印度纱丽的样子，非常漂亮。金先生立刻让茜妮试了一下，果然引得众人瞩目。

茜妮看着镜子中的自己，那真是典雅大方，亭亭玉立。那根与众不同的绸带更是将她衬托得妩媚动人又不失端庄高贵。可是，连她自己都能看到自己脸上勉强的笑容和眼中的妒火。茜妮恋恋不舍地将裙子脱了下来，一眼看到金先生已经付了款，正笑吟吟地看着售货员打开精美的大盒子把晚礼服装了进去。

晚上回到家里，茜妮在卧室里梳理头发，听到走廊上传来金先生父女俩的谈话。父女俩说了礼物的事后，金先生说："明天上午我得去和道斯先生谈点事情，午饭后才能回来，到时候我会把礼物都给你的。对了，明天家里的事情都交给你和茜妮了哦？""不，我不干！"美娜叫了起来："我才不要那个土包子来布置呢，她只会把明天的宴会弄成像小孩子过家家！"金先生有点无奈："美娜，你怎么可以这样说她呢？不管怎么样……"他的话还没说完，这时，响起了仆人的声音："小姐，刚才伯特少爷来电话，问他明天是否可以早点来。他想来给您帮忙。"美娜一听，立刻欢呼起来："当然可以！我这就去给他回电话！"说着跑下楼去了。

美娜一句"土包子"，让茜妮胸中怒火顿时燃烧起来，但是，刚才仆人口里的"伯特少爷"让茜妮头脑里渐渐产生了一个想法。茜妮见过伯特，这个刚跨入大学校门的小伙子，无论从哪方面来说，对年轻的女孩子都有着不可抗拒的吸引力。美娜非常在意他，在他面前总是表现得温柔乖巧，如果在伯特面前出现什么小错误，她都会

自责伤心好几天。想到这里，茜妮不由自主地朝大衣柜瞟了一眼，嘴角浮出一丝微笑，那里放着昨天购买的所有礼物。

星期天整个上午，茜妮都呆在卧室里，没去过问美娜在客厅里指挥这指挥那的。吃过午饭，茜妮说要做头发，便匆匆出去了。等她回来的时候，客人几乎全到齐了，她一边和客人寒暄，一边赶紧上楼去换礼服。

刚一进门，金先生就跟了进来，他温柔地握住茜妮的手，神秘地说："亲爱的，我给你准备了一件新的礼服，你肯定喜欢，肯定！"说完，他转身从大衣橱柜里捧出一个精美的大盒子，微笑着打开，说："其实这件藕荷色的晚礼服是特意给你买的。这两年美娜给你添了不少麻烦，我又一天到晚地忙自己的事，都没有时间陪你出去逛街。昨天我一看这件晚礼服，就觉得像是为你量身定做的。我想给你一个惊喜，所以故意没有告诉你是给你买的，呵呵。快穿上，咱们一会跳一曲华尔兹，让大家羡慕我有一个美丽的妻子。"

这时，门外传来少女们银铃般的笑声，美娜在朋友的簇拥下下楼了，随即响起了音乐。按照家族的传统，音乐结束的时候，男女主人就该出场了。

茜妮望着晚礼服，呆若木鸡，作为服装设计师，茜妮知道这件礼服的确别致出彩，但上半身的布料都靠一根绸带维系，如果在连接绸带和布料的线上做一点小小的手脚，那么在比较剧烈的运动时就会断开。茜妮上午就是在这线上做了小小手脚，她是想让衣服上的绸带在美娜跳舞的时候断开，让她在伯特面前出丑，在众宾客面前大出洋相，可是，没有想到……

金先生见茜妮愣着，急切地说："茜妮，你愣什么呢？快换上啊，要来不及了呀！"茜妮茫然地看着丈夫，不知所措……

（题图、插图：箭　中）

·本刊信息传真·

《青春读本》再次面向全社会征稿

《青春读本——感动中学生的100个故事》第一、第二辑出版后，在社会上引起了巨大的反响，被读者誉为"一本能真正打动中学生心灵的好书"，"一本能让中学生懂得许多道理的教材"。

根据广大读者的建议，编辑部决定继续编辑《青春读本——感动中学生的100个故事》第三辑。为此，再次面向全社会征稿，希望广大读者，特别是中学生们将你们在各类报纸、杂志、网络上读到的最感人的作品推荐给我们。

推荐稿要求：1、立意：清新隽永，富含真情至理，读之令人经久难忘；2、内容：以叙事为主，一篇作品中要有一个感人的故事情节或细节；3、字数：一般在2500字左右。

推荐稿请务必注明原作者、发表日期和出版单位以及推荐者的真实姓名、联系方式。所荐作品一旦入选，每篇即付推荐费50元。推荐稿请寄：上海市绍兴路74号《故事会》编辑部(邮编 200020)，并在信封上注明"青春读本"。网上来稿请发以下信箱wulun54@163.com。征稿截止日期为2005年10月31日。推荐稿一律不退，请自留底稿。

如花似锦的年华，女大学生们踌躇满志，现实中的挫折也只是历练她们的道具，因为纯洁善良的“心”，将映衬她们光彩夺目的人生……

胖姑娘瘦姑娘

□徐　洋

这是一个女大学生宿舍，住着六个女生。临近毕业了，这些日子她们分头出去找工作，每天都是早出晚归，可是，现在工作难找，她们到处碰壁，一个多月了，谁也没有找到理想的工作。

这六个姑娘中，有五个长得又白又胖，只有一个又黑又瘦，她们彼此间为了省事，就简称大胖、二胖、三胖、四胖、五胖和黑瘦。在找工作问题上，五个胖子要比瘦子自信得多。

这一天和往日一样，六个人回来都是垂头丧气的，大家诉说各自一天的遭遇，都没了兴致，就上床准备休息了。这时，不知谁的手机响了，五个胖子同时掏出手机，可又都失望地放下，原来是睡在上铺的黑瘦的手机响。怪了，在这六个人中，数她家最穷，为了找工作，她最近才配了个手机，能有谁找她呢？五个胖子的心里都在嘀咕。这时，黑瘦低声地说：“喂？是我。”但刹那间，她提高了嗓门儿大叫起来，“什么？您说什么？我成功了？这么快？谢谢！太谢谢了！”黑瘦放下手机，激动得眼泪都要下来了。她这一连串的响动，五个姐妹都听得清清楚楚，可她们的反应非常一致，就是沉默。

黑瘦成功了，这突如其来的消息太出乎她们的意料了，在她们的思想里，这屋里最后找到工作的应该是黑瘦，可没料到她却第一个收到了喜讯，而且从她喜悦的程度看，一定是

份非常满意的工作，这让五个漂亮自信的姑娘怎么能接受呢？因此谁也没有勇气去打听黑瘦喜讯的内容了。

第二天早晨，黑瘦的手机又响了，只听她对着手机说："哦，是拿书面通知吗？我今天就过去，不，不用接了，我自己过去好了，什么？你们的车子已经在我们楼下了？好吧，我收拾一下，马上下去。谢谢！"

五个胖姑娘依然没有动静，黑瘦迅速起床，匆匆擦了把脸，拢了拢头发，背起小背包，给屋里留下一句话："姐妹们，我得先走一步了啊！"说罢，急急下楼而去。

黑瘦刚出门，五个胖子像被电击了一样，从床上弹起来，扑向了窗台，她们看到，在楼下停着一辆白色豪华小汽车，只见从车里下来两个男人，和黑瘦握了握手，然后一起钻进车里，一溜烟跑了。

痛苦！不可思议！这事要是发生在五个胖子中随便哪一个身上都是正常的，可是发生在黑瘦身上就极不正常！她的条件是要什么没什么，她凭什么就交上这样的好运？五个姑娘平时对这个贫困生的同情全然没了踪影，她们心里说不出是什么滋味。

这时，大胖说话了："哼！村夫进城，她好狂呀！你们说说，我们该怎么办？"她的话刚落，三胖插话说："这好说，按章办事，她不是口口声声说自己成功了吗？让她先请我们去宴海楼撮一顿再说！"二胖说："平时她家困难，我们照顾她，这回她成功了，说不定一个月的工资就能开两桌，现在不是讲究超前消费吗？她可以先贷款来请我们，等她发了工资再还上。"五个人商量好后，就等着黑瘦回来。

快到吃中饭的时候，黑瘦笑眯眯地回来了，正要和几位打招呼，三胖先开口了："我说黑瘦，去年你妈住院押金不够，是谁帮你凑齐的？"黑瘦说"是各位姐姐呀！"二胖又问："我们头一年的住宿费本来应该是六个人掏，后来大家决定最困难的同学免掏，是哪一个没有出这份钱呀？"黑瘦说："是我呀！"这时大胖说："是呀，过去你家困难，我们没少帮你，现在你不是成功了？我们也想沾沾你的光呀！"还没等黑瘦答话，四胖和五胖就帮腔说："黑瘦妹妹，我们恭喜你，我们五个姐妹都为你的成功感到无比的高兴，我们已经替你订好了，中饭咱们六个人就去宴海楼撮一顿，让我们也跟你风光一回！"黑瘦收住了笑容，想了想，说："好吧，我还真想找个机会报答一下五位姐姐呢，不过……"

她的话还没说完，大胖就说"不过我们为你想好了，你现在没钱，我们先借给你，下个月你有了钱，要是有心，不愁还不了我们，你说呢？"黑瘦没再说什么，在五个胖子的簇拥下，下楼打了车来到了宴海楼。几个人坐定之后开始点菜，她们约定一个人点一个主菜，五个胖子先后报上菜名，价格最低的也在五十元以上。点过了菜又点汤，最后大胖提出，为了给黑瘦庆贺，再来一瓶上等红酒。这时黑瘦从自己的包里拿出一团东西，说了声："我去一趟洗手间，你们先点着。"说完就离开了。三胖多了个心眼儿，悄悄跟在了她的后面。

不多一会儿，三胖回来了，她笑着问几个姑娘："各位，你们猜黑瘦现在去哪了？"大胖说："去洗手间了呀。"三胖说："她根本就没去洗手间！"几个人同时说"什么？"三胖神秘地说"她呀，上对门的超市去了，你们不是点酒吗？她准是去那边买酒了，那边可比这里便宜多了啊！"五个人同时大笑起来，大胖说"看来农家女总归是农家女，就是让她当了皇后，她也改不了小农习气，抠门儿！"四胖五胖帮腔道："绝对是抠门儿冠军！"

这时黑瘦包里的手机响了，大家怕有事，就让二胖打开包，拿起手机说："对不起，她现在不在，请稍候再打来吧。"就在二胖拿手机的时候，带出一张叠得四四方方的纸，她顺手打开看了一眼，这一看竟呆住了。另外几个胖子以为她发现了什么秘密，也都围过来看，看后也全都愣在那儿。

这时黑瘦拿着一瓶红酒回来了，她见几位异样的表情，不知发生了什么事，也就在这时，五个姑娘一起上来抱住了她，放声哭起来。大胖边哭边说"你……你怎么不早说呢，姐姐们误解你了呀！"黑瘦见她们手里拿着那张纸，笑笑说："这有什么，快别这样了！"

这瞬间的变化都是因为那张纸，那是一张中华骨髓库的通知书，通知上说骨髓捐献者配型成功，请黑瘦准备好，尽快接受骨髓移植手术。上面还说，接受捐献的是一名白血病的小患者。

（本篇月月评短信代码：G170）

（题图、插图：安玉民）

百姓故事
(1)
(2)

书中所列的百姓话题有三十个之多，诸如话说“当官的”、话说“发财”、话说“球迷”、话说“妻子”、话说“打工”等等，每一个话题都以一种朴实亲切的叙述方式，通过一则则情节性强、生动有趣的小故事揭示问题，形象地道出老百姓要说的心里话。都是老百姓自己讲述的故事，都是讲述老百姓自己的故事。

名作故事

汇集了经过精心修改包括美、英、法、德、日、俄等国名家大师的作品，其情节或紧张奇特，或真切动情，或谐趣幽默，或荒唐却耐人寻味，既简练明朗，又保持了原作之精华。

笑话故事

是从《故事会》十几年来的作品中遴选出来的笑话精品，共600余则，全方位地折射了社会、艺术和人生，作品趣味盎然，回味无穷。

谜案故事

收入的90则作品都是世界著名谜案故事，主人公除了名侦探福尔摩斯外，还有怪盗英雄、强悍警察、著名律师等等，他们八仙过海，各显神通，是一本谜案故事的精萃之作。

酒杯有多深

喝酒有好多种：大年三十，合家团聚，那喝的是亲情酒；酒逢知己，千杯嫌少，那喝的是友情酒；红白婚丧，迎来送往，那喝的是风俗酒；亲朋聚会，欢声笑语，那喝的是开心酒；友人远去，临别辞行，那喝的是断肠酒；例行应酬，杯来盏去，那喝的是任务酒；人逢喜事，心旷神怡，那喝的是养神酒；心事重重，借酒浇愁，那喝的是伤身酒；恋人对坐，小酌小饮，那喝的是情调酒；有事相求，用酒布阵，那喝的是功利酒；将士上阵，临行壮色，那喝的是英雄酒；死囚上路，借酒送行，那喝的是断魂酒……唉，真是酒一杯，盛的是甜酸苦辣；人一生，品的是世态百味！

这天，有一户人家办寿宴，自然是嘉宾满座，喜气洋洋。酒席上离不了酒，而今天更是理所当然的喝酒日子，那几个平时爱喝酒的男人一杯接一杯，一瓶连一瓶，喝得痛快酣畅，醉眼蒙眬。席上那几个女士、小姐看着这样子心里就有点“嘀咕”了，这几个女人，平时对自己丈夫、男朋友喝酒本来就多有怨言，现在见这几个男人借今天这黄道吉日公然给自己颜色看，心里不自在了，这几个女人挺聪明的，她们故意说起了“笑话”，借题发挥、指桑“说”槐，讲起了喝酒的种种不是……

张阿姨讲的笑话：有个人好酒，一天在外喝得大醉，后来拦了一辆“的士”

回家。驾车的是一位女的，那人上车后，就含含糊糊地说了个地方。

"的士"开了一会，那人开始解领带，女司机以为是他喝酒后觉得热，就没在意；又过了一会儿，那男的居然开始解衬衣的扣子，然后脱下衬衣后放在前排的椅子上……

女司机急了，就停下车，问那人："你干什么啊？想非礼啊！"

那人醉眼蒙胧地看着女司机，大惊，说"你是谁啊？在我家里干什么啊？我可是有老婆的！"

李女士讲的笑话：一个神父谆谆告诫大家不要喝酒，说酒是人之大敌，但他自己却嗜酒如命，常常喝得烂醉。

一次，神父喝醉后被人发现了，那人讥讽道："神父，你干吗喝酒呀？你不是说过酒是人类的敌人吗？"

神父理直气壮地说："是呀，可你知道《圣经》上是怎么说的吗？《圣经》上说'要爱你的敌人……'"

钱大姐讲的笑话：从前，有一天，一个酒鬼上街，遇到两个人抬着一坛子酒，他就一路跟在后面闻酒气。事情也真巧，那两个抬酒的人没走多远，一跤跌倒，把酒坛子打破了，香喷喷的酒流了一地，酒鬼一见，慌忙跑过去，趴到地上大喝起来。

抬酒的人正好没处出气，就朝酒鬼的左脸狠狠地打了一巴掌，由于巴掌上沾着酒，酒鬼赶紧把沾在脸上的酒往嘴里一抹，紧接着又把右脸凑过去，说："你再打我一巴掌吧！"

瞿小姐讲的笑话：有一家位于摩天大楼的酒吧，生意兴隆。有一天，一个商人心情不好，就来这里借酒消愁。

忽然间，从外面走进来一个醉汉，他走到吧台那里，向侍应生要了一杯酒，喝完后二话不说，对着一扇没关的窗户走去，然后就跳了出去……

商人看了吓了一大跳："他……他怎么跳楼自杀呢？"没想到过了一阵子，那个醉汉又从门口走了进来，而且走到侍应生那里又要了一杯酒，喝完后又从窗口跳了出去……就这样，那醉汉喝了酒跳楼，跳楼后再走回酒吧，到酒吧后再喝酒，重复了十几次。

那个商人越看越觉得不可思议，就问醉汉是怎么回事。

醉汉答道："酒有强烈的挥发性，喝下去后在体内发生作用，可以产生一种浮力，慢慢地飘落到地面上。"

商人听了更是觉得不可思议，但是因为亲眼目睹，不由他不信，于是他点了一杯和刚才那醉汉一样的酒，一仰头一饮而尽，然后学醉汉的样子，也从窗户跳了出去，结果他摔死了……

商人不知道，原来那醉汉就是那个家喻户晓的"超人"！

听了这几个笑话，席上那些平时不好喝酒的人都乐坏了，那几个爱喝酒的男人就有点不自在，有人憋不住，先开口了——

 醉酒是埋葬人们理智的坟墓。——乔叟

第一个男人讲的故事

含着眼泪去陪酒

其实，有时喝酒也不见得是什么开心的事，没办法，苦差使，给你们说件事吧：张村罐头厂要扩建，要增加两亩地建厂房，设备都拉回来几个月了，眼看都快生锈了，但使用土地的批示就是下不来，没办法，厂长张根水只好到县土地局找郭局长，说烂了嘴，跑破了鞋，送过了礼，郭局长终于说出“考虑”二字，于是张根水就准备在全县一家最豪华的涉外饭店设宴，但要郭局长在酒宴上点头是有条件的，那就是酒要喝得痛快，喝得高兴。

要让郭局长喝得高兴就得找一个合适的人来陪酒，找谁呢？乡政府的一个朋友悄悄告诉张根水：有一个人陪酒最合适，只要能把这个人请到酒桌前，别说两亩地，就是二十亩郭局长也会批。张根水一打听，才知道那个最合适的陪酒人竟然是村小学的老师马兰兰，原来马兰兰和郭局长高中时候是同学，郭局长曾追过她。张根水知道这马兰兰虽然长得漂亮，但现在有点年纪了，孩子都上小学了，三十岁的女人了，能行？

张根水将信将疑，但不管怎的，找来再说。他到了村小学，看到那一排破旧的校舍，猛地想起了一件事：前些日子，学校的一间教室后墙裂了，教育局来人检查，发现学校一半的校舍都是危房，于是就要求村里赶快维修。村里没钱，村民捐的钱又是仨瓜俩枣的，校长只好四处筹措，找到罐头厂，好说歹说，张根水就像打发叫花子，只给了一百块钱，当时校长虽没当场发作，但脸色都变了，现在去求校长让马兰兰陪酒，他能答应吗？

果然，张根水一开口，校长连连摇头：“马兰兰是堂堂人民教师，怎么能让她去给你们做‘陪酒’的，亏你想得出来！”张根水急忙解释说：“我又不是让她白陪的，学校危房的维修款不是还没筹齐吗？你让她帮我一次，我再筹一笔。”校长愣了一下：“筹多少？”张根水咬咬牙说：“要是让郭局长喝高兴了，给我的土地批了，我筹一万；喝不高兴，我也不亏你们，没功劳有苦劳，我筹五百。”校长听说有一万块钱，简直像做梦一样，有了这笔钱，学校的危房可以维修了，于是他答应去做马兰兰的工作。

张根水站在校门口等，好长时间校长才从里面走出来，校长说，马兰兰答应了，但她不会喝酒，只能喝点茶水什么的，还有，晚上十点前一定得回来，马兰兰害怕她丈夫在城里下夜班后找不到人。张根水听后全应了。

这天晚上，张根水他们一行人在那家大饭店的包厢里恭候郭局长，一

会儿，马兰兰也来了，郭局长见包厢门口突然出现了一个女的，体态端庄，面容清秀，活脱脱一个美人儿，再细细一打量，竟是分别多年的老同学，顿时张着嘴巴愣了好一会儿才回过神来。马兰兰笑着走了过去，并主动和他握了握手。郭局长握着马兰兰的手，百感交集，说："老同学，这可是咱俩有生以来第一次握手啊！"

接下来的气氛好极了，郭局长又说又笑，话也明显多起来了，他开始还保留一点局长的姿态，后来喝多了，就有点失态了，他端起酒杯走到马兰兰跟前去敬酒，马兰兰不喝，郭局长不依，两人推让，僵持不下，一旁的张根水急死了，一个劲地给马兰兰使眼色，马兰兰想到校长的嘱托和自己的使命，一咬牙就端起了酒杯……

半个小时后，郭局长醉了，马兰兰本来就不胜酒力，这时也喝得晕乎乎的，她手捧着脑袋一声不吭。郭局长歪着头，看着马兰兰，长长地叹了口气，说："我这辈子做梦都想娶马兰兰做老婆，可现在是娶不成了，都成往事了，但游戏游戏总可以吧？"大家不知道他要做什么游戏，全都怔怔地望着他。郭局长看了一眼满桌的人，问："谁有……戒指？"

众人你望我，我看你，张根水二话不说，马上脱下了自己手上的一枚大钻戒，递了过去。郭局长接住戒指，说："游戏开始……我扮新郎，我老同学扮新娘，让新郎给新娘戴上订婚戒指……"说着，他踉踉跄跄地站了起来……马兰兰虽然喝醉了，但郭局长的话她还听得明白，心里觉得屈辱，转身就要走，张根水急忙抓住了她的胳臂，低声说："这是游戏，你别当真……"大家异口同声地劝道："对，是游戏，就权当在排一出戏，大家开心开心么……"

郭局长的戒指是给马兰兰戴上了，刚戴上，他也就醉倒了，于是就被人扶到房间休息去了。酒宴结束后，马兰兰摇摇晃晃地走出了饭店的大门，她伸手捋掉了手上的大钻戒，大钻戒在地上蹦出了老远，张根水急忙追上去捡了回来。这时，从远处跑来几个人，其中一个上前就把马兰兰抱了起来，马兰兰挣扎着大喊，那人低声说："兰兰，你看我是谁，我是你老公啊！你醉了，让我抱着你！"马兰兰认出了丈夫，一下搂住了丈夫哭着说："我对不起你，我背着你和姓郭的喝酒了……"丈夫亲亲马兰兰的脸，说"别说了，校长啥都告诉我了，我不怪你，咱们赶快回家吧。"

看见眼前的情景，张根水有点愧疚了，他对一旁的校长说："用我的车送你们回家吧。"校长说："不用，我们有车。"话音未落，一辆农用三轮车"突突"地开了过来，几个人一起把马兰兰扶了上去，她的丈夫用棉大衣把她紧紧地裹在怀里。眼看大家爬上了车，张根水鼻子一酸，跑到车前说："乡亲们，都是我不好，你们都骂我吧，不管土地的事情成不成，学校的款子我捐定了！五万元，一分不少！"

第二个男人讲的故事

邱处长喝酒为的啥

你说的这事我信，但是，像马兰兰这样的女人，总没有我们大老爷们喝酒喝得多。要说喝酒么，有时喝的是开心酒，有时喝的是烦心酒，特别是在单位里，头儿让你去陪酒，你不想去也得去，喝这种酒，伤身、伤神、伤心，苦不堪言哪！

有个处长叫老邱，那天体检作B超时，大夫发现他的肝脏上有一小肿块，怀疑是癌。老邱一听差点晕过去，对呀，以前自己喝酒喝得太多了，这十年里换了四任局长，每一任局长外出应酬，差不多都要让老邱打头阵，这十年里喝了多少酒呀，现在看来，真像民谚里说的，"喝得伤肝又伤胃，喝得手软脚也软"呀！不过老邱到底是条"硬汉"，过了一会儿，他就镇定下来，推开哭哭啼啼的妻子，决定对自己的病情严守秘密，因为有消息说，他将要被提升为副局长，要是当上副局长，立即能分到房子，还能配车，关键是药费，局级干部百分之百报销，治癌症的药贵得惊人，他死了不要紧，不能再让家里欠一屁股的债！

圣诞之夜，局长为了感谢全局干部一年来的辛勤工作，特地开了一个盛大酒会。酒会，当然少不了酒，酒是伤肝的，像老邱这种病万万不能再喝了，老邱自己心里也清楚，但他是局里有名的酒鬼，这次要是不喝，会让人怀疑。老邱正在尴尬，只见老关端着酒杯走了过来。老关是老邱的竞争对手，两人都有升迁副局长的可能。这时，老关已经喝多了，脸红得

像猪肝似的，但他仍不甘心，端着酒杯说：“邱处长，咱干一杯，今天你喝得可不多啊！”

老邱心想：哼，找到老子头上来了，今天怎么也得豁出去，把你灌趴下，杀杀你的锐气！于是老邱满不在乎地说：“嘿嘿，你这是什么意思？在这儿除局长外，我就尊重你，你喝多少我都奉陪。”说着，老邱一仰脖子把杯里的酒全倒入肚子里。

“邱处长，你的海量我比不了，可是今天，为了大家高兴，为了圣诞之夜，你喝多少，我也喝多少！”老关说完，扶扶眼镜，把杯里的酒也一饮而尽。众人一看两人较起了劲，都纷纷围拢过来“兴风作浪”，怂恿着两人你一杯我一杯地对喝起来……

就在这时，意想不到的事发生了：只见老关突然大叫一声，紧接着，身子往后一仰，“扑通”一下摔倒在地，在场的人吓坏了，都赶快跑过去，只见老关口吐白沫，呼吸急促，双目紧闭，于是大家七手八脚地将老关抬上车，到医院一检查，是心肌梗塞，于是一阵抢救，算老关命大，人活过来了。

老关患了心脏病，老邱心中虽然有点内疚，但暗中还有几分开心，毕竟少了一个对手，自己升迁的机会就更大了。过了新年后，局里开始调整领导班子，民意测验表明：大部分人支持老邱升为副局长，老邱知道后心花怒放，于是他待人更谦恭，做事更

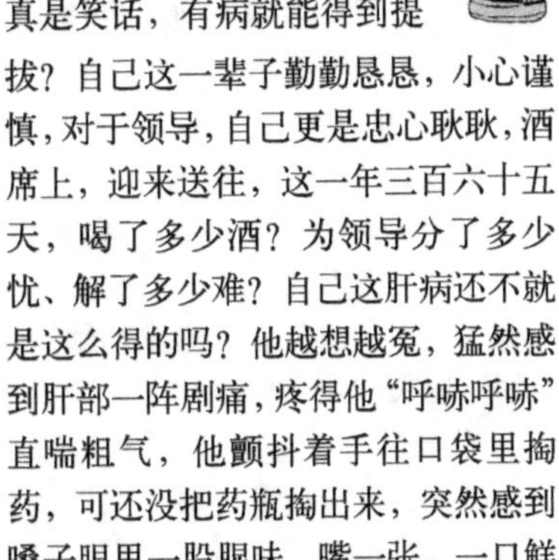

谨慎，对自己的肝病更是一字不提，老婆一直催他去医院检查，他也没听。

春节过后的一天下午，局长找老邱谈话，那还用说，准是谈升迁的事！老邱怀着激动的心情走进了局长办公室，局长热情地招呼老邱在沙发上坐下，说:“今天找你来就是谈调整领导班子的事，去年李副局长突然去世后，他的位子就一直空着，经过广泛征求意见，局党委研究决定由你接替李副局长的工作，可是，可是……”说到这儿，局长突然有点吞吞吐吐起来，“可是在圣诞节的夜里，老关喝酒得了病，由此引出了麻烦，老关的老伴到局里闹了好几次，说老关光是药费就好几万，又不能报销……”

说到这里，局长清了清嗓子说道:“老邱，你也知道，老关和你的条件差不多，而且岁数相当，你比他大四天，可是现在老关病了，你还精神焕发，因此局党委考虑，让老关担任副局长，这一来能解决他的医药费问题，二来也是对他得病的一种补偿，不知你有何想法。”

听了局长的话，老邱只觉得像是三九天里当头泼下了一盆冷水，全身上下冰凉冰凉的。他的心里好冷，好疼，好闷，心窝里像是压着一块巨大的石头，压得他喘不过气来。他想喊，他想叫：凭什么提拔姓关的？就是因为他有病？我也有病啊，我口袋里还装着好几瓶的药呢！哈哈，真是笑话，有病就能得到提拔？自己这一辈子勤勤恳恳，小心谨慎，对于领导，自己更是忠心耿耿，酒席上，迎来送往，这一年三百六十五天，喝了多少酒？为领导分了多少忧、解了多少难？自己这肝病还不就是这么得的吗？他越想越冤，猛然感到肝部一阵剧痛，疼得他“呼哧呼哧”直喘粗气，他颤抖着手往口袋里掏药，可还没把药瓶掏出来，突然感到嗓子眼里一股腥味，嘴一张，一口鲜红的血就喷了出来，随即，他的身子就软绵绵地瘫在沙发上，局长一看惊呆了，赶紧叫人送医院……

老邱死了，他这几年里实在是喝得太多了，说到底，他是喝酒喝死的……

第三个男人讲的故事

丈母娘是这样被赶走的

我有一个哥们是做装修的，姓郭。郭哥原本爱喝酒，可有一次他却突然把酒戒了，戒得干脆、彻底，他的亲朋好友都感到很奇怪。有一天，我请郭哥喝酒，他滴酒不沾，光是喝茶，我一个劲地逼问，郭哥终于说出了戒酒的原委:

郭哥刚结婚那阵子，他丈母娘常来看闺女，因为他丈人早死了，现在最小的闺女又出嫁了，丈母娘一个人

在家觉得孤单，就借看闺女的由头来郭哥家住了。没办法，郭哥只得把自己的位子腾出来，让她们娘俩在一块儿睡，他找了几块木板临时拼了一张床。

没想到问题来了：郭哥原以为丈母娘住个三五天就会走，谁知她一住就是个把月，弄得郭哥心里烦烦的，又说不出来。你想，刚结婚的小两口，正是干柴烈火，可丈母娘就是不识相，气得郭哥直瞪眼。

那天也是合当有事：郭哥在邻居家帮忙做门窗，晚上在邻居家喝酒，喝得多了点，又加上心情不好，就有点醉了。回到家时，她们娘俩已关灯睡了，当时郭哥早忘了丈母娘和他媳妇睡在一张床上，他掀开被子就钻了进去……

第二天，郭哥醒来时太阳已老高了，他媳妇对他说："咱妈走了。"郭哥奇怪了："不是住得好好的吗？怎么突然走了？"郭哥的媳妇"扑哧"笑了："你自己做的事你还不知道？昨晚咱妈在旁边呢，你钻进被子就东摸西摸的……"

从那以后郭哥的丈母娘就很少来了，而郭哥再也不想喝酒了……

第四个男人讲的故事

喝酒容易戒酒难

你说的那个郭哥还真不容易，一下就把酒戒了，其实，戒酒并不那么容易的，拿我们单位的老张来说吧，老张也只是五十来岁，但酒龄已有三十多年了，开始时他只是在胡同里有点小名气，后来竟成了"河东大侠"，在这个万人小镇上"打遍天下无敌手"。最近听说老张要戒酒，人们不以为然，说："他要戒酒，我就戒饭！"

老张曾说过"三十岁前没醉过

酒”，但年龄毕竟大了，和那些年轻力壮的小伙子对阵，老张有时也会败下阵来，酒醉的次数也渐渐多了。一次，老张骑着单位的自行车去喝酒，结果大醉而归，第二天酒醒后到处找不到自行车，就问老婆：“我昨晚是坐什么车回来的？”老婆没好气地说：“深更半夜的，谁知道你是坐什么车回来的！”老张一听明白了：自行车丢了，他不敢声张，偷偷买了一辆赔给了单位。

当然，光是这样的事还不会使老张戒酒，老张戒酒为的是这样一件事：那天，他在饭店和一位老酒友斗酒，一直喝到半夜，老张晕乎乎地回到家门口，拿着钥匙却怎么也开不了门，他以为老婆在里面下了暗锁，可叫了半天没人搭理。外面下起了小雨，老张气得一脚踹开门，冲进屋里要找老婆论理，可满屋子找不到一个人影，这才知道老婆不在家，开不了门是因为自己拿错了钥匙。老婆上完夜班回来，见大门洞开，正想报警，却见丈夫躺在床上。门踢坏了，老婆不敢睡，气乎乎地守着大门坐了一夜。

第二天一大早，老婆收拾东西要回娘家，老张这时酒也醒了，这才感到问题严重，百般央求，发誓一定戒酒。其实，老婆也知道强迫老张戒酒并不现实，于是和他约法三章：不准喝醉，不准踹门，晚上十一点之前必须回家。老张这回乖乖地听了老婆的话，一个月相安无事。

有一天，在朋友的酒席上，一位酒友口出狂言，老张被激怒了，这一斗真的是天昏地黑、人仰马翻，老张一直喝到九成醉，才把对手摆平。老张回家的时候已经很晚了，这一次老婆真的下了暗锁，无论怎么求饶，老婆就是不开门。老张身上没带钱，住旅馆已不可能，那时已是霜降时节，老张发起酒寒来了，浑身直哆嗦，他终于忍无可忍，大声喝道：“我数到‘三’，再不开门，我就要撞了！一、二——”老婆怕老张撞门，于是就上前拉开门栓，然后赌气回房了，可老张并不知道这时门已成虚掩，他暴怒了，嘴里喊着“三——”随即用尽全力向门撞去，“轰”的一声，整个人像一颗脱膛的炮弹飞进了屋里，“砰”的一声将墙角一个酒坛撞得粉碎……

老张的头部缝了十七针，回家后他就在床头贴了一条醒目的横幅：“如不戒酒，五雷轰顶！”

“含着眼泪去陪酒”作者：刘泉锋；“邱处长喝酒为的啥”作者：党保国；“丈母娘是这样被赶走的”作者：舒一耕；“喝酒容易戒酒难”作者：张建声。

下期话题：不要和这几种人多说话　　　　（**题图、插图**：刘斌昆）

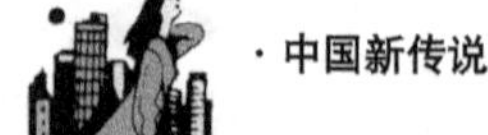

·中国新传说·

你过不去这座山

□杨学利

年轻时，唐一功长得很帅，可人帅，时运不济，小科员干了好多年，还是个小科员；他老婆给他生下个胖小子，不到一年，老婆竟然脚一蹬，死了，你说这不倒霉到家了？然而，倒霉人也有时来运转时，局长大人的千金小姐，看中了这个帅哥，不过她有个先决条件，不愿一进门就当后妈，让他把这儿子处理了，才能谈婚论嫁。为了得到这位局长千金，唐一功一咬牙，抱着儿子进了山林，想找户人家把儿子送了，但他怕林场、屯子里人多嘴杂，就一口气到了离中俄边界不远的老黑山上，找到一个住在孤零零小房里的护林人，谎称找亲戚走迷了路，接着他趁出来解手的机会，逃下了山，把个才一岁多点的儿子，留在了老山林里。

唐一功如愿以偿地成了局长的乘龙快婿，随之官运也一路亨通，从科员升到了科长，又从科长升到了财务处处长。官大了，贪心也大了，几年下来，居然弄了几十万元，不想最近东窗事发，他吓得携带赃款，逃进了16年前来过的大山林。这山林离边界不远，山高林密，遮天蔽日，他打算钻进山林，伺机偷越国境，到国外去继续过他花天酒地的生活。

这天下午，他下了长途汽车，在山林里蒙头转向地走了半天带一夜，也没辨清到了什么地方。天亮后，他想找个山洞藏起来，等天黑后再走，不想又被蛇咬了一口，痛得他坐在地上抱着腿直叫“哎哟”。这时，一个背着猎枪的老人走了过来，见他被蛇咬了，急忙拽了根青藤勒住他腿的上部，挤出伤口里的污血，然后给他上了解蛇毒的药，给他包扎好，才笑了笑说：“没事的，这蛇的毒性不是很大，再上一次药就好了。”

唐一功觉得这老人有点面熟，仔细看看，竟然是16年前收下他儿子的那个护林人，一问他叫赵石。显然赵石没有认出他，眨着小眼睛问道：“你是哪单位的？到这来干什么？”唐一功说他是省森林调查大队的科研人员，和一个同事到这里来搞调研，不想和同事走散了，迷了路。他怕赵石不相信，又主动说道：“老哥，你忘了，十年前我来这里搞调研，咱们在山上见过面，我就是那个老刘呀！”赵石眨巴眨巴眼睛，又摇了摇头，不好意思地说：“想不起来了，人老了记性差。既然咱都是林业人，那就到我小屋里歇着吧，午饭就在我那吃。”唐一功说：“老哥，不麻烦你了，我还得到下边去找找我那同事呢，你忙你的去吧。”赵石说：“你客气啥？我不是说还得给你换一次药嘛，蛇毒治不彻底，会把你这条腿烂掉的！”

唐一功一听，害怕了，真要烂掉一条腿，那就完了；再说，反正这姓赵的没认出自己，顺便去看一眼丢弃了16年的儿子，心里也许能得到点儿宽慰。于是，他跟着赵石到了小屋里。

此刻，小屋里只有赵石一个人的行李，没有儿子，唐一功试探着问赵石：“老哥，你家里还有啥人？”赵石说：“还有个儿子，在县里念高中。”“那你老伴呢？”赵石苦笑了笑：“像我这种人，谁愿意跟我在这老山林里受罪？”“那你儿子哪来的？”“是老天赏给我的。”赵石说到这儿，显然高兴了，小眼睛里泛出了一种自豪的光，“那年，一个陌生人突然给我送来了个儿子，我把他一养，嘿！还真是块好料子，如今长得可俊呢，谁见了谁夸，他从小学到中学，年年考第一！噢，他已经放暑假了，说是今天上午回来，也许你能见着他呢！”

果然，中午时分，一个一脸稚气的小伙子闯进屋来，赵石高兴地指着唐一功对儿子介绍说：“捡宝，这位是省森林调查大队的刘叔叔，来咱这搞调研被毒蛇咬了，在咱这歇一会。”赵捡宝恭恭敬敬地给唐一功鞠了一躬，亲热地叫了一声“刘叔叔”。

唐一功两眼直直地瞅着眼前一表人才的儿子，心里说不上是个啥滋味，这孩子太可爱了，但自己只能接受他一声“刘叔叔”，这时的唐一功感到了一种从没有过的愧疚和揪心的痛苦，他趁爷俩到外屋忙着烧火做饭的时候，从背包里拿出一沓钱塞进了儿子的书包里……

吃过饭，赵石对儿子说：“捡宝，

下午你替爸到林子里去巡趟逻，我要送送你刘叔叔。”捡宝答应一声，扎上裹腿，背上防身用的猎枪就出了门，赵石又追到门外嘱咐了几句，回来对唐一功说：“走吧，我送你到林场！”

唐一功急忙说：“不用不用，我自己能走。老哥，你给我换药吧，换完药我就走。”

赵石两眼突然射出犀利的光，瞪了唐一功一眼，说：“药不用换了，咬你的那蛇没毒，我是故意留你在这里等几个小时，就是为了让你看看你儿子……”

唐一功惊得目瞪口呆：“你……原来早就认出了我？”

赵石说：“我不但认出了你，还看出你是一个可能犯了事、想逃到境外去的罪犯！”

唐一功头上冒出了豆大的汗珠子，他真没想到，这个护林人的眼会这么毒，怎么办？眼下来硬的显然是不行，只得哀求说：“老哥，看在我送给你一个儿子的份上，你就放我一马吧，我不会忘了你的。”说着从背包里抽出三万块钱，“先把这些钱留下，供儿子上学……”

“你不要做这种梦啦！要是你儿子知道这是赃款，他会怎么想？”说到这，赵石的眼圈红了，“今天我为什么没说出实情让他认你？我就是怕他年纪还小，心灵上承受不住这种打击。你想想，他一岁多就被亲爹抛弃了，16年后再见到亲爹，却是一个要偷越国境的罪犯，他心里会是啥滋味呀！”

唐一功两眼流泪，喃喃说道：“我，我不是人……”

赵石说“不过，我看到你偷着往孩子的书包里塞了一沓钱，觉得你还有点人性，还有救……”说着，他从儿子书包里拿出那沓钱，装回唐一功的背包里，“这样吧，我给你个机会，你自己带着这些赃款到林场去找边防警察自首，争取个宽大处理，以后你改造好了，不管什么时候，我都会让儿子去认你！”

赵石这番情真意切的话，把唐一功感动了，他擦干眼泪，发誓说：“老哥，你真是个有情有义的人，我听你的，我不但到林场去找警察自首，还要检举别人，争取立功！”

赵石说：“好，那你自己走吧，我就不陪你去了。咱们都是男人，说话一定要算话！”

唐一功点点头：“你放心，一定说话算话！”说罢迈出了小屋，大步向林场走去。走了一会，回头看看，见赵石还站在门口目送他，他就挥了挥手继续往前走；又走了一会儿，再回头看时，赵石已经回屋里去了，他又往前走了一段，站下四处看看，认准确实没人时，便扭头钻进树林里，往山上奔去。唐一功压根就不想去自首，他要到山上找个山洞藏起来，等天黑后再偷越国境。他在树林里走走停停，四下瞅瞅，大约走了半个多小时，他终于发现了一个山洞，心里一喜，几步奔到洞口，刚想往里钻，突然传来一声大喊"不能进去，那洞里有毒蛇！"随着话音，一个人跳到他跟前，一把把他拽离了山洞口。唐一功扭头一看，竟是提着猎枪的儿子捡宝，他惊诧地问："捡宝，你怎么在这里？"捡宝说："我出门时，爸爸嘱咐我到这一带巡逻。"唐一功暗叹：姓赵的好厉害呀！捡宝问："叔叔，你这是要干啥？"唐一功觉得这个孩子好对付，就说："我从你家出来到林场去，见天还早，就顺便到这林子里搞点调查，累了想进山洞里歇一会，不想是个毒蛇洞，谢谢你救了我。"

捡宝轻轻叹了口气说："可惜我只救了你的肉体，还没有救出你的灵魂……"

唐一功一惊："你这是什么意思？""什么意思难道你还不明白吗？你根本不想到林场去，而是要找机会偷越国境！"

唐一功一听急了："你胡说什么！我堂堂一个省森林调查大队科研人员，怎么会偷越国境？你快巡逻去吧，我在这歇一会就到林场去。"

捡宝坚决地说："不，我必须送你到林场去！走吧！"

唐一功见这孩子也这么难对付，心里又气又急，就气急败坏地喝道："你这是干什么？我告诉你，我是你的亲爸爸……"他喊出这一句，两眼定定地看儿子是啥表情，不想捡宝脸上很平静，说："不管你是谁，我今天也不会放你过这座山，这是我们护林员的职责！"

唐一功还以为儿子不相信，又动情地说："真的，孩子，我真的是你亲爸爸呀！当年……"

"你不要再说啦！"捡宝气愤的

2005年首届“梅陇杯”法制故事大赛征文启事

为纪念全民普法开展20周年，迎接“五五”普法的到来，由司法部法宣司、上海市法制宣传教育联席会议办公室主办，上海市闵行区法宣办、上海市闵行区梅陇镇政府协办，《故事会》杂志社承办的2005年“梅陇杯”法制故事创作大赛，决定面向全国征文。

此次活动有关事项如下:

一、征文内容: 可从立法、司法、执法，公民学法、守法、依法维权，法律援助、法律服务、社会治安综合治理、社会公德、家庭美德、职业道德中的涉法内容，公民与违法犯罪行为作斗争以及中外历史上的涉法案例等各个角度展开。要求故事情节曲折生动，语言有口头文学特点，作品未在省地级报刊发表过，字数一般在15000字以内。

二、奖项设置: 本次活动将聘请有关专家组成评委会，设一等奖1名，奖金5000元;二等奖2名，奖金各3000元; 三等奖10名，奖金各1000元; 创作奖50名，奖金各500元。部分优秀作品将陆续在《故事会》上发表，并结集出版。

三、征文时间: 即日起至今年9月30日截止，10月底前评出获奖作品并专函通知获奖作者。

来稿方法: 1. 从邮局寄发，请在信封上注明“法制故事征文”字样，本刊地址: 上海市绍兴路74号《故事会》杂志社，邮编: 200020。2. 从网上传递，本刊为大赛所设的信箱是: wulun54@163.com，请在主题上注明“法制故事征文”字样。

眼里已经含满泪水，“你现在唯一的出路就是跟我一块到林场去！”

唐一功绝望了，此时的他，像个输光一切的赌徒，他想夺过儿子手里的猎枪，作最后一搏。他慢慢向捡宝靠近，但捡宝很警惕，也慢慢往后退，就在他要向捡宝扑上去时，赵石和两位边防警察赶来了，他们不由分说给他戴上了手铐。

赵石气愤地说“你呀你呀，哪像个男人！我们这里早接到了通缉令，你是根本逃不掉的。”唐一功长长地叹了口气，在垂下头时又看了一眼儿子，只见捡宝已经转过身去，两肩一耸一耸的，显然是哭了……

当两位警察要押唐一功走时，捡宝忽然擦了擦眼泪对唐一功说：“我和赵爸爸会遵守承诺的，只要你改造好了，我还会认你……”

赵石一听大惊“捡宝，原来你都知道了？”

捡宝点了点头，又对唐一功说：“你往我书包里塞钱，我也看到了，我觉得这事可疑，所以爸爸让我去巡逻时，我没有走远，在小屋外听到了你们的对话……”赵石对唐一功说“看见了吧，儿子已经长大了，现在就看你的啦……”

（本篇月月评短信代码：G171）

（题图、插图：魏忠善）

·中国新传说·

热线电话

□范大宇

佘会明没什么特长，可他却干起了“第二职业”。什么“职业”呢？给报社的新闻热线提供线索。

说起来也是偶然，那是去年，佘会明在商场和一个售货员发生了争执，对方不是什么善茬儿，“咣”给了佘会明一个大嘴巴。他找到经理，可经理胳膊肘向里拐，愣说是佘会明的错。佘会明气不过，就给晚报热线打了个电话。没想到晚报把这事儿给登了出来，他呢，还得了一百块钱的“线索提供奖”。佘会明受到了启发，这也能挣钱呀！他再一留神，好嘛，原来哪家报纸都开辟了新闻热线，凡提供有用线索的都给信息费，多的上千块，最少的也有五十。天，五十，自己一天累死累活也拿不到五十呀！从那以后，佘会明就开始了自己的“兼职”。

一个月下来，佘会明竟挣了五百块钱。他就盘算开了：一月五百，一年就是六千，我如果再努力一下，结婚的钱就出来了。从那以后，佘会明成了有心人，上街也好，在单位也好，他总是竖着两只耳朵，瞪着一双眼睛，到处找事儿。为了扩大自己的战果，佘会明还把这发财的渠道告诉了自己的女朋友娟子，让她也加入到这个光荣的“行业”中来。

娟子十分聪明，她得知这事儿的第二天，就给晨报打了个电话，说老城墙的“德胜门”门洞有个裂缝。晨

报的记者去看了一下，立即登了出来。娟子呢，竟得了个一等奖，奖金五百块！娟子拿这钱去买了件高级衣服，还美滋滋地遇人就说：“知道怎么买的吗？我的稿费！”得，她也成“作家”了！

佘会明听了这事儿，心里酸溜溜的，但很快就释然了，我和娟子谁跟谁呀？从此，佘会明对外也自称“作家”了。有人看了他提供的新闻，撇撇嘴，说：“大作家，你的名字呢？”佘会明就指指“线索提供人”一栏里的“佘先生”说：“喏，这不是吗？”

那天，佘会明路过菜市场，看到围了一群人，他走上前一看，原来是市场管理人员正对一个卖注水肉的商贩罚款。佘会明嘴角一咧，溜出人群，立即用手机给晚报打了个热线电话。第二天，这事儿还真登出来了，题目是《红花市场严管理，注水猪肉没市场》。登是登出来了，可“提供者”却不是佘会明的名字，他就给晚报打电话，那边的编辑说：“对不起，您不是第一个提供线索的人。所以，我们不能奖励您了。”什么，还有这事儿？佘会明气得鼓鼓的，心痛自己白白花了五分钟的电话钱。晚上吃饭时，他对娟子说了，娟子笑着说：“傻帽儿，这就叫市场竞争！”佘会明寻思了一会儿，是这么个理，要不，怎么会有“捷足先登”这句成语呢？他就对娟子佩服得不行，趁她不注意，“啵”地亲了她一口，说：“亲爱的，什么时候咱们的名字才能并排呀？”

娟子笑笑说：“想我啦？想结婚啦？同志，努力呀！有了钱就有了一切！”

佘会明的干劲更高了，恨不得天底下的新闻都让自己碰上才好。

这天下班，在经过菜市口时，佘会明突然看到前面围了一大圈人。他高兴得不知怎么才好，赶忙“呼”地跳下车，连车都忘了锁，以百米冲刺的速度跑到人群前，急急地问：“怎么啦，怎么啦？”

有人搭话道：“这肇事车，撞了人就跑，真没道德！”

佘会明本想再细问问，可他明白，现在时间就是金钱，于是掏出手机，“啪啪啪”给报社拨电话，通了后就说：“今天17时50分，也就是现在，在我市菜市口大街十字路口发生了一起重大交通事故，重伤三人……”佘会明一连打了三四一十二个电话，才收了线。他看看表，已经是18时15分了，他这才感到肚子有点饿了，出来找车。这时，他的手机响了，一接，是娟子，娟子问：“你在哪儿？”

“我在菜市口，你呢？”

“我也在菜市口呀，我刚刚给报社打了热线电话，打了九个。”

“亲爱的，我打了十二个，这回咱们是双保险。我请你吃匹萨饼！”

这晚上，佘会明和娟子吃得真开心，玩得也开心。他们盘算着，照这个速度，明年他们就攒够结婚的钱了。

第二天，市里的各报都报道了菜市口的交通事故。不过，题目是《几十人围观，数十人报料，无一人报警，生命之花凋谢》报道说：“事故发生后，本来伤者完全可以救治的，可是，在场的几十人却没有一人向医院或警方报告，也没人抢救伤员，因为耽误了宝贵的二十分钟，一个无辜的生命就这样结束了，但同时，本报却收到了数十人打来的热线电话，纷纷提供这一事故线索。他们的目的是什么呢？是本报的热线奖金。本报反思：为什么会出现这种情况？这些报料人为什么不能向急救中心打个电话？本报决定 向本报提供这条线索的人都不能得到任何奖励，并把他们的名字转告相关单位……”

佘会明和娟子顿时傻了。

从那以后，佘会明明白了一个道理：先做人，后作文！

（本篇月月评短信代码：G172）

（题图：魏忠善）

· 中国新传说 ·

李老汉是英雄，是硬汉，认理从不认输，然而，他也有例外，因为同时，他还是一个父亲……

父亲啊父亲

□芦宏伟

大李在中医院当化验员，这天，他下班回家，走到家属院门口，远远看到院里围了一大群人。大李走过去朝里一望，头“嗡”地炸了，只见人群中间有两个人在吵架。哪两个？一个是自己的顶头上司，中医院的包院长，另一个是自己乡下的老父亲。大李刚搬来家属院，父亲还没来过，他怎么会在这里和包院长吵架呢？大李慌忙退到旁边，拉了院里的小周一问，才明白是怎么回事。

原来，大李的父亲李老汉，拉着一三轮车西瓜进城来卖，恰巧来到了家属院门口。包院长过去问价钱，李老汉递过一片切好的西瓜，笑呵呵地说：“您先尝，这瓜特别好，不甜不要钱！”包院长拿着西瓜放嘴里一品，突然“呸”地吐出几颗瓜子，连连摇头说：“这瓜不甜，一点儿不甜，便宜点卖吧！”

李老汉一愣：“这么好的瓜你还说不甜？我的瓜就是这个价钱，你不买就算了。”包院长平时威风惯了，现在被一个卖西瓜的老汉顶回来，弄了个大红脸，他见又有几个人过来买瓜，就在旁边阴阳怪气地说：“这算啥瓜，一点不甜。”别人一听，转身走了。

这下，李老汉火了，眼珠子一瞪，喝道："你这人怎么这样，你不买也就算了，干吗叫别人也不买我的瓜，这不是故意跟我作对吗？"

平时，包院长在院里说一不二，平日里没人敢在他面前大声说话，现在见一个乡下卖瓜的竟敢冲自己大嚷大叫，岂肯罢休，于是，摆出了蛮横架势说："买不买是别人的事，说不说是我的事，你管不着！"

"好！"李老汉牛脾气也上来了，"你说我的西瓜不甜，咱让别人尝，如果大伙儿都说我的西瓜不甜，我就砸了这车西瓜！"

包院长冷笑两声，不屑地说："我敢保证，这个大院里没人会说你的西瓜甜，如果有一个说你的西瓜甜，你这车的西瓜我都买了——每个西瓜一百块！"

两个人较上了劲，就像犟牛上了磨，再也没有回头路。这时，周围已经围起了一圈人，李老汉不再多说，挑了两只大西瓜，举刀"嚓嚓嚓"，切成一片片的，让大家品尝。

大李明白了事情的前因后果，暗暗叫苦，他出身农村，小时候性格内向，常常受同龄人的欺负，每次有人欺负大李，都是父亲出面，非得弄清是非曲直不可，在他的心目中，父亲是英雄，是硬汉！记得有一次，村长家的羊啃了大李家的庄稼，村长想抵赖，父亲不依不饶，硬是牵了村长家的羊，官司打到了乡政府。因为父亲这种耿直不屈的性格，他年轻时就被人送了个绰号：李不输！

今天阴差阳错，父亲"李不输"跟院长扭上了劲儿，到底谁赢谁输呢？

李老汉给每人送了一片西瓜，期待着别人说出一个字：甜。谁知，尝了李老汉西瓜的人，有的眼神中隐藏着内疚，有的对李老汉充满了同情，但最后都摇摇头说："不甜……"包院长得意地笑了，李老汉的脸色渐渐变白变青了。李老汉哪里知道，这里是中医院的家属院，这些人都是面前这个黑胖子的下属，黑胖子发了话，谁敢不顺着他的话说？

李老汉种了三十多年的西瓜，是有名的种瓜能手，年年的西瓜又大又甜，怎么这些人都说自己的西瓜不甜？他不信邪似的自己尝了一口西瓜，没错，西瓜没变味，既甜又脆！

可是，眼看一圈的围观者都尝完了西瓜，没有一个人说李老汉的西瓜甜。李老汉的冷汗流出来了，他不甘心地往四处张望，忽然，透过人群的缝隙，看到外边还站着一个人，顿时生出一丝希望，叫道："外边还有一个人没尝我的西瓜，叫他来尝！"

包院长扭头一看，是大李，自然更不放在心上，挥挥手说："好，让你输个心服口服！"李老汉挤出人群，一看，外边这人竟是自己的儿子大

李。李老汉稍稍一愣，递过去一片西瓜，说："你凭良心说句话，这瓜甜还是不甜？"

大李呆呆地接过西瓜，慢慢地放进嘴里，咬了一口，此时，他的神经已经麻木了，吃不出一点味道，脑子里只有一个声音在说：我该怎么说？说甜？还是说不甜？

一边是父亲充满期待的眼神，一边是包院长一脸的阴笑，大李不知该怎么开口。他想，中医院是包院长个人承包的，聘谁不聘谁都在他一句，如果自己当着这么多人损了包院长的脸面，自己好不容易找到的这份工作，还能保得住吗？

"我觉得西瓜……"大李终于从嘴里挤出细得像蚊子叫的声音，"不甜。"说完，大李几乎晕倒，再没有勇气看父亲一眼。

李老汉真的呆住了，怀疑自己是不是听错了。当他听到旁边黑胖子得意的笑声时，李老汉明白自己没有听错。顿时，他像头发怒的公牛，咆哮一声，冲上前一把掀翻了三轮车，然后用脚"扑扑扑"拼命踹着四处滚落的西瓜。红艳艳的西瓜汁又浓又稠，在李老汉的脚下淌了一地。围观的人群都惊呆了。大李看到父亲暴怒的样子，再也忍不住了，上前一把抱住了父亲，哭喊道："爸，别这样，您别这样！"包院长也没想到卖瓜老汉是大李的父亲，他尴尬地溜走了，其他人也都低着头走了。

当李老汉听大李说，刚才那个黑胖子就是大李的上司时，李老汉愣住了，半天说不出话来。

大李眼眶里盈满了泪水，

 孩子是父母身子里掏出的心肝，不论好坏，父母总当命根子一样宝贝。——塞万提斯说:“爸，你怨我的话就狠狠打我吧!我也没法子，我不想丢了这份工作，胳膊扭不过大腿啊！”过了好一阵子，李老汉“咕咚”咽了口唾沫，什么也没说，扶起倒在地上的三轮车，蹒跚着走了。

大李回到自己的一室一厅小屋，倒在床上号啕大哭。大李好内疚，父亲一生倔强，从未向任何人认过输，如今自己却昧着良心让父亲丢了脸。大李问自己：我还算个男人吗？这一夜，他翻来覆去睡不着觉，终于打定了主意。

第二天，大李揣着一封辞职信，敲开了院长办公室的门。大李知道，如果这件事就这样不了了之的话，自己将一生不安。虽然工作来之不易，但丢掉了还能重找！大李今天来，就是要给包院长一点颜色，跟他大闹一场，为父亲出气。大李毕竟是“李不输”的儿子，骨子里有父亲不屈不挠的骨气!

包院长看到大李进来，略显尴尬地笑着说:“大李哇，你看昨天这事闹得……真是误会了……”大李一咬牙，捏紧两只拳头，正要按计划发作，突然外面响起了敲门声，包院长见大李脸色不对，便指了指办公室里面的一个门，说:“你先到里间坐，我接待完客人咱们再聊。”

大李进了里间，听见包院长打开门，接着听见一个熟悉的声音:“包院长，对、对不起，昨天我错了，是我的瓜不甜，我的瓜是真的不甜！”

那是父亲！大李一下冲到门口，扒着门缝往外瞧，只见父亲站在外面，手里拎着一个大大的塑料袋，脸上堆着笑，只是那笑里满是苦涩。

包院长也愣了，不过他毕竟有经验，打了个哈哈道:“哪里哪里，小事一桩，小事一桩啊！”

李老汉赔着笑脸，继续说“对不起，包院长，真是我错了，我的瓜确实不甜……以后，以后请您多关照我儿子，谢谢……”说这几句话的时候，大李听出父亲的声音有点发颤。说着，李老汉把东西朝沙发上一放“您忙，您忙，不打扰了！”边说边走了出去。

等父亲走了，大李从里间走了出来，径直朝门外走去。大李没看包院长，他知道包院长的脸上现在一定挂着胜利者的笑容。由于走得急，大李带倒了父亲放在沙发上的食品袋，从里面掉出来两条香烟、两瓶酒。

大李走出来，把辞职信扔进了垃圾箱，他的泪水再一次忍不住流了出来。他追到医院门口，在来来往往的人流中，远远还能望见父亲的背影。大李看到，不知什么时候，父亲的背驼得更厉害了……

(本篇月月评短信代码：G173)

(题图、插图：魏忠善)

欢欢喜喜过个年

□黄守东

刘诚和两个同村的乡亲一起在城里一家制衣厂打工，已经有两个春节没能和家人团圆了，所以今年三个人早早和姜老板打了招呼，今年说什么也要回家过个年了。姜老板本来已经批了他们的假，谁知到了腊月二十五，刘诚他们正准备动身返乡时，老板说因为有几家客商临时增加了订单，限时完成，不肯放他们走了。

如果当初没有做回去的打算，刘诚他们也许还会留下来，可今年他们早就跟家里下了保证，他们自己也是掰着指头算计着日子，盼望着全家团圆的那一天，谁知好容易快盼到了，却又是节外生枝，你说刘诚他们该有多失望啊！尽管姜老板答应他们提高加班费，可思乡心切的三个人还是向姜老板表明了态度：回家！

姜老板急了，刘诚他们三个人可都是技术骨干，他们一走肯定会影响交货时间，那损失可就大了。姜老板下令保安紧守厂门，没他的允许，不得放走一个人。刘诚他们见走不脱，便去找姜老板交涉，可是姜老板不在，别人不敢放他们走。刘诚他们暗里一商量，决定逃跑。

这天夜里，三个人悄悄翻过院墙，出了工厂，立即打车赶到了火车站。早晨五点十分就有一辆开往家乡方向的火车，他们立即买了票。谁知

 用特定的镜头看，生活是一出悲剧；但如果用远镜头来看，却是一出喜剧。——卓别林

刚到凌晨两点，刘诚无意间一扭头，不禁惊得瞪大了眼，只见姜老板正阴沉着脸向他们走来，后边还跟着两个保安。

“不好！”刘诚拉起那两个起身要跑，可是两个厂里的保安已截断了他们的去路。

这时姜老板已走了过来，他沉着脸瞪了他们片刻，正要说什么，广播里已传出139次列车进站的消息。这趟列车正是从刘诚他们家乡方向开来的。姜老板不再说话，而是带着他们来到了出站口。

刘诚正惊疑不定时，突然在人群中看见父母、妻子和女儿走了过来。几乎就在同时，高大军和赵家宝他们也看到了自己的家人，欣喜地迎上去和家人抱在了一起。惊喜过后，刘诚他们想起询问是怎么回事。这时一起下火车的厂里的秘书告诉他们，是姜老板派她去接来家人和他们一起过年的！

刘诚他们又惭愧又感激地叫了一声：“姜老板……”姜老板说：“以前我只顾挣钱，没有体谅大家，向大家道歉，不论老板、工人，亲情都是一样的浓，所以我悄悄派秘书去接来你们的亲人一起过年，本来想给你们一个惊喜，谁知你们倒先来接站了！”说完大笑起来，边笑边说，“走吧，住的地方我已安排好了，虽然说不上高级，但保证住着舒服方便，费用都由我来出！”

刘诚他们眼含泪花，和亲人们一起上了厂里的大轿车，欢欢喜喜准备过年了。

（本篇月月评短信代码：G174）

（题图：魏忠善）

· 本刊信息传真 ·

《滴水藏海》再次面向全社会征稿

《滴水藏海——300个3分钟典藏故事》第一、第二、第三辑出版后，在社会上引起了巨大的反响。

根据读者的建议，编辑部决定继续编辑《滴水藏海——300个3分钟典藏故事》第四辑，为此，再次面向全社会广泛征稿，希望广大读者将你们在各类报刊杂志上读到的以及各种场合听到的这类“3分钟典藏故事”推荐给我们。

推荐稿要求：1、立意清新隽永，富含真情至理；2、以叙事为主，一篇作品中要有一个精彩的情节或细节；3、篇幅：一般在500字左右。

推荐稿务必注明原作者、发表日期和出版单位以及推荐者的真实姓名、联系方式。所荐作品一旦入选，每篇即付推荐费50元。推荐稿请寄：上海市绍兴路74号《故事会》编辑部(邮编：200020)，在信封上注明“典藏故事”。网上来稿，请发以下信箱：wulun54@163.som,征稿截止日期为2005年12月31日。推荐稿一律不退，请自留底稿。

·我的故事·

15号，你在哪里

□史 达

我大学毕业后，进了一家电器公司当推销员。也许是初入职场吧，我真感到有点力不从心。

这天，我跟一位客商又谈得不太好，心里堵得慌。晚上躺在床上翻来覆去睡不着。到了12点，手机突然响了，我一看原来是手机催费通知。我更烦了：这家通讯公司半夜干什么呀？于是我就拨通了手机人工服务。很快，一个很好听的女声在我耳边响起：“现在是15号话务员为您服务。请问，您需要什么帮助？”

听到这么真诚悦耳的声音，我想生气也生不出了，嘴里支吾着：“我……我……”

“先生，我能给您提供什么帮助吗？”话务小姐又重复了一句。

我心想我原本就没什么事啊，可是就这样挂了也太没礼貌了，突然我灵机一动，说：“您的普通话说得很好，您能和我说会话、练一下我的普通话吗？”

话务小姐显然吃了一惊，她似乎想了一下，说：“我们不提供此项服务，不过现在业务不忙，我还是可以帮助您的。”

话务小姐如此热心，使我心头一热，说“打搅您的工作了，我睡不着，只想找人说会话。”

接电话的姑娘很善解人意，说：

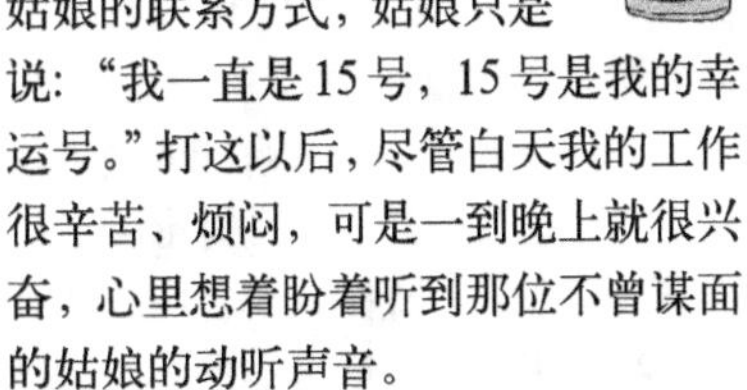

“噢，那您是有什么烦心事了？”

想到自己工作以来的种种不如意，我禁不住心酸地说：“唉，其实也没什么大事，只是觉得很累，觉得工作的压力太大，而且总是干不好。”

话务小姐电话里说了一些安慰的话，虽然只是说了诸如“要劳逸结合啦”、“懂得休息啦”之类的话，但我听来觉得心里暖暖的。说着说着，我也不提自己不愉快的事了，和话务小姐闲聊起来。我们不知不觉聊了半个小时，等到姑娘挂了电话，我为自己没敢要姑娘的联系方式而后悔不已。

过了一天，又是夜里12点多，我躺在床上闲着没事，又拨通了人工服务。很快，耳边又响起了前天那动听的声音：“现在是15号话务员为您服务。请问您需要什么帮助？”我激动得从床上坐了起来，说：“你是15号？前天我和你打过电话的。”

那位话务小姐也听出来是我，她也笑着说：“您就是让我陪您练普通话的先生？今天什么事呀？”我哪有事啊，只好说还想练练普通话，姑娘“扑哧”一声笑了：“那就练练呗。”

这次我和姑娘聊得更投机。姑娘告诉我，她每两天上一次夜班，想和她聊天就过了夜里12点打来，她一准接电话。这天我俩又不知不觉地聊了很久。

就这样，我和那位姑娘打了好几次电话，我们聊工作经历，聊学习奋斗，竟成了知心朋友。我问姑娘的联系方式，姑娘只是说：“我一直是15号，15号是我的幸运号。”打这以后，尽管白天我的工作很辛苦、烦闷，可是一到晚上就很兴奋，心里想着盼着听到那位不曾谋面的姑娘的动听声音。

这天，我推想是那位话务小姐值夜班了，等过了12点就打电话过去，接电话的仍是15号，然而，我听出那是另一个女性的声音。我顿时像失去什么一样，大声道：“你不是15号，我找前天的15号。”谁知，电话里面的话务小姐告诉我，15号是他们台里一个固定的工作号码，不是专属于哪个人的。我急得在屋子里直转，大声喊“叫你们的主任来。”不一会，电话里传来一个中年妇女的声音，问我有什么事，我说：“你们前天晚上的15号话务员在哪？她工作这么热心负责，和我谈心帮助我……”

电话那头有人嘀咕了一阵，那个中年妇女说“先生，我们只有一个15号，不存在今天和前天的问题，而且，我们不允许员工在工作期间与用户聊天……”

听对方这么说，我这才意识到自己犯了一个极其愚蠢的错误，很可能要给那姑娘带来麻烦。

果然不出我所料，第二天上班时，我的手机响了，是一个陌生的手机号码发来的短信，我打开一看，傻

·我的故事·

了，只见上面写着:“我和你真诚谈心，你却害我失去工作。”署名是: 恨你的15号。

我内疚死了，为了解释清楚，我马上按号码拨了回去，可提示说不在服务区。我就一直拨，结果还是打不通，我想了想，又打给手机的人工服务，问那个主任知不知道15号话务员的联系方式，那个主任说不知道。

一连几天，那位姑娘再没来信息，我也不知道怎么才能找到她。到了晚上，没有了知心人交流，我感到心里空落落的，难熬!

就在我寂寞难熬时，一天我搭出租，听到电台有一个送祝福的节目，我就打电话过去，说要送祝福给15号，在这个节目里我是这样说的:“15号，对不起，请你原谅我，由于我的过失，让我失去了你这个知心的朋友。我不知如何打发那漫长的黑夜，我渴望听到你动听的声音……”我的话说得连主持人也感动了。虽然我也明白这个办法可能是徒劳的，但我还是不断地给电台打电话，希望那位姑娘能够听见。

这样过了没几天，一个上午，我刚给电台打了电话，就收到了一个陌生的短信，上面写着:“如果想要惊喜，请在上午10点钟戴顶红帽子到工人广场。”我看看表，才9点，以为是几个同学约我出去玩，正好这时没事，我就抓顶红帽子出去了。

我来到广场已经10点多了，这时广场上人很少，东看西看，也没看到那些可能约自己出来玩的同学。我纳闷了: 是谁在捣鬼呀! 边想边在不大的广场上走着。当我转了一圈后，发现一个穿着花色连衣裙的姑娘，一直盯着我看。我也不由地瞅着她，姑娘长得很漂亮，一脸迷人的笑容，慢慢朝我走来。

姑娘走近后，笑眯眯地说:“您好，您需要什么帮助吗?”天啊，我简直不敢相信自己的耳朵，她的声音……是那么熟悉，动听，我瞪大了眼睛，愣在了那里。姑娘接着说:“我是15号话务员。”

我终于明白了，面前这位美丽的姑娘，就是自己朝思暮想的知心人哪! 我激动得眼泪充满了眼眶，张开手臂，抱住了姑娘，姑娘也抱住了我，我俩紧紧地抱在一起。

姑娘告诉我，她叫白雪，她和我在打电话聊天时，对我就有了好感，并记住了我的手机号。那天她病了，没去上班，结果由于我的电话，让主任知道了她在工作时聊天，就把她“炒”了。她恨我，给我发了条短信后就立即换了手机卡。几天后她在公交车上听到了我的声音，她很感动，觉得我的确是一个重感情的人，于是，她就通过这种方式给了我一个惊喜……

(题图: 魏忠善)

·阿P系列幽默故事·

意外之财

□陈志鹏

阿P下岗后，经过一番努力才找到一个干苦力的活。

这天，阿P帮人扛完水泥包，已是深更半夜。他步行回家，当他经过一条僻静的小巷时，忽然，“啪”地一声，一小团东西掉在他的脚前。阿P一惊，捡起来借月光一看，竟是一卷百元钞票!阿P忙抬头仰望，“啪啪”又掉下两卷。他终于看清了是从三楼窗户里丢下的。与此同时，里面传出一阵喊声:“不准动，都把赌资掏出来!”

阿P明白了，这是警察在抓赌，一些人为销毁证据，偷着把赌资往下丢。阿P愣了一下，随即捡起钱，拔腿就跑。他一口气跑回家，关好门，打开灯，拉上窗帘，掏出钱一数，竟有两千八百块。

轻轻松松发了一笔财，抵得上他扛几个月水泥包呢，阿P开心得半夜没睡着，他觉得这倒是个赚钱的路子。于是，他便白天在家睡觉，晚上就绕过大街，专到人迹稀少，黑灯瞎火的小街小巷游荡。可是几天过后，总不见人往下丢钱。时间一长啊，阿P不由得埋怨起警察来:你们怎么不来捉赌呢?回到家，阿P躺在床上，想了半天，终于来了主意，“哎，真笨!他们不来，我为什么不打电话去请呢?”

这天晚上，阿P把目标定在一幢很僻静的楼房，从那二楼窗户里隐隐约约传出押大押小的声音。看样子，里面不是一般的小赌。阿P观察了一阵，便来到街头电话亭，看看四周无人，迅速向派出所打去一个电话。然后，就等待着一卷卷钞票丢下来。

果然，时间不长，就听见楼上有人喊了一声:“快跑，警察来了。”同时，窗户开了，一条绳子刷地抛下来，

·阿P系列幽默故事·

一个人顺着绳子往下滑，刚落地，又有一个人往下滑。

阿P惊呆了。突然听到有人大喊"有人从窗户跑了，小刘、小李快追!"顿时，有两个警察从大门那头追过来，边追边喊："站住，站住!"

一个刚下地的人对阿P说"愣什么！快跑呀！"阿P一时也慌了神，忙跟着飞跑。没跑出一百多米，不料迎面来了两个巡警，前堵后追，几个人全被抓住了。

阿P被人按在地上，才发觉事态的严重性，忙说："我没赌，我没赌!"

一个警察吼道："没赌？你跑什么?"说着，双手在阿P身上熟练地一摸，就把他内衣口袋里的五百元钱搜了出来。阿P这下急了："别别别，我没赌，你抓错了，我真的没赌!"

"喊什么?"警察狠狠推了阿P一把，"走，快上车!"

阿P脑门直冒汗，心里说 哎，我、我真笨！我为什么不说是我报的案呢?他决定等一会就这么说，如果他们不信，就说自己在什么地方什么时候打的电话，说了哪些话。不然，刚才的钱被没收不说，弄不好再关几天，那不是好玩的。

在警车里，阿P耷拉着脑袋，想着心思。忽然，身旁几个低低的声音引起了他的注意"大哥，所里一个哥们偷偷告诉我，说是有人打电话报的案。""是谁?""不清楚。""这事你一定要查清楚，查出来，我非撕了他不可!妈的，十几万全丢了!"

阿P听到这里，脑子嗡一响，差点晕过去，啊呀，旁边这几个人都是黑道上的。阿P紧张了一会儿又偷偷地笑了，刚才多亏自己没在大庭广众之下对警察说自己是报案人，这不，白捡了一条命！阿P又得意起来了。

（本篇月月评短信代码：G175）

（题图：魏忠善）

子报父仇

□杨　格

这天，许大愣去儿子所在的育才中学开家长会，他一路上哼着小曲，胸脯也挺得老高，像赶赴重要宴会的嘉宾。你别说，许大愣还真是有骄傲的资本，他的儿子许文武成绩拔尖，各方面表现都很优秀，哪次家长会不为他这个当爸的挣足了面子？

家长会上，班主任黄老师先是表扬了几个成绩好的同学，许文武当然就是其中的一名。许大愣得意地左顾右盼，巴不得每个人都知道他就是许文武的爸爸。突然，他看到教室后排坐着一个四十多岁的男人，胡子拉碴，一脸愁苦，耷拉着脖子。

当许大愣看清这个男人的时候，心里一震，差点喊了起来：这不是自己的仇人王二海吗？

说起这个王二海，许大愣就一肚子的火。当年，许大愣还在机械厂工作，迟到早退旷工是家常便饭，但他有毛病还不让人说，谁说跟谁抡拳头，几次拳头抡下来，车间里的同事、领导都不敢惹他了。后来，车间里来了个新主任，就是王二海。这王二海人高马大，虎背熊腰，跟人较起真来，天王老子也不认。许大愣不服，继续三番五次地“违法乱纪”，王二海毫不留情，向厂里汇报了几次。结果，厂里按规定开除了许大愣。许大愣一下成了无业游民，连女朋友都和他吹了，那段日子真是苦呀！后来，许大愣为了混饱肚子，硬着头皮做起了服装生意，想不到就此发了起来，到现在自己开起了服装厂，腰包赚得鼓鼓的。

不过，许大愣每次想到王二海，都恨得牙根发痒，总想报一箭之仇。没想到踏破铁鞋无觅处，得来全不费工夫，在这个时候碰见了王二海。

散会后，许大愣就朝王二海走去，可班主任黄老师已经抢先一步叫住了王二海，对他说："你儿子王子强的问题不小啊，上课不专心，作业不肯做，这样下去很危险啊……"

这几句话，许大愣在后面听得一清二楚，他的心里那个痛快就甭提啦！老子混蛋儿熊包，一点没错！黄老师一走，许大愣就走到王二海的面前，嘲讽地说："王主任，这些年看来混得不怎么样啊！"王二海尴尬地笑了笑，说："可不是，机械厂破产了，我和老婆都下了岗，只好去打工，没有时间管孩子，这小子学坏了，还请你儿子多多帮助他。"

回家的路上，许大愣不断琢磨着报仇的事，他想，凭我现在的身份，犯不着亲自动手修理王二海，他不是让我儿子去帮助他儿子吗？就让我儿子修理他儿子，替我出一出这憋了十几年的气。回到家里，许大愣对儿子说："文武，爸爸交给你一项任务，好好把王子强调理调理。"

许文武不明白爸爸的意思，睁着亮晶晶的大眼睛，奇怪地问："怎么个调理法？"许大愣开导道："这王子强不是喜欢违反纪律吗？不是爱撒谎吗？你就整天盯着他，看他有没有违反纪律的事情，看他有没有向老师撒谎，一发现，就向老师告状，让老师好好罚他！"文武更奇怪了："爸，为什么？"许大愣就添油加醋地把当年王二海整他的事说了一遍。许文武听完，沉着头想了半天，喃喃地说"爸，你当年还真的受欺负了。"

许大愣顺水推舟地说道："就是啊，文武，你一定替爸爸出这口气！"许文武迟疑了一会，点了点头。

第二天，许文武放学刚进家门，许大愣就问："文武，今天有没有抓住王子强犯事的小辫子啊？"许文武挺兴奋地说："抓住了，昨天的家庭作业，王子强一题没做，我告诉了老师，老师让他留下来补做作业。看来，他不到天黑回不了家。"许大愣那个高兴呀，他仿佛看见王二海焦急地等着儿子回家的狼狈样子。许大愣一高兴，当即犒劳了儿子一对炸鸡腿。

又过了几天，许文武放学回家后喜滋滋地对许大愣说："爸爸，今天王子强又被老师整了。""哦？"许大愣乐呵呵地追问，"怎么整的？"许文武说："他测验的时候作弊，我告诉了老师，老师又狠狠地批评了他，让他留下来重新做一遍。"许大愣拍着儿子的大脑袋说："干得好，老子再奖励你一对炸鸡腿！"他想了想，又问："王子强犯了那么多错误，老师就没有揍他？"许文武说："我们老师不体罚学生的。"许大愣想想也是，又说："你要经常把王子强的错误告诉他爸爸，狠狠地刺激刺激这个老东西。"许文武迟疑着点了点头。

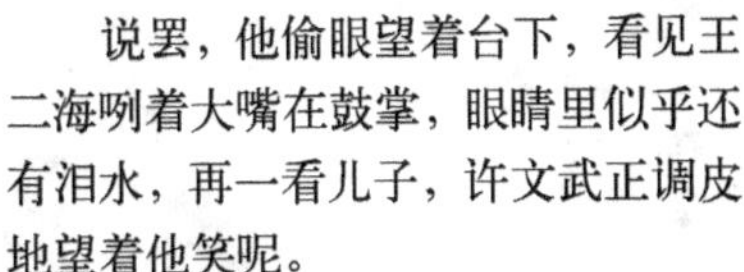

几天后，许大愣问儿子有没有向王子强的爸爸告状，许文武点点头，说王子强的爸爸听了儿子的“劣行”，暴跳如雷，差点揍了王子强。许大愣很高兴，当天晚上酒又多喝了几杯。

转眼，学校又开家长会了，许大愣在一大群家长中又看到王二海，出乎他意料的是，这次王二海满脸喜气洋洋的，还远远地冲他直点头打招呼。许大愣心里骂道：“姓王的，你现在高兴，一会儿班主任批评你儿子的时候，有你哭的。”

家长会开始了，黄老师走上讲台，说：“按照惯例，我每次都先表扬成绩好的同学，不过这次，我要先向一位家长表示由衷的感谢，他就是许文武的爸爸，许大愣同志！”

许大愣一下愣住了，这是咋的啦？他支起耳朵，听黄老师往下说：“许文武同学告诉我，上次家长会上，他爸爸了解到王子强的情况后，主动要求许文武帮助督促王子强，不光这样，他爸爸还经常检查许文武的帮扶是否到位，不断地奖励许文武，来鼓舞他的积极性。在许大愣父子的帮助下，王子强同学各方面都有了进步，成绩更是突飞猛进，这次期末考的名次排在全班第十！现在，让我们欢迎许大愣同志给大家讲几句话。”

台下的家长们马上报以热烈的掌声，许大愣糊里糊涂地走上讲台，憋了半天，才憋出一句：“我和王二海是老同事，这么做，是应该的。”

说罢，他偷眼望着台下，看见王二海咧着大嘴在鼓掌，眼睛里似乎还有泪水，再一看儿子，许文武正调皮地望着他笑呢。

家长会刚结束，王二海快步走到许大愣面前，拉着他的手说：“大愣，真的太感谢你了！这些年来，我一直想向你说声抱歉，当年，我做事太莽撞，伤害了你。我这声抱歉一直没有机会说，今天，请你接受我的歉意。”说罢，深深地给许大愣鞠了一躬。

许大愣的心突然就热乎起来，说：“二海，现在我也是个当老板的人了，如果我有像当年我那样的员工，也会毫不犹豫地炒了他，你没有做错，该道歉的是我。对了，如果你不嫌屈才，就到我的厂里做个主管吧，厂里需要你这样敢说敢管的人！”

回家的路上，许文武搂着许大愣的肩膀说：“爸，其实，在你交给我复仇任务的时候，我就决定用这个机会帮助王子强了。你看，当年王叔叔严格要求你并没有错，就像现在我们严格要求王子强一样。爸，你说我说得对不对？妖许大愣回过身，认真地看着儿子，然后重重拍了一下儿子的肩膀，说道：“你给爸爸上了一课，儿子，你长大了！”

（本篇月月评短信代码：G176）

（题图：安玉民）

·外国文学故事鉴赏·

根据法国作家亨·特洛亚的小说《天子》改编

预约死亡

□余　弋

费拉特尔失业好久了，他穷困潦倒，已经到了走投无路的地步。虽然他的哥哥是“小母牛乳品公司”的大老板，但这个哥哥很势利，已经有十五年不和他往来了。

这天，黄昏时分，天上下着细雨，街上的路灯显得一片迷蒙。费拉特尔失魂落魄地在雨中走着，他的钱包里只剩下三个法郎了。此时，雨越下越大，他只能到一个电影广告栏前躲雨。广告栏里贴着一张片名叫《死亡边缘》的巨大电影海报，他想起，在这个电影里他曾经充当过跑龙套的角色，那次跑龙套，他得到了好几天的饭钱，可现在连这样可怜的机会也没有了。他感到疲惫不堪，想赶快回家去，可是当他想到妻子和四个嗷嗷待哺的孩子，他又停住了脚步，犹豫再三，终于鼓起勇气来到了一家店前。

这家店，名为“皮尔殡仪馆”。费拉特尔看见殡仪馆老板皮尔正挺着大肚子，傲慢地站在门前欣赏着街上的雨景。费拉特尔虽然和皮尔是中学同学，但平时他非常讨厌这个商人，从不与他来往。可是今天，他实在无路可走了。

出乎意料的是，皮尔老板竟然十分热情地邀请这位落魄的同窗进屋去暖和暖和。费拉特尔机械地跟着他走进了一个摆满了棺材的大厅，那阴森森的大厅，令人毛骨悚然。

坐下后，皮尔老板不断地向老同学夸耀自己的生意经，他自负地指着马路对面的一家“茂伊殡仪馆”，说：“这些蠢货只知道等死人上门，而我，在人们健在的时候就把生意预约好了，这需要手腕，需要天才，需要创造和想象……”

皮尔说着说着，突然把话题一转，说：“老同学，我非常欢迎您做我的顾客，并愿意资助您五百法郎作为预约费……”

“这……”费拉特尔不知所措地张大了嘴巴，一时不知如何回答。

“其实这很简单。”皮尔说，“只要您写一份遗嘱，要您的哥哥以后为您在皮尔殡仪馆安排一个第一等的葬礼就行了。”

费拉特尔呆住了，他正想说什么，这时皮尔从口袋里掏出了五张一百法郎的钞票摊在桌上，以一种诱惑的、主宰对方命运的口气说：“你想过没有，这能买多少东西？至少它能使你不再挨饿受冻！”

费拉特尔的内心在痛苦地煎熬着，可是为了家里的妻子孩子，他违心地接受了五百法郎的死亡预约金，费拉特尔木然地拿起笔，按照皮尔的口述，写下了自己的遗嘱。

费拉特尔精疲力竭地回到家里，已经是晚上八点多钟了。五百法郎，给全家带来了一片欢笑，妻子很快买回了面包、火腿和酒。费拉特尔凄楚地望着欢天喜地的妻儿们，看着孩子们狼吞虎咽地吃着，他却无法下咽，他觉得孩子们每吃一口，都像在咬他。

这以后，费拉特尔的生活更加凄惨了，他每天出门，都要从皮尔殡仪馆门前走过，他总是低着头想悄悄溜过去，可是皮尔那令人惊恐的话语却从未放过他：“喂，老同学，您身体怎么样？”

“不……不太好……”他只能讷讷地苦笑着回答。他懂得皮尔这句问候话的本意，他拿了别人的五百法郎的预约金，别人在等他死呢！这样每天的精神折磨，他生不如死，他意识到已经出卖了自己，又拿不出这笔巨款去赎回自己的生命，他不得不郑重地考虑死！

圣诞节的早上，费拉特尔收到一张明信片，上面只有一句话：“皮尔先生对费拉特尔先生怀着美好的期待！”费拉特尔拿着这明信片，心惊肉跳，他明白皮尔等得不耐烦了，想在最短期间内要他的性命，他觉得天旋地转，一夜不曾合眼，蒙眬中似乎看见皮尔拿着那份遗嘱走到床前，他吓得大声叫道：“皮尔先生，我一定尽快履行我的诺言！”被惊醒的妻子使劲把他摇醒，打断了他的梦呓。他只觉得眼前漆黑一片，他已无路可走，他必须病倒、必须死！

第二天，费拉特尔走进一家药

2005年《中国最有影响力的故事》征文启事

6大措施奖励优秀作品

《故事会》杂志社决定，2005年举行《中国最有影响力的故事》征文大赛，并对优秀作品实行6大奖励措施：

1. 入选作品除在杂志上发表外，还将收入《中国最有影响力的故事》（2005年年底出版）一书。2. 入选作品可得两笔稿酬：在《故事会》杂志发表的作品，首发稿酬每千字400元；入选《中国最有影响力的故事》一书，再追加每千字1000元。3. 入选作品的作者每人可得价值超1000元的《话说中国》一套（“月月评”的第一名获奖作者不重复这一奖励）。4. 入选作品均颁发奖励证书。5. 本刊将委托有关专家对入选作品进行精彩点评。6. 本刊将邀请有关作者参加优秀作品研讨活动，所有费用均由编辑部承担。

征稿范围：具有现实感、新鲜感且可读性强的中短篇原创作品，超短篇（如幽默故事）的字数一般在1500字以内，短篇（如中国新传说）的字数一般在5000字以内，中篇故事的字数一般在15000字以内。第三次截稿日期：2005年9月30日。

来稿方法：1. 从邮局寄发，请在信封上注明“征文大赛”字样，本刊地址：上海市绍兴路74号《故事会》杂志社，邮编：200020。2. 从网上传递，可寄以下信箱：wulun@vip.sohu.net，在主题上注明“征文大赛”字样，也可直接与本期责任编辑联系，信箱是：keyin118@163.com。

店，买了一盒安眠药，他准备对皮尔说：“欠你的债，今天就可以清了！”

费拉特尔拖着沉重的步子走到皮尔殡仪馆前，可是馆门紧闭着，连铁栅栏也放了下来，门口贴着一张双重黑框的告示“因丧事而停业。”费拉特尔觉得奇怪，他忐忑不安地问看门的女人，能否让他见见皮尔老板。那女人上上下下打量了他一阵，然后冷冷地说：“老板昨晚心脏病突发，死了，里面正在为他举行葬礼呢！”

费拉特尔如释重负地长出一口气，靠死人为生的人死了，做死亡预约交易的老板死了，自己又成了自由人。费拉特尔呆呆地伫立了很久，他在想：我，我应该到哪里去呢？他抓了抓头皮，终于慢慢地穿过街道，推开了马路对面茂伊殡仪馆的大门。

“先生，”费拉特尔自我介绍说，“我是‘小母牛乳品公司’老板费拉特尔先生的弟弟，我想和你们谈一笔生意……”那家殡仪馆的老板受宠若惊地欢迎这个财神爷的到来，于是，费拉特尔又给茂伊殡仪馆写了一张遗嘱……

（题图：箭　中）

兄弟情短

□赵振业

乾隆年间，刘员外家有一对双胞胎，老大叫刘福，老二叫刘宝。这两兄弟长得一模一样，要是穿着同样衣服，就连他们的父母都很难分辨。这老大刘福风流倜傥，放荡不羁，做什么事都没长性；而老二刘宝聪慧过人，才华横溢，琴、棋、书、画样样都精，“四书五经”倒背如流。

这年，刘福、刘宝兄弟两人去京城参加三年一次的会试，考完后两人住在客栈里静候佳音。一天，门外突然锣鼓喧天，只听衙役高声喊道：“进士及第，第一甲第一名——刘宝，请上马巡游！”刘福、刘宝一听，兴奋得狂跳不止，哥俩紧紧拥抱，热泪盈眶，更让刘宝想不到的是他那篇《论天与地》的文章，字字珠玑，气势磅礴，乾隆皇帝看后赞不绝口，金殿上又见他仪表堂堂，谈吐不凡，当即就钦点刘宝为新科状元。此事一时轰动京城，家喻户晓。

三天后的一个晚上，刘宝突然想起还在客栈的兄长，不知道他现在怎么样了，就急忙升轿直奔客栈打探。

刘宝到了客栈，只见刘福面容憔悴地躺在床上，刘宝忙上前问道：“哥，你怎么了？”刘福见弟弟官袍加身，气宇轩昂，不由得号啕大哭：“哥哥我名落孙山，实在无颜回去面见父老乡亲，还不如一死了之。”

刘宝连连劝慰，刘福哪里听得进去，他从床上下来，“扑通”一声给弟弟跪下：“哥要你现在就帮我。”

刘宝吓了一跳：“你这是干什么？我现在怎么帮你？”

刘福说：“我不像你那么有才华，即使再考，哥自知也是没有希望。咱俩长得如此相像，不如互相替换身份，你变成我，我顶替你，以后会试，你还会高中的。”

刘宝一听立刻变了脸色，厉声说道：“你可知道这是欺君之罪，要杀头的！”

刘福说“没有人会知道的。我一定小心谨慎，绝不露出马脚。如果你不答应，我只有去死！”

刘宝心如刀割，忍不住流下眼泪，看着哥哥跪在那里用乞求的眼神望着自己，他不由长叹一声，扶起哥哥，说“好吧，不过你必须得答应我，要做一个好官，勤政爱民，为百姓多做好事。”

刘福忙说：“我发誓：我一定做到，否则不得好死！”于是，刘宝就把自己写的那篇文章默下来，交给哥哥，告诉他一定要熟记于心，然后两人互换了衣服，临别的时候刘宝再三嘱咐：“你赶紧乘轿回翰林院，不要担心，我明天就回家。你今后的名字叫刘宝，我叫刘福，切记！”叮嘱完了，刘宝泪眼涟涟，目送刘福乘轿远去。

不久，刘福被任为翰林院大学士，进入官场后他如鱼得水，上任头一年，政绩突出，随即又掌管刑部要职，权力大了，刘福渐渐地变了，从收取一些好处费到胆大妄为，贪赃枉法，弄得满朝文武都跟着学。

阳春三月，桃花盛开，刘宝再次进京会试，他真不愧是才高八斗，那篇如千军万马、恢弘雷霆的文章令乾隆皇帝拍案叫绝，立刻钦点为状元并宣召觐见。

乾隆一见刘宝，不由大吃一惊，说：“你怎么跟刘大学士长得如此相似？”

刘宝忙解释道：“刘大学士和我是双胞胎兄弟。”

乾隆一听龙颜大悦：“你们兄弟皆有惊世之才，同为状元，实乃我大清兴旺之兆，将永传为人间佳话。”

后来，刘宝被封为钦差大臣，皇上亲赐尚方宝剑，着他巡游各地督察政务，惩治腐败。刘宝也不负皇命，他铁面无私，秉公执法，许多贪官污吏纷纷落马，黎民百姓无不拍手称快。

这天，钦差刘宝返京途中，突然听到轿外有人高喊“冤枉”，探头一看，只见一姑娘跪在前面，手举状纸，拦轿喊冤，刘宝立刻命令：“停轿，状纸拿过来。”

待刘宝接过状纸一看，不由大吃一惊，原来姑娘要告的竟是当朝一品大学士、也就是他刘宝的哥哥！刘宝

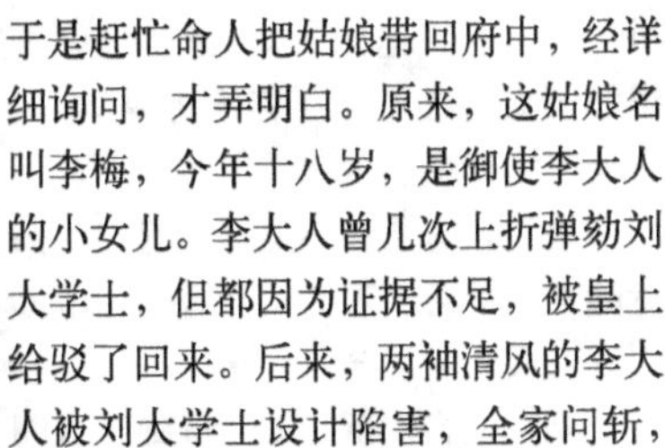

于是赶忙命人把姑娘带回府中，经详细询问，才弄明白。原来，这姑娘名叫李梅，今年十八岁，是御使李大人的小女儿。李大人曾几次上折弹劾刘大学士，但都因为证据不足，被皇上给驳了回来。后来，两袖清风的李大人被刘大学士设计陷害，全家问斩，只有李梅逃脱一死。她得知钦差刘大人铁面无私，就冒险拦轿鸣冤，已在此等候了三天。

刘宝听完李梅的哭诉，便说：“这个案子实在太大了。为了安全，你暂且住在我府上，待我有了充分的证据，我一定严办！”

这天晚上，刘宝躺在床上，辗转反侧，为官以来，听到不少关于兄长结党营私、草菅人命的事，看来这都不是谣传……刘宝正这么想着，忽听外面一阵喧哗：“有刺客！抓刺客呀！”院内巡逻的侍卫们大声喊着，刘宝一听，暗叫“不好”，立刻披衣出门，这时侍卫前来禀报：“有一黑衣人越墙而逃。”刘宝急急来到李梅的房间，推开门一看，只见李梅倒在血泊之中，胸中插着一柄短刀，已经奄奄一息，她见了刘宝只说了句“我爹是冤枉的”，就断了气。刘宝呆呆地看着她，一字一句地说：“我定会还你个公道！”

李梅的死令刘宝愤怒无比，愧疚万分，也加重了他对兄长的怀疑，决心要查个水落石出。这天，恰好乾隆接到了几个参刘大学士的奏折，不觉

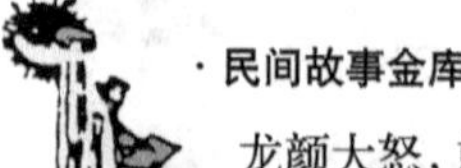

龙颜大怒，就把刘宝召来。刘宝见了乾隆，立刻奏道："为整肃吏治，请允许臣展开调查，以堵众人口舌。"乾隆静静地望着他，说："朕召你来，就是想让你查清此事。"

经过细致而周密的侦查，终于找到了几个涉案证人，可是，还没等到正式审讯，却都被暗杀灭口，皇上得到回禀后，无奈地说："如果真是无凭无据，此案就到此结束吧。"

这天，正是刘宝、刘福兄弟两人的生日，刘宝邀哥哥刘福到府上饮酒庆贺。兄弟俩把酒言欢，其乐融融。酒过三巡，刘宝说："哥哥，平日里饮酒过量时，没有把当年你顶替我做了状元的事告诉别人吧？"

刘福说"这可是欺君之罪，关系到你我的生死，怎敢吐露半个字？"

刘宝接着说："身为一品大学士，皇上委你高官给你厚禄，为什么还要陷害那么多忠直大臣？幸亏知情人都被你杀了灭口，死无对证，要不然定将大祸临头！"

刘福冒火地说："他们这些人处处和我作对，我岂能容忍？顺我者生，逆我者必死！"

刘宝又问："难道你忘了当年我们交换身份时，我怎么跟你说的吗？"

刘福"嘿嘿"一笑，说："记得，我也想做个好官，可官场似赌场，一步错，百步歪啊！"

刘宝又说道："你贪污了那么多银子不说，还杀害了许多无辜的人，真令我痛心啊！"

这时，刘福的眼里渐渐露出了阴毒的光，他说："我不心狠手辣，就办不成大事，就不会有今天！"

刘福话音刚落，突然听到有人朗声说道："可惜啊，从今天起，你就没有明天啦！"刘福回头一看，只见乾隆怒容满面地从屏风后面走了出来，身后还跟随着几位大臣。刘福立刻明白上当了，这一切都是弟弟安排的！他恶狠狠地瞪着刘宝，再也说不出一句话来。

乾隆喝道："来人，扒下官服，打入天牢，等候处置。"刘福被拖下去后，刘宝惶恐地跪下："请皇上治臣的欺君之罪。"

乾隆亲自扶起了刘宝，说"朕念你忠心为国，大义灭亲，就改命你为扬州知府，并罚你把名字改了！"

从此，刘宝更名为刘墉，他夜以继日拼命地忙于政务，废寝忘食鞠躬尽瘁，经常累得连走路都直不起腰来，时间一长，积劳成疾，脊椎就变形了，他的后背就成了个罗锅。

数年后，刘墉又被乾隆皇帝重新起用，召回京城官拜中堂，成了首辅大臣。据说，他就是民间传颂的"宰相刘罗锅"。

（本篇月月评短信代码：G177）

（**题图**、**插图**：黄全昌）

 永不沉睡的良心，不断地鞭策着人们。虽然无声无息，却致伤殊深。——蒙田

珍珠项链

□张国永

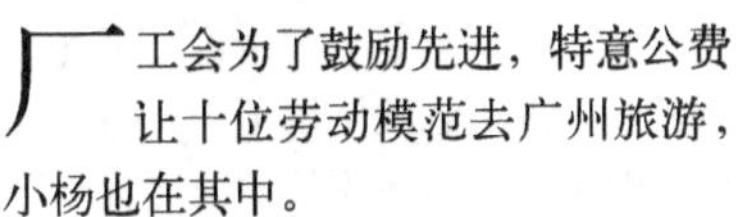

厂工会为了鼓励先进，特意公费让十位劳动模范去广州旅游，小杨也在其中。

临出发时，小杨的妻子方芳把4000元钱塞给了丈夫：“给，路上花着。”小杨连连推辞道：“不，不，留着给儿子买电脑吧。”“不，你拿着花吧，电脑的事咱再想办法，外出旅游，总得买些纪念品，你想买什么就买什么，不要心疼钱，千万别留下什么遗憾！”

妻子真是好妻子，方芳的每句话，小杨听了都像吃蜂蜜一样甜到了心里。正要上车时，有人过来跟方芳打趣：“小方啊，小杨去广州，你可得让他给你多买几件好礼物哟，像什么金项链、金镯子，金耳环。”扭头又对小杨说，“你说是给小方买呢，还是给你外面的那个小情人买呀？”说完，哈哈哈地大笑起来。听了这样的玩笑话，小杨一本正经说：“当然是给小方买了。”

半个月后，小杨从广州回来了，工会主席亲自把他送到了家。方芳那天正好歇班，看到他们回来了，连忙端水泡茶。这回工会主席也开起了玩笑：“小方啊，你老公对你真不错吔，我们分散活动时，他花了3400元给你买了一条珍珠项链，哎呀呀，连我都眼红啊！”方芳听了，心里又开心又有点心疼，开心的是丈夫竟然舍得花这么多钱给自己买项链，但花了这么多钱，不免感到心疼，于是，她使劲儿瞪了小杨一眼，那意思是责怪他花钱太多。小杨见了，望望工会主席，张张嘴想说什么又没说出口。

到了晚上，小杨从贴身小包里掏出一根亮晶晶的项链，递给方芳，方芳见了，开心得差点晕了。

小杨问：“喜欢吗？”方芳像结婚前收到小杨的第一束玫瑰花似的，羞涩地说：“喜欢。”忽然又抬起头心疼地说，“就是贵了点儿！”

小杨又张张嘴，想把实情告诉她，其实，这根项链是仿真的，才40元钱，可看到妻子那兴高采烈的劲儿，又不忍心破坏她的好心情，于是，顺口说“贵点算什么，只要你高兴就好，来，我给你戴上！”说着话，他就要给方芳戴上，方芳说：“算了，你出差半个多月，怪累的，还是我自己戴吧！”说完就伸手来拿项链，小杨想向妻子献献殷勤表现表现，争着要亲自给方芳戴。两个人你争我夺，突然“啪”的一声，小杨手上的项链竟然掉在地上。方芳心疼地弯腰去拾，可不知怎的，项链虽然拾了起来，但两头接口的挂钩却找不到了。夫妻俩找遍了屋里的角角落落也没找到，方芳叹口气说：“找不到，那就再去配一个吧。”

没过几天，小杨突然发现那亮晶晶的项链出现在方芳的脖子上，衬得她那细嫩的脖子更加白皙，忙问：“芳，挂钩找到了？”方芳神采飞扬地回答：“哪找到呀，我去配了一个，人家都说我戴上它好像年轻了十几岁哩！”

小杨忙问：“那配一个挂钩多少钱？”

“白金的，一克185元，共五克，925元，还不到一千呢。”

听妻子轻描淡写的话语，这下轮到小杨心疼了：那项链才40元，这挂钩倒要近千块，本末倒置了吧。可他没敢跟方芳说，他怕方芳知道后会后悔不开心，心里说：把这美丽的谎言继续下去吧！

方芳觉得这是丈夫给自己买的贵重礼物，戴上它就显示了丈夫的一片情，因此不论白天还是晚上都舍不得摘下来，加上这根项链的仿真程度高，一般人光凭肉眼难分真假，于是，就引来了大麻烦。

几天后的一个晚上，方芳独自一人上街买东西，回来的路上被歹徒盯上了。这个歹徒看到方芳脖子上的珍珠项链亮晶晶的，就动了邪念，跟着方芳走到一个偏僻的地方，猛然冲过去一把拽住项链，拼命拉着，想抢走就跑。

方芳视项链如命，怎肯让人轻易抢走？于是她拼命拉住了项链的两端挂钩，大喊起来："歹徒抢劫了——"歹徒害怕了，用劲一拉，项链断了，他握住链身跑了。

方芳看着握在手里的挂钩儿，心疼得眼泪直流，等她报了案回到家，就觉得没脸见小杨，偏偏小杨关心她，问道："人没事吧？人没事就好。"方芳抹着眼泪说："可……可你给我买的项链没了。"说着亮出手掌心的挂钩，"只剩下这个了。"

见千把块的挂钩还在，小杨心头大喜，冲口而出："好、好。"方芳见小杨对这么贵重的项链没了不但不心疼还说"好"，她说不清是感动还是心疼，心里只想哭，越哭越伤心，直到张嘴号啕大哭。

小杨劝她劝不停，哄她不管用，见方芳眼睛都哭肿了，这下他心疼了，想了想，决定实话实说了："我的好老婆，不要哭了，其实……其实那项链是仿真的，只值40元钱。"

方芳一听，眼睛瞪大，盯着小杨"你说啥？"

小杨像个做错事的孩子，低着头，嘴里嘟嘟哝哝地说"那项链是仿真的，只值40元。"方芳听到此处，突然……

本期有奖竞猜的题目是：故事最后的结局是——

A:方芳笑了（短信代码GA）；B:方芳哭了（短信代码GB）；C:方芳没有表情变化（短信代码GC）

（题图：黄全昌）

猜情节，赢大奖

开动脑筋，猜想正确的情节！请选择你认为正确的情节发展，将其短信代码发送到200056（中国移动）或900056（中国联通）。我们将在本月下半月的刊物上刊登这个故事的结尾，并从竞猜正确的读者中抽取优胜奖20名，赠送价值100元的纪念品；从参加竞猜的全部读者中抽取参与奖500名，赠送价值10元的纪念品。

参加全年情节ABC活动，并猜对全部情节的3名读者更将获得特等奖彩信手机一部！本期活动截止日期为9月5日。

得奖读者在评选结果揭晓后将得到短信通知。本活动每条短信收取0.50元。

难关是自己

□梁红芬

阿超是公认的好人，可好人却被小人暗算，吃了冤枉官司。官司一结束，人就病倒了，一检查，他患了肺癌。

家人亲朋听说阿超得病，有的找神婆问卜，有的到寺庙求签，结果答案不一，有的说阿超的病是前世造下的孽，有的说阿超得罪了小人，也有的说阿超吸了邪气……

阿超躺在家里，心乱如麻，情绪低落，他对治疗已经失去信心，每逢亲友来探病询问，阿超总是那句:“命中有难，在劫难逃！”

这天，一好友来访，带来一位“高人”，说此人能帮助阿超逢凶化吉。

“高人”年过半百，精神矍铄。他仔仔细细看了阿超一阵，果断说道:“有救有救，10天后就见分晓。”阿超疑惑地望着“高人”，希望他说出点道道，好让自己信服。

可“高人”一句道道也没说，只是拍了拍阿超的肩头:“去洗个澡，理个发，10天后请我喝茶。”说罢走了。

阿超数着日子过，觉得心情一天比一天好，身体一天比一天健，到了第9天，他梳洗一番，准备请“高人”喝茶。

第10天上午，“高人”如期而至，一见阿超的气色和精神，连说:“好，好，有救了。”阿超激动地握着他的手，说:“谢谢高人，是你救了我的命！”接着他们喝茶、聊天、下棋。阿超说:“高人，我有一事不明，为什么我这个公认的好人却要遭此苦难，而

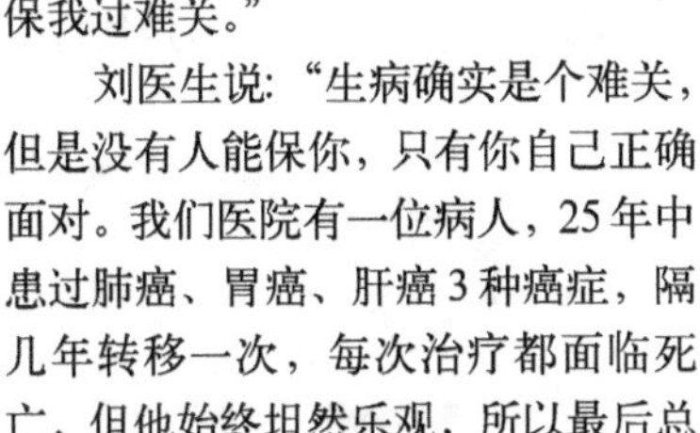

有些作恶多端的人，却没病没灾？这世道太不公平了。”

“高人”笑笑说：“每天都会有不明之事，我看多一事不如少一事，多想无益。每人都有不足之处，但生病不是哪个人的错。我看你还是该干什么干什么去吧。”

“高人”的话虽属答非所问，但阿超听进去了。他想，既然生病不是谁的错，也就无需计较，慢慢治吧。

不久，阿超手术成功，但医生说“五年之内是危险期，度过五年，才脱危险。”

如何才能度过五年，阿超忐忑不安地问“高人”。“高人”说：“你是相信科学呢，还是相信命运？”

阿超说：“我都信。”“高人”说：“好。那你就继续打太极拳，继续治疗，继续行善，该干什么干什么。到了第4年的最后一天，我告诉你怎么逃过劫难。”

阿超高兴了，放心了，不再去想命运，不再怨天尤人，该干什么干什么。

到了第4年的最后一天，“高人”没有出现，阿超按照“高人”留下的口信，来到省城一家大医院里，找到了一位姓刘的医生。

刘医生给阿超做了详细的检查，说他的情况尚好，但又告诉他，肿瘤复发的可能性还是存在的，因此不能放松警惕。

阿超听了不以为然地说：“我不会复发的，有人会保我过难关。”

刘医生说：“生病确实是个难关，但是没有人能保你，只有你自己正确面对。我们医院有一位病人，25年中患过肺癌、胃癌、肝癌3种癌症，隔几年转移一次，每次治疗都面临死亡，但他始终坦然乐观，所以最后总是出乎意料地康复了。”

阿超叹道：“这人的命也太不好了。”

刘医生说：“今天这位病人也来了，可能发现了淋巴瘤，我带你去看看他。”阿超想见一见这位可怜的病友，可能的话，他会请“高人”帮他逢凶化吉。

进入病房，阿超见病人一边打着点滴，一边和同房病友聊天。刘医生正想介绍，那人竟欢快地喊起来：“阿超，你果真来了。”

阿超惊得怀疑自己的眼睛和耳朵，他做梦也没想到，那个25年中得过3种癌症的倒霉鬼竟是他信服崇拜的“高人”。阿超不解地问：“高人，您不是会算吗，怎么不给自己算算呢？”

“高人”哈哈大笑道：“年轻人，人算不如天算。所谓命运，就是你的人生态度，难关就是你自己。来，来，来，陪我下棋。”

“高人”是否能再次安然无恙，未

"掌上灵通杯"《故事会》优秀作品月月评

1. 本期初评委推荐以下10篇故事为候选作品，读者可挑选出你最喜欢的一篇，将其月月评短信代码（如G170，没有短信代码的作品不参加评选）发送到200056（移动用户）或900056（联通用户）。每次限选一篇，可多次投票。

篇名与短信代码

代码	篇名	代码	篇名
G170	胖姑娘瘦姑娘（P13）	G175	意外之财（P43）
G171	你过不去这座山（P26）	G176	子报父仇（P45）
G172	热线电话（P31）	G177	兄弟情短（P51）
G173	父亲啊父亲（P34）	G178	难关是自己（P58）
G174	欢欢喜喜过个年（P38）	G179	奇人蜂王（P61）

2. 作者奖：每期设"最受欢迎的故事"三篇，由得票最高的前三名作品获得。这三篇作品均将列入本刊今年举办的"中国最有影响力的故事"征文大赛候选名单。第一名的作者还将获赠上海文艺出版总社出版的大型历史图书《话说中国》一套（价值1100元）。

3. 读者奖：参加评选并选对当期"最受欢迎的故事"的读者均有机会获得现金奖，每期20人，各获现金500元；所有参加评选的读者均有机会获得参与奖，每期200人，各获精美礼品一份；参加全年20期以上评选的读者更有机会获得年终大奖，共12人，各获价值5000元的数码摄像机一台。

4. 本期活动截止期为：9月5日。得奖读者在评选结果揭晓后将得到短信通知，用户接收每条短信收费0.50元。

另外，本刊推出封面图片下载、评选的活动，形式新颖，奖品丰厚，请留意下半月刊的启事。

"掌上灵通杯优秀作品月月评"2005年7月(上)评选揭晓

2005年7月（上）获得选票前三名的作品分别为：《陶玉山的愤怒》(5550票)、《他乡异客》(4429票)、《冬至的雪夜》(2475票)。

有下文，但阿超却从此不再怨命了。

雨果曾说："所谓活着的人，就是不断挑战的人。不断攀登命运峻峰的人生的意义，在于不断努力创造，登上高峰。"受苦的人们常常抱怨多舛的命运，而去寻求一个身外的庇护神，殊不知，真正缔造奇迹、创造幸福的"神灵"就是你自己。

（本篇月月评短信代码：G178）

（**题图**：黄全昌）

（本栏目欢迎来稿。来稿可从邮局寄发，也可从网上传递。如为电子邮件，请发以下信箱：keyin118@163.com）

野蜂沟来了一个黑老头，他古怪神秘的除蜂之术让人咋舌，所到之处，攻无不克，“蜂”平浪静后，谜底渐现……

奇人蜂王

□张国华

晚清年间，在皖东八百里张八岭中，有一个名叫野蜂沟的金矿，这金矿的老板，外号人称马大炮。这个马大炮，可不是一般矿主，他是清朝中堂大人李鸿章的小舅子。这家伙仗着姐夫势力，养了不少官差打手，手中有枪，包里有钱，在这深山野岭中，欺男霸女，无恶不作。

这年秋天，有个名叫翠花的小媳妇，跟着丈夫从外地来矿上淘金，这天下午，她到河边洗衣，遇到了几个如狼似虎的官差，喊着叫着追过来，想强暴她，翠花夺命逃进了老林之中。一直到天黑了，几个差人和小媳妇一个也没从树林中回来。马大炮派了几个矿工去找，结果在一棵大树底下，发现了官差和小媳妇，只见他们一个个头肿得像笆斗，全都死了。大家惊叫起来“哎呀，不好，他们遇到杀人蜂了！”

这杀人蜂到底是个什么东西，人们怎么会谈蜂色变呀？

原来这野蜂沟因蜂得名。这儿有一种大黄蜂，俗称“杀人蜂”，它们喜欢在树上做巢，一窝就有成千上万只，有蜂王、工蜂、警戒蜂，简直是个小王国。这种蜂个头大，只只都有拇指粗，毒性非常大，只要有五六只蜂蜇你，你就别想活命。有人曾亲眼看见一头上千斤的大牯牛被十几只杀人蜂子活活蜇死。马大炮的洋枪洋炮只能对付老百姓，却对付不了它们，也不敢惹它们。可是你不敢惹它们，它们却主动登门拜访来了。

金矿附近有个小山村，村里住的全都是淘金者的家眷。不知什么时候起，一群杀人蜂偏偏飞到村子正中央的一棵大槐树上，筑起了一个脸盆大的巢，上面密密麻麻爬满了杀人蜂，还派出警戒蜂在附近警戒，不准任何活物靠近。因为这窝蜂子太误事，有人就想除掉它们，那人趁着夜色用火去烧蜂巢，结果被警戒的杀人蜂活活地蜇死了。村里人心惊胆战，有人干脆整天窝在家里不敢出来。

这天，村里来了个六十来岁的老头，他面孔铁黑，还驼着背，自称姓汪，有一手降服杀人蜂的绝活，人称“蜂王”。他站在远处，上上下下仔仔细细看了看那个大槐树上的蜂巢，然后说：“今天晚上我就把这窝蜂除了，但我有三个条件，第一，我除蜂时，村里所有的女人都必须关上门呆在屋里，绝对不许偷看；第二，要有两个手脚麻利的青年给我当助手；第三，这窝蜂里面有十几斤上等的蜜，那蜜得归我。”村里人立马答应了他。

老头怎么除的蜂窝，除了两个帮手，谁也不知道。第二天，大家来到老槐树下一看，奇了，那窝杀人蜂果然没了！有人问两个给老头当帮手的青年，那两个小伙子却红着脸说：“当时天黑，我们什么也没看见。”

村里的蜂没了，一个星期后，野蜂沟金矿却成了杀人蜂的天下，矿井旁、房檐下，甚至厕所里，不知哪来的很多杀人蜂的巢块。这蜂子有个习性，只要有一点巢块，它们就会把那儿当成家死死地叮住不放。有几个官差不小心被蜇得一命呜呼，矿工们因怕杀人蜂，打死也不愿意来上工，急得马大炮跳脚骂娘团团转。他听说蜂王汪老头有治蜂绝活，马上派人请老头去帮他们治蜂。汪老头开始不愿意，说：“野蜂沟里的杀人蜂太多了，我治不了。”马大炮圆瞪驴眼，软硬兼施，老头只得答应了。老头说，矿上的蜂太多，晚上看不见，得大白天除才行，还是那三个条件。马大炮二话没说，答应了。听说“蜂王”大白天要除杀人蜂，附近的人都站在远处观战，看老头有什么绝活。

蜂王先是像做贼一样往四周看了

 你既种下一颗恶种子，休想获得善的果实。——萨迪看，确信附近没有女人，然后三下五除二，把自己身上的衣服脱了个精光，人们这才明白他不让女人看的原因。接着老人从一只瓦罐里掏出蜂蜜，浑身上下抹了厚厚的一层，转身又让助手在他的脊梁后面也仔细地抹了。涂抹完了，老头提着一条大麻袋慢慢靠近那些蜂巢。

杀人蜂一天24小时都处于一级战备状态，百十只警戒蜂在方圆三五十米范围内巡逻，那骇人的嗡嗡声，就像航空母舰巡航的战斗机群，随时准备向来犯之敌进攻。这时，警戒的杀人蜂已经发现了蜂王，它们马上用翅膀语言通知蜂群，眨眼之间，蜂巢上近一半的杀人蜂像一股轻烟轰然而起，向蜂王扑来，众人见了吓得闭上了眼睛。

但奇怪的是，蜂王一点没有反应，仔细一看才知道，杀人蜂不是蛰他，而是忙着采他身上的蜂蜜。蜂王慢慢地走到蜂巢跟前，像捡蘑菇一样，伸手就把蜂巢捡进了麻袋，然后扎紧了袋口。这时，在外面散飞的那些杀人蜂盲目地乱飞起来，有的叮在原先有蜂巢的树枝上，有的叮在蜂王的身上，但蜂王一点也不惊慌，他伸出手来，像抹澡一样，轻轻将爬在身上的杀人蜂抹下来，装入袋中。

蜂王休息了一会儿，仍旧光着身子，拎着那只麻袋来到马大炮前，把麻袋递给他，说："这些蜂子随你怎么处置吧。"马大炮对蜂王翘起了大拇指，说："看你是个奇人，以后就在我矿上干吧！"谁知他话刚落音，蜂王突然松开了麻袋口，顿时成千上万只杀人蜂像一股烟，从麻袋中飞了出来，大部分落到了蜂王身上，一层层把他包了个严严实实，蜂王马上变成了一个大蜂球，但杀人蜂并不蛰他，而散飞的蜂子却见人就蛰，马大炮又惊又急，掏出洋枪向蜂王开了枪。这枪"砰"的一响，杀人蜂就炸了窝，马大炮还没弄清是怎么回事就被蛰死了。蜂王虽然也死了，但嘴角上却挂着笑意。

这"蜂王"汪老头到底是什么人？他为什么要放杀人蜂蛰死马大炮呢？据几位淘金的老人说，老头的确姓汪，年轻时曾在矿里淘过金，据说后来淘到一块狗头金发了点小财，就跑回老家娶妻生子去了。老头有一儿一女，儿子后来参加太平天国，被李鸿章的人打死了，女儿翠花长大嫁人后，跟着丈夫来野蜂沟淘金，谁知也被马大炮的人给逼进老林，最后被杀人蜂蛰死了。汪老头发誓要给儿女们报仇，他在野蜂沟淘过金，多少知道一些杀人蜂的习性，他又只身进山找一位采药老人，向他拜师学了治蜂绝活，便来到野蜂沟，终于为儿女们报了仇。

（本篇月月评短信代码：G179）

（题图：黄全昌）

·中篇故事·

上海滩上斗虫记

□王琪森

1. 中秋，一个乞丐在敲门

在一个中秋节的夜里，桂花飘香，明月高悬，此时，上海大多数人家都在共度良宵，团聚赏月，而在市西福康里的卢家大宅里，却显得十分冷清而沉寂，似乎笼罩着不祥之气……

事情是这样的：数天前，卢家少爷卢小开瞒着卢老爷去斗蟋蟀，上海人把斗蟋蟀叫作“斗虫”，又叫“上栅”——蟋蟀决斗时是在一个长方形的笼栅里，故得其名。卢小开是上海米行大老板的儿子，这天他拿去的是一只出自上海七宝地区的名虫“蟹青铺铁砂”，而对方是地皮大王的小开金少爷，他的虫叫“柏叶青”，出自山东宁津，“聊斋”中有一篇《促织》，这故事中说的蟋蟀就出在那里。双方下的赌注是十二根金条，最后卢小开输了，这一下他可急坏了：入秋斗虫赛事开始以来，卢小开已将卢老爷交他经营的五家大米行输得仅剩一家，原想翻本，才下了大注，这一输则意味着卢小开名下的米行全部输光了！卢小开从小养尊处优，哪经得起如此打击？他顿时冷汗如雨，手脚麻木，当场昏倒在斗房。下人将卢小开送回卢府，卢老爷又急又气，一边连连骂着“不肖之子”，一边派人速请名医前来诊治，医生来后诊视了一番，临走时对卢老爷讲：少爷只是急火攻心，再加上心情紧张，人就虚脱了，好生调养即可。两天下来，卢小开的病情渐渐好转……

眼下中秋之夜，卢小开正独自一人在桂花飘香的前花园小坐，一边喝着有些苦涩的绿茶，一边翻阅着南宋“蟋蟀宰相”贾似道编著的《促织经》，想从中悟出些什么，他对这一次的败北，还是耿耿于怀。

也就在这个时候，卢家大院的前门被人轻轻叩响：“笃、笃、笃”，管家前去开门，一看，站在眼前的是一位衣衫褴褛的老乞丐，他中等个子，脸上胡子拉碴，面容有些憔悴，乞丐见了管家，吞吞吐吐地说：“老板，能给口吃的吗？”

“去！去！去！”管家一边吆喝一边驱赶着，“讨饭也不看看什么日子，今天可是中秋节！”

“凡是今天来乞讨的，都是事出无奈。”那乞丐一边说着，一边摆出了一副不给不走的架势。这时，卢老爷在客厅里知道了这事，就传出话来：“让他进来吧，带到厨房，拿些饭菜给他。”

过了一会儿，管家带着老乞丐从厨房里走了出来，乞丐拱手作揖给卢老爷道谢，也恰恰是在这时，老乞丐看到了卢老爷身后的一道红木屏风，屏风上镌刻的是杭州西湖的一景：湖光山色中掩映着一间书斋，窗外月光如洗、繁星满天，在书案后坐的是东坡居士，他身体微胖，宽袍大袖，正秉烛细观着一只蟋蟀，此虫头皮上透着紫光，黑翅闪出金光，黑背、黑腹、黄足，原来是一只铜头铁背将军虫！从东坡居士那专注的神情和微微展露的笑容中，可以感受到他觅到名虫后的高兴。仕途的凶险，官场的争斗，小人的算计，好像都被主人抛于脑后，老乞丐看到这里禁不住脱口而出：“好一幅东坡品虫图！”

卢老爷平时在生意场上惯于察言观色，此刻马上感到眼前这个乞丐非同一般，便挺有礼貌地问道：“老先生也懂养虫之道？”

“嗯，略知一二。”老乞丐不紧不慢地说着，“刚才老爷赏我用饭，我便听到隔壁房里有虫在叫，其中一只的叫声好像是在甏中发出的一般，此虫该是……”一边的卢小开急不可待地问：“此虫是什么？”老乞丐挺自信地吐出三个字：“跑马黄。”卢小开一听惊讶地赞叹道：“嗨，真神了！”卢老爷则显得比较平静，他干咳了一声，说：“哦，老先生是玩虫的高手。”于是他马上叫管家去泡茶，请老乞丐坐下。在这明月清朗的中秋之夜，老乞丐和卢家父子侃侃而谈，聊起了养虫、品虫、斗虫之道。

这老乞丐真名叫赵秉一，人称老赵头，曾是清廷内宫养虫师，精通养虫、斗虫之道。辛亥年后他流落到了民间，后来到一个军阀家中当养虫师，不料在一次上栅斗虫时被对方做了手脚，输了，于是被军阀一顿毒打，赶出北平。后来一位虫友告诉他，说是上海的虫事也很兴旺，是南方的斗虫胜地，不妨到那儿去看看。老赵头说到这里，长叹了一声，说："真是屋漏又遭连夜雨，我刚到上海，想不到在火车站内钱包就被偷了，只得漂泊街头，乞讨度日。"

老赵头的身世引起了卢家父子的同情，卢家恰好也想请一个好的养虫师，于是便将老乞丐收留了下来。

中秋过后即是秋分，天气已有了明显的凉意，卢家花园中的菊花金灿灿的一片，民谚说"菊花黄，斗虫忙"，今年的虫事，看来要风起云涌、群英争雄了！

老赵头入住卢府后，对卢小开养的一百多只虫进行了筛选，发现其中大都是冒充将军虫的"秧子虫"，是上不了阵的，更缺少能和强手匹敌的将才、帅才，秋分正是挑选将帅之才的最佳时节，于是，在征得了卢老爷的同意后，这一天吃过早饭，老赵头和卢小开便来到了东方大旅馆。

三十年代上海虫贩集中的堂口主要在老西门的息居饭庄、锦记客栈，天津路的日升旅社，山西路的新中华旅馆，而位于广东路的东方大旅馆则是几个堂口中档次最高的一个。在此时节，三教九流，各路来客，全都来这里"淘虫"。

老赵头尾随着卢小开从豪华的圆转门走进了东方大旅馆，先在楼梯上遇见了西装革履、手拿"斯的克"的欧阳老，此人是上海大东银行的董事长，也是上海屈指可数的几大虫家之一，斗虫时少不了用草逗引，这“引草”之术极为讲究，而欧阳老特别擅长此道，人称“欧阳神仙草”。

卢小开看到欧阳老后马上迎上前去招呼、寒暄，两人辞别了欧阳老后又在二楼大厅里遇见了新亚纺织厂的老板李士华，此人是“贴铃”高手，人称“江南圣铃手”，什么叫“贴铃”？就是蟋蟀上阵前需和雌虫交配，这叫“贴铃”，贴得好可增加战斗力。此刻，李士华的身后跟着一个身材瘦小、看似病恹恹的老头，这人正是上海大名鼎鼎的虫医柴亦非，人称柴老，被尊为“虫界华佗”，卢小开都和他们寒暄了一番。

一会儿，卢小开和老赵头走进了二楼的“208”房，那个虫贩是杭州人，和卢小开原本相熟，卢小开将老赵头作了介绍，精明的虫贩马上上下打量起来，随即拱手抱拳：“老虫师见多识广，还请您老多多包涵。”这算是道上拜老的行规，然后开始选虫，先是由卢小开初选，老赵头只是在一旁稍作指点，接着才是精选，卢小开主动让开身子，让老赵头来挑。

此时，只见虫贩走上前去，从床底下轻轻拉出了一只大竹笼……

2. 清宫皇家养虫师的独门秘技

虫贩移开笼盖，里面放的是用稻草隔着的四只瓦盆，打开第一只盆后，老赵头极敏捷地用高笼罩将虫罩住，稍稍打量后说道：“嗯，红砂青。”虫贩在一边恭维道“好眼力，这可是大将军之虫。”老赵头没有做声，又打开了第二盆，“乌青。”老赵头漫不经心地说道，“这两只都是青虫，老板可有黄虫？”虫贩应声道：“养师是行家啊，黄虫现在是越来越难觅了，我有几只上品黄虫，你看看。”虫贩又从床底下拖出一只大竹笼，取出一只后轻轻移开盆盖，卢小开看了后掩饰不住激动之情：“嚯，黄花头!”老赵头则不动声色，将盆轻轻地放到桌上，虫贩有些迷惘了：“怎么，这么好的虫都看不上？”老赵头微微一笑，说：“不是看不上，而是想挑挑，这只‘黄花头’头大项宽，但可惜脑线中斗线不长不透，可能底气不足。”

虫贩听了这话，随即从身边的一只大黑皮包中取出一只长方形红木盒，打开盒盖，里面放着三只老盆，第一只盆里放的是一只多年未见的“茄皮紫黄”，虫贩指着盆里的虫说：“我原来是想把这三只虫给法租界严督办的，今天遇到高手了，才拿出来的。”老赵头用引草引牙，见牙板黑中透红，中间有一小点隐隐的红尖锥，是不易为一般人察觉的，这是“茄皮紫黄”中的“杀手”！老赵头的眼睛平视着虫，慢吞吞地说道：“此虫尚可，只是紫翅中隐有红光，如果是茄皮紫红，那就是普通虫了。”

虫贩有些急了：“你老可真挑剔呀！”说罢，虫贩又打开一只盆盖，只见这虫头形宽方，项肌强壮，六足粗壮，全身透着蜜蜡一般的光泽，特别是一副牙钳宽厚带钩，而且乌黑如墨，老赵头看到了这虫，才禁不住说道：“好一只‘墨牙黄’，已多年未见了。”虫贩有些得意地讲：“怎么样？这可是虫中极品呀！”老赵头朝虫贩看了一眼，话锋一转：“‘墨牙黄’虽是多年未见，但此虫开斗前必须贴铃，贴铃到位，所向无敌，否则，废虫一只。”

“老虫师果然是精通虫道，佩服!”虫贩此时已五体投地，经过一番商谈，卢小开以六根大金条的价格买了虫贩的几只好虫。

两人离开了东方大旅馆，回到卢府后便将购回的虫给卢老爷一一过目，卢小开还将老赵头选虫的经过说了一遍，卢老爷眼睛顿时一亮：真是皇家养虫师出身，选虫也有一番独门秘技呀！然而老赵头却挺实在地讲：“七分虫种，三分靠养，而且每一只好虫，也都有不足之处，要靠后天的养功来调整。”卢小开问老赵头：“在选虫时，每一只虫你都要说出它的不足，是不是为了压价？”

老赵头笑吟吟地说道：“是有一定原因，但也不全是，讲出每只虫的不足，是为了后天的调养。”老赵头接着又告诉卢小开：选虫，除了看前三路，即头形、颈项、胸部，还要看色相、肉身、牙板、六爪，更重要的是能对每只将军虫的不足之处对症下药，因虫施食，如那只“黄花头”的确是好虫，但斗线不长，影响爆发力，就要用食来调养；那只“茄皮紫黄”的紫翅中隐红光，说明此虫隐有内热，需用药驱热散火；“墨牙黄”要贴铃后才能见分晓，因此“墨牙黄”又称“色虫”，贴铃到火候，威力无穷，但一旦贴铃过火，则萎靡不振，甚至会废了……听了老赵头的一番虫经后，卢家父子喜不自禁。

卢家聘请养虫师一事，在上海玩虫圈内不胫而走。当时在上海聘养虫师的屈指可数，于是，虫友们不时前来卢府品茗谈虫，同时，下帖子来相邀斗虫的也很多，老对手金少爷特地来卢府观虫并相约上栅，卢小开因觅到好虫而有些跃跃欲试，但老赵头却婉言拒绝了金少爷，他知道自己选的虫还需好好调养。

秋分过后，秋意渐浓，飒飒的西风已使人感到了几分寒意，老赵头知道现在正是养虫的关键时段，也是出真正大将军的时候，于是他不动声色、紧锣密鼓地调养着那几只买来的好虫，他按照“早养地，中养桌，晚养箱”的古训，将虫全部搬到一张红木八仙桌上，并在桌面上铺了一层羊毛毯。他还对不同的虫用了不同的调养法："黄花头"内力不足，需喂以蟹肉、虾肉，以滋体强身；对"茄皮紫黄"则喂以菱肉、绿豆粥及少量的西洋参汁，为的是泻火调阴；而对于"墨牙黄"则喂新鲜水果及鱼肉、鸡肉、黄豆，以求阴阳调和。

老赵头对盆也十分讲究，要选泥性好、透气性强的盆，他从卢家所存的上百只盆中挑选出了十多只，又把这些盆轻轻地一一扣击，挑了一些声音清脆的，注入水后，便见盆身通体滋润，当从地面上拿起盆后，地面留有水的印痕，此为精品盆；特别是其中一只大鼓形圆盆，因盆壁较厚而看似有些粗糙，但四周的龙饰浮雕极为生动，盆壁上有一层水气，可见其透气性能极好，卢小开在一旁介绍说："这是一只祖上传下的老盆，做得有些粗，但透气好，所以保存了下来。"老赵头听了后拿起那只鼓形盆，用手指反复擦着盆壁，惊喜地对卢小开讲："这可是一只宋宣和盆，因为是用整块澄石雕成，所以看上去有些粗相，其实是传世不多的宝盆。这种澄石是从河底采集，制盆后滋阴生津，很适合于将帅之虫。我以前在宫中曾经见过，但盆盖已残了。"卢小开听了后如获至宝似的捧起老盆，仔细观察，若有所悟地自言自语："难怪欧阳老曾讲过'玩虫玩一秋，玩盆玩一世'。"

寒露前的几天是观虫的最佳时候，这天，老赵头在子夜时分相约卢家父子前来观虫……

3. 东方大旅馆里的好戏开场了

老赵头打开一只蟋蟀盆，只见盆里的"黄花头"已神气大变，脑门斗线又长又挺，金光铮亮，见光时显得毫不惊慌，而是枪须左右横扫，大气凛然，卢老爷脱口说道："真乃大将军也！"

接着，老赵头又移开了一只盆的盖子，盆里养的是那只"茄皮紫黄"，只见这虫黑紫透亮，翅中红色已被一片浓紫掩盖，六爪坚挺，八面威风。卢小开看到这里，问道："这两只虫可以上栅相斗了吗？"老赵头胸有成竹地点了点头："可以，你看盆底，虫拉的是干屎，虫谱中讲'变色完，屎已干，虫上栅。'"

再看那只"墨牙黄"，只见它项阔腰厚，双须灵动，斗丝闪金。卢小开又问："这虫也可斗吗？"老赵头仔细看了一下"墨牙黄"的脸面，摇了摇头："这虫的脸色虽然黑亮，但泛出黄底色，况且粪中有一些水，证明这虫还没有最后成熟。贴铃期未到，这虫不贴铃是不能上栅的，故而老话称此虫为'洞房花烛后，方可开牙斗'。"听了这话，卢家父子都笑了起来，卢小开调侃道："怪不得'墨牙黄'长得如此漂亮，看来是为了猎色。"老赵头则轻轻补了一句："是呵，虫界犹如人世，也是气象万千，有趣得很呢！"

每年秋季一过"白露"，即是斗虫的好季节，眼下已到了"寒露"节气，更是斗虫的黄金时刻，当然，最后的决战之期是霜降。现在，上海的一些大棚早已做好了充分的准备，东方大旅馆这时也成了烽火弥漫之地，旅馆的客房及酒水生意已经停掉，旅馆成了虫局上棚的专门堂口，底层大厅中央的两根雕龙圆柱上悬挂着一副对联，那是白龙山人王一亭手书的："将军本色，一副牙钳打天下；王帅之气，三秋争霸称英雄。"数十张红木八仙桌成两行排开，专用的聚光灯也已装好，显得十分气派。上海各个养虫大户已在前些天将上棚之虫送入了"公养房"，由旅馆派专人饲养，并统一供水进食，虫家不得私自进入，否则即有舞弊之嫌。此外，负责监督赛事的"监板"也已将所斗之虫放进象牙小圆筒后称出了分量，写上厘码贴于盆盖，分重量级、中量级、轻量级，就像拳手决斗一样。

这天正是上棚之日，卢小开、金少爷又在棚房里相遇了，两人对今天的赛事极为重视，这从他们各自的穿着上也可看出：卢小开穿着一套薄花呢的印条西装，而金少爷上身则是一件手工刺绣、做工考究的深蓝对襟中装，下身是宽松式的黑纺绸裤，此刻，他们各自带着自家的养师，正静候在东方大旅馆的包房内。今天，决斗双方是卢小开的"黄花头"和金少爷的"铁砂青"，两人下的赌注是"八根大条"，而大厅内聚着二三十位看客，他们都是跟着下些小赌注的，有的跟金少爷，认为他是棚

场上的常胜将军；有的跟卢小开，认为卢小开请了皇家虫师。在看客中，欧阳老和身边的李士华正低头交谈着……

负责上栅的“监板”上场了，跟在他身后的茶房将一个老鸡翅木制成的笼栅拿上桌面，笼栅顶部有圆形的竹笼，中间有一道闸门，两头放的正是准备决战的蟋蟀，上面罩着一块黑丝绒布。“监板”操着苏州话叫道：“开栅！”随即他轻轻地揭去了黑丝绒布……

卢小开的“黄花头”和金少爷的“铁砂青”果然都是将军气派，只见它们不惊不慌，枪须轻扫，一个是虎步缓行，步步逼近 一个是昂首站立，冷静观察。“监板”用草轻挑一下双方的门牙后，马上拉开笼栅中的闸门，“铁砂青”立即发威，猛地冲上前去，而“黄花头”则不慌不忙，沉着应战，但是“铁砂青”仗着身强力壮，奋力将“黄花头”向前猛推，“黄花头”抵挡不住，步步退却，这时，看的那些人稍稍骚动起来，卢小开攥紧了手心，金少爷则得意地摩挲着左手中指上的嵌宝翡翠戒，就在“黄花头”节节败退的时候，只见这虫突然机敏地将门牙猛地左右摇晃，利用颈肌力量，借力将“铁砂青”摔在了栅边，然后乘它惊魂未定之际猛力进攻，“铁砂青”抵挡不住，狼狈逃窜……

按惯例，这时可以“引草”，作为下一局的过渡。双方都推举欧阳老为引草人，于是“监板”从红木盒中取出一枝茸毛长而软的公草，走到欧阳老面前，俯身鞠躬：“有劳欧阳老大驾。”话音刚落，大家的目光一下子全盯住了欧阳老手中的那枝草，因为这“引草”极有讲究，轻重缓急、上下左右，都会产生不同的效果。这时，欧阳老缓缓起身，很有风度地将手中的草用大拇指和中指轻轻弹了三下，以示公正，接着就用草轻轻地点拨了几下“黄花头”，似在安抚，又似在鼓励，使“黄花头”保持了高昂的斗志……

一旁的老赵头带着钦佩的口气低声对卢小开说：“好！这是上风草，又称冲锋草。”接着，欧阳老又用草极快而有力地拖引“铁砂青”，似在安慰，又似在激励，使“铁砂青”稳定了惊慌的情绪，卢小开看到这里，忙问：“这是什么草？”老赵头答道：“此是下风草，又称旺性草。”欧阳老“引草”一结束，“黄花头”便马上冲了上去，而“铁砂青”也毫不退缩，举钳相迎……

4. 方寸小盆里的血雨腥风

“黄花头”这次使出了绝命钳，“铁砂青”一下被掀翻在地，头破项裂，一命呜呼，于是“黄花头”振翅鸣叫了几声，“监板”随即高声唱道：“卢小开的‘黄花头’升帐！”金少爷

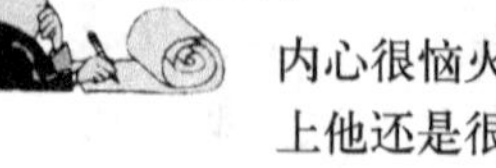

内心很恼火，但在场面上他还是很有风度地起身拱手，向卢小开祝贺。

卢小开斗虫得胜后，卢家一扫昔日衰败之气，全府上下喜气洋洋。这天，卢老爷特地在客厅里设下了酒宴款待老赵头，席上他郑重宣布：从今天起，正式聘请老赵头为卢府养虫师，还取出了烫金的聘书，双手捧着交到老赵头手上。从这以后，卢家老少对老赵头更是敬如上宾，一般下人用餐都在后客堂，而老赵头却在前客堂和主人家一起吃饭，另外，卢老爷还配了一个名叫秀儿的使唤丫头给他。

老赵头为了报答东家之恩，养虫更加勤谨，早起清盆捡食，下午用自调的中草药汤给将军虫过浴，晚上则数次看室温，寒露前夜里凉气很大，他就用大灯泡加温，还特地把被子从楼上抱到阴暗的虫房，临时搭了一个小床铺。上次那只“黄花头”得胜后，因体力消耗太大，牙板有伤，老赵头就请柴老前来诊视，柴老反复看了“黄花头”的项部，发现了几乎难以观察到的隐隐血丝，这是发力过猛留下的隐伤，需“吊”出为妥，于是，柴老开了一张方子，其中一味药是活的“地鳖虫”，而且从捉到地鳖虫到把虫入锅泡药，整个过程不得超过一个时辰，老赵头为此亲自到虹桥乡下去抓，然后就地将地鳖虫碾烂带回，用汁泡三七成汤，让“黄花头”疗伤，一周后这虫牙伤已愈，项中血丝也全消退，显得格外精神。

这时，养虫圈内传说金少爷的养虫师从安徽购得几只大将军，特别有一只“铜头黑翅”，是帅级之虫，十分了得。果然，寒露过后不久，金少爷就来下帖了，约请一周后上栅相斗，于是卢府内又进入了决战前夜。卢老爷认为要避其锋芒，不想应战，而卢小开却还想用“黄花头”迎战，老

赵头考虑了一下，认为不妥，据虫经上讲："小打小斗者为七日，大打恶斗者为半月。""黄花头"虽然恢复得较快，但离半月还缺几天，恐怕内力不足。老赵头说，要上栅就用"茄皮紫黄"，这一阵子，老赵头对"茄皮紫黄"精心调养，每日喂以菱肉拌栗肉，配以车前草沐浴，"茄皮紫黄"已紫中发黑，项阔背圆，光泽滋润，但是卢老爷有顾虑，他认为"茄皮紫黄"虽是名虫、好虫，但气质高傲，这类虫没有经历过恶斗，常常会败于恶虫的刁斗。老赵头觉得卢老爷的顾虑有道理，于是有些迟疑了。卢老爷沉思良久，提出是否可让"墨牙黄"出马，只要贴铃贴好，"墨牙黄"的爆发力、冲击力是很强的，老赵头听了后沉默了一阵，说："先看看虫再讲吧。"

老赵头和卢家父子来到了虫房，老赵头刚将"墨牙黄"的盆打开，这虫立即"嚁、嚁、嚁"地叫了起来，而且振翅速度很快，又见它头面亮而有光，用"引草"逗引虫尾，尾部左右抖摇，这一些迹象都说明"墨牙黄"恰好到了"贴铃"的时机。为了保险起见，老赵头提出还是请"江南圣铃手"李士华来，李老板和卢老爷也是老友，所以第二天一早就来到了卢府，他先看了老赵头备下的三只雌虫，马上称赞道："老虫师有眼力，这些是山东雌虫，个大肚圆，细糯和顺，性子也大，极好。"卢小开在一边笑着说："这'墨牙黄'可是艳福不浅，要配三房四妾呢。"李老板看罢雌虫又看了"墨牙黄"，觉得这虫确实可以"贴铃"，而一旦"贴铃"成功，则击败敌手的可能性极大。当天，李老板就留在卢府，看着老赵头分早、中、晚三次将雌虫轮流放入，当大家用完晚饭再看"墨牙黄"时，只见这虫已容光焕发，神采照人，特别是开盆见光时，它踱着将军步，十分威风，卢老爷极为高兴，向李老板连声道谢。

半夜时分，细心的老赵头再去看"墨牙黄"，立刻大惊失色：这虫的尾部有了白色粪水，这是"贴铃"过头了，就像一个人纵欲过度，淘空了身子啊！这下可惊动了卢家父子，老赵头声音发颤地讲："此虫废了……"但是金少爷的上栅帖子已接，已经没有退路，卢老爷狠了狠心："就用'茄皮紫黄'吧！"事已至此，也只好出此下策了！

上栅之地仍在东方大旅馆，赌注是12根大条，当"监板"叫茶房将栅笼拿上时，大家的目光一下子全盯在那块黑丝绒布上，"监板"随即揭布，只见"茄皮紫黄"威风凛凛，翅闪紫黄光泽，头形饱满硕大，六足粗壮挺拔，牙钳宽厚老结，而那"铜头黑翅"也非等闲之辈，铜头黑项威猛方正，翅面如墨，隐闪乌光。决斗开始了，"茄皮紫黄"首先发威，"铜头黑翅"也

不示弱，张开牙板相咬，四钳相夹，杀气腾腾，真是你要我的命，我要你的魂！突然，“茄皮紫黄”猛扑上去，将“铜头黑翅”摔向了左边，随即高傲地叫了数声“嚁、嚁、嚁”，声音中充满了杀气，可“铜头黑翅”也是一位真将军，被摔后先是有些发蒙，但“茄皮紫黄”的几声鸣叫反而激起了它的斗志，它也振翅“嚁、嚁、嚁”叫了三声，接着猛冲上前重口相钳，“茄皮紫黄”刚才还沉浸在小胜的得意中，现在“铜头黑翅”猛冲上来，它仓促应战，牙钳还来不及全部张开即被对手钳住，僵持了数十秒后，“铜头黑翅”突然摔倒了“茄皮紫黄”，随即又是一阵猛攻，“茄皮紫黄”险些被摔到栅外，终于抵挡不住而败下阵来……

这次战败，对卢家打击不小，退场时，卢小开拉长了脸，卢老爷马上拉着儿子的袖子，压低声音，严厉地讲：“这次最后决定上栅的是我们，在老赵头面前不能有一句埋怨的话，斗虫总会有输赢，但做人的人品不能输！”卢老爷当年之所以喜欢上斗虫，主要是觉得虫性通人性，养虫斗虫，能修身养性，后来儿子也迷上了斗虫，卢老爷是有些自责的，连卢夫人也责怪他影响了儿子，可卢老爷的目的是想通过斗虫来磨砺儿子的性情，但为此付出的代价实在是太大了。

尽管斗败的当晚已是半夜，为了冲淡一下大家不快的气氛，卢老爷还是叫老赵头一起到福州路上的鸿运楼吃宵夜，同时相邀的还有欧阳老，席上，老赵头举起酒杯时已是泪眼蒙胧，他将杯中的酒一饮而尽，说：“卢老爷请宽心，我老赵头就是拼了这条老命，也要为卢老爷在霜降时作最后一搏！”

5. 虫斗也是人斗

大家离席时，欧阳老悄悄地将卢老爷拉到衣帽间，急切地问：“你们是不是叫李士华贴过铃？”卢老爷点头称是，欧阳老脸色顿时一变：“问题就出在这李士华身上！”原来李士华因日本棉纱的大量流入而亏本，为了周转资金，他向金少爷的父亲贷款，于是，金少爷乘机向李老板打听卢家贴铃之事，当他知道“墨牙黄”由于“贴铃”过量而废掉后，马上猜到肯定是卢家会让“茄皮紫黄”上栅。金少爷的虫师知道“茄皮紫黄”的斗力很强，但生性高傲，应付不了刁斗，于是专门到虫贩处买了一只生性狡猾的川虫和自家的“铜头黑翅”试牙，训练其刁斗技法；还向欧阳老学“调性草法”，用那种引而不发的引草法来调试虫性，尽管欧阳老仅是敷衍了一下，但他仍感到卢家此次凶多吉少，他想去提前密告卢家，可为时已晚，双方的虫已在前一天进了“公养房”……

第二天，卢家将八仙桥那间卢家最大的米行抵押给了欧阳老，卢老爷颤抖地将抵押文契交给了欧阳老，欧阳老调侃地笑着讲："卢兄啊，我只是代为掌管一段时间。"

"茄皮紫黄"败下阵后并没有像一些败虫那样垂头丧气，依然是气宇轩昂，一派不服输的样子，老赵头对它仍是恩宠有加，整日相伴左右，他将甘草、田鸡草捣烂后拌西洋参汁让它服饮，同时将蟹肉、虾肉和黄豆粉拌在一起让它进食，为的是滋补强身；为了防止虫再度发胖，老赵头每天还给"茄皮紫黄"喂了适量的黄瓜、苹果、地梨等，让虫排泻通畅，而卢老爷却像忘了斗败后的不快，整天忙于生意场上的事，只是晚上吃饭时和老赵头谈几句虫事。

金少爷战胜了卢家之后，在上海虫界煞是威风，被尊为"蟋蟀皇帝"，名气一大，各地虫贩纷纷向他进贡好虫，虫房内将虫、帅虫云集，上海各斗虫棚房内到处可见金家少爷在挂牌相斗，赛事不断，日进斗金。当然，金家少爷没有忘记老对手，也有帖子邀请卢家参赛，卢小开不服气，想让"黄花头"上阵，但被老赵头力阻。

这一天晚上子夜时分，老赵头披衣又进了虫房，他在大灯泡下掀开了"茄皮紫黄"的盆盖，突然，他发觉这虫正在用前爪磨牙，再仔细一看，心头不觉一颤：上次和"铜头黑翅"相斗时，这虫一副牙板中的两粒黑尖锥被咬伤了，但是伤后的血茄斑现在竟已脱去，变得犀利、尖挺而有硬质感，见此情景，老赵头喜从天降："天助我也！"

再说金府内此刻正是喜气洋洋，因为金少爷又觅得一只龟鹤蟋蟀，这种蟋蟀被看作异形虫，而且是异形虫中的极品，百年难遇！此虫胸部宽大，项板饱满似仙鹤，六足粗壮似龟形，牙板厚重似铁钳，就好比是虫中的黑铁塔，战斗力强，爆发力猛，出口凶残，古谱中有诗说"项阔身驼背

似龟，斗尽场中独占魁。”

金少爷得了这宝贝后乐坏了，约了数家上栅，都被婉拒，因为虫家都知道：和“龟鹤虫”相搏，这不是找死吗？金少爷不死心，在东方大旅馆张榜公示，说是凡和“龟鹤虫”相斗，赢者，他赔十；输者，对方只要赔十分之三，下注的底数是100根大金条。张贴数天后，依然无人敢来揭榜。

卢府当然也知道了这消息，但卢老爷认为自己无虫可上栅，万一输了，也得赔30根金条，卢家现在已是十分困难，再输这么多金条，那就差不多要破产了，不料这天用过晚饭后，老赵头突然把卢家父子请到虫房，他郑重地将“茄皮紫黄”的盆盖轻轻移开，只见此虫神态静穆，枪须微微平扫，项板、身圈泛出蜡样光泽，老赵头低声说道：“卢老爷，此虫可斗‘龟鹤虫’！”

“什么？”卢老爷刚喝了一口茶，茶水还未咽下，一急就喷了一地，他顾不得掩饰失态之状，连连摇头：“不可，不可！此虫虽已养好，但毕竟是败虫，怎可和‘龟鹤虫’相斗？”卢小开也在一边说：“这怎么行？‘龟鹤虫’形体、牙板都要超过‘茄皮紫黄’，一个是刚升帐的元帅，一个是败下阵的将军，怎么斗？”老赵头见卢家父子拒不答应，竟“扑通”一声跪于地上，说：“卢老爷，卢少爷，请相信我老赵头，此虫可与‘龟鹤虫’上栅！卢老爷对我恩重如山，我这次决不会让卢老爷失望！”

卢老爷连忙上前要扶起老赵头，但老赵头一把推开了卢老爷的手：“卢老爷如不答应，我就跪死在这里！”卢老爷僵立在那里，沉思片刻，问：“老虫师为何决意要用‘茄皮紫黄’和‘龟鹤虫’相拼？”老赵头面有难色：“这……这……天机不可泄露。”卢小开有些急了：“啊呀，这可不是天机可泄不可泄的问题，要是输，我们可赔不起呀！”

卢老爷的目光庄重地凝视着老赵头，沉默了良久，然后端起小茶盅，一饮而尽，随之以拳击桌：“明天去揭榜！”

金、卢之战在当时的上海成了一大新闻，大大小小的报纸登满了有关这次赛事的报道。离上栅只有三四天了，老赵头更是全力以赴，不敢有一丝懈怠，特别是凌晨四点时，老虫师便将装有“茄皮紫黄”的南宋宣和老盆捧了出来，小心翼翼地将盆放于卢府后花园大松树下的一个红木圆凳上，让“茄皮紫黄”吸纳天地精华之气。大约过了一个时辰，老虫师便将自己的衣裤脱去，仅剩一条短裤，将双手合于腹下的丹田处，运气收腹，再将两手缓缓舒展，划出一个漂亮的圆弧，最后将手合于蟋蟀盆上，左右上下摩挲……此时的老赵头似癫似痴、似醉似醒、似疯似狂，头上几根稀疏的白发根根竖起，身子左右摇晃着，时而激烈如狂风骤雨，时而舒缓如水上浮萍。每次发功完后，浑身大汗淋漓，人像虚脱一般……这天，卢老爷特地把卢小开从床上拖了起来，父子俩来到二楼书房的窗边，对着后花园，观看老赵头为虫发功，当看到老赵头褪去衣裤后形销骨立的身子后，卢老爷的心灵被震撼了：老赵头呀，我原本不过是想借你养虫斗虫之功来赢回输掉的钱财，想不到你竟这样以命相搏，你真是奇哉人中龙呀！

此时的卢小开看得一愣一愣的，卢老爷压低了声音，一字一顿地讲："看到了吗？做人做事，有如此投入的精神，就没有过不去的坎，虫斗还不如说是人斗啊！"卢小开点头"嗯"了一声。

上栅决斗之日终于到了……

6. 这是上海开埠以来规格最高的一场虫局

这天，东方大旅馆盛况空前，观斗和下注的被严格控制在80人，实际上也尽是些上海滩上的头面人物，连平时很少露面的法租界严督办、环亚洋行石董事长、地皮大亨黄之荣都来了。来客中还有李士华，因为上次那事的缘故，他见了卢老爷免不了有点尴尬，但卢老爷十分大度，毫不在意。今天跟着下注的也是大手笔，都以四五根大金条相拖，特别是有一位神秘人物竟然在"茄皮紫黄"后拖了20根大条子，这种"拖花"是从未有过的，当"监板"报出这个数字后全场哗然，金少爷的心里也禁不住"咯登"了一下。

栅局开始了，此局由东方大旅馆的张老板亲自主持，一切均按程序严格操办，"公养房"请印度巡捕看门，特别是临斗前，"监板"还特地邀请柴老用刚进口的药剂对双方的虫作了兴奋剂测试，然后进行公示。当"监板"将栅笼提到红木大圆桌的台面上时，全场肃静，今天卢、金两家下注的数目是100根大金条，这可是上海开埠以来规格最高、规模最大的一场虫局，就在这一刻，栅笼顶上那块黑丝绒布揭开来了……

金少爷的"龟鹤虫"果然名不虚传：体形宽大肉厚，牙钳苍黑泛红，形似两把板斧，一副异相，霸气十足；再看那"茄皮紫黄"，形体雄健，头面泛光，胸腹扩张，六足强劲，牙板紫中隐黑，也有大将风度。起闸后，"茄皮紫黄"主动进攻，"龟鹤虫"则张牙相钳，四牙合并，互相使力，出现了短暂的僵持局面，片刻后，"龟鹤虫"凭借胸腹之力，使了一招"霸王举鼎"，将"茄皮紫黄"猛地举向半空，"茄皮紫黄"这次有了战斗经验，它一点也不慌张，而是顺势向下压，"龟鹤虫"也随机应变，顺势一拖，将"茄皮紫黄”拖在栅笼底边……

见此情景，金少爷眼中透出光彩，习惯性地用右手大拇指摩挲一下戴在左手食指上的嵌宝翡翠戒子，而卢老爷则倒吸了一口冷气，屏住呼吸，眼睛一眨不眨地看着两虫相斗的紧张局面：“龟鹤虫”发起了第二次冲锋，“茄皮紫黄”一个避让，“龟鹤虫”扑空后险些摔倒，但它到底是名虫，见势猛地立定，杀了个回马枪，这次“茄皮紫黄”是主动进攻，立即张口迎战，牙钳互相顶抵，形成了“架桥”，这是两虫牙钳力与项肌力的较量，它俩僵持着……

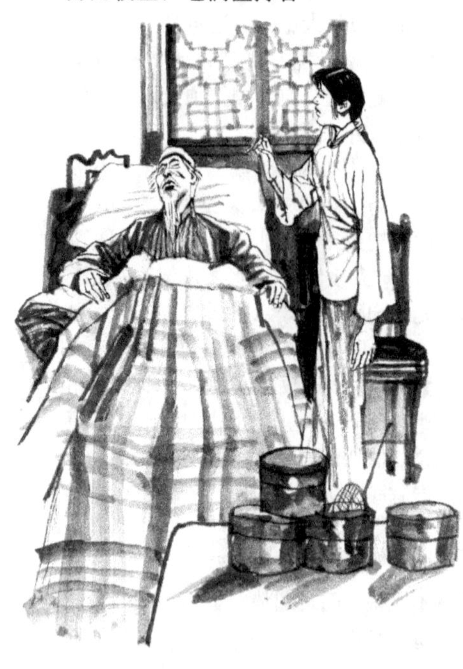

两虫似乎各自都在寻找着击溃对方的契机，此时随着“桥形”的隆起，四牙为了调整咬口而互为移动，也正是这种移动，“茄皮紫黄”牙钳中的尖锥才找准了角度，它对着“龟鹤虫”牙钳的齿形缺口狠狠地刺了进去，“龟鹤虫”一阵颤动，随即扭头便逃，“茄皮紫黄”穷追不舍，猛扑上去将敌手的大腿咬断了半截，“龟鹤虫”痛得在栅笼中连连打转，“监板”见状，便问主持这场赛事的张老板是否再引一次草，张老板摇了摇头，说：“‘龟鹤虫’已是残虫，我看就不必引草了吧。”可金少爷不同意，他执意要“引草”，但是奇迹并没有出现，“引草”过后，“茄皮紫黄”斗志更旺，而断了半截腿的“龟鹤虫”不敢迎战，扭头就逃，“茄皮紫黄”凯歌高奏，卢家胜了！

赛事落幕后，双方虫家都在各自的包房歇息，金少爷躺在榻上一声不吭，金家的虫师则长叹一声：“天不助我！”想不到这句话激怒了金少爷，他把憋在心中的火气全倾泻了出来：“什么天不助我？是你功夫不到家！你不懂‘茄皮紫黄’牙中的暗器，你这个饭桶，滚！”

金家包房里死气沉沉，而卢家的包房内则是一派喜气，卢老爷这时紧紧抱住了老赵头，欲哭无泪，欲笑无声，自从入秋斗虫以来的千般艰辛、万种辛酸，一下子全迸发了出来，他老泪纵横，哽咽着说：“老赵头，我们终于……终于赢了!”老赵头的神色间有着一种如释重负后的坦然，他用有点嘶哑的声音说：“这是你卢老爷祖上积德，还有虫儿的造化！”

卢老爷早已约了一些虫友到大鸿运酒家吃宵夜。大鸿运酒家二楼的包厢内，数盏巨大的水晶吊灯显得十分气派，四周的墙壁上挂着海上书画名家的丹青，临街的玻璃窗上闪烁着霓虹灯不断变幻的优美图形，临窗而观，尽见夜上海十里洋场的繁华。卢老爷本是这家上海出名的本帮酒馆的股东老板之一，前一阶段虫事吃紧，他已抽掉了一半的股份，而今凯旋，自然要到这里来庆贺一番，一方面也是为了讨个好口彩，从此鸿运高照。

席间，酒过三巡后，欧阳老用敬佩的口气对卢家父子讲：“老赵头可是天下第一虫师呵，你家的这只‘茄皮紫黄’也是一只百年才遇的奇虫，一般人是不识货的，即使识了也不知怎样调养。为了这事，鄙人曾翻遍了历代虫谱，后来从一本元代古谱中才看到了一段鲜为人知的记载，说是‘茄皮紫黄’牙中的尖锥一定要实战拼斗一回后才能结壳变硬，故此虫又叫‘二翘头’，因此古谱中有诗赞道：‘茄皮紫黄堪称奇，牙钳尖锥藏杀机。二翘头后才升帐，过关斩将擎胜旗。’你家的这虫第一次败了，第二次胜了，老赵头可是深知其中的奥妙啊！我实话相告，跟你们下注的人中，下得最大的其实就是鄙人。”

卢老爷马上接口说“欧阳老，想不到你对古虫谱如此精通呀！”欧阳矜持地微微笑了笑，这时，他又看了看四处，问道：“咦，怎么不见老赵头？”卢小开答道：“老赵头说他有些头晕，先回去休息了。”欧阳老接着又问：“那么，在开头的前几天，老赵头是不是每天早上发功安抚虫了？”卢小开点了点头：“我们还偷偷看过他发功呢。”

欧阳老听罢，“当啷”一声，手中的酒杯掉在地上，摔得粉碎，他也顾不得了，急着说：“不好，老赵头恐怕是性命难保！古虫谱上讲，二翘头的得力最后要靠虫师的精血之功，而大多数虫师在发功后的几天内都会体衰而死!”卢家父子听罢这话也急了，欧阳老沉吟了一下，又说出了一个秘密：“罢了，我索性全说了吧，老赵头原是拿了我北京一位朋友的推荐信来找我的，是我要他化装成乞丐在中秋节夜探贵府的，唉，是我害了他呀!”卢家父子听后立即起身回府，到家后直奔后厢房老赵头的住处，只见老赵头穿戴齐整、躺在床上，好像安详地睡着，秀儿说：老赵头一回来就叫她烧水，说是要洗澡，洗完澡后又说他要早些睡下，因为近来太疲劳了……秀儿说着说着就哭了。卢老爷走上前去，用手一拭老赵头的鼻翼，顿时泪如雨下……

动物们的发言

- **恐龙**：不好意思，死得太早了，让你们伤脑筋了。
- **熊猫**：想要风光吗？学我爷爷奶奶他们，熊和猫结合。
- **袋鼠**：咳，没钱，口袋再大也还是鼠。
- **猴子**：你想红起来吗？做我的屁股啊！
- **苍蝇**：我和蜜蜂的最大差别在于口味不同。
- **老鼠**：成天为吃喝担惊受怕的，能不老吗？
- **螳螂**：为什么没有酒店雇我切菜？
- **狐狸**：明明是高级香水，你们却说是狐臭。
- **蜈蚣**：为了省钱，我从来不穿鞋。
- **乌贼**：满肚子墨水怎么可能是贼呢？
- **鸭子**：500只鸭子等于一个女人。
- **猪**：吃啥补啥，我如果不聪明，你们吃我干啥？
- **羊**：麻烦你了，教授，以后讲到我尾巴时别用简称。
- **鱼**：打死我也不去什么网吧！
- **蝉**：哼，不买票，就别怪我乱唱。
- **熊**：还是胆小些好啊！
- **萤火虫**：谁要学放电？
- **雄孔雀**：呸，你们下流，老爱看我发情。

（**推荐者**：王爱峰）

那天，老赵头的灵柩抬到了卢家墓地，当老赵头的棺木在墓穴内徐徐放下时，卢老爷叫卢小开解开随身带的一个黑包袱，从中取出那只“宣和”古盆，移开盆盖后，卢老爷轻轻用手指碰了碰那只“茄皮紫黄”，只见那虫“扑”地跳了出来，极有灵性地跳到了老赵头的棺板上，一动不动地伏着，卢老爷见此情景，感叹道：“好一只义虫，好一个义士啊！”说着，他深深地对着灵柩三鞠躬，随后吩咐下人：“盖土。”随后，卢老爷用庄重的语气宣布：“卢家从此再不斗虫，永不上棚！”

（**题图、插图**：杨宏富）

（本栏目欢迎来稿。来稿可从邮局寄发，也可从网上传递。如为电子邮件，请发以下信箱：keyin118@163.com）

当代传奇故事

优秀的传奇故事能给人以悲喜、惊恐、神秘等强烈而多变的阅读快感。本书每则故事无不以“奇”作为情节的核心，让人读来欲罢不能。作为“故事会爱好者丛书”中的一种，本集子相当具有代表性，故事的特点，《故事会》的风格，从此书可窥一斑。

发财故事

发财，自古以来人皆往之，因此发财故事也就在民间绵延不绝。本集36则发财故事分六大类：因财起祸、生财之道、天落横财、发财恶梦、飘忽财运、钱难通神等。故事生动，通俗可读。

旅途故事

46则旅途故事，让人在应接不暇的情节、人物中体验生活、体验社会、体验人生，从而拥抱生活，拥抱明天。作品充分运用了故事艺术的诸种表现手法：悬念、对比、误会、包袱……情节跌宕起伏，引人入胜。

喝酒故事

酒这东西，自古以来人们就对它褒贬不一，毁誉参半。本集古今中外64则喝酒故事，或喜或悲，或辛或酸，或啼笑皆非，按内容分为“因酒生事、借酒陈言、醉酒出丑、酒水糊涂、酗酒丧身、荒唐赛酒”等六类。

外国悬念故事

该书汇集的是《故事会》"外国文学故事鉴赏"专栏中的35则精品，其中包括美、英、法、意、俄、日等国的当代有影响的作家的作品，尤以美、日居多，按内容分为"机智过人、如此情爱、自食其果、历尽惊险、光怪陆离、荒唐滑稽"等六类。

历险故事

36则历险故事场面刺激，气氛紧张，情节惊心动魄，人物性格鲜明，叙述过程常常给人以身临其境的感觉。作品通过对主人公聪明才智的展示和坚韧不拔精神的刻划，形象地展现了历险故事特有的魅力。

荒诞故事

50余则故事用啼笑皆非的荒诞手法来鞭挞生活中的假恶丑，用荒诞不经的人物形象来呼唤人世间的真善美，在荒诞的外衣下，包藏着极为深刻的社会内容，长久以来一直活跃在人们中间，口耳相传，历久不衰。

诙谐故事

本书汇集外国诙谐故事精品100则，按内容分为"莫名其妙、洋相百出、针锋相对、随机应变、难言之隐、弄巧成拙、井底之蛙、强词夺理"等八大类，每大类前均有短小幽默引言，从不同角度折射社会面貌。

致命的谎言

□段海义

川岛是个靠骗女人的钱生活的骗子，他一年一座城市，从北到南一直骗了过来，而且没有栽过跟头。他为自己有如此能耐而得意洋洋。

这回，在一次滑雪的时候，他认识了一个叫纯子的女人，川岛认为纯子是个十足的蠢货，她连一个男人的底细都没弄清就爱上了他。

他们认识的第二个星期，纯子就把川岛带回了家。一看到纯子那豪华的家，川岛乐坏了，他知道自己钓到了大鱼。

可是，纯子的父亲笠原先生对于川岛的到来并不欢迎，他是一个很严肃的小老头，当纯子向他介绍川岛的时候，他瞪着一对小眼睛，足足打量了川岛两分钟，然后说："纯子从小就没有娘，她是我唯一的女儿，也是我唯一的亲人，只要我还有一口气在，我就绝不允许任何一个人来欺负她。"川岛连连附和："那是那是，谁要是敢欺负她的话，我也是不答应的。"

从那天起，川岛开始频繁出入纯子的家，不到一个月他便将纯子的家底全部打听清楚了：纯子的父亲是一家汽车制造公司的总裁，他的家产是一个天文数字，他是全国十大富豪之一。

搞清了这些，川岛十分兴奋，不

过他并不想做笠原家的女婿，他根本就不想结婚，他喜欢过现在这种极富冒险性的生活。

川岛现在要做的是从纯子那里骗到一张数额可观的支票。此时，纯子已把一个女人的全部感情投向川岛，但却遭到了父亲的坚决反对，他不答应女儿跟一个背景不清不楚的人结婚，为此父女俩闹翻了。

见父女俩闹翻，川岛却偷着乐，当他觉得纯子再也离不开他的时候，他便纵容纯子想办法从她父亲那弄一大笔钱来，然后两个人私奔。听了川岛的话，纯子吓坏了，连声说："不，不！爸爸就我一个亲人，我怎么可以……"

"纯子你听我说，我并不是要你抛弃他，我是说我们暂时离开一段时间，等过了一两年我们有了孩子再回来，到那时他老人家就没办法了，要是我们现在不走的话，他肯定会拆散我们的，难道你就甘心……"

纯子说"……川岛君，你让我好好想想可以吗？"

经过一周的考虑，纯子妥协了，但她要川岛向她承诺，两年后一定要回家，川岛当然很爽快地答应了。

一个深夜，川岛接到了纯子的电话，说她已偷偷地从她父亲的账户上支取了一大笔现金，她让川岛去银行开一个新账户，她会很快把钱转过去的。川岛一听乐得半夜没睡着。

一笔数目不小的款项很快就转入了川岛的账号，他立即去酒店退了房，同时也订好了去另一个城市的机票，临行前，他决定给纯子打个电话，向她道一声谢，他残忍地认为这样很有趣。

电话通了，还没等川岛开口，纯子突然哭起来："你快来……爸爸……他，他出了车祸，已经不行了……"

老头子快死了，那他的所有遗产不是全留给了纯子么！一时间，一个更大的计划在川岛脑子里产生了，他并不满足刚刚到手的钱，他要把笠原的全部财产都骗到手，于是他连忙假惺惺地安慰纯子："别怕，我就过来，还有我呢。"

川岛赶到医院时，笠原已经咽气了，而纯子趴在父亲的尸体上哭得一蹋糊涂，看到川岛，她好像是抓住了一根救命草一般，扑到川岛的怀里，立即就昏了过去。

不久，川岛以纯子未婚夫的名义，主持了笠原的丧礼。

笠原的遗产比川岛估计的还要多，除了公司，他还有大量的股票、房产。纯子继承了这一切，为了合法地得到这些，发誓不结婚的川岛第二年和纯子订婚了。

订婚后，川岛就开始着手下一步行动。在很多年前，他认识一个江湖郎中，并从那人的手中购买了一种可

 大自然想把女人塑成它的杰作，但它抓错了泥土，它抓的泥太柔和了。——莱辛

以使人短暂发疯的“疯颠丸”。他打开箱子，找出一个密盒，打开一层层的包装，里面是几颗黄豆大小的药丸。他攥着药丸，喃喃说道：“宝贝，宝贝，现在就看你的了！”

川岛将药丸碾碎，偷偷地拌在纯子的饭中，看着纯子把那碗饭都吃了下去。

为了让别人来见证纯子的确是发了疯，川岛以散步为由，将纯子带到了住宅小区的中心花园，他知道晚饭之后，一般会有很多的人在花园散步，越多的人知道纯子疯了对他越有利。他挽着纯子边走边跟邻居一一打招呼，走着走着，纯子突然大叫起来，扑向一个老人又踢又打，一会哭，一会笑，她真的疯了。川岛忍住心头的狂喜，一个箭步上前拉开了纯子，连连向老人道歉。纯子放开了老人，又撕扯起自己的衣服来，这时，四周的人都围了过来，川岛拖着纯子一个劲地向大家道歉道：“对不起，破坏了大家的好兴致，她父亲的死对她的打击太大，她疯了。”

在川岛及几个邻居的帮助下，纯子被送进了医院，在医院里她还是哭闹不休，最后医生不得已，只得给她打了一针，她才慢慢地睡了过去。

纯子在医院住了几天，又恢复正常，医生一时也查不出病因，就让她出院了。他们在小区的大门口下了车，人们一见她就躲开了，几个小孩见了纯子，边逃边叫：“疯子来了，纯子是疯子，快跑呀！”

纯子惊呆了，她突然抓住川岛哭着大声问道：“为什么送我去医院，为什么，难道我真的疯了?你说啊！”

川岛一把抱住了她，使劲挤出一两滴眼泪：“亲爱的，就算全天下的人都远离你，我也不会离开你，你放心，我会好好地爱你一生，我说到做到，快把眼泪擦干，快点，我们上楼去。”

此后，纯子又在大庭广众之下发过一次病，虽然医院没有查出病因，但邻居敬而远之的态度和异样的目光，终于让她再也承受不了，她开始怀疑医生没有将真话告诉她，她决定问川岛。

川岛只是皱着眉头不说话，纯子急了，威胁道：“你再不跟我说实话，我就从这里跳下楼去。你说，我到底得了什么病？”

“这……”川岛装出很为难的样子，吞吞吐吐地说：“医生说，你有精神病，你现在只是初期，时好时犯的，再过些时候，恐怕会更严重，到那时你会整天在街上乱跑，骂人啦，抢东西啦，你会什么都干……哎呀，看我都说了些什么，我当然会好好照顾你一辈子的，我怎么会让你到街上乱跑，去骂人抢东西，去干那些丢脸的事呢！”

“丢脸……是的，我给爸爸丢脸，

要是这样的话，我还不如趁我明白的时候死了的好。”

“千万别说这种话，我可舍不得你去死。纯子，虽然我们还没有结婚，但我们现在应该算一家人了是不是？趁你现在还明白，有件事我不知该不该说？”“什么事，你说。”川岛显出难以启齿的样子，磨蹭了好一会，才说道：“说出来，我怕你误会了我的意思，认为我是一个只看上了你的钱的骗子，其实我从心底爱着你的，这一点老天可以作证。我要说的事是，我怕有一天你头脑不清的时候，管理不了自己的财产，如果我们去公证一下，让我来管理你的财产的话，你不觉得那样更好吗？这可是关系到我们俩一辈子的事呀！”

纯子认真地想了想，说“你说得是，这件事我会办的。我要去睡了，晚安。”

客厅里只剩下川岛一个人了，他得意地笑了，他看到自己已经在一步步地走向成功。

睡到半夜，川岛被人弄醒了，他睁开眼睛，惊奇地发现，自己的手脚竟然被人结结实实地捆了起来，纯子就坐在离他不远的沙发上，痛苦地望着他。

川岛心惊地想：难道是被纯子看破了？于是他小心翼翼地问：“我喝过酒吗？”

“没有。”纯子摇摇头，“对不起，我把你捆了起来，只是不想你来阻止我，既然我得了这种病，活着还不如死了好，亲爱的，我就要走了，我已写好了遗嘱，你是唯一的继承人，你看。”说着，她挥挥手中的纸。

川岛差点要欢呼起来，但他假装痛苦地说：“不，纯子，你不能去死，你死了，我一个人可怎么活呢？”

纯子听了，感动地说：“哦，川岛君，你说的都是真话吗？可是我把钱都留给你了。”

“我不要你的钱，我只要你。”川岛真想笑，但觉得戏还没有结束，得

 在甜言蜜语中，假话听起来像真话，真话实际上就是假话。——莱辛

接着演。

“……你叫我说什么呢，亲爱的……”纯子被感动得泪流满面，“我知道你是不会要我钱的，但遗嘱我还是要交到你的手里。”纯子说着，把遗嘱在川岛的面前展开，让他看。他睁大眼睛，看清了上面的内容，他的心在狂跳，那么多的钱突然成了他的，并且是合法地拥有。

他激动得脸都红了，但他没忘了接着演戏：“哦，纯子，你不能去死，如果你死了我也会跟你一起去死的，我绝不一个人活着。”

纯子把遗嘱塞到了川岛手中，伸手在他的脸颊上轻轻拍了几下，说：“这个还是给你收着，就算去了天堂，我们也不会缺钱花的。亲爱的，你放心，我不会那么残忍，把你一个人孤零零地留在这个世界上，我会带你一起走，你看那里，我都准备好了。”

“什么，你说……什么？一起走，啊，不……”川岛顺着纯子手指的方向看去，看到不远的墙角边多出了三个煤气罐，他顿时吓得魂飞魄散。

“是的，我们一起去天堂。”纯子边说边走过去，先关好了窗户，然后拧开了三个煤气罐的开关，不一会儿空气中就散发出煤气的臭味，更要命的是川岛看到纯子的手中出现了一个打火机。

川岛急急叫道：“啊……不，纯子，求你了，快给我松绑，我……我不想死……”

纯子说：“你不是说没有我，你也不活了么？我们一起去天堂不是很好的吗？”

“不，你不用死，我们都不要死。”“你以为我想死吗?唉——我得了这种病，与其活着丢人现眼的，还不如死去。”

这时，刺鼻的煤气味越来越浓，让川岛感到了窒息。他在地上滚着，嚎着：“纯子，你根本就没有什么病，这全都是我搞的鬼，我之所以跟你在一起，全是看中了你的钱，我从来就没爱过你，更没想过要娶你，你两次发疯，是我下的药，我卑鄙，我下流……快，天啦……我受不了……快开窗……”

川岛的话似乎让纯子吃了一惊，她稍微愣了一愣，突然又笑起来了：“川岛君，我知道你是非常非常爱我的，不想让我死，才编出这样的谎话，其实死没有什么可怕的，你别难过，我一点都不怕，有你陪我，我真的不怕。”

川岛哭喊起来：“可我怕……天哪……救命啦……”他喊声未断，便听到了打火机的齿轮与火石摩擦出的声音……

（题图、插图：安玉民）

（本栏目欢迎来稿。来稿可从邮局寄发，也可从网上传递。如为电子邮件，请发以下信箱：keyin118@163.com）

准 时

□郭 选

萧建醒来一看表，刚好七点半，心里很高兴。他自从当了董事长，由于晚上应酬多，睡得晚，常常睡过头，像今天这样能准时起床去上班，实在很难得，何况昨晚睡得还特别晚。

不过这也难怪，昨天他才主持召开了整顿公司作风的会议，按时上下班是其中一个重要内容，董事长不带头谁带头？

萧建家距公司就几步路，只是今天天气不好，都这时候了天还昏昏沉沉的，没有太阳。

一进办公室，萧建照例开灯开空调，拉上窗帘——他工作的时候需要绝对的安静。

八点正，办公大楼里仍没有任何动静，萧建有些恼火了，莫非他们商量好了集体迟到？

八点十分，还是没一点响动，他坐不住了，心中的无名怒火腾腾上冒，他拿起电话一通狂按，让秘书通知几个副董事长在十分钟内赶到他的办公室来。

没多大一会，几个副董事长气喘吁吁地跑了上来，看着萧建铁青的脸，不知发生了什么惊天动地的大事。

自杀算了（文：刘迎雪；图：包丰一）

1. 妈妈把待客的香蕉放在客厅，贝贝忍不住偷偷吃了一只。

2. 妈妈看见了，骂道：“吃，吃！吃死你！”贝贝委屈地躲进了自己房间。

3. 妈妈忙完，回到客厅一看，只见贝贝嘴里塞满了香蕉，妈妈嚷道：“贝贝，你在干吗？”

4. 贝贝一副大义凛然的表情使劲咽下香蕉，说：“哼，反正你也不喜欢我了，我自杀算了！”

等人都来齐了，萧建才生硬地迸出第一句话：“我们的上班时间到底是几点？”

这一问，问得大家莫名其妙，其中一个试探着说：“不是八点吗？”

“你们还记得是八点呀？现在几点了？八点半了，可公司里除了我竟没有一个人来上班——”

“可是——”一个副董事长小声地想解释一下。

“可是什么？我知道，每一个迟到的人都有一套充分得不能再充分的理由。我昨天晚上三点多才回家休息，可我照样准时起床，准时来上班了！同志们哪，昨天我们才开了会，但今天照样迟到，有令不行，有禁不止，这样下去怎么得了？我看我们公司啊，真是到了非下大力气整顿不可的地步了！”

他转而对秘书说：“去，通知一下，等人来齐了马上到会议室集合，我要召开第二次整顿会议！”

“他们恐怕——恐怕今天来不了啦——”秘书小心翼翼地说。

“为什么？”

“因为现在是晚上八点半，他们早已下班了。”

（本栏目欢迎来稿。来稿可从邮局寄发，也可从网上传递。如为电子邮件，请发以下信箱：keyin118@163.com）

到底谁狠

□蔡杰青

小区里有两家火锅店，一家叫天天富，一家叫红满堂。由于门对门，所以竞争激烈。

上月，天天富店老板重新装潢门面，在门口的招牌上醒目地写着："本店啤酒一块钱一瓶"。这样一来，天天富店的上座率便远远超过了红满堂店。

望着自家生意大幅跌落，红满堂店老板一咬牙宣布："来本店用餐的客人，免费喝啤酒。"这招果然厉害！天天富店老板有点招架不住了，因为他进不到更低价的啤酒。正发愁间，伙计小李想出了一个妙招。

第二天，红满堂店才开门，便走进三位客人，初看这三位与一般的客人并无差别，老板也不在意，但是个把小时过后，老板就有些心惊胆战了，因为他们几乎没点什么菜，只是不停地喝啤酒，不一会儿，就喝光了两箱，更令人称奇的是，他们还不上厕所。从谈话中，老板知道了那位年长的姓张。老板愁眉苦脸走上前打招呼："张先生三位好酒量！不过像你们这样喝下去，小店负担不起啊！"张先生回道："没这个谱，你干吗要写免费喝啤酒？"话音未落，旁边另外一位大声吼道："这就受不了啦？知道我们三个的绰号叫什么吗？告诉你，不把招牌撤掉，明天夏大哥就来了。"老板小心翼翼地问："三位绰号是？"张先生笑呵呵地答道："刘三盆、王二桶，我是张一缸。""那夏先生？"三人齐声高呼："下(夏)水道。"

 人类的一切努力的目的在于获得幸福——欧文

狗撵摩托

□周光林

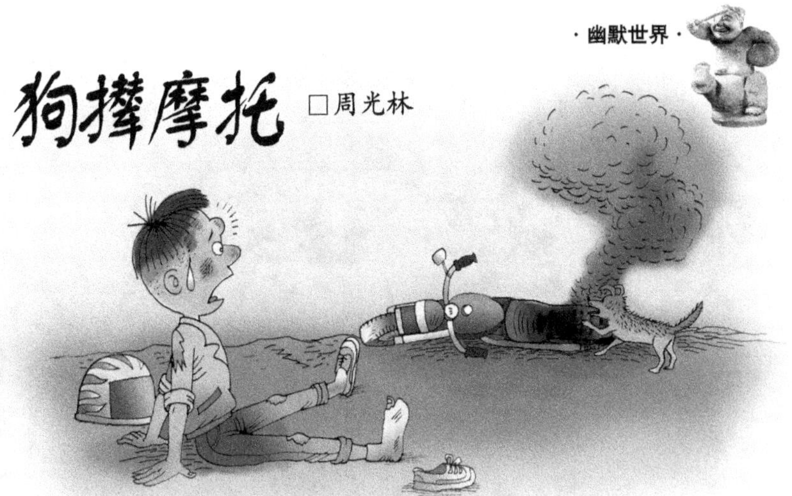

三娃是个见啥就想学啥的大小伙，近来想学骑摩托，便缠老舅用他的旧嘉陵摩托教他。

老舅是个屠夫，每天都用车驮肉上街，因此，他那辆旧嘉陵车上沾满了浓浓的猪肉气息。三娃学车心切，也不顾难闻不难闻，捂着鼻子一天两天就适应了。

三娃学了几天，老掌握不好刹车与油门的使用。老舅对他说，不要性急，得慢慢体会。

这天下午，三娃又推着车出门，老舅因为有事，让他一个人练习。三娃骑上车，沿着一条机耕道，慢慢行驶，他越骑越远，越骑越上劲，越骑越快，“嘟嘟嘟”，“嘟嘟嘟”，眨眼间车子进入了邻村地界。

当三娃穿入一片竹林，路边一户院门里突然窜出一条狼狗。也不知咋地，那狼狗像发了疯似的向他追来。三娃只觉头皮发麻，双手哆嗦。他当即猛地加大油门，落荒而逃，可是那狼狗一副不依不饶的样子，三娃骑得快，它追得更快，眼看那狼狗越追越近了。

三娃长到二十岁，头次见这阵势，心慌意乱地刚要再轰油门，突然发现路上出现了几个被汽车压出的大土坑，坑的外侧是一条两米多深的河沟。三娃暗叫一声“完了”，还没待踩刹车，只听“砰”一声，摩托在土坑间连翻几个跟斗后倒了。三娃被摔了个鼻青脸肿，他哎哟哎哟了半天，才慢慢挣扎着坐起来，抬眼一望，不由得气晕在地。

原来，那条饥饿的狼狗，正在身边津津有味地舔嘉陵车上散落的肉屑……

那就拿钱吧

□青　青

李嫂的熟食生意是一天比一天好，可是今天这样费，明天那样税的，刚刚进自己腰包的钱转眼就是人家的了，怪就怪自己在工商局里没有人啊！

李嫂被逼急了，就想了个办法。这天，她一见工商局的王科长就亲热地叫道：“科长啊，你看这刚出炉的香酥鸭，又脆又嫩，拿回去下酒才美呢，钱?说这个你就见外了啊！哈哈……”过了一两天见到王科长又说道：“科长啊，你看这些卤凤爪，拿回去吃着玩，钱?咱们还说钱吗?”

这样一来，那些不知情的人还以为他们是什么亲戚呢！可这也不是什么长久的事，你看，最近科长好像有意躲着她。为什么呢?哎，这你都不明白啊——一个堂堂的科长，竟然在光天化日下收别人的贿赂！这成什么样子了?

不过，李嫂就是聪明，才过几天又找到了新的方法。你看她一见科长就亲热地说：“科长啊，你看看，我这人太没记性了，刚刚科长夫人在这里买的烤鸡，我竟忘了找钱。这样吧，钱我也不找了，这里有一只鸭子你就带回家下酒吧！”这下科长一点都不为难，拿得多自在啊！

过了几天，李嫂又来了：“科长啊，你看，刚刚我又忘了找零钱了，还差你家60块钱，你看你想吃啥?你想吃什么就拿什么！”

科长想了很久才开腔：“那就拿钱吧！”

（**本栏题图**：麦荣邦）

 不是命中注定的，不会到手；若是命中注定的，我们逃不掉。——萨迪

351

2005
SEMIMONTHLY
下半月刊
9月
STORIES

故事会

2005 年 9 月

下半月刊 · 绿版

主　编：何承伟

常务副主编：吴　伦

副主编：姚自豪（上半月 · 红版）

副主编：夏一鸣（下半月 · 绿版）

本期责任编辑：鲍　放

发稿编辑：

姚自豪　　蔓　石

夏一鸣　　梁宁宁

美术编辑：李宝强

电脑制作：郭瑾玮

通　　联：归依玲

本社办公室电话：021-64375030

上半月刊编辑部电话：021-64332325

下半月刊编辑部电话：021-64336469

（上海市绍兴路 74 号 邮编：200020）

主管：
主办：上海文艺出版总社

督印 发行：张　凯

电话：021-64313938

广告总代理：上海文艺广告传播中心

（上海市绍兴路 74 号 邮编：200020）

广告总监：张　淮

广告业务：021-34010383

广告投诉：021-64333738

广告经营许可证

沪工商广字 3100320050022 号

发行：中国图书进出口上海公司

手机阅读器服务商：北京掌讯远景信息技术有限公司　客服电话：010-51196627

本刊各栏目欢迎来稿。来稿寄上海市绍兴路 74 号《故事会》杂志社，邮编：200020；请在信封上注明“××栏目”收；本期责任编辑 E-mail 地址:baofang@vip.sohu.net

· 笑话 ·

报告单

父亲看儿子带回来的报告单，越看越生气: 数学，中; 语文，差; 英语，差。

“啪！”他把成绩单朝儿子甩过去:“我看你越来越不像话了，你还有什么好的？”

“爸爸，”儿子抖抖索索地重新把报告单送到父亲面前，“你看到那一项了吗？”他指了指最后一行，那里写着: 健康状况，优。

（白淑贤）

（本栏插图: 李加 史琦）

婚前婚后

甲: 听说当丈夫的都是婚前轻松婚后累？

乙: 的确如此！

甲: 你具体说说。

乙: 婚前只要多给她说好话，这还不轻松？

甲: 婚后呢？

乙: 每天得想法子应付老婆无穷无尽的盘问，唉，累哪！

（徐海林）

足球与爸爸

托比的爸爸给托比买了一只小足球，托比把它带到学校里去，玩得挺开心。老师过来了，摸着托比的头说:“托比，你已经是一个小学生了，所以要懂得关心同学，把你的球借给那个没有爸爸的小男孩玩玩，好吗？”

托比犹豫了一会儿，说:“老师，我能不能不借给他足球，而借给他爸爸呢？”

（黄秀珍）

讨价还价

有个顾客要给母亲买一个血压计作生日礼物，但觉得价格有点贵，便和老板讨价还价起来，但是精明的老板寸步不让。

老板说他：“送老人的东西哪能专挑便宜的买？送这样的礼就是送孝心啊！”

顾客摇摇头：“送孝心不错，但是如果按这个价买回去，他老人家知道的话，血压就降不下来了！”

（肖　斌）

妻管严

孙李是个典型的“妻管严”，妻子说东他从来不敢指西。

但某日，他从邻居嘴里得知自己竟然被人戴了“绿帽子”，一时气得在家里大发雷霆，骂完妻子又接着骂那个给自己戴绿帽子的人。

正在这时候，妻子回来了，瞪着眼睛吼他：“你骂谁哪？”

孙李顿时呆住了，过了半晌，支支吾吾地说“我……我是说，我们家多……多了个亲戚，你怎么也不告诉我……”

（张雨岭）

自　重

工厂破产，老徐也失业了。

这天，老徐正对着镜子梳理头发，妻子揶揄地说：“都到这种地步了，还照什么镜子？”

老徐一怔，笑了：“咱总不能自己再瞧不起自己啊！”（江　林）

不可能的事

妻子特别爱吃肉，又担心自己会发胖。这天，她忧心忡忡地对丈夫说：“老公，我这么吃下去，你说我会不会变得像猪一样胖？”

丈夫笑着安慰她道：“怎么可能呢，不管多胖，你都只有两条腿呀！”

（邓红涛）

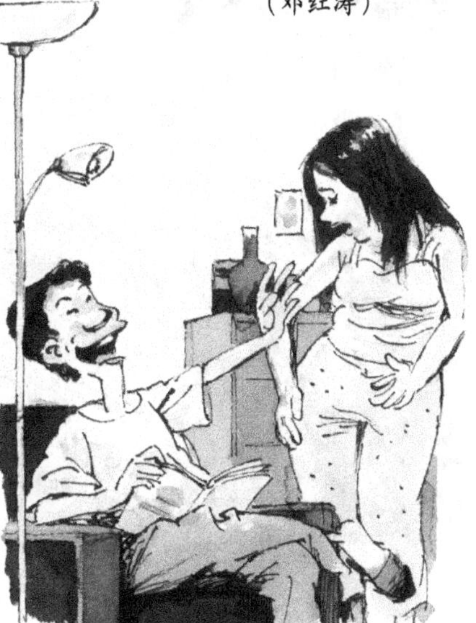

· 笑话 ·

我们不交

儿子非要母亲给钱，因为学校规定今天每个学生都要买一份中国地图和一份世界地图。

母亲气呼呼地对儿子说：“你们学校天天让学生买这买那的，还有完没完哪？去告诉你们老师，我们一家人这辈子哪儿也不去，买地图的钱我们不交。”

（吕映丰）

逗乐子

妻子给丈夫逗乐子，说：“二十年前，我的一块手表掉到咱前院的水井里，昨天捞上来时竟然还在走，而且分秒不差，真不可思议。”

丈夫撇撇嘴：“那算什么！我三叔二十年前掉到这口井里，昨天才爬出来，安然无恙。”

妻子惊得张大了嘴巴：“二十年啊！他在井底干吗？”

“给你的手表上发条啊！”

（吴　明）

学说谎

有一个老实人，从来不会说谎，偶尔说一次谎话，就被人揭穿。

这天，他去请教一个老爱说谎的人，那人不以为然地说：“这有什么难的，你把假话当真话说不就行了？”

他让老实人说一句试试，那老实人想了半天，开口道：“呵呵，我告诉你呀——我是哑巴。”（雷　蒙）

商人之见

一商人乘出租车下乡。

车子在盘山公路上突然打滑，司机吓得大叫：“刹车不灵，我该怎么办哪？”

商人的嗓门比他更响：“快，赶紧关计价器！”　　（陈月年）

行业竞争

一位漂亮姑娘准备考律师证，于是就整天捧着法律书埋头苦读。一个男同事见了，逗她说："律师行业竞争很厉害，你这么漂亮，干吗那么辛苦，还不如找个好老公嫁了，在家做贵妇人多好。"

姑娘白了他一眼，叹口气道："唉，那个行业竞争更激烈！"

（柏 娴）

一等奖

老李是铁杆"彩迷"，自体彩发行以来，他期期必买20元，但一次奖也没中到过，为这，妻子老嘀咕。

这天晚上，妻子要看连续剧，老李非要看彩票开奖，于是两个人为抢电视频道争了起来。妻子说他："再看也没用，你要有本事，中个特等奖回来！"

老李立刻跳了起来："你这就不懂了！什么叫'特等奖'？就是要等特别长的时间才能中奖！我总共才买了几回，急什么！"

妻子"扑哧"笑出声来："那特等奖等不到，一等奖总该拿一个回来了吧？"

"一等奖？"老李语出惊人，"一等奖就是要一直等下去，谁越有耐心等，谁才越有机会中奖。你这么着急干吗？"

（修 真）

取款

一酒鬼跌跌冲冲到酒店门口的取款机上取款，准备埋单，没想到取款机里却吐不出钱来。

酒鬼很着急，拿起手里的酒壶就往取款机里倒酒。

旁边人奇怪地问："老兄，你这是干什么？"

酒鬼笑道："不是说……不是说酒喝多了就吐？"

（武俊浩）

（本栏目欢迎来稿。来稿可从邮局寄发，也可从网上传递。如为电子邮件，请发以下信箱：baofang@vip.sohu.net）

与狼周旋

□ 刘春山

那年，我是边防军的一个团长。当时，我们部队为了改善伙食，每个连队都养了不少羊，但却经常遭到狼群的围攻，死羊都码成了垛，那情景真是惨不忍睹。眼看狼群越来越肆无忌惮，在请示了上级之后，我就从各连队抽了二十名优秀射手，组成一个加强连，专门围捕狼群。

可说也奇怪，这之前狼群经常是大摇大摆地从我们眼前招摇过市，可自从加强连成立后，每每捕狼总是扑空。战士们当然不会甘心，我的通讯员入伍前是个口技爱好者，尤其擅长模仿动物的叫声，于是我就和他想了一个引狼上钩的办法。

一个月黑风高的夜晚，我和战士们把一群羊赶到狼群经常活动的一个叫“嘎巴”的地方圈起来，然后从牧民那里借了一张狼皮，披在通讯员身上，故意把他“拴”在羊圈木桩上，让他学狼嗥，我们想用这个办法把狼群引来，然后一举灭了它们。

一切准备就绪，我和战士们悄悄埋伏在羊圈的四周，很快，引来了两只老狼，绿荧荧的眼睛在漆黑的夜里闪着瘆人的光。它们在远处匍匐了一会，然后其中一只狼原地守候，另一只狼小心翼翼地靠了上来，张望了一阵又悄悄退了回去。这之后，一只狼飞快地跑了，我猜想是去给狼王报信的，另一只狼则留下来继续守候。

我估计要不了多少时候，狼王就会带着群狼来救我们通讯员假装的这只“狼”，而且这里还有一大群肥羊可

 冒险之前的学习才是真正的最具魅力的地方。——理查·布朗森

以下口，只要它们全部进入我们的包围圈，我们就可以把它们一网打尽，所以我和战士们一动不动地守候着。可是等呀等，已经过了夜半，狼群还是没来，倒是留下守候的那只狼也悄悄走了。我猜不透它们在搞什么名堂，正迷惑不解的时候，忽然远处传来人喊马嘶声，还夹杂着零星的枪声，不一会儿，八连的战士跑来说，他们队里的羊群遭到大批野狼的袭击，急需增援。我这才发现自己上了狼的当，这帮家伙在和我们玩“声东击西”的游戏哩。我吩咐通讯员留下看着这群羊，自己便火速率兵增援。

但让我们万万没有料到的是，赶到八连一看，哪有野狼的袭击，羊群连根毛也没损伤，我真是又恼怒又纳闷。这时候，身后又传来一阵急促的马蹄声，我的通讯员追来了，说是我们刚离开，羊群就遭到了狼的袭击，通讯员吃不准情况，不敢乱开枪，只得赶紧来报信。

我只好带着战士们又火速回去，但为时已晚，那群羊已经全部被狼掠走了。我不死心，和战士们顺着狼爪印一路追下去，不久就发现前面有一群黑乎乎的东西。不好，狼群有埋伏，我吩咐战士们做好战斗准备。可奇怪的是，这群狼既不前进也不后退，一直在原地打转。我想狼最怕亮光了，就命令战士们把手电筒都打开，一齐射过去。可亮光处一看，大家都惊呆了，它们哪里是狼，原来就是我们赶来故意引狼的那群羊啊！

这就奇怪了，狼群早走了，羊咋还原地打磨磨？又没有木栅栏圈着。待走近一看，原来这些羊的眼睛全都被搞瞎了。不用说，狼群之所以不吃掉羊而搞瞎了它们的眼睛，分明是在向人示威呀！

我们这回算是领教了狼的厉害，但也从此更坚定了灭狼的决心。不过有一点我心里挺纳闷的：狼咋知道引它们上钩的“狼”是人装的呢？后来，我请教了牧民，才知道其实狼的嗅觉极其灵敏，你再怎么伪装，但人的气味却逃不过它的鼻子。这倒是给我们灭狼出了难题：人的气味与生俱来，怎能说没就没呢？后来还是通讯员提议，想办法把气味化解掉。在牧民们的帮助下，他和战士们收来了好多狼皮，把它们放在开水锅里煮，然后就天天用这种煮过狼皮的水洗澡；这还不算，就连大家平时穿的衣服和鞋子，也统统用这种水浸泡。甭说，半个月后，连牧羊犬见了我们都起劲地狂吠，我想它们一定很奇怪：人身上咋来的狼味？

经过充分准备之后，我们就开始静待时机。

机会终于来了！这天黄昏，哨兵报告说，营地前面的雪原上突然出现了狼群。我举起望远镜一看，可不是

吗，远远望去，雪原上到处是狼，一个个肚滚腰圆的模样。莫非它们今天是冲着我们营地来的？这帮家伙也太自不量力了吧！“哼，正等着收拾你们呢！”我立刻把战士们召集拢来，把这些天反复和大家在一起酝酿的围狼方案再从头仔细地说了一遍，随后大家就悄悄出发，分左中右三路向狼群包抄上去。

这时候，天正好完全黑了下来，我们就借着夜色的掩护，各自迅速迂回包抄到位。由于平时洗透了狼皮水澡，群狼对我们的到来果然毫无察觉。我一看时机已到，便果断地命令

司号员吹响军号，战士们几乎是同时出击，雪原上人马声、机枪声，夹杂着群狼惊恐的嗥叫声，顿时响成了一片。

这回，狼王似乎知道是真正遇到了险情，猛地发出一声凄厉的长嗥，顷刻之间，骚动的狼群便安静下来。不过此刻，它们的耳朵都齐刷刷地竖了起来，尾巴急速地摆动着，然后雄狼在前，母狼居中，小狼在后，直朝前狂拥而去。

狼逃生的这个缺口其实是我们故意留出的，这正是我们想要的结果。因为它们朝前狂拥的其实是一条不归之路——前面是个大冰湖，但却被大雪覆盖得严严实实，神仙也认不出来。我在这里当了二十多年的兵，对地形了如指掌。

果然，上了冰湖的狼就由不得自己了，晃晃悠悠地在冰面上扭起了秧歌，更多的则摔得四脚朝天。狼知道上了当，但战士们左中右三路瓢泼的枪弹又逼得它们无法有别的选择，只能连滚带爬地继续朝前拥。看着它们临死前的这番挣扎，战士们真是觉得解恨。

眼看着这群狼已经跌跌冲冲拥到了冰湖中心，就在这时候，突然惊天动地一声响，湖面突然爆裂开来，狼群简直就像下饺子一样，纷纷落入了湖中，即使跟在后面没有走到冰湖中心的狼，因为后面战士们枪林弹雨的

2005年首届“梅陇杯”法制故事大赛征文启事

为纪念全民普法开展20周年，迎接“五五”普法的到来，由司法部法宣司、上海市法制宣传教育联席会议办公室主办，上海市闵行区法宣办、上海市闵行区梅陇镇政府协办，《故事会》杂志社承办的2005年“梅陇杯”法制故事创作大赛，决定面向全国征文。

此次活动有关事项如下：

一、征文内容：可从立法、司法、执法，公民学法、守法、依法维权，法律援助、法律服务、社会治安综合治理、社会公德、家庭美德、职业道德中的涉法内容，公民与违法犯罪行为作斗争以及中外历史上的涉法案例等各个角度展开。要求故事情节曲折生动，语言有口头文学特点，作品未在省地级报刊发表过，字数一般在15000字以内。

二、奖项设置：本次活动将聘请有关专家组成评委会，设一等奖1名，奖金5000元；二等奖2名，奖金各3000元；三等奖10名，奖金各1000元；创作奖50名，奖金各500元。部分优秀作品将陆续在《故事会》上发表，并结集出版。

三、征文时间：即日起至今年9月30日截止，10月底前评出获奖作品并专函通知获奖作者。

来稿方法：1. 从邮局寄发，请在信封上注明“法制故事征文”字样，本刊地址：上海市绍兴路74号《故事会》杂志社，邮编：200020。2. 从网上传递，本刊为大赛所设的信箱是：wulun54@163.com，请在主题上注明“法制故事征文”字样。

堵击，也只好往冰湖里跳。

战士们看到狼群纷纷落进了冰湖，都高兴地大叫着从埋伏点上冲了出来。我一看这阵势，当机立断命令大家立即停止射击。为啥？一是考虑越到最后胜利的关头越要沉得住气，现在天已经黑下来了，应该尽量让大家避免不必要的伤亡；二呢，这狼皮可是部队战士御寒的宝贝，尤其是没有损伤的狼皮。于是我在冰湖周围布置了警戒线，让战士们轮流值班休息，单等天亮之后再作最后的收尾行动。

第二天天一放亮，战士们就迫不及待地起来了。好家伙，此刻冰湖里黑压压一片全是狼，由于天气寒冷，湖面的水又结了一层冰，牢牢地封住了狼群。我带领战士们向冰湖围上去，让我们吃惊的是，此时此刻，我们发现那些老狼早都被封在冰层里冻死了，而它们背上驮着的小狼有的竟还活着，正瞪着惊恐的眼睛不知所措地望着我们……

我曾经好多次听说过，在生死抉择的最后关头，狼爸狼妈把生的希望留给狼崽的故事，可如今亲眼目睹这样的场面，我的心还是被深深地震撼了。

（本篇月月评短信代码：G180）

（题图、插图：安玉民）

恨娘

□ 文兴传

赵达是孝子，赵达在城里发达了，并且有了自己的家，于是他就把在乡下床上瘫了二十多年的爹接到城里，专门雇人伺候。

眼看就要过年了，这天，躺在床上的爹突然对赵达说：“儿呀，这年该咋过呢？”

赵达说：“爹，这你不用操心，我已经叫媳妇准备好了。这是你进城里来过的第一个年，我们到饭店里过去，我已经把酒席都订好了，是城里最高档的饭店。”

爹摇了摇头，好久才叹了口气，说：“还是把她也接来，咱们团个圆吧？杀人不过头点地，咋说也是她生了你。唉……爹是过一天算一天的人了！”

赵达扭过脸去不作声。爹说的那个“她”就是赵达的娘，赵达明白爹说的是谁，可他不愿把娘接到城里来，他恨他娘。

赵达恨娘是有原因的。

赵达娘的老家在四川，后来逃荒要饭到村里，是赵达爹把她娶回家做了媳妇。本来小日子过得还可以，可谁也想不到赵达读小学一年级的时候，爹在一次拉车去城里的路上被汽车撞了，倒在床上成了废人。几年后，村里就有了关于赵达娘和光棍会计的传闻，有一天还真被人抓了个正着。村里人把会计痛打了一顿之后，又要把赵达娘赶回老家去，赵达娘死抓住儿子赵达的手不放，最后还是赵达的爷爷看在瘫了的儿子和年幼的孙子面上，央求大家说：“留了她吧，权当是咱们赵家请了一个帮工。”就这样，赵达娘被留了下来，白天在日头下为赵家种田，夜里在油灯下为赵家缝洗。那个会计后来因为贪污粮食被判了刑，几年后从狱里出来也成了个小老头，和赵达娘再没了来往。事情虽然平息了，可赵达却从此在学校里抬不起头来，同学们都笑话他，不管谁和他吵架，都会一口一个“野鸡的种”骂他。赵达恨死了娘，发誓等以后长大了，要带着爹永远离开这个地方。

那天赵达回村接爹的时候，把车一直开到家门口，他看见娘在一边抹眼泪，就说：“后悔了吧，要知现在何必当初呢？”他娘抹着泪说：“不哩，俺是高兴，是高兴。”平心而论，赵达娘对赵达和他爹一直都是很疼的，平日里有点好吃的都归他和他爹，她自己吃的都是残羹剩汤，她自己没享过一天福，背早就驼了，眼也瞎了一只。可就是这样，赵达也还是不能原谅娘，是娘的风流给自己带来了一辈子都难以磨灭的羞辱。他看着眼前驼背的娘，叹了口气，从兜里掏出一沓钱扔了过去，说：“给吧，就算是这些年给你的工钱。”赵达娘平生还是头一次看见这么多钱，她仅有的那只眼睛一亮，就赶紧蹲到地上去拾，这动作让赵达对她又是鄙弃又是难受。面对这样一个娘，他一分钟也不愿多待，赶紧转过身就走。临上车时，他对村里人说：“我接爹去城里享福了！”他故意把话说得很响，其实这话是说给他娘听的。

那天车子开出很远后赵达才回头，他看见远远的一个丑女人还站在那里，那情景让赵达心里有一种说不出的感觉，既鄙夷又酸楚。可是他再也不想看见这个曾经是他娘的女人了，现在爹突然提出要把娘接到城里来过年，他心里是一百个不愿意。

赵达对爹说：“爹，把她忘了吧，她早就不是咱赵家的人了……”

爹叹了口气，说：“我不是不恨她，可细想想，她也不易……”

赵达不愿意和爹再说这事，只要一想起童年，他心里就堵得慌：“爹，你可以不计较，可我不行，以后你就别提这事儿了。”

爹张了张口，没再说什么。可是后来赵达发现，一连几天爹都吃不好睡不好，有时候，手里就捏着进城前娘为他做的棉布裤衩发呆。赵达知道，娘做的那种棉布裤衩又厚又软，裹着新棉花，保暖又吸湿气，正是因为这样，爹瘫在床上二十多年才从来没有得过褥疮什么的。赵达对爹说：“这好办，我找人照样子做不就行了？花钱咱不在乎。”

果然，没两天赵达就把依样做好的棉裤衩放在爹的手里。可爹把裤衩拿在手里翻来覆去地看，喃喃地说“这针线怎么能和她比，她做的才叫舒服哩……”看着爹这个样子，赵达知道爹的心思，他还是要自己把娘接来过年，可赵达就是不愿意。

这天，赵达突然接到一个电话，电话那头是一个苍老的声音：“是赵达吗？”

赵达问：“你是谁？”

那人说“你别管我是谁，你娘想你了，回来看看你娘吧！”

赵达没好气地说：“我没娘！”

那人就在电话里很不客气地说：“你是从石头缝里蹦出来的啊？你有什么了不起？就是坐到金銮殿上，你娘还是你娘！有你这样的儿子吗？”

童年所蒙受的羞辱立刻涌上赵达的心头，他冲着电话就吼：“有她那样当娘的吗？她不是我娘，不是！”

“放屁！”电话那头传来的声音比赵达还响，“你小子，我就是那个和你娘相好的会计！告诉你吧，这世界上风流鬼多得很，可你娘不风流。你娘为了你小子和你爹硬是守了半辈子的活寡，你以为她离开你们赵家就没饭吃啊？她是为了你和你爹能有口饭吃才没走的。你知道为了救你爹的命，你们家欠下多少债吗？你知道那年闹灾你们家是怎么过来的吗？是老子贪污了大队的粮食救了你们。我是犯了罪坐了牢，可我救了你和你爹两条人命，为了你娘那样的女人，我心甘情愿……”

那个会计还要再说下去，赵达赶紧把电话挂了，后来电话铃又响了几次，赵达就是不接，他不愿听那家伙的声音。

可赵达和会计的话却被躺在床上的爹听到了，爹急着朝赵达挥手说：“赶紧，赶紧去把你娘接来……她要是再和老会计搞出点什么名堂，那咱赵家的脸面就彻底丢尽了……”

爹把话说到这个份上，赵达知道自己不能不去了，于是当天下午就开车往老家赶。多少年了，赵达这还是第一次专门为了娘回家。

踏进家门，赵达没看到娘，却看见床上放满了新做的小孩的衣裤，还有爹爱穿的那种棉布裤衩。衣裤上面有一张纸条，纸条上是娘歪歪斜斜的笔迹：“儿，这是俺给孙子准备的衣服，还有你爹爱穿的裤衩。俺没钱，这都是用你给的钱置办的。看你出息了，你爹也有了依靠，娘心里真的很高兴。娘也算熬到头了，如今娘该走了，回四川老家去了。娘以后的日子，你尽管放心，娘不会吃苦的，娘是和老会计一起走的，他对娘心诚，等了娘一辈子。娘是没出息的人，娘想有个男人，想像别的女人一样，痛痛快快做回女人。本来娘走的时候还想见见你，叫老会计给你打电话，你不愿接，就给你留个条吧。”

看罢纸条，赵达心里一震，他追到村口，长长的公路上，不见娘的影子。赵达一跺脚，高喊了一声：“娘，你怎么又跟了老会计！”公路尽头，没有任何回音！

赵达心里一阵钻心的痛，直到这时他才明白，其实自己心里一直都有娘，自己是在和娘赌气。

“娘，我恨你！”这一声喊啊，直喊得赵达自己热泪直淌。

（本篇月月评短信代码：G181）

（题图、插图：安玉民）

政府大院养老虎

本书系《故事会》金栏目“中篇故事”精选，共收9则传奇色彩浓郁的精品。大老虎走进政府大院，还被委以“保卫”重任，它果然尽职尽责，抓到了坏人，真叫新奇荒唐。两头公牛一碰面就眼红气粗，斗得天昏地暗，当它俩遭遇群狼围攻时，竟捐弃前嫌，配合默契，脚蹬角挑，杀得饿狼嗥嗥惨叫，可谓奇妙。还有鹰猴各为其主，舍命拼斗；小黄牛为救女主人，居然初生牛犊不怕狼；民兵营长独闯野猪沟，杀死红野猪；汽车班长迷路斗公狼，血战沙尘……

黑色人物在行动

本书系《故事会》金栏目“中篇故事”精选，共收9则该栏目之精品，主要围绕金钱这一主题多侧面地拓展故事情节。其中有因钱而污染灵魂，导致亲情泯灭，好友成仇；有见财起意，不择手段冒领他人钱财；有为钱所逼，做了违心之事；更有为发横财，行骗作恶等。这些作品的特点是故事情节曲折生动，令人回味无穷。

密访曲家屯

本书系《故事会》金栏目“中篇故事”精选，共收9则有关形形色色的“官”故事精品。或是颂扬清官好官心系民众，为民请命，惩治土顽，巧妙拒贿，秉公施政；或是批评某些干部为创政绩大搞形式主义，弄虚作假，蒙骗上级，苦了百姓；更有一部分作品对那些贪官污吏们以权谋私，仗势欺人，坑害民众，甚至为逃避罪责杀人灭口、销毁罪证等不法行为进行了无情的揭露与抨击。

高原守护神

本书系《故事会》金栏目“中篇故事”精选，共收其9则故事精品，说的是怎么做人的故事。作品通过对人物举手投足的精心设计，形象地描绘做人的道德、原则与气质，展示了人与人之间相互关爱、恪守诚信以及见义勇为的精神。面丑心善的火化工关爱弱女，可歌可泣；好邻里关心失足青年，以情动人；男女青年历尽坎坷，体现了大海可以作证的为人美德，等等。

一道金牌菜

□翟德军

祥子进城去打工，在一家饭店给厨师当下手。

不到两年，祥子找了个城里的对象叫小晶，小晶对祥子说："给人打工不如自己当老板。"于是两人东挪西借凑了笔钱，就在城郊结合部开了家小饭馆，取名"祥子菜馆"，祥子在后厨做菜，小晶在前堂招呼客人。

按说这个地区来来往往的人多，生意应该不错，可是菜馆开张两个多月了，店堂里一直冷冷清清，祥子愁得整天唉声叹气。小晶琢磨了半天，对祥子说："你看，人家菜馆里都有看家的金牌菜，什么白肉血肠，川味火锅，咱们店里缺道金牌菜。"

祥子一想：对啊，自己跟师傅学的是大众手艺，没点绝活拿不住客啊！于是他和小晶商量："要不这样吧，我再去城里走走，看哪家有合适的我去学两手，回来咱好好改进改进，也创个牌子出来。"祥子说干就干，第二天就把乡下的老妈接过来，帮小晶一起照看店铺，他自己坐上了进城的汽车。

城里的饭馆一家连着一家，祥子选了一家门脸大的，进去就问："你们这里的金牌菜是什么？"服务员指指门口说："这么大的招牌写在那里，你没看见？"祥子跑到门口一看："雪焖鲨鱼翅"。他扭头就走，嘴里嘀咕着："这种菜我们可做不起。"他接着又进

了一家，“香脆鳄鱼柳”；再进一家，“青青嫩蛇羹”。服务员倒是挺热情，可祥子心里明白，这些菜即使他学会做了也没用，自家菜馆经营不起这套东西。

祥子只好再继续走，继续找。他走啊走，找啊找，走得饥肠辘辘，找得精疲力竭，后来走不动了，就走进一家抻面馆里坐下来，一面吃抻面一面和老板闲聊。那老板是个挺豪爽的汉子，听说祥子是专门进城来学手艺的，就对他说：“你不如跟我学做抻面吧，这东西别看一碗才挣几毛钱，可你那个地方来来往往实在人多，我看一天准能卖出上千碗。”祥子觉得老板的话有道理，就留了下来。

学了一个星期，祥子谢过老板回到菜馆，此时午饭时间早过了，可店堂里还有很多人在吃饭，妈和小晶正忙着。小晶一看祥子回来了，高兴地拉着他说：“咱们有金牌菜啦！那天妈没事，做了盘小鱼酱准备自个儿吃的，让一个顾客尝到了，那人连连叫好，回头领来一大帮人，没几天，来的人就更多了，都是冲着这小鱼酱来的呢！”

小鱼酱？祥子又惊异又兴奋：“这小鱼酱我也会做呀！小时候家里穷，妈给我做小鱼酱解馋，想不到这东西今天派上用处了？”于是，抻面加小鱼酱，祥子每天都忙得不亦乐乎。就这样，生意渐渐做大了，而且来的都是熟客。祥子乐得成天合不拢嘴，后来索性把旁边熟食店店面盘下来，把墙壁打通，两家合成了一家。

也就在这一年，祥子正式把小晶娶进了门。

这天晚上，等顾客都走了，祥子妈也上楼睡觉去了，小晶对祥子说：“店里忙不开，咱们不如请两个漂亮点的小姑娘来帮帮忙，咱妈到底岁数大了，腿脚又不方便，让她回去养老吧！”祥子听出来了，小晶这是嫌妈碍眼了，心里虽说不乐意，可新婚的媳妇他不敢得罪，只得狠狠心，婉转地把这意思跟妈说了。

妈心里明镜儿似的，她抚着祥子的手宽慰道：“不碍事，其实妈早就想走了，城里我呆不惯，只是看你们忙，没好意思说，现在好了，妈明天就走。”

第二天，祥子就把妈送回了乡下。店里人手忙不过来，小晶就真的招了两个小姑娘来帮忙，菜馆里每天来吃饭的人依然很多，只是那些熟客进来，一看多了两个生面孔，就要问：“老妈去哪儿啦？”一面问一面还四下里找，祥子不好意思说妈被自己送回乡下了，就支支吾吾推说：“去姐那里串门了，过几天就回来。”

推说的次数多了，这天，乡下的姐真的来了，对祥子说：“妈病了，让你回去一趟哩。”祥子生怕小晶一个人照应不过来，就和姐商量说：“姐，店里生意这么忙，我怕是一时半会儿走不开。要不你先回，我等这两个小姑娘做熟了，就回去看咱妈，行不？”

姐见祥子不肯回去，挺生气，说：“医生说了，妈的心脏有病，要做了手术还能活十年八年的，要是做不成，就没多少时日了。”

“那……手术得多少钱？”

“听说得好几万。”

“那我……”祥子刚开口，小晶就一口把话接了过去：“那么多钱，我们一时到哪里去拿？这样吧，姐，你先带两千元回去，我们也算是尽到责任了。”

祥子见小晶这么说话，气得一跺脚把她拉进了里屋，等再追出来，姐已经哭着走了。

后来过了大约两个星期不到，那天夜里，妈突然心脏病发作，走了，祥子这时候才急急忙忙赶回家。姐对祥子说：“妈临死前，一直念叨你的名字，好像有话要对你说。”祥子听得悲痛欲绝，又懊悔不已。

回来以后，祥子很少说话，那些老熟客知道祥子妈去世的消息，都摇着头，叹着气，闷闷不乐地走了。再往后，他们就很少来菜馆了，就是偶尔来一回，点一盆小鱼酱，也是吃得少留下多。祥子闹不明白，小鱼酱还是从前一样的做法，莫非妈以前在小鱼酱里放过什么了？姐不是说妈临死前好像有话要对自己说，会不会就是关于这小鱼酱的事？

祥子心里堵得慌，这天见一个熟面孔从门口走过，是过去常来菜馆吃

“掌上灵通杯”《故事会》优秀作品月月评

1. 本期初评委推荐以下10篇故事为候选作品，读者可挑选出你最喜欢的一篇，将其月月评短信代码（如G180，没有短信代码的作品不参加评选）发送到200056（移动用户）或900056（联通用户）。每次限选一篇，可多次投票。

篇名与短信代码

代码	篇名	代码	篇名
G180	与狼周旋（P8）	G185	神秘的邻居（P30）
G181	恨娘（P12）	G186	精彩发言（P34）
G182	一道金牌菜（P17）	G187	滴泪申冤（P37）
G183	身后有只狼（P21）	G188	终极标本（P41）
G184	柳庄出了人命案（P25）	G189	画眉舌头（P83）

2. 作者奖：每期设“最受欢迎的故事”三篇，由得票最高的前三名作品获得。这三篇作品均将列入本刊今年举办的《中国最有影响力的故事》征文大赛候选名单。第一名的作者还将获赠上海文艺出版总社出版的大型历史图书《话说中国》一套（价值1100元）。

3. 读者奖：参加评选并选对当期“最受欢迎的故事”的读者均有机会获得现金奖，每期20人，各获现金500元；所有参加评选的读者均有机会获得参与奖，每期200人，各获精美礼品一份；参加全年24期评选的读者更有机会获得年终大奖，共12人，各获价值5000元的数码摄像机一台。

4. 本期活动截止期为：9月20日。得奖读者在评选结果揭晓后将得到短信通知。用户接收每条短信收费0.50元。

“掌上灵通杯优秀作品月月评”2005年7月(下)评选揭晓

2005年7月（下）获得选票前三名的作品分别为：《不平常的算式》(4983票)、《智斗绑匪》(3801票)、《寺庙里的红鲤鱼》(3635票)。

抻面小鱼酱的，忙一把拉住他问：“老哥，怎么好久没来了啊？是我的小鱼酱做得不如从前好吃了？”

熟面孔连连摆手：“哪里哪里，我们哪有那么讲究！”

“那你们怎么不来了呢？现在菜馆比过去冷清多了，还等着你们来捧场啊！”

“唉……”熟面孔看祥子说得这么认真，就长叹了口气，“祥子老板，不瞒你说，我们干粗活的人其实在哪里吃饭都一样，从前愿意多跑几步路到你们菜馆来，那是冲着你妈！她老人家待我们就像待她亲儿子似的，我们每回来，就像回自己的家。不瞒你说，看她招呼我们那样子，就像是回家看见了妈！三天不来看一眼，我们晚上睡不着觉哇……”

祥子愣住了：什么抻面小鱼酱，原来菜馆里吸引人的金牌菜是妈呀！

（本篇月月评短信代码：G182）

（题图、插图：魏忠善）

 人生的价值并不是用时间，而是用深度去衡量的。——列夫·托尔斯泰

身后有只狼

□安　勇

二十二岁那年，小林从石油学校毕业，被分配到塔里木盆地一个叫博望的采油区工作。这个采油区的几十个采油点，星罗棋布地分布在塔克拉玛干沙漠的腹地，从采油区望出去，四周都是一望无际的黄沙大漠，走几百里地也见不到一户人家。

那天，小林和同事多吉开着队长派给他们的一辆越野吉普，去检查采油区1号到4号四个采油点的输油线路。说实话，小林真不想和多吉一块儿干活，因为她挺讨厌多吉这个人，刚到采油区不久，多吉就表示要和她处朋友，小林一看他整天胡子拉碴不修边幅的样子，就想逃。可队长那天也不知怎么搞的，偏偏把他们给派到了一起，小林只好硬着头皮去了。

出发的时候太阳才刚刚露脸，按计划满打满算，四个采油点检查下来，应该能在天黑之前赶回队里的。可车子从3号采油点往4号采油点开的时候，中途出了故障，多吉摆弄了好一阵也没见有用。他一看这情势，对小林说:“算了，咱们赶快走，要不了多久，就可以到4号采油点了。咱们今晚在那里过夜，明天让他们派人来给咱们修车。”

论经验和资格，当然是多吉比小林足，他要比小林早到队里好几年了嘛，所以小林就是再不想跟他在一

起，这会儿也只能听他的，于是两个人锁了车门，就一前一后上了路。

但小林不知道，多吉刚才是故意说得轻松，其实3号采油点与4号采油点之间，要走三四个小时，即使现在车子已经开了一半的路程，那剩下的路也得走一二个小时，加上望出去满眼都是滚滚黄沙，天也渐渐暗了下来，真要走到4号采油点，对一个刚参加工作不久的姑娘来说，谈何容易！

多吉看小林走得挺累，想搀她一把，可是胳膊刚伸出去，小林就昂着头从他身边擦过去了，那意思好像是在对他说："哼，别动什么歪主意！"多吉不免觉得有点好笑，只好自个儿摇摇头，嘀咕着："这鬼丫头！"索性就让她走在前面。

就这样，大约走了一个多小时之后，沙漠里忽然开始刮大风了，转眼间沙尘弥漫，昏天黑地。多吉让小林把随身带着的手电打开，亮光中他发现小林吓得脸已经变了色。这时候，两人正好爬上一个大沙丘，小林突然两腿一软，浑身裹着沙子直向沙丘下滚去，多吉大喊一声"不好"，赶紧追着去把她扶起来。小林一屁股坐在地上，哭着喊："我走不动了，我不想走了啊……"

多吉望着小林出神，突然冷笑一声，就朝她发起火来："我还从来没见过你这么吃不起苦的人，要享福你去城里呀，还来这干什么？你现在到底走不走？"

小林一听多吉这么不客气地说自己，气得声音越哭越响，冲着他就喊"不走不走就是不走！"

多吉冷笑一声："真不走？那好，你不走我走，你就留在这儿等着喂狼吧！"

小林以为多吉说这话只是吓唬吓唬自己，没想他说完就真的拔腿走了，转眼间就消失在了黑暗之中，她不由伤心得大哭起来，一边哭一边骂多吉是"混蛋"。这时候，沙漠里的风越来越大了，卷起的黄沙吹得小林眼睛都睁不开，总不能真坐在这儿不走呀，小林只好挣扎着站起来，一步一步去追多吉。

就在这时候，小林忽然听到远远的传来一阵毛骨悚然的声音，也辨不清是哪个方向，开始是一声两声，接着声音就连成了片，她顿时吓得头发都竖了起来，意识到果然是狼来了！记得刚来队里报到时，就听队长说起过，沙漠里的野狼特别凶狠，而且经常是一群一群地跟在你的后面行动。小林越想越害怕，哪里还顾得上喊累，也不知哪里来的力气，撒开腿就跑。可是那群狼就像盯住了她似的，在她周围不断发出一声声凄厉的长嚎，并且声音似乎越来越近，越来越近，小林甚至好像还听到了它们跑动时的“沙沙”声。她不敢回头，拼着命地朝前跑，她知道，只要一停下来，就一定会葬身狼腹。

就这样不停地跑啊跑，也不知道到底跑了多少时候，小林实在支持不住了，但那狼的嚎叫声一直不断，小林不敢停下来，只好用尽最后的力气坚持着。就在她感觉自己撑不下去的时候，猛然间一抬头，看到前方不远处有灯火在闪烁，不禁心里一阵惊喜。也就在这个时候，她人一软，倒在了地上。

醒过来的时候，小林一眼看到的是她最不想看到的人。谁？多吉。

小林生气地把头扭过去，谁知多吉却毫不理会，冲着她一个劲儿地傻笑，嘶哑着嗓门说“你真了不起，能跑这么多路！”

小林不说话，鼻子里“哼”了一声。

这时，4号采油点的主任老赵走了过来，看小林这个神情，朗声笑了起来，说“小姑娘，你误会啦，你应该好好感谢人家多吉才对呀！要不是他，那场沙暴早把你给埋喽！”

小林委屈地说：“赵主任，我干嘛要感谢他呀，你不知道，他把我一个人扔在沙漠里，害得我差点儿就被狼吃掉了呢！”

老赵看了一眼多吉，笑得更响了：“你这个小姑娘啊！你说说，是狼跑得快，还是你小林跑得快？”

小林想也没有多想，快言快语地回答说：“当然是狼跑得快罗！”

“那就对啦！”老赵说，“可是既然是狼跑得快，那为什么狼一直也没追上你呢？”

小林愣住了：是呀，既然是狼跑得快，怎么自己就一直没被狼追上呢？

老赵指着多吉，一字一顿地对小林说：“告诉你吧，你身后的狼啊，其

实就是他呀！他学了这么久的狼叫，现在嗓子都哑了。要不是他用这种方法在后面逼着，你能自己跑回来？”

小林愣住了，面红耳赤地看着多吉：“你……”

多吉朝她眨眨眼，直起脖子，冲着她叫了一声：“吼——”

小林一听，两行泪水“刷”地就流下来了，跳起来在多吉背上捅了一拳：“你真坏，这种主意你也想得出来！”

可是就此以后，小林就老希望队长把她的活和多吉的派在一起——两个人真就爱上啦！

多吉冲着小林直乐：“你刚来的时候那么讨厌我，现在怎么就喜欢上我了？”

小林哈哈笑着说：“谁说我喜欢你了，我喜欢的是跟在我身后的那只狼。”

多吉一把抱住了她：“从现在开始，这只狼要跟着你一辈子啦！”

（本篇月月评短信代码：G183）

（题图、插图：王申生）

·中国新传说·

柳庄出了人命案

□刘力平

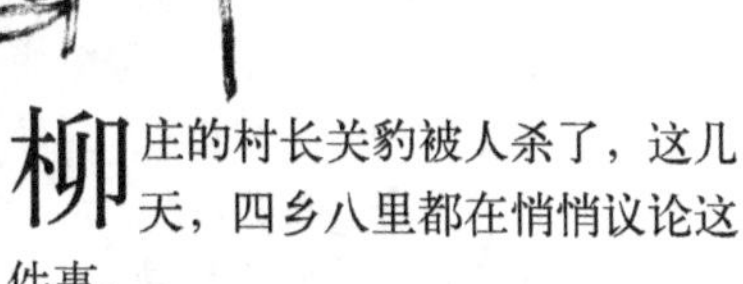

柳庄的村长关豹被人杀了，这几天，四乡八里都在悄悄议论这件事。

有个走街串巷的补锅匠正好到柳庄找活，住在村头的李老伯看他人还实诚，就让他寄宿在自己家里。晚上，他和李老伯喝上一盅的时候，也好奇地问："听说你们村长被人杀了？"

李老伯点点头："是啊，杀了。"李老伯似乎还想说什么，却又突然打住了，但补锅匠分明从他脸上感受到一种解脱。

补锅匠试探着说："看样子这个村长不得人心吧？要不然，做得好好的怎么会被杀了？"

李老伯长长地吐了口气，附着补锅匠的耳朵轻声说："反正你是外乡人，我实话告诉你，这个家伙哪，什么村长，成天在村里欺男霸女，没人不恨他的。他的名字叫关豹，我看真就是长了一颗野豹子的心。"

补锅匠不解地说："我走南闯北，听的见的多了，既然他这么无法无天，你们为什么不告他？"

"唉，不是不想告。"李老伯重重地叹了口气，"不瞒你说，前一晚我们大伙儿还在一块儿凑呢，可还没来得及把他告上，就出事儿了！"说到这里，李老伯呷了口酒，瞥了补锅匠一眼，又补充了一句："这事儿谁遇上都得杀了他！"

补锅匠听不明白："到底咋回事

儿？你说说。”

李老伯说“是他自个儿扑到刀尖上的。”

杀了村长关豹的那个人叫张富。那天中午，李老伯和老伴李大娘正吃午饭，住在离他们家不远的张富跑来说，他媳妇秀女差点上吊死了，让李大娘帮忙过去照看一下，他要找关豹那畜生算账去，说完就匆匆走了。李老伯不知出了什么事，见张富的脸色特别难看，怕他惹祸，就赶紧追了上去。

追到关豹家的时候，李老伯看到张富已经和关豹“交上火”了。张富冲着关豹说：“你抢了我的羊，还糟蹋我媳妇，你是人吗？”说着，抡起棍子就向关豹拦腰扫去，关豹闪身一躲，张富手里的棍子打在门栅栏上，断成了两截。关豹手里捏着一把刀，一边嘴里吼着：“你小子成事啦，居然敢打老子？”一边就举刀没头没脸地朝张富砍过来。李老伯怕张富吃亏，在后面拼命劝他先停手再说，可哪里管用。

这时，村里人听到声音都过来了，关豹便越发逞起威风来，每一刀都向张富身上的要害处扎。张富边抵挡边后退，不小心被石头一绊，倒在了地上。关豹趁机扑上去，照着张富的脖子就扎，张富用手里断剩下的那半截棍子一顶，正好把关豹手里的刀顶落在地上。张富眼疾手快拾起刀，正要从地上爬起来，关豹又猛地扑了上来，张富手一扬，没想到关豹正好当胸扑在刀尖上，就这么死了。

“你说，这畜生不是该着吗？”李老伯气呼呼地说，“可关豹家的人硬说是张富故意杀人，把张富给告了。唉，吓得张富当夜就跑了，现在也不知在什么地方呢！”

补锅匠听得连连摇头。李大娘在一边早抹开了泪，告诉补锅匠说：“你不知道，关豹这畜生被杀那会儿，张富他媳妇躺在炕上哭得像个泪人，还不都是这畜生干下的事！”

原来张富的媳妇秀女，那天前晌牵着一只怀了羔的母羊到地里去摘豆角，她把母羊拴在地头树上，谁知没过了一会，就听见关豹在喊“谁家的羊到我家地里来吃谷子了？也没人管管！”秀女扭头一看，天哪，母羊啥时跑进隔壁关豹家的地里去了？只好赔着笑脸说：“村长，我赔，我们赔。”

关豹盯着秀女看了半天，说“你们家的羊吃了我们家的谷子，你说一句‘赔’，这吃了的谷子就能再长出来吗？”秀女说“那……要不等谷子收了，羊吃多少我们翻倍儿赔。”关豹冷笑一声：“翻倍儿赔？翻倍儿赔算个啥！就算你的羊只吃了我地里十棵谷子，十棵谷子就是十个谷穗，十个谷穗能打出多少谷子？能种出多少地？这地里收下的谷子又能打多少谷子种多少地？十亩不能算多吧？你算算这笔账！”

秀女听懵了，急得眼泪在眼眶里直打转：“村长，你咋能这么算？”关豹笑了：“不这么算还能怎么算？你赔不起了吧！不过，我可以教你个法子，我一斤谷子也不要，嘿嘿，就要你了！”他边说边就扑了上来。秀女使劲挣扎，可怎么可能挣脱开这个高大结实的壮汉呢？人们都在很远的麦地里割麦，谁也没有听到秀女喊“救命”的声音。

一刻钟之后，关豹心满意足地拉着羊晃晃悠悠地走了，秀女从地上爬起来，一路哭着回家，她觉得自己再没脸见张富了，就一根绳子把自己吊在了房梁上。幸亏张富那天回来早，才把她救下了，一问是这么回事，气炸了肺，能不找这畜生算账……

补锅匠问：“那张富跑了，警察没抓他？”

“怎么没抓？”李老伯说，“就是没抓着。咱这地方山高林密，警察地形不熟，抓个大活人哪有这么容易！再说了，杀了这畜生，村里人谁不解恨！不过说实话，我们心里也难受哪，看张富老这样下去，也不是个事儿啊……”

两个人就这么一边喝着一边聊着，不知不觉夜就深了。

第二天一早，补锅匠起来把昨天没做完的活儿赶早做了，便说要跟着李老伯一起上山干点活，总不能在他家白吃白住啊。李老伯倒也爽快，正好有一片谷地要收拾，于是就把补锅匠带上了山。晌午时，两个人坐在地头嚼馍馍，远远的，看见有个女人的身影一晃，隐进树林里就不见了，李老伯对补锅匠说：“看见了没，那就是张富的媳妇秀女，她现在一个人过日子，难哪！”

补锅匠没吱声，只是望着那一片山林出神。

整整干了一天，这天晚上，补锅匠吃了饭倒头就睡了，没一会儿就打起了呼噜。李大娘对李老伯说："你看，到底不是咱山里人，可别累着人家了，赶明儿让人家回吧。"

第二天一早，李大娘赶早想给补锅匠烙几个饼子，好让他带着路上吃，谁知补锅匠已经不见了人影。她赶紧把李老伯喊起来，一看，补锅匠的家什却还在。奇怪，他到哪儿去了呢，怎么连招呼也不打一个？

直到天擦黑的时候，补锅匠才背着一大捆柴回来，原来是替李老伯打柴去了。李大娘赶紧端出一锅绿豆汤，说："我说你这个小伙子啊，真是实心眼哪！"

补锅匠一口气喝了三大碗绿豆汤，随后抹一把嘴，说："谢谢大伯大娘了。我姓王，你们以后就叫我王补锅吧！"

"王补锅？好，好，这叫法好！"李老伯一听就乐了，"来，王补锅，今天咱俩再好好喝它几盅，喝酒解乏嘛！"

于是，两个人坐下来又面对面地喝上了，李大娘还特地给他们炒了一大盘鸡蛋。

第二天，补锅匠看看村里也没什么补锅的活干了，于是就告别了李老伯和李大娘，挑着担子颤悠颤悠地走了。两个老人一直看着他的背影消失在树林的尽头，虽说只有几天的工夫，他们却都已经喜欢上了这个外乡人，心想着要是有闺女的话，非让他做女婿不可。

可让他们想不到的是，其实王补锅并没有走远，在附近转了一圈之后，他又爬上了第一天跟李老伯干活的山上，其实昨天他也是在这座山上打的柴。现在，王补锅已经对山上的地形非常熟悉了，他在山上转啊转，中午时候，便到了又宽又深的谷底。他把自己隐藏在灌木丛里，从这儿望出去，不远处的悬崖边，隐隐约约有一个山洞，高高的茅草和酸枣树几乎遮住了整个洞口。此时，山上没有一个人影，除了虫鸣鸟叫，也没有别的声音。不多一会，只见一个挎着篮子的女人出现了，她一边走一边四处张望，走到洞口的时候，先是捡起一块石头扔进洞里，过一会洞口的茅草被拨开了，露出一张胡子拉碴的脸，女人先把篮子递进去，随后自己也钻了进去。

王补锅知道，这个女人就是秀女。他静静地等着，大约半个小时后，秀女出来了，整了整衣服，挎起篮子匆匆向山下走去，洞口已经恢复了原样。王补锅深深地吸了口气，轻轻地从灌木丛里出来，绕过去走到洞口，喊了一声："张富！"没人应；又喊了一声："张富！"还是没人应。他脱下褂子，往洞里一扔，立刻一把柴刀从洞里飞出来，紧接着，张富“呼”地一下扑了出来。说时迟那时快，王补锅飞身一跃就骑在了张富的身上，抓住他的手腕一拧，“咔嚓”一声把手铐给他戴上了。

张富拼命挣扎，王补锅把黑洞洞的枪口对准了他的脑门：“别动，我是警察！”张富顿时没了辙，长吁了口气，闭上了眼睛。

王补锅收起枪，让张富坐下，说：“你早该下山自首了，你这样能躲多久？你知道警察是干什么的？”

张富说：“我每天都想着自首，可判了死刑咋办，不是太便宜那个畜生了？我不甘心哪！”

王补锅说：“根据我了解的情况，你不是蓄意杀人，只要你自首，就不会被判死刑。再说了，法院还要调查取证，你们村里人都可以给你当证人呀！”

“你说的是真的？”张富懊悔地说，“这下晚了，我没自首就让你给抓住了。”

王补锅说：“你不仅不自首，刚才还差点把我一刀捅了，知道吗，你这是拒捕啊！”

张富急着解释说：“我不知道你是警察，真的，我还以为是关豹家的人杀我来了。唉，晚了，说什么都晚了啊！”说到这里，张富竟“呜呜呜”地哭了起来，“我死了，秀女咋办，叫她怎么活啊？”

王补锅没接他的话茬，只是重重地推了他一把：“你跟我走！”他把自己的左手和张富的右手铐在一起，然后两个人一起下了山。

天傍黑时，他们赶上了最后一班

·悬念故事·

神秘的邻居

□阿辞

钱莫莫卫校毕业后，留在城里二医院外科住院部当护士，医院里没有单身宿舍，她就在医院附近租了套单间房。

这天下班回家，刚进房门，莫莫就发现阳台上与隔壁一墙之隔的墙缝里伸出一张硬卡，抽出来一看，上面写着：妹妹几时有？把酒问室友。不知隔壁姑娘，可有男朋友？我欲凿墙看去，又恐墙壁太厚，疼坏我的手。

这邻居本事倒是蛮大，这样的墙缝，他居然能把这张硬卡塞过来？莫莫猜不透邻居想搞什么把戏，把眼睛凑上去看，也看不出什么名堂。莫莫住进这套房子已经快有两个月了，隔壁邻居长得什么样，她从来没见过，

开往县城的长途汽车，经过一个晚上的颠簸，车到县城时正是第二天清晨。大街上行人很少，王补锅把张富带到一个早点摊，两人喝了半锅粥，吃掉一筐箩油条，随后就向公安局走去。

走到离公安局大门不远处，王补锅突然站下了，意味深长地看了张富一眼，然后把手铐打开，指着公安局的大门对张富说“你自己进去吧。”张富疑惑地看着王补锅。

王补锅说：“看什么，快去呀！”

张富恍然大悟，他给王补锅深深地鞠了一躬，这才一步一步走进了公安局的大门，迎接他的，是镶嵌在大门上方那颗在晨光中熠熠生辉的警徽。

（本篇月月评短信代码：G184）

（**题图**、**插图**：魏忠善）

莫莫不希望和邻居惹出什么事来，于是也找出一张硬卡，“刷刷刷”龙飞凤舞地写了一行字：拜请隔壁仁兄，千万别再凿墙缝，我已经有男朋友了。写完，也从墙缝里塞了过去。

莫莫的男朋友，就是和她同一个医院的医生潘越。莫莫喜欢浪漫的求爱方式，潘越就每天变着花样给莫莫送花送情调，于是莫莫很快就对潘越有了来电的感觉。医院里其实有不少青年医生都很喜欢莫莫，但莫莫最终选择了潘越。她原以为把话给邻居说透就没事了，可谁知第二天墙缝里又塞过来一张硬卡：月有阴晴圆缺，人有悲欢离合，此事古来有；估计没多久，你俩就分手！这邻居怎么这么说话呢？莫莫看了挺生气，“刷刷刷”三下两下又写了一张硬卡塞过去：我与他地老天荒永不分手，你就死了这条心吧！

谁知莫莫的这个邻居真够牛的，第三天，硬卡又塞过来了：天不会老，地不会荒，但美人会老，爱情会荒。世事短如春梦，爱情薄似秋云，小心花花公子，骗你一片痴情。

这真是一个难缠的家伙！莫莫怕时间一长，真要惹出什么事情来就不好办了，于是把这张硬卡反过来，重重地在上面画了一只乌鸦，用两条细胶布交叉贴在乌鸦嘴上，塞进了墙缝。隔壁那家伙总算还有点自尊，终于闭了嘴，没有再来继续骚扰莫莫。

但事情就是这么奇怪，没过多久，莫莫真被那个乌鸦嘴邻居说中了：潘越对莫莫的追求，在浪漫了一段时间之后就真的走向了荒凉，上个星期，他已经另结新欢爱上了别的姑娘。莫莫成了被潘越抛弃的“旧人”之后才知道，其实潘越是医院里有名的花花公子，与莫莫拍拖三个月已经算是“天长地久”了。因为潘越是潘院长的公子，因此医院里没人敢提醒莫莫。

莫莫伤心得躲进租住的小屋，像猫一样蜷缩在沙发上，根本不想出门。就在这个时候，她突然发现那个乌鸦嘴邻居又从墙缝里塞过来一张硬卡，抽出来一看，上面写着：天涯何处无芳草，何必单恋一根草？

“要你多管闲事？”莫莫气得把硬卡丢进了墙角的废纸篓里。可转念一想：不对呀，那家伙怎么会知道自己失恋的事情呢？她越想越觉得不可思议，猛抬头，却从镜子里找到了答案：分明是自己的脸色不对嘛，就好像把“失恋”这两个字写在脸上，任谁也看得出来啊！

不过这也至少说明，隔壁这个乌鸦嘴一直在关注自己，他会不会就天天躲在猫眼后面看自己进进出出？这是怎样的一个人呢？莫莫努力回想着自己搬来后在楼道里遇到过的人，突然觉得自己好傻：何必这么费力地去猜测呢，到隔壁去看一下不就全知道了？

于是，莫莫就去敲隔壁的房门，可敲了半天里面一点反应也没有，莫莫不免有点失望。从这以后，她就开始对隔壁人家留心起来，每天上下班进进出出，都要朝隔壁多看两眼。奇怪的是，隔壁那扇房门好像从来没有开过，里面总是静悄悄的没有任何动静，而自己家里那面有缝隙的墙上，却每天都有新卡塞过来，不是嘘寒问暖，就是给莫莫讲笑话，口气越来越温馨，内容越来越具体。这到底是怎么回事呢？莫莫实在猜不透原因，也不想再去猜了。

渐渐地，看硬卡成了莫莫每天回家的头件事情，甚至每天出门的时候，她都会想：今天回来，硬卡上会说些什么呢？时间长了，因为老看不到隔壁邻居的真面目，这晚莫莫终于忍不住塞了一张硬卡过去：为什么我从来没见过你回家？等第二天莫莫下班回来，邻居的答案已经从墙缝里塞过来了：也许我回家的时候，你正好在睡觉或上班，你上的是倒班，所以我们老碰不上。

既然是这样，那就随它吧！可时间长了，莫莫总想见见这位神秘的邻居。可奇怪的是，对方总是不肯露面，总是在硬卡上说，见面的时候，就是他要追到莫莫的时候，但现在还不是时候，因为他不想“乘虚而入”。

这番话，倒是引起了莫莫对邻居更大的兴趣，她想方设法地打听，终于知道隔壁这套房子从来没有出租过，里面住的就是房主本人，名字叫“梁晨”。“梁晨？”莫莫轻轻地念着这个名字，心里不由感叹着：神神秘秘的举动，却有一个这么阳光的名字！

这天，墙缝里又有一张硬卡在等着莫莫了，硬卡上说：要过年了，墙缝的使命是不是该结束了？莫莫把硬卡拿在手里，忍不住笑出声来。当天莫莫上的是夜班，刚出门，就发现隔壁有灯光，她的心顿时“咚咚咚”地跳了起来，犹豫了一下，忍不住敲响了隔壁的门。

一个英俊的男人出现在她面前，穿着棉睡衣，二十七八岁的样子，感觉很亲切。莫莫几乎能听见自己的心跳，一时不知说什么好，傻傻地问道：“梁晨，你就是梁晨？”男人点点头，愣愣地看着她。

这时，从里面传出一个女人的声音：“晨，谁来了？”随即，一个也穿着棉睡衣的漂亮女子从里面走出来，亲热地倚着梁晨，奇怪地打量着莫莫。

“他已经结婚了？”莫莫顿时就感觉一盆凉水从头浇下来，结结巴巴地说：“我、我是你们邻居，一直没见过你们，想、想和你们打个招呼。”

女人狐疑地看着莫莫：“你是我们邻居？既然没见过，你怎么知道他叫梁晨？”

莫莫恨不能把自己变成一缕轻烟飘散掉，只好尴尬地解释说："我……我也是听别人说的，对不起，打扰了。"说完，转身逃下了楼。一路上，莫莫不住地哀叹自己为什么总是遇上这种把爱情当儿戏的人，泪水不争气地从她的脸上流下来，她拼命地擦呀擦，想在到单位之前把眼泪擦干，可那伤心的泪水就像泉水一样，怎么都止不住，没办法，莫莫只得打电话给单位，称自己生病，请假回家。再经过隔壁门口的时候，莫莫听见里面两口子在吵架，莫莫心里憋得难受，无心细听，踏进房门就钻被窝，蒙头睡觉。

第二天傍晚，有人来敲门，竟是隔壁梁晨夫妇，来请莫莫去他们家吃饭。女人分外热情，莫莫不好意思拒绝，只得别别扭扭地去了。

进屋刚坐下，莫莫就见医院里的石医生乐呵呵地进来了，把手里的一束花递给女人，说："姐，昨晚上让你和姐夫闹误会了，这花送给你，算是替你们的邻居赔罪。"

莫莫惊讶极了："她是你姐姐？"

石医生笑了，把手里的另一束花递给莫莫："是啊，我姐和姐夫在外地工作，平时这房子是空着的，他们让我帮着照看，我有这房间的钥匙……"

"那……那些硬卡都是你塞过来的？"

"是啊！"石医生的眼睛里闪着狡黠的光，满脸是得意的笑。

"你……"莫莫不由红了脸，但更加觉得不可思议，"我们在医院天天见面，你有话当面说就是了，为什么要这么做？"

"傻丫头！"石医生乐了，"你不是喜欢浪漫吗，我可是绞尽脑汁才想出这个办法来的！"

石医生的姐姐和姐夫早已哈哈笑着钻进厨房，把客厅留给了他们……

（本篇月月评短信代码：G185）

（题图、插图：王申生）

精彩发言

□聂志红

唐经理家前段时间雇了个小保姆，因为模样儿生得水灵，唐经理早已对她春心荡漾。终于盼到夫人出差的大好机会，就迫不及待地下了手。没料这小保姆性如烈马，宁死不从，在反抗中竟然把唐经理的舌头生生地咬下一截来。后来，医生给唐经理移接了一截舌头，尽管说话时舌头有点大，不像以前那么翻转自如，但毕竟能说话了啊，总算是不幸中的万幸。

从医院回来的当天，夫人出差回来了，自然就知道了唐经理移接舌头的事，一看小保姆不见了影子，不由心生疑窦，就狠劲追问唐经理到底是怎么回事。唐经理打算骗夫人说是自己吃东西时不小心咬掉的，谁知嘴巴一张，竟说成了："还不是你雇来的那个小婊子咬的！"

话一出口，唐经理就直想抽自己的耳光。夫人又哭又闹地扑上来，对着他又撕又咬："好呀，你这个天杀的，竟敢趁我不在家，跟她……"

"是，是，是……"唐经理本想说"没有"，结果话一出口又不对了，连说了三个"是"，而且一个比一个口气坚硬。他知道这会儿家里是呆不住了，只有等夫人火气平息了再说，于是拔脚就朝门外溜。

跑到单位，一个副经理正好迎面向他走来，招呼他："经理好！"他习惯性地点头微笑着，嘴里却说："好？你不咒我早死，可以坐我的位子，那我就给你烧高香了！"他一句话，把那个副经理噎个半死，愣了好一阵，才尴尬地回应一句:“唐经理,您太幽默了!”

这时,业务科的一个女孩正打他们身边经过,看见唐经理也招呼了一声:“唐经理好!”唐经理看了她一眼,“呵呵!”他说,“几天不见,你的胸部又丰满不少呀,真想摸一把!”这句话更是“幽默”得可以,人家女孩羞得满脸通红跑掉不说,更是令那个副经理瞠目结舌。

唐经理知道这回嘴漏大了,什么话也不敢再说了,低着头快步朝自己办公室走。他心里叫苦不迭:这个该死的医生,移接给我的是什么鬼舌头啊?怎么会我一想啥它就说啥?这样下去叫我如何做人?看来我得先装一阵子哑巴再说了。

唐经理倒在老板椅上直叹气,正在这个时候,他桌上的电话“嘀铃铃”响了起来,拿起来一听,是局长打来的。局长在电话里说:“老唐啊?下午石马乡的追思会,你要准备个发言哪!”

“追思会?谁的追思会?”

“赵忠现啊!怎么?你还不知道?”

唐经理一惊:“赵忠现?他终于死了?”

“你这是什么话?”局长在电话那一头愣住了,“什么叫‘终于死了’?你总不会是盼着他死吧?赵忠现同志在石马乡扶贫,因病突然去世,当地老百姓非常怀念他,所以下午的追思会上,你作为他曾经工作过的单位代表,要有个态度。”

唐经理知道是这张该死的舌头又替自己惹下了祸,本想向局长解释几句,可又怕话多事儿更多,就索性闭紧嘴巴把话憋回了肚里。局长在电话那头“喂”了两声,见没回应,只好把电话挂了。

说起这个赵忠现,原先是唐经理公司的总务科长,秉性耿直不说,还老爱把公司里一些没法拿上“台面”的事往局里捅,唐经理一到公司上任,就发现他那双锐利的眼睛一直在背后盯着自己。听说公司原来的经理就是被赵忠现这样给捅下去的,所谓前车之覆后车之鉴,于是唐经理就一直寻思着如何去掉这个心头祸患。终于有一次,局里的后勤仓库缺少一个总保管,唐经理就借口干部力量支援,把赵忠现给“支援”了出去。至于赵忠现怎么扶贫到了石马乡,这已经是后话了,不提。现在听说这颗曾经的眼中钉死了,唐经理能不说“终于”吗?

为了不再给自己捅娄子,唐经理特地让办公室给自己起草一份发言稿,这才揣上它一身轻松地开车往石马乡去。会上,轮到他发言的时候,他从从容容地拿出稿子,先是抬眼扫了众人一眼,然后才有声有色地照本读了起来。原以为这样应该就没事了，可谁知读着读着，怪事来了：稿子上的字越读越模糊。真是见鬼了，唐经理心里着急啊，揉了好几次眼睛，幸好这个稿子他刚才在车上已经看过好几遍，勉强能记个大概，于是就凭着记忆继续往下讲。

讲了一阵，会场里开始一阵阵骚动起来。开始唐经理还不明就里，后来猛然惊觉过来，发现自己嘴里讲出来的并不是发言稿里的内容，而是在讲述当年赵忠现在公司里当总务科长的时候，如何盯着自己，自己又是如何报复他的……

唐经理吓出一身冷汗，想停住不说，但奇怪的是舌头竟然不听使唤，还是叽叽咕咕说个不停，而且越说越具体：什么时候，自己贪污了多少公款；什么时候，自己收受什么人的贿赂，收了多少；自己还包养了多少个情妇……真正要命啊！

唐经理就这样滔滔不绝地讲了两个多小时，直到来了几个纪委的同志，将他请出会场才算结束。这应该是唐经理上任以来一次最精彩的讲话了，经调查，所述事情完全属实，一条大蛀虫锒铛入狱！

大家都说，是赵忠现同志的在天之灵冥冥中感化了唐经理堕落的灵魂，才让唐经理终于良心发现，主动交待自己的罪行。

还有一个小插曲！后来到了狱中，唐经理才得知一个真相：医生给他移接的舌头居然就是赵忠现的，这可是他万万没有料到的。

（本篇月月评短信代码：G186）

（题图：安玉民）

·民间故事金库·

滴泪申冤

□宾　炜

白州最有名的酒楼叫“醉仙楼”，醉仙楼的头牌厨子冯天从小深得家传，八岁执刀，十岁掌勺，年纪轻轻就烧得一手好菜。

这天，白州罗知县的三姨太过生日，罗知县在醉仙楼宴请宾客，酒菜上了一道又一道。此时正逢白州闹灾，百姓衣食无着，而这帮家伙却在这儿海吃猛喝，冯天心里十分不满，于是就想借机好好教训他们一顿。

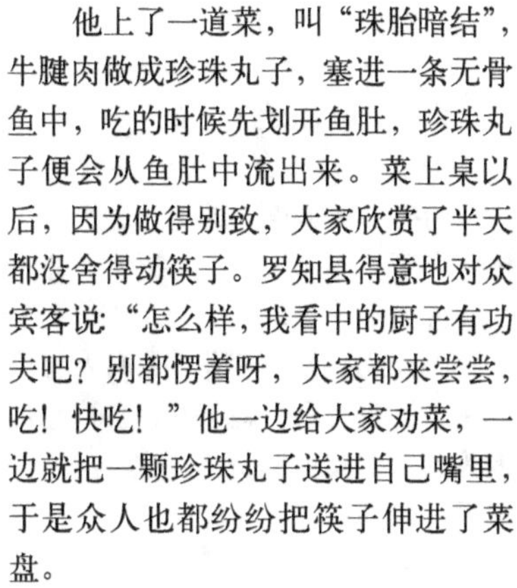

他上了一道菜，叫“珠胎暗结”，牛腱肉做成珍珠丸子，塞进一条无骨鱼中，吃的时候先划开鱼肚，珍珠丸子便会从鱼肚中流出来。菜上桌以后，因为做得别致，大家欣赏了半天都没舍得动筷子。罗知县得意地对众宾客说：“怎么样，我看中的厨子有功夫吧？别都愣着呀，大家都来尝尝，吃！快吃！”他一边给大家劝菜，一边就把一颗珍珠丸子送进自己嘴里，于是众人也都纷纷把筷子伸进了菜盘。

可是众人的叫好声还没来得及响起，就见罗知县脸色铁青，“呸”一声把珍珠丸子吐了出来。他重重地一拍桌子，喝令手下：“去，把冯天这小子给我叫来！”

众人不知什么事，都把筷子缩了回来。

罗知县拍着桌子怒问冯天：“这丸子你是用什么东西做的？”

冯天不慌不忙地回答说：“报告

大人，我用的是米糠啊！”

罗知县气得吹胡子瞪眼：“你好大的胆子，竟敢戏弄本官？”

冯天眨眨眼睛，故意装糊涂，说：“大人，眼下正闹灾，白州的百姓天天就靠吃这米糠活命。我听说大人刚到白州时说过，要与百姓同甘共苦，所以就特地做了这道菜啊！”

“你……”罗知县没料在众宾客面前反被冯天将了一军，气得脸刷白，可又不便发作，真是又羞又恨。

宴席不欢而散。三天之后，刚好白州有个富户被劫，罗知县破案无招，为报那天宴席上的羞辱之恨，就把罪名硬扣到冯天头上，把他当替罪羊收进死牢，只待秋后问斩。

冯天的媳妇叫莲儿，是冯天前不久在回家探母途中碰上的，当时莲儿因为死了父母而从异乡飘泊到白州，冯天看她满脸悲苦，神情恍惚，实在心里不忍，就把她带回家暂歇，后来冯母看莲儿生性乖巧、手脚勤快，就收她做了儿媳。

莲儿在家中闻知冯天这一变故，如晴天霹雳，她赶到县衙，使了些碎银疏通牢卒，才得以进到牢内。夫妻相见，泪眼相对，莲儿对冯天说：“我会使银两嘱牢头大哥好生照顾你，你就安心在此养伤，我一定想法子去替你讨回公道。”

冯天摇摇头，叹口气，说：“只怕是心有余而力不足啊，你还是省着这些银子，以后好生待我娘吧！”

莲儿咬咬牙，强忍着快要溢出眼眶的泪水，没吱声。

过了月余，京城有位李姓官员巡视到白州，罗知县带着一帮手下在醉仙楼为他接风洗尘。菜上来后，李京官只是盯着菜盘出神，却不动筷。罗知县讨好地说：“李大人，白州是个小地方，没什么好招待的，还请大人多多包涵，多多包涵啊！”

李京官沉吟着说：“这几样菜都曾经是宫中的名菜，没想到居然能在你们这里看到，真是难得啊！”他边说边就拿起筷子，把每样菜逐个尝了一口，谁知却越尝越皱紧了眉头。罗知县和一帮县府官员不知缘何，个个吓得胆战心惊。

李京官放下手中的筷子，抬起头问：“你们知道这些菜可有什么美中不足？”众人纷纷摇头。李京官手一招：“那就请各位都先来尝一尝吧！”众人于是就依样画葫芦地纷纷拿起筷子，像李京官刚才那样把每个菜尝了一遍。

放下筷子，李京官问：“各位尝出什么来了么？”

众人大惑不解地看着李京官，不知道他是什么意思，不敢说“好”，也不敢说“不好”。

李京官的脸沉了下来，说：“难道你们没尝出来？这每一道菜，味道不

 命运给予我们的不是失望之酒，而是机会之杯。——尼克松

是偏浓便是偏淡。偏浓的，似深藏愤懑之气；偏淡的，似隐含悲苦之味。”

他说到这里，正巧又上来一道珍珠银耳汤，李京官舀了一勺，含在嘴里好一会儿才咽下肚去。他吩咐陪在一旁的酒楼老板：“把你们首厨叫来，我有话要问。”

首厨一来就“扑通”一声跪在李京官面前。李京官说：“你有什么冤屈之事，尽管与大人说来。”

首厨低着头，没有言语。李京官说：“银耳汤中有眼泪滴入，莫非这泪不是你的？”

众人听不明白：李京官居然吃得出银耳汤中有眼泪？他到底在唱哪出戏啊？

但见首厨缓缓抬起头，望着李京官，突然泪如泉涌：“求李大人为莲儿申冤！”

李京官全身一震，“呼”地一下就站了起来：“你……你是……”

首厨一把揭了自己头上的帽子，一头青丝长发立即像瀑布般地泻了下来，眨眼的工夫就变成了一个面容姣美的小妇人。

“你是莲儿？”李京官又惊又喜，上前将莲儿扶起。

莲儿大哭着说：“李大人，莲儿终于见到您了，求李大人替莲儿做主！”

莲儿的父亲本是京城宫内的御厨，李京官因为对饮食一直颇有研究，所以和莲儿父亲私交甚厚，不料前年李京官遭奸臣陷害，被朝廷治以

重罪，莲儿一家也受到株连，父亲病死大牢，母亲含冤离世，莲儿好不容易才逃出京城，一路飘泊，后来遇上冯天，因为怕官府追寻，也一直没敢对丈夫说出实情。但莲儿不知道，其实不久之后李京官已经获得平反，又被朝廷委以重任。

那天莲儿从大牢探监回来，在路上闻听京城有一大官不日将到白州巡视。她想：以往凡有官员到白州，醉仙楼必是宴请之地，我何不趁此机会直接在巡抚面前鸣冤叫屈？但到时醉仙楼周围一定戒备森严，怎么想办法接近巡抚呢？于是莲儿便改扮男装跑到醉仙楼，一展自小跟父亲学得的厨艺，把京城官府里的那些花样菜在老板面前表现了一番，老板果真把她给留下做了首厨。让莲儿喜出望外的是，京城来的巡抚竟然就是父亲以前的好友！但她又担心，时过境迁，不知现在李大人为人如何，思量再三，才想到在菜里做下如此文章。她想，如果李大人还和从前一样，那么他一定能觉察出来。

当下，莲儿便将丈夫冯天所受的冤屈一五一十向李京官道出。话未讲完，李京官已是怒不可遏，罗知县自知罪孽无可抵赖，只得跪地认罪。

冯天当即被从大牢带到酒楼，夫妻相见，抱头痛哭。

李京官说："你们两个以后就随我进京吧！莲儿，你不在我身边，让我如何放心得下？"

可是，莲儿却谢绝了。莲儿说："李大人，莲儿自从在这儿安家，才知道能吃饱肚子其实是一件多么不容易的事。莲儿决意留在白州，和这儿的百姓一起，世世代代躬耕劳作。"

说罢，她拜谢了李京官，执意与冯天携手而去。

（本篇月月评短信代码：G187）

（题图、插图：黄全昌）

·本刊信息传真·

《青春读本》再次面向全社会征稿

《青春读本——感动中学生的100个故事》第一、第二辑出版后，在社会上引起了巨大的反响，被读者誉为"一本能真正打动中学生心灵的好书"，"一本能让中学生懂得许多道理的教材"。

根据广大读者的建议，编辑部决定继续编辑《青春读本——感动中学生的100个故事》第三辑。为此，再次面向全社会征稿，希望广大读者，特别是中学生们将你们在各类报纸、杂志、网络上读到的最感人的作品推荐给我们。

推荐稿要求：1. 立意：清新隽永，富含真情至理，读之令人经久难忘；2. 内容：以叙事为主，一篇作品中要有一个感人的故事情节或细节；3. 字数：一般在2500字左右。

推荐稿请务必注明原作者、发表日期和出版单位以及推荐者的真实姓名、联系方式。所荐作品一旦入选，每篇即付推荐费50元。推荐稿请寄：上海市绍兴路74号《故事会》编辑部(邮编：200020)，并在信封上注明"青春读本"。网上来稿请发以下信箱 wulun54@163.com。征稿截止日期为2005年10月31日。推荐稿一律不退，请自留底稿。

终极标本

□王东生

老布克是远近闻名的动物标本制作艺人，他制作的飞禽走兽标本活灵活现，既有观赏价值又有研究价值，凭着这个手艺，他每年都能给自己挣回许多钱。可是不久以前，政府颁布了不许滥杀野生动物的法令，老布克尝足了标本制作的甜头，怎肯就此罢手，于是就扛着捕具猎枪，带上自己的独生儿子小布克，悄悄潜入了深山老林。他发誓要把自己的手艺传给小布克，他觉得这是布克家族的荣耀，一定要让儿子“子承父业”。

一天，小布克跟着父亲潜藏在一处清水河边，不一会儿捕到一只孔雀。那孔雀见了人就拼命挣扎，嘴里发出的哀鸣声就像一把刀片，在小布克的心头划过，小布克一下怔在那里。这时候，老布克一把上去擒住孔雀，紧紧捂住它的嘴巴和鼻子，不一会儿就把它憋死了。老布克对小布克说：“知道我为什么这样做吗？可以把孔雀临死前的那口恐惧之气憋回到它的羽毛里去，这样它的羽毛就会直挺起来，并且保持它原有的鲜亮和美丽，这种标本能卖好价钱哪！”

小布克还是头一次跟着父亲进山，头一次亲眼看着父亲猎杀动物，头一次听父亲这么解说，不知怎的，

他感到浑身的汗毛都竖起来了。

回到居住的木屋，老布克将孔雀开膛，做防腐处理，制成标本，然后把它放在标本架上，他每做一步，都仔细地给小布克示范和讲解，小布克觉得经过处理后的孔雀标本，简直比真的还要美丽。只是他发现，孔雀标本的两只眼睛怎么湿润润的？再注意看，它的嘴巴居然还动了起来，仿佛要开口说话。已经制成标本的东西，怎么会活转来呢？而且它尖尖的嘴巴就像猎枪口一样对准自己，“啊——”他吓得尖叫起来……

老布克瞥了他一眼：“你这个没用的小子，真不该迟至今日才把你带上山来，唉——”他一面嘀咕着，一面又拿起了猎枪，对小布克说，“走，有家伙入网了，咱们快去。”

两个人走了没多远，果然看见一只红狐狸被困在他们布下的铁丝网里，正在狠命挣扎。小布克举起猎枪，正要扣动扳机，老布克一把把他按住了：“不能伤了它的毛皮，这种红狐很难遇到的，不能开枪。来，用这个。”他边说边拿过一根铁棍，递给小布克。

小布克接过铁棍，再看铁丝网里的红狐，正卧着身子抬着头，用一双迷沌的眼睛看着小布克，并且向他微笑。怎么红狐会朝自己微笑呢？小布克心里发毛，吓得手里的铁棍“当啷”一声掉落在地上。“唉，你这个不中用的小子！”老布克狠狠瞪了小布克一眼，从地上拿起棍子就朝红狐头上打去，手起棍落，红狐闷哼一声就伸腿死了。

“要挣钱就不能手软！”在把红狐背回木棚屋的时候，老布克一边动手制作标本，一边训导儿子，“红狐是狐科中最坚毅的一种，知道自己逃不了，就会下必死的决心，它知道人们捕它是为了它的狐皮，就宁死也不愿让人的目的得逞。你不知道，它微笑的瞬间，就会将自己的毛皮撕碎，幸亏我下手及时，不然这只红狐今后再卖出去，价钱就要大打折扣了。来，给我解剖刀。”小布克将刀子递给老布克，老布克于是就一面给红狐解剖处理，一面继续给小布克示范讲解。

半年过去了，木棚屋里摆满了动物标本，天上飞的地上走的，琳琅满目。老布克抽空下了趟山，很快带来三个人，其中有一个漂亮的外国女人，他们对这些标本赞口不绝，最后都看上了那个红狐标本，争得面红耳赤，几乎要打起来。老布克忙上前劝解道：“这个红狐标本虽然珍贵，但还不算极品，只要有我老布克和我的儿子在，我保证以后让你们每人都能得到一件最好的标本！”结果，红狐标本让那个外国女人出高价买走了。

晚上，老布克抓着满把满把的钱票子，对小布克说：“看见了吧，这就是咱们布克家族的骄傲！你一定要把我的手艺学到手，总有一天，要做出你自己的标本来，赚大把大把的钱！”

这天晚上，他们又捕到一只狼，老布克让小布克动手。小布克深吸一口气，拿起解剖刀朝狼肚子一刀划下去，突然“啊”地叫出声来，手术刀滑落到地上。原来，他从狼肚子里流出的内脏中，看到有四个肉鼓鼓的狼崽子，这是一只怀了孕的母狼！“现在知道我为什么让你来做这个解剖了吧？”老布克眨眨眼睛，对小布克说，“就是因为这只狼已经不值钱了，我让你操练操练。做得好，做下去！”他鼓励儿子。

可是当小布克再次拿起解剖刀的时候，他的手却不住地颤抖起来，地上那四只似乎还冒着热气的狼崽，不时地在他眼前闪现，他实在觉得下不了手去。这时外面突然下起雨来，一道刺目的闪电划过，响起一阵惊天霹雳，小布克吓得又惊叫一声，跌坐在地上。

“真是没用的东西！”老布克气坏了，“你这样软心肠，往后还怎么立足？你给我滚出去清醒清醒，滚！”老布克愤怒地吼着，索性自己拿起了解剖刀。

小布克跑出木棚屋，在漆黑的山林里疯跑起来，一边跑一边流泪。这时雨更大了，他被浇得浑身透湿，那四只狼崽子似乎还在他眼前晃动，他嘴里不住地喃喃道：“我没用！我做不成标本！我给布克家族丢脸了！”

他跑着跑着，突然又一个震天霹雳在他的头顶炸响，整个电光罩下来，奔跑着的他“咯噔”一下站住了。咋回事？原来他被雷电击中了！可奇怪的是小布克并没有倒下，雷击在他身上发生了奇妙的变化，他只觉得浑

身的血液突然沸腾起来：父亲能做到的，我为什么做不到？不就是制作标本吗？他感觉自己像换了个人似的，胆气壮得很。他决定今晚一定要亲手捕一头猎物，做成标本证明给父亲看，我不是布克家族的耻辱！

小布克跑回了木棚屋，屋里黑洞洞的，父亲可能已经在里屋睡着了，小布克好像还隐隐听到父亲轻微的呼噜声，他不由放轻了脚步，把通向里屋的门关上，取下父亲挂在墙上的酒壶，“咕嘟咕嘟”一口气喝干了剩下的半壶酒，好再给自己壮壮胆子，然后拿起猎枪和铁棍就走出屋子，一头扎进了密林深处。

这时雨已经停了，树林里传来一阵“啪嗒啪嗒”的脚步声，有个黑影蹒蹒跚跚地走了过来，小布克断定这是一只熊！要在平时，他遇见熊早就吓得尿了裤子，可此刻他不但没有一丝惧怕，反而兴奋极了！他把猎枪举了起来，瞄准黑熊就要扣动扳机。倏地，他脑子里一个闪念：熊皮上如果留下枪眼，一定也卖不出好价钱。不行！得把完整的熊皮保留下来。于是，小布克收起猎枪，把铁棍紧紧握在手里，待黑熊走到近前，他猛地跳出去，一棍子就朝黑熊头上打去。只听那黑熊根本来不及叫唤就倒在了地上。怕黑熊不死，小布克又朝它补了几棍，随后一个用劲，把黑熊背上了身。到底是雷电霹雳给自己壮了胆，加上还有父亲的半壶酒垫底，小布克今天背着这头熊一点也不害怕，兴冲冲地就回到了木棚屋。

屋里漆黑一片，小布克也不点灯，怕把父亲惊醒，他把解剖台搬到靠窗的地方，借着窗外的月光连夜给黑熊解剖起来，开始心里还有些发怵，可就像是有天神在相助一般，他越做越顺手，越做越熟练，直到最后把黑熊标本挂上了架子，才感到筋疲力尽，和衣倒在解剖台边睡着了。

一觉醒来天已大亮，小布克爬起来顾不上别的，冲进里屋就要叫醒父亲，让他来看自己的杰作。可是，里屋没有父亲的身影。父亲会去哪里了呢？

小布克疑惑地回转身，要出去找父亲，就在转身的一刹那，他怔住了，全身的血液几乎都一下子冲到了脑子里：挂在标本架上的，哪里是什么黑熊的标本，分明是父亲老布克！

怎么会发生这样的事情？一定是父亲冒雨在山路上寻找自己，可自己怎么竟会把他当黑熊背了回来，而且在解剖时都没发现？喝再多的酒也不至于这样啊？

“上帝呀！”小布克实在弄不明白这到底是怎么回事，大叫一声之后就瘫倒在地上，再也没有站起来。

（本篇月月评短信代码：G188）

（题图、插图：箭　中）

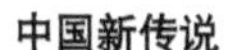

戒指的学问

□九斗

腾飞公司的总经理姓劳，这天是他和夫人结婚十周年的纪念日，劳经理借公司宴会厅办了三十桌酒席，准备好好请大家吃一顿。劳经理平时交际很广，所以除了本公司，外单位来贺喜的人也不少，他一个人哪忙得过来？于是公司上下各路人马都来帮忙。

李秘书因为人头比较熟，就在大门口迎客，正应接不暇的时候，只听楼道里有人传出话来说："不好了，劳经理的戒指丢了，劳经理说肯定是被人偷了，劳夫人正在发火呢！"

李秘书一听心里就"别"一跳。为啥？劳夫人的脾气他太清楚了，这个女人暴躁得很，一旦发起火来，难收场。

其实公司里的人都知道劳经理手上的这枚戒指，是结婚时劳夫人亲手为他戴上的，因为戒指上镶了一颗祖母绿宝石，所以劳经理逢人就炫耀。据说劳夫人的娘家都是有头有脸的人，劳经理向来在夫人面前唯唯诺诺，今天这么重要的日子里，他偏偏把这个信物弄丢了，劳夫人怎么饶得了他？

李秘书决定进去帮劳经理解解围，他三言两语给旁人交代了几句，

掉头就回进大楼，直奔宴会厅。

宴会厅里，一帮人正低着头在帮劳经理找戒指，劳夫人尖利的斥责声穿透了厚厚的墙板，从宴会厅旁边的一个休息室里传过来。完全可以想象得出劳经理此刻在夫人面前的那副样子，李秘书有点于心不忍，于是赶紧蹲下身子，先帮着一起寻找起来。

几乎是宴会厅的每个角落都找遍了，但就是没找到。李秘书是个机灵人，他想：劳经理会不会是记错了，今天根本就没有戴出来呢？应该提醒他赶快回家去看看。想到这里，他立刻朝宴会厅旁边的休息室走去，一面走一面掏出口袋里的手帕擦汗。

就在这个时候，突然，他的手被手帕里的一个东西咯得生疼。直觉告诉他：这个东西是戒指。他整个人顿时就呆了，半晌才回过神来，赶紧哆嗦着身子掉头走进宴会厅后面的洗手间。

还好，洗手间里没人，李秘书钻进一个蹲位，关上门，把手帕打开，一看，果然就是劳经理的那枚戒指。

真是活见鬼了，这东西怎么会在自己这儿呢？他想来想去，对了，一定是早上在洗手间里，当时看劳经理"吭哧"了半天也没能把肥肚皮拢回到裤子里，于是就上去搭手帮忙，后来又用这块手帕给他擦过手上的水渍，可能就是那个时候阴差阳错把它带进了自己的手帕里。

李秘书的心里顿时乱成了团：现在把戒指交出去吧，人家还真以为是自己拿了；不交吧，拿在手里就像捏着一只烫山芋。这件事劳夫人绝对不会就这么善罢甘休，不定以后闹成什么样呢！李秘书脑子一转，决定把戒指扔掉，而且越快越好，就扔在厕所里，用水一冲，神不知鬼不觉，以后不管劳夫人怎么闹，东西不在我手上，我还怕什么？

就在他打定主意准备扔戒指的时候，突然传来一阵重重的脚步声，有人进来了！

李秘书屏住呼吸，悄悄从蹲位间的小门里朝外望，发现进来的是公司办公室王主任。王主任可能是准备打持久战的，进来就脱外套，朝旁边衣帽架上一挂，随后就挑最里面的蹲位间钻了进去。

分秒之间，李秘书改主意了。为啥？劳经理再过两年就要退了，这个王主任现在正和自己较着劲在争劳经理的位子呢！而且平日里王主任总仗着是劳经理的老部下，对自己横挑鼻子竖挑眼，那好，今天我就让你做一回替死鬼吧！

李秘书悄悄站起身来，轻轻推开蹲位间的门就朝外走，走过衣帽架的时候，他把戒指朝王主任的外套口袋里一塞，然后轻轻松松出了洗手间的门。刚才进来时他脸色还是灰白一片，此刻走出去却显得容光焕发。

那倒霉的王主任呢，打了半天持久战早就累坏了，下蹲位后从衣帽架上取下外套，懒洋洋地走出洗手间，一面走一面把外套朝身上套。突然，就见一个东西从外套口袋里掉了出来，好像还带着一道亮光，王主任低头一看，这不是劳经理的戒指吗？笨拙的身子立刻变得灵活起来，他一脚上去就踩住了它，随后假装系鞋带，把戒指捏进了自己的手掌心里。

王主任实在搞不明白：这要命的东西怎么会跑到自己口袋里来了？真恨不得把这个栽赃的家伙祖宗十八代都骂个遍。但他立刻提醒自己：现在不是追究谁给自己栽赃的时候，得赶快想办法把这个“烫山芋”脱手。他不露声色地向宴会厅走去！

这时候，该来的宾客都已经到得差不多了，劳夫人还在折腾，宾客们就先自己三三两两地在宴会厅里围桌坐了下来，从宴会厅到大门口的走廊上，此刻倒反而空无一人，冷清了下来。

透过大门玻璃，王主任看到有一个女人正从外面走进来，是公司资料室的小鲁，有一段时间劳经理出去办事儿经常带着她，小鲁人长得漂亮，生性又活泼，难怪劳经理喜欢，后来硬是被劳夫人给闹得换了工作。

看着这个款款而来的漂亮女人，王主任的脸上立刻露出了一丝不易察觉的微笑，心里暗叫了一声真是天助我也！他当即松开捏着戒指的手。

也只有他自己听到，“扑”的一声，是戒指掉在地毯上的声音。他一步也没有停下来，就像什么事也没有发生过似的，走进了宴会厅。

再返身出来的时候，正好小鲁走到宴会厅门口，正弯腰从地上捡起地毯上那个闪着祖母绿宝石光芒的戒指。王主任热情地迎上去，大声招呼道：“小鲁啊，怎么来得这么晚？大家都等着你啊！哟，手里拿着什么好东

珍珠项链（结尾部分）

（9月上半月刊说到方芳听到此处，突然……）

方芳听到此处，突然咯咯咯咯笑起来。见方芳笑了，小杨也笑了。不料，方芳的笑声戛然而止，板着脸，瞪圆眼，逼问小杨："老实交代你把那三千多块钱弄哪儿去了？是不是在广州做坏事了？"

小杨慌忙摆手说："我哪敢呀，我哪敢呀！"

"那钱哪儿去了？"

小杨见瞒不过去了，只得实话实说："我想给咱们的儿子买电脑，就把那三千多块藏起来，想等攒够了再说。"

方芳问："那现在够不够？还差多少？"小杨说："600，我想凑够了再买……"话还没说完，只见方芳一个转身走进里屋，不一会儿拿出了一只袜子，从袜子里掏出600元钱递给小杨，说："拿去，这是我上次给你买西装攒下的，你那800元的西装其实只值200元。"

小杨接过钱，感慨万千：我的好老婆吔，原来你也有私房钱呀！

所以，正确答案：A. 方芳笑了。

西？让我也开开眼界！"

小鲁还不知道刚才发生过什么事，盯着捡在手里的戒指左看右看，朝王主任努努嘴："王主任，你快来看，这不是劳经理的戒指吗？怎么会在这里？"

"什么？"王主任故作惊讶地叫了一声，"劳经理的戒指在你这里？"

这下可热闹了，宴会厅里坐在靠门口的那些宾客听到王主任的喊声就争先拥了出来，劳夫人听到动静，也从休息室里冲出来，又哭又闹地朝小鲁身上扑过来，宴会厅内外乱成一团……

不到一个月，腾飞公司的人事就有了变动：劳经理提前退居二线，接任他位置的就是王主任；小鲁因为公司精简机构，被安排到下面一个分厂仓库去做保管员。

小鲁可不是省油的灯，捋起袖子要找新上任的王主任算账。有人劝她："算了吧，你看人家李秘书，不也一句话没说就让回了家？"

小鲁气得大骂："我招谁惹谁了，不就是捡了个破戒指吗？"

劝她的人就笑了："这戒指的学问可大了，你怎么还不明白？"

（题图、插图：安玉民）

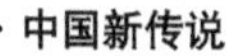

重金酬谢

□佐　者

这天傍晚，城关街上的一家私营理发店正要打烊，来了一个身材略胖的中年汉子，进门就对店老板钟艳说："小姐，给我理个发。"

钟艳说是老板，其实里里外外也就是她一个人在唱独角戏，一天做下来，已经浑身骨头都散了架，于是就不耐烦地说；"下班了，不理了。"

那汉子却顾自走到理发椅上坐下来，对钟艳说："小姐，帮帮忙吧，我马上要去开一个重要的会。要不，我付你三倍的钱，怎么样？"

钟艳心里一动：三倍？她扫了中年汉子一眼，这个发理一理最多不超过二十分钟，这个便宜不捡白不捡！于是就答应下来。

别看钟艳做这行不久，倒也有长远眼光，为了把这个出手大方的临时户头变成自己的长远客户，钟艳一面替他理发一面就与他套起近乎来："先生事业一定发达，要不然不会这么忙啊？"

"唉！"那汉子长叹一声，"什么发达，楼好了，人也差点要瘫掉了。"

"哦，原来先生是搞房产的，看先生这派头，肯定赚了不少！"

"光赚有什么用，人累个半死呀！你看，每天不是开会就是请客吃饭，我都吃成'三高'了。"

"'三高'？"钟艳不懂这"三高"是什么意思。

中年汉子解释说："你不知道，我说的'三高'就是'高血压、高血脂、高血糖'。你别看我精神好，其实一身的病呀！"

这话说得有意思，钟艳不禁哈哈

笑了起来。中年汉子看钟艳这么高兴，试探着说："小姐，你的手势真不错，理完发，能不能再给我按摩按摩，我再多付你三倍的钱，怎么样？既然来了，干脆就彻底舒服舒服。"

又是三倍的钱，这也最多是二十分钟的活，钟艳当然也很爽快地答应了。

就这样，钟艳用了两个二十分钟的时间，很麻利地给中年汉子理发、按摩，那汉子闭着眼，一副很享受的样子。钟艳看看时间差不多了，喊了他几声，不见醒，又摇了他几下，还是不见醒，不觉有点慌了，这家伙，什么意思？她伸出两个指头，放到汉子的鼻翼底下探了探，没问题啊，可能是白天太累，睡死过去了吧？于是钟艳便狠劲摇他，又大声地喊他。

汉子依然没醒，但有一张小卡片从他的衣袋里掉了出来。钟艳捡起来一看，上面写着：我叫赵大海，本市红星房产开发公司总经理。抱歉，给您添麻烦了！当您看到这张卡片时，我是由于身体不好而昏迷的，请别紧张，这与您完全无关，因为我有家族遗传的毛病。为了能让自己及时得到救治，我特地做了这张卡片，以防万一。请您按照下面的办法做，待我醒来必有重金酬谢。办法是：我的衣袋里有能让我从昏睡中醒来的速效救心药；万一我没有带药，那就麻烦您按下面的号码打电话通知我老婆，不胜感激！

原来是这么回事！钟艳看了卡片才如释重负，便立即在汉子的每一只衣袋里寻找起来。但要命的是找了两遍，什么药也没有找到，钟艳怕这人万一有什么三长两短，在自己店里说不清楚，于是就赶紧按卡片上的号码，给他老婆打电话。

没响了几下铃声，就有个女的声音传过来，一问，正是这个叫"赵大海"的汉子的老婆。钟艳一五一十把事情一说，对方先是在电话里一迭声地道谢，随后请钟艳帮忙先去附近药

 使人悔恨的东西，当初往往是甜蜜的。——纪德

店里买速效救心药，让丈夫先服下去，她自己马上就打车过来。对方说，她绝对不会让钟艳白帮忙的，她会给钟艳至少一万元的酬谢。能救丈夫的命，一万元实在不算什么。

钟艳一听，兴奋不已，赶紧答应下来。她心里喜滋滋的：我今天这是怎么啦？尽管碰到了麻烦事，可有这么多钱拿，真恨不得天天这样才好哩！这时候，她腰也不酸了，背也不疼了，自己理发店旁边有个小药房，但她就愿意多跑一站路，到那个平价药房去买药，那里的药价能便宜一半，多赚一点也好啊！

可是，等钟艳平价药房跑个来回，回到店里一看，"啊"一声惊呼从她口中传出！她怎么也没想到，此时店里一片狼藉，刚才还昏睡不醒的汉子，此时已不见了踪影。钟艳突然醒悟过来，马上冲到放钱的柜子前，打开一看，里面空空如也。

"天！我遇上老贼了！"她一声叹息，一屁股瘫在了椅子上。

这是刚才中年汉子坐过的那把理发椅，一张纸条从座椅扶手上飘了下来。钟艳捡起一看，上面写着：感谢小姐的热情接待。如果欢迎，下次定当再来！

案子很快就破了。案犯供认，他们干这号事选择的对象，往往就是一些能对他们许诺的"重金酬谢"动心的人。

（题图、插图：魏忠善）

《红色天网》

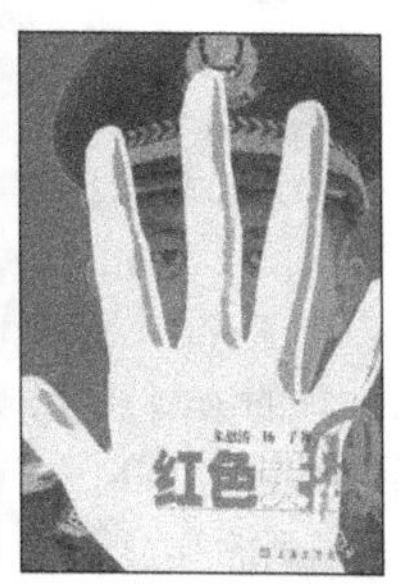

本书是作家朱恩涛、杨子继长篇小说《公安局长》之后精心打造的又一部反腐力作，也是内地第一部正面描述中国国际刑警跨国追捕金融诈骗逃犯、淋漓尽致地展现年轻的中国国际刑警英姿风采的长篇小说。

故事大意是，一个专门针对金融界人士的雇佣杀手已潜入国内，而此时东海市发展银行副行长又突然离奇自杀，某贸易公司老总曾假这个副行长之手将巨额美金转移境外，此时也匆忙携情人外逃。高层领导下令限期破案，国际刑警总部也对该老总下达了红色通缉令。受命处理此案的国际刑警联络处高级警官李鑫立即率女警官郭璐等奔赴南美洲某国抓捕逃犯，他们在异国他乡依靠同行的鼎力支持与配合，以及华人社团的全力协助，历经艰险，不怕磨难，最终胜利完成了任务。然而在这场尖锐复杂的斗争中，女警官郭璐却永远躺在了异国他乡……故事情深意切，又不乏峰回路转的悬念惊奇，作品内容时刻牵动着你的心。

·中国新传说·

竞拍

□石长洪

前不久，某市一个市长因经济问题东窗事发，警察在他家搜出了大量赃物，决定一个星期后对赃物进行拍卖，其中有一幅国画，特别惹人注目。

这画本身的功力倒是一般，但它是清朝大臣和珅画的，据野史记载，乾隆皇帝第二次下江南途中，和珅为了取悦乾隆，附庸风雅作了这幅画，当时乾隆爷看了哈哈大笑道："和爱卿，棋琴书画可不是你的长处，以后就别在纪晓岚面前丢人现眼了。"不过话虽这么说，乾隆还是感念其一片忠心，命人把画装裱了起来，御赐给了和珅。据说和珅从此就再也没有作过画，于是，这幅画到现在就成了孤品。

赃物拍卖的消息传出来后，不少懂行的人都在打这幅画的主意，及至拍卖会开始以后，场面一直挺冷清，直到这幅画拍卖开始，气氛才热了起来。

只听拍卖师大声介绍道："大清乾隆皇帝身边大红人和珅的国画一幅，起拍价五万元！"话音刚落，人们纷纷举牌，一眨眼工夫，国画的身价竟一路飙升至十五万元。

一个戴眼镜的中年男子和一个留披肩长发的艳丽女郎，一直在较着劲儿，两人你来我往寸步不让，大家都目不转睛地盯着他们，拍卖会进入了高潮。

几个回合下来，这幅画的价格又“噌噌噌”地升到了二十万元，正当双方都有点犹豫的时候，有个缩在角落里一直默不作声的老头儿静静地举起了牌子，不动声色地报了个价:“三十万!”

全场顿时鸦雀无声了，人们目瞪口呆地盯着这个貌不惊人的老头儿，猜不透他是什么来头。

拍卖师看了看刚才一直在较劲的一男一女，见两人此刻都没有举牌子的意思，才一字一顿地把“三十万”喊了三遍，随着最后一次喊价结束，槌子也重重地落了下来。

这可真是一槌定音!老头儿终于以三十万元的高价将这幅国画竞拍到手。

因为是赃物拍卖，早有几个有新闻敏感的记者在场子里等着看有什么好料可以报，这下他们可来了神，纷纷凑上前去，想采访老头儿。

可老头儿什么话也没说，接了拍品，突然眼泪就“吧嗒吧嗒”地直往下掉，手也开始抖起来。

记者们更坚信这里面一定有故事，纷纷拿出相机拍照。

老头儿慢慢展开画幅，痛哭流涕地说:“和珅大肆搜刮民脂民膏，老天有眼啊，他最终还是让嘉庆爷给斩了!”这话说得大伙更摸不着头脑。

只见老头儿长长地舒了口气，接着说:“大伙都知道，今天拍卖的这些东西，都是那个贪官市长的赃物，你们肯定很恨他，你们也该恨我，因为我是他爹!我一直为儿子能光宗耀祖感到自豪，可从没想过要提醒他好好做人!现在，我把自己家的老宅卖了，用这钱来买这幅画，我要把它捐给博物馆，让更多的人看到它，让大家都知道，再精明的贪官，早晚也是要被斩的!”

全场一片静默。

(题图：安玉民)

·情节聚焦·

十字路口

□丹　丹　改编

县城十字路口，已经亮起了红灯，这时候，有辆小轿车却不管三七二十一，继续像阵风似的要冲过去。值班的是个年轻的小交警，只见他“嚯嚯”狠劲儿吹响了手中的哨子，于是小轿车硬是被迫在路中央停了下来。

司机神气活现地从车窗里探出头来，朝小交警吼着：“怎么回事？没看到我的车牌号？”

小交警礼貌地给司机敬了个礼，说：“同志，你违反交通规则，闯了红灯，请下车接受处罚。”

司机傲慢地挺着脖子，说“告诉你，我是公安局的！”

小交警一点不买他的账，说“不管你是什么单位的，只要违反了交通规则，都要接受处罚。”

“嘿！”司机鼻子里哼了一声，向后一呶嘴，说，“局长在后面坐着呢！”

小交警立即向车后跨了一步，恭恭敬敬地敬了个礼，但嘴里一点不松口，说：“对不起，法律法规面前人人平等，就是县长的车，闯了红灯也该接受处罚。”

“行了，”司机不耐烦地说，“局长要去开紧急会议，赶时间，所以才……行了，你一本正经什么呀！”

谁知小交警还是不依不饶，挡在

车前，脸部表情显得非常严肃，说：“不行，不管是谁，违反了交通规则都要接受处罚。你为局长开车，就更应该遵守交通规则，再说，这也是为了局长和你自己的安全呀！”

“你……”司机几乎要从座位上跳出来了，“你这个人怎么这么榆木脑袋不转弯哪？你真不给面子？”

小交警面不改色：“这是我的职责。”

“好你个小子！”司机两只眼睛直直地瞪着小交警，“你是哪个队的，叫什么名字？”

小交警一点没被他吓着，响亮地说：“你记好了，我是交警四中队的，叫李勇。”

“你们中队长的电话是多少？”

“你是问他办公室的电话，还是问他家里的电话，还是问他手机的号码？”

司机哭笑不得：“好好好，今天算我倒霉，栽在你个毛头小子手里。罚多少，你罚吧！”

小交警不慌不忙地开出罚款单，又在司机递来的驾驶证上按章扣分，然后教训他说：“同志，作为司机，尤其是为局长开车的司机，希望你能带头遵守交通规则，不要给局长脸上抹黑，法律面前可没有特殊公民啊！为了你和他人的安全，希望这是最后一次违规。”说完这番话，小交警将罚款单和驾驶证双手递给司机，又敬了一个礼，说：“请在规定的时间内到银行交罚款。”说完，他才后退一步，让小轿车通行。

司机气呼呼地缩回头，狠狠地瞪了小交警一眼：“哼，臭美什么呀！”开了车子就走……

故事说到这里，可能有人要问了：车里坐的真是局长吗？别是司机要滑头，对小交警随口胡说的吧？要不，局长怎么不发话呢？

哎呀，真要这么说，可就冤枉那个司机了。告诉你，车里真就是坐了

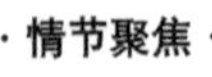

局长，局长是去赶一个关于确保交通安全的紧急会议的。赶到会场之后，局长在作工作报告之前，首先就这件事发了一通话。

局长说：“同志们，很抱歉，我今天迟到了。本来是可以不迟到的，因为什么原因呢？因为我的车被一名小交警截住了。我的司机违反交通规则闯了红灯，这名小交警知道我是局长，知道我赶着来开会，可他硬是没给面子，坚决进行了处罚。”

局长说到这里显得有点激动，嗓音也高了八度：“这小伙子好哇，他知道自己的职责所在，不畏官，不怕权。我当局长两年，这样的事还是第一次碰到！他罚得好！如果其他的交警都能像这名小交警一样，我看我们县城的交通治理就大有希望！对了，他叫……他是交警四中队的，叫李勇。”

局长说到这里，目光在会场里四下一扫，指示说：“我们就是要把这样的优秀同志充实到我们的干部队伍中来！”

底下有人举手：“局长，他们交警四中队正缺一个副中队长……”

“怎么，提拔他当副中队长？”局长摆摆手，“同志们哪，有些事情我们可不能完全按部就班慢慢来啊！事发时，我故意没下车，就在观察这小伙子的一言一行，看他怎么处理问题。我看啊，他这样素质的同志，完全可以破格提拔到副大队长的位子上来，加快培养嘛！大家如果同意我的提议，现在就请举手。”

局长一面说，一面自己就把手举了起来。

举手的结果，自然不言而喻。

开完会，天已经黑了。局长回到家，刚放下公文包，门铃响了，开门一看，正是白天截住他车的那个小交警李勇。

“怎么样？”李勇有些紧张地问。

“通过了。”局长笑着叫他进屋。

李勇激动地扑了上来，抱住局长大喊：“大伯，你这一招实在是高哇！”

（**题图、插图**：安玉民）

·本刊信息传真·

郑重声明

为严肃出版纪律，编辑部再次郑重声明：1.本刊拒绝重发稿、抄袭稿。一经发现，编辑部将视情节轻重，对其作出相应的处理，如通报有关部门、在刊物上公开曝光等，并保留向司法部门起诉、追究法律责任的权利。2.所有来稿务请注明：原创、翻译、改编、推荐、搜集整理以及需要说明的事项（包括该作品是否已投寄其他刊物）。3.来稿三个月内未接到任何通知，作者可另投他处，编辑部不再退稿。

·哲理故事·

倒霉的交易

□张伟良

清朝年间，城关镇上有个曹员外，经常背着妻子在外面寻花问柳。有一年，他在青楼里搭识了一个烟花女子，于是就嫌自己的妻子碍事儿。可是他妻子是个非常泼辣的女人，曹员外想把妻子杀了，有贼心又没这个贼胆，思前想后没想出什么法子来，心里十分烦恼。

这天，曹员外经过县衙门时，只见两个衙役抬着一个破衣烂衫的男人，像扔垃圾一样把他从衙门里扔出来，叫他快滚，滚得越远越好，可那个男人就是不肯，赖在衙门前不走。

曹员外觉得奇怪，一打听，才知道这个男人叫侯白仁，平时好吃懒做惯了，扔下家里的老母不管，整日在外面干偷鸡摸狗的事，被人抓住了就给打得半死。这次，他偷人家地里的红薯，被送进衙门关了几天，不想这一关他却不想出来了，因为牢里虽苦，却好歹有碗现成的饭可以吃。

曹员外听着听着，脑子“忽”地一亮，上去对侯白仁说：“兄弟，别赖在这儿了，走，大哥我请你喝酒去。”

一听有酒喝，侯白仁也不管这人认识不认识，一骨碌就从地上爬起来，跟着走了。

来到一家酒楼，曹员外点了一桌好菜，还要了一壶好酒。

侯白仁从来没吃过这么多这么好的酒菜，迫不及待地举起筷子就大口大口往嘴里塞。等塞得差不多了，才突然像想起什么似的，眨眨眼睛问："你是谁？你为什么要请我喝酒？"

曹员外反问道："听说你喜欢呆在牢里？"

侯白仁点点头："是啊，吃饭不用愁了嘛！"

"你真还想进去？"曹员外追着问。

"那当然，"侯白仁说，"我是得想个法子，再进去呆它几天！"

曹员外"嘿嘿"笑了："如果你真喜欢坐牢的话，我倒是可以帮你。"

"此话当真？"侯白仁的脸凑了上来。

曹员外说："不瞒你说，我妻子向来蛮横霸道，我想做了她。到时，你只要替我承认这事是你干的，就行了。"

侯白仁吓一跳："你要我杀人？这不行，杀人是死罪，要砍头的，进去就出不来了。"

曹员外说："我哪里是要你杀我妻子，我会先想个办法，让我妻子撞墙撞死，到时候你就说是你在我家偷东西，被我妻子发现了，她抓你时不小心滑了一跤，脑袋正好撞到墙上，撞死了。这样，你就不会被砍头，却可以在牢里呆上几年。"

侯白仁还是有点犹豫："这能行吗？真不会被判死罪？"

曹员外拍拍他的肩说"兄弟，你替我担了这事，我绝不会亏待你的。我有钱，我给你500两银子，怎么样？你拿了这笔钱，既可养你老母，以后出来了自己也有花的，这几年就吃吃牢里的饭。这不挺好？"

一听曹员外能给500两银子，侯白仁马上点头答应了。曹员外怕侯白仁反悔，当晚就把银子送了过去。

第二天晚上，吃过晚饭，曹员外故意装作陪妻子在院子里散步，趁她不注意的时候，猛揪住她的头就往院墙上撞。由于出手狠，没撞几下，妻子就头破血流倒地身亡了。妻子一死，曹员外立即奔县衙报案，县令听他如此这般一说，就命衙役即刻捉拿侯白仁，当堂开审。

不想侯白仁一口咬定："青天大老爷，小的今儿个一直都呆在家里，根本没出去，不信你可到我左邻右舍查问。"

一调查，果然左邻右舍都替他作证，县令便把曹员外喊了来。曹员外见侯白仁没替他把事儿担下来，知道遇上麻烦了，又气又急，头上的汗水成串成串直往下淌。

妙笔戏酒家

□艾湛云

乾隆皇帝下江南，这一天来到杭州城。正好有一酒家新开张，“噼噼啪啪”的鞭炮声把他引了过去，于是他就在一张空桌前落了座，要了一壶酒，点了两个菜，优哉游哉地品尝起来。

可酒刚进口，他就觉得不对劲，明白酒里掺了水；瞥了眼酒壶，发现也不对劲，要比通常的小一圈。乾隆心里来了气，脸一耷拉就要发火。可

事情很快水落石出，曹员外谋害妻子被关进死牢，只等秋后问斩。曹员外心有不甘，他买通牢里的看守，把侯白仁叫了来。瞪着这个拿了自己500两银子却又悔约的人，曹员外恨不得剥了他的皮：“你这个狗东西，你为什么拿了我的银子还这么害我？”

侯白仁慢条斯理地说：“这事得怪你自己啊！我既然有了这么多银子，干吗还要呆在牢里？”

哲学先生评曰：此故事颇有黑色幽默的味道。有些读者可能以为曹员外错就错在不该一开始就把500两银子交给侯白仁，若分批付款或事后给钱，侯白仁就难以钻空子。其实，这些都是事情的表相。在原因与结果的因果链上，注定了曹员外以害人开始、以害己告终的悲剧结果。故古人有言：“善恶到头终有报，只争来早与来迟。”此言信然。

（**题图**：黄全昌）

再一想，忍住了：人家开个酒家也不容易，明着说破，不就马上坏了人家的名声？倒不如戏它一戏，让他自个儿悄悄改了的好。于是，他把小二叫过来，吩咐道：“把你们老板找来，我有话说。”

不一会儿，老板就点头哈腰地跑了过来。乾隆说：“我从京城来杭州办事，恰逢酒家开业大吉，有幸之余，想写几个字为你们贺贺喜。”老板自然不会想到眼前这个人就是当今皇上，但听说是从京城来的，看面相不怒自威，猜测绝非等闲之辈，于是连忙叫小二取来笔墨纸砚。

乾隆大笔一挥，写了四个字：莱梨乐枣。

“好字，真是好字！”老板一面由衷地称赞，一面又疑惑地问，“先生的意思是……”

乾隆微微一笑“莱阳的梨，乐陵的枣，举世闻名。但愿你们酒家，也能办得如此啊！”说罢，他就告辞了。老板望着乾隆远去的背影，越想越觉得这四个字意义深长，于是当天就请人装裱制成匾，把它挂在酒家当门的墙上，盼着它能给酒家带来好运。

可想不到的是酒家开张以后，生意却越做越清淡，这天眼看开门已有两个时辰了，店堂里却一个顾客也没有，老板急得除了朝伙计们瞪眼睛，一点办法也没有。

好不容易，来了一位秀才模样的人，老板立刻迎了上去。那秀才并没有马上落座，盯着墙上那块“莱梨乐枣”的匾看了半天，忽然“扑哧”一声笑了起来。

老板当然是个精明人，一看这情势就知道匾中必有缘故，于是双手一抱拳，对秀才说：“先生，您今天能进我的门，说明咱俩缘分不浅，不管怎么着，你我也得喝上一壶！”他请秀才入座，吩咐伙计上酒上菜，两个人于是就对饮起来。

秀才抿了一口酒，提起酒壶看了看，问老板：“酒家开业不久吧？生意不好？”老板面露愁容地直点头。秀才抬头瞧一眼挂在墙上的那块匾，自言自语地说：“这就对了！”

老板急得说话都结巴了：“什么对……对了？是匾……匾有名……名堂？” 老板把“莱梨乐枣”的来龙去脉给秀才说了一遍。

秀才一听就笑了：“给你题字的人其实是在说你呢！”

老板心里一惊：“他说我什么了？”

秀才慢条斯理地说：“你想啊，莱阳的梨以汁多闻名，乐陵的枣以核小传世，这‘核’字这一带人的口音不是与‘壶’字很像吗？‘莱梨乐枣’，莱阳梨水多乐陵枣核（壶）小，不正是说你酒家的酒水分大，而酒壶小吗？难怪生意清淡，原因正在于此啊！”

老板被秀才这么一指点，心里懊悔得要命：自己居然把人家骂自己的话做成匾，还在店堂里挂了这么长时间。他“腾”地站起来：“小二，小二，快给我把匾拿下来，砸了它！”

老板气得脸色铁青，秀才却在一旁不慌不忙地劝道：“老板大可不必发怒啊，你的酒我尝了，酒壶我也看到了，人家说没说错，你老板心里最清楚呀！我看那人没有当场说破你，就已经给了你很大的面子啦！”秀才拉过老板重又坐了下来，“来来来，没有过不去的火焰山，咱俩先干了这杯再说。”

老板想想秀才的话不是没道理，可就是怎么也打不起劲儿来，蔫头耷脑地坐在那里，好半天也不吭声。秀才劝他说：“做生意讲究的就是‘实在’两个字，我看你只要在这上面下点功夫，生意一定会红火起来。”

秀才说得轻言慢语，可老板却听得眼睛一亮。这话他以前不是没听到过，只是此刻在空荡荡的店堂里，他才听进了心里去。想想真是这个理啊！他拱手对秀才说：“敢问先生，能否给小店指点一二？”

秀才说；“老板，你这是抬举我了！不过恭敬不如从命，我就斗胆给老板进一言：第一，老板不如就把‘莱梨乐枣’这四个字做成酒家的招牌，倒也别出心裁；第二，既然招牌改了，索性就把莱阳的梨和乐陵的枣做成酒家的一道主菜，味道做好了，吃客哪有不回头的啊！第三，当然了，这装酒

的壶和壶里的酒……”

秀才刚说到这里，老板马上抢着说：“当然改，我马上改！”

老板觉得这秀才和自己挺投缘，就兴冲冲跑去拿正宗的“状元红”酒来，想与秀才好好喝一盅，谁知等他端着酒坛子出来，那秀才已经走了。老板不由想起那天“莱梨乐枣”题字时的情景，心里寻思着：这秀才会不会也是来戏弄我的？可想想他的主意确实有道理啊，决定还是先照着试试。

这一试啊，果然，酒家的生意一天比一天红火，不管是平民百姓还是达官显贵，纷纷登门入座，时间不长，酒家就真的在杭州城里出了名。后来，“莱梨乐枣”的名声越传越远，老板索性北上创业，在京城开了一家规模更大的“莱梨乐枣”酒家。

这一天，老板正在店堂里招呼客人，一转身和一来者打了个照面，不由惊叫起来：“这不就是当年题字的贵客吗？”来人正是当初给他题字的乾隆。老板向乾隆拱手施礼，动情地说：“多亏先生当年的题字啊，后来有个秀才也给小店指点迷津，两位先生都是我的恩人哪！”

老板亲自给乾隆上酒上菜，一边上一边介绍，乾隆喝一口酒品一口菜，吃得不亦乐乎！吃完了，乾隆又叫老板去拿纸砚笔墨来，说是要为酒家题写店名。

老板一愣：“‘莱梨乐枣’，挺好，挺好呀！”

乾隆“哈哈”一笑，说：“我给你在这店名后面再加三个字，这回你放心，不会再叫你出洋相啦！”等到纸砚笔墨送来，乾隆“刷刷刷”挥笔写了三个雄浑有力的大字：又一村；还落了款：乾隆御笔。

我的妈哟，这不是当今皇上吗？老板“扑通”一声就跪下了。乾隆道：“起来吧，不知者不为过。朕今天总算是看到你在真正做生意了啊！好自为之吧！”

没多久，乾隆御笔题招牌的事儿立刻在京城传了个遍。老板这回自然是请了最好的师傅把它装裱制匾，然后选了个黄道吉日，隆重地在店堂里挂了起来。不用说，这以后，酒家的生意是越来越红火了。

（**题图、插图**：黄全昌）

您手中有没有得意之作？本刊辟有二十多个原创性栏目，如中国新传说、悬念故事、我的故事、情感故事、幽默世界、16岁故事、海外故事和中篇故事等；您读到或听到什么有趣事可以和大家一起分享吗？3分钟典藏故事、情节聚焦、点击网络故事、外国文学故事鉴赏和快乐辞典等都是本刊推荐性栏目。热忱欢迎来稿，可从邮局寄发，也可从网上传递。邮寄地址：上海绍兴路74号《故事会》杂志社，邮编：200020；如为电子邮件，本期责任编辑信箱：baofang@vip.sohu.net。

□紫 红 改编

费城有家五金店

改编自美国劳伦斯·威廉斯的小说《小精灵》

费城有家五金店，新开张不久，专门卖名牌家用锁具，生意非常好。

这天，店老板正在店堂里招呼顾客，突然一个身穿警服的男人大叫一声："有小偷！"随即就抓住了一个男孩的手腕。老板回头一看，那男孩看上去只有十五六岁，手里确实拿着一把锁。

警官把男孩带到老板面前，说："先生，您知道他是谁吗？弗尔森那家伙教唆出来的，这么小就跟着干这行，居然把主意打到您这儿来了……"弗尔森是费城有名的恶棍，手下聚集着一大群不良少年，他唆使他们干尽了坏事，可自己却从不轻易出面，警方一直在设法抓捕他。

谁知老板却非常有礼貌地朝警官点点头，说："对不起，我非常感谢您的好意，但我要告诉您的是，这把锁是我让这孩子去拿的，因为我腾不出空，我正在向我的顾客介绍店里新到的货品。"

"您……"警官的两只眼睛直直地盯着老板，"我郑重地提请您注意，这小子绝对不会是第一次出手，您今

天可以这么袒护他，但这只会让他以后更加变本加厉地去跟着弗尔森干坏事。”警官坚持要把男孩带回警局，想以此打开缺口，可老板却朝他耸耸肩。老板不开口，警官就无法坚持，最后只好对男孩松了手。

警官走了，老板望着男孩，向他伸出手去：“说吧，叫什么名字？”

“强尼。”这个叫强尼的男孩一面回答老板的问话，一面就把手里的锁具交还给了老板。其实刚才警官一点没看错，也一点没说错，强尼不仅偷了店里的锁，而且他确实是弗尔森故意派来踩点的，这个恶棍已经把目标瞄准了这家五金店。可是，明明是自己干了坏事，老板为什么还要在警官面前替自己说话呢？强尼心里觉得奇怪。

老板眯起一双小眼睛，打量了强尼一会儿，也不说话，然后把男孩还给他的那把锁在手里把玩了好一阵子，突然抬头问：“知道怎么打开它吗？”

强尼猜不准老板问这话是什么意思，不吱声。

老板朝强尼努努嘴：“把你的鞋带给我。”声音不重，口气却非常强硬，强尼不得不听话地弯下腰，解下一条鞋带，递给老板。只见老板接过鞋带，把鞋带头上包着金属片的一端穿进锁孔，两只指头轻轻一动，锁头居然就“啪”的一声弹开了。强尼惊讶地“啊”出了声，眼光里充满了对老板的崇拜。

老板依然眯起他那一双小眼睛，打量了强尼一会儿，然后不慌不忙地从店堂一侧的柜子底下翻出一本泛黄的剪报册，递给强尼。强尼打开一看，哇！里面剪贴的都是国外一个叫库斯楚的大盗偷盗保险箱的报道，强尼一页一页地翻着，贪婪地读着。

“知道这个人吗？”老板盯着强尼。

“不知道……”强尼刚说了“不知道”三个字，突然好像醒悟了似的抬起头，打量了老板一下，喊起来，“您……像，太像了，您就是这个大盗？”

老板的脸上闪过一丝不置可否的神情。强尼追着问：“那么，您是刚从国外来的？难怪这家店是新开张的哩！”他讨好地朝老板笑了笑，竖起拇指说：“您真了不起啊！”说完重新开始一页一页把这本剪报册又翻了一遍，好像拼命要从中找出什么奥秘来似的。

老板站在旁边“嘿嘿”笑了两声，说：“傻小子，你可别想在这里面找到什么奥秘，我不会把它告诉任何人的，尤其是你们这帮家伙。我只会把这些东西写进我的回忆录里，一本专门介绍我各种偷盗技巧的回忆录。”老板说到这里，拉开柜子上面的抽屉，指指躺在里面的一个笔记本，说，“这只能到我死后才会发表。可到那个时候又有什么用呢？人人都知道了奥秘，奥秘自然也就不存在了啊。哇——哈哈！”

老板笑得很是得意，强尼只好深深地叹口气，瞥一眼那本躺在抽屉里的笔记本，脸上显出一种和他年龄极不相称的悲凉和失望。也许在他看来，老板的这个回忆录简直就是一座金库，只要掌握了其中的奥秘，以后干什么事都能得手。不过，强尼转而一想又觉得奇怪：掌握如此奥秘，又如此风光过的人，怎么甘心只到这里来开一家五金店？是他自己跳出江湖撒手不干了，还是另有高手而他只能俯首称臣？强尼不敢随便问，只好在心里胡乱猜测着。

突然，剪报册的最后一页，一行醒目的大字映入强尼的眼帘：大盗终入狱，巨富变穷蛋。这么有本事的大盗，难道也斗不过警察？强尼抬起头看着老板，脸上满是疑惑的神情。

此时，老板的脸上已经全然没有了刚才的得意。老板说：“我后来在监狱里蹲了23年。其实在入狱之前，我已经有了用不完的钱财，可那又有什么意思呢？我非常厌倦那种生活了，但又无法收手，因为我已经上了瘾，所以最后我只能故意露出破绽，让警察来抓我，强制我入狱改造。就是23年的牢狱生活，让我变成了今天这个样子，但我反而觉得很愉快，这才是我真正想要的生活啊！”

说到这里，老板从强尼手上拿回那本剪报册，放回到柜子里，又把放笔记本的抽屉关上，仔细地加了锁，然后语气沉重地对强尼说：“孩子，你现在应该知道我为什么会在警官面前如此袒护你了吧？听我的话，你现在

毕竟还是个孩子，收手还来得及，不要再跟着那个混蛋弗尔森干了，不管小偷也好大盗也罢，这种事干下去都不会有什么好结果的。至于那个混蛋，他只不过是在你们面前吹吹罢了，我敢说，照他这个样子，不出一个星期，他就会锒铛入狱！”

“您胡说！”一听老板把自己拜为偶像的弗尔森贬得这么一钱不值，强尼受不了了，他固执而又狂怒地朝老板吼起来，“您根本不知道弗尔森有多厉害！”他一面喊着一面就冲出了店门。老板看着他狂奔的背影，只好失望地摇头：“那就祝你和你的弗尔森好运吧！”

老板继续忙他的事情去了，可让人拍案叫绝的是，真的不出一个星期，其实也就是两天后的一个深夜，弗尔森真的被警方抓住了，和他一起被抓的还有那个强尼，而抓捕的地点居然就在老板的店堂里——弗尔森还没来得及将店堂一侧柜子抽屉里那个笔记本拿到手的时候，已经在那里守候了两个晚上的警官把枪口对准了他。

老板快乐地耸着肩膀，瞥一眼哭丧着脸的弗尔森，说“有你这么干事的吗？也不动脑子想想，如果我真是那个醒悟了的大盗库斯楚，我怎么可能再去写什么专门介绍偷盗技巧一类的回忆录呢，那岂不只会去害更多的人？警方早就打探到你们要对我店铺下手的情报了，正巧我长得和那个大盗库斯楚挺像，我们就故意设好了这个套，等着你们。”

说到这里，老板“啪”的一声拉开抽屉，把里面的笔记本拿出来，甩在弗尔森面前：“看看吧，它是个什么东西。”

弗尔森站着没动，强尼忍不住拿过来，打开一看，原来是一个账本。

（题图、插图：箭　中）

·本刊信息传真·

《故事会》“我最喜欢的封面图片”评选启事

亲爱的读者，您喜欢本月《故事会》的哪一期封面？现在只要用手机下载您中意的任意一期（红版／绿版）封面图片，就投了宝贵的一票!您不仅可以马上拥有这张彩图，还有机会赢得精美时尚手表(价值280元，每期5名)，得奖读者在评选结果揭晓后将得到短信通知。

参加方式：发送封面图片代码403（8月红版)或404（8月绿版）到200076（限中国移动彩信用户），信息费：2元／条。本月活动截止期为9月31日。

·中篇故事·

摩崖天书之谜

□傅昌尧

谁也不能把阳光装进自己的口袋，即使再乱的谜团，总有云开雾散见天日的时候……

1.婚礼上来了不速之客

新郎汪鸿和新娘许燕艳的婚礼在本市最豪华的金星大酒店举行，前来贺喜的宾客，除了新人工作单位考古研究所的领导和他们的亲朋好友外，还有不少是学术界的老教授和老专家。这些老人不顾年迈体弱，赶来参加一对年轻人的婚礼，眼下着实少见。新人到底有什么魅力，能吸引这么多名流前来捧场呢？这似乎可以从嘉宾们投向新人赞许的目光中找到答案。

原来，新郎汪鸿不久前刚出版了一部学术著作《听我说天书》，以无可

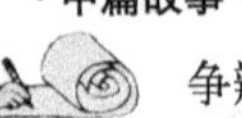

争辩的科学事实，破译了困扰学界近百年的摩崖天书之谜，所以书一问世便立即轰动了海内外。人们不仅从书中读到汪鸿惊人的探索成果，更读出了一个年轻学人潜心钻研学问的艰难历程。

新娘许燕艳的美丽让每一个来宾赞叹不已，而她的身世更为她的美丽锦上添花，著名的考古学家许煌就是她的父亲。许燕艳年幼时母亲就病逝了，所以她对父亲许煌的感情特别深，但不幸的是许煌在一年前的一次考察中神秘失踪了，研究所当时曾不惜一切代价组织人力寻找，但没有任何线索，后来随着时间的推移，觉得老人生还的可能性越来越小，于是只能认为他已经死亡。许燕艳后来在整理父亲遗物时，发现了一封父亲留下的遗书，父亲在遗书中对许燕艳说："干爸爸这个工作难免出现意外，一旦爸爸走了，女儿你一定要督促汪鸿完成我未竟的事业。当然，假如你不喜欢汪鸿，我也只能说遗憾了，但爸爸相信他是爱你的……"父亲失踪后，许燕艳一度精神几近崩溃，比她大八岁的汪鸿就像父亲一样照顾她，陪她度过了这段最痛苦的日子。

现在，这一对年轻人终于结成了夫妻，所有来贺喜的宾客都由衷地为他们高兴，这不但了却了许煌的心愿，而且他们也真可谓是郎才女貌啊!

婚礼在热烈的气氛中进行着，当主持人宣布"下面由新人致答词"时，只见新郎汪鸿手捧着他的那本专著，话没开口喉咙已经哽咽了。他感慨地说："今天是我和燕艳大喜的日子，遗憾的是我敬爱的导师，不，我亲爱的父亲，我尊崇的考古学前辈许煌先生，已经不在人世了……我生命中的每一点成就，都离不开先生的教诲，都是先生的光荣，我将会永远用谦虚严谨的治学态度，用奋斗不息的刻苦精神，来怀念我的先生！”说到这里，他紧紧搂过站在一边的许燕艳，接着对大家说，“我向先生的在天之灵和所有来宾们保证：我将永远不辜负先生的嘱托，我会和燕艳相爱一生！”

“哗！”掌声如雷，全场来宾都不由自主地用感动的泪花为这对新人祝福。

可就在这时候，突然从外面冲进来一个人，衣衫穿得破旧不说，脸上的神情显得非常激动，指着新郎汪鸿大喊：“骗子，你这个大骗子，你是杀人犯！”

突如其来的变故，让全场人愕然。这人什么来路？他的话是什么意思？听他口音，看他装束，好像不是本地人，他怎么进来的？干吗要搅这对新人的婚礼？

大家还在发愣的当口，只见“呼啦”一声，酒店老总带着保安冲了进来，没等那人再叫喊，保安就已经将他摁倒在地，反剪着双手把他推了出去。

酒店老总诚惶诚恐地给大家解释说：“这乡下人是给我们酒店送菜的，可能神经不太正常……实在对不起各位，请大家多多包涵，多多包涵！”

掉过头来，老总又一再给新郎新娘赔不是。可大家发现，新郎新娘的脸色都已经变得煞白。是啊，谁遇上了这种倒霉事，都会被彻底扫了兴致！

主持人一看急了，再三努力，但厅堂里的气氛再也热烈不起来了。

2. 盗墓贼破译血写“天书”

搅了婚礼的这个乡下人叫麻五，确实是给金星大酒店送菜的，但酒店老总小看他了，以为他乱冲乱喊神经不正常，却不知道他绝对是有备而来。

麻五家在距本市千里之外的西北牛耳山腹地，他很小就听老人们说起过，寨子后面的崖壁上有古时候留下来的洞穴墓，类似名闻遐迩的三峡悬棺。麻五出外打工的时候曾跟着人干过几次盗墓的营生，知道这活儿来钱，可盗祖宗坟墓是最令人不耻的，于是他想到了去盗后山那些穴墓。

那天夜晚，麻五一个人带上工具，趁着月色，悄悄上了后山。攀崖附壁对麻五来说根本不在话下，他一气就光顾了三个墓洞，但失望得很，里面除了枯骨没有任何东西。倒是在第三个墓洞里，石壁上那些稀奇古怪的图画，着实把他吓了一跳。他吐了口唾沫，正要掉头离开，忽然心里一惊：从手电筒划过的亮光一闪之际，他感觉这个洞壁深处好像还有一个洞口。莫非这里真有名堂？麻五不由兴奋起来。

麻五弓身近前，一看，果然，这里有被撬挖过的痕迹，两个相连的洞口被人用石块给封住了。难道里面真的藏着宝物？他只怪自己来晚了一步，迅速撬开封住洞口的石块，一边打着手电筒，一边探身摸了进去。

一股刺鼻的异味迎面扑来，麻五顿时觉得五脏六腑都要吐出来了。清醒片刻，他一手捂住口鼻，一手打着手电，继续朝前挪步。里面其实是一个更大的洞穴，但麻五才走了没几步，就觉得脚下踩上了什么东西，用手电一照，吓得一屁股跌坐在地上：妈呀，是一具赤身裸体的尸体！

老半天，麻五才缓过神来，想赶快回去，可舍不得就此歇手，说不定洞里真有油水可捞。他犹豫片刻，索性走出石洞，在洞口边坐到大天亮，然后用树叶上的露水好好擦了把脸，让自己彻底清醒过来，再重新壮起胆子摸进洞去。

再次进洞，麻五对洞里的地形已经心中有了数，所以胆子大了许多。但一圈转下来，除了那具尸体，他什么都没有看到。捶胸顿足埋怨自己来晚一步的同时，他心里便胡乱猜测起来：死的这个人一定是被同伙杀死的，要不然，为什么洞里会什么东西都没有呢？这种地方没人会想到要来，除非和自己一样是干这营生的。

麻五一面这样猜测着，一面就打量起眼前这具尸体来。他发现，死者其实是一位头发花白的老头子，虽然尸体有些风干发黑，但从他那细长的手指脚板上看，根本不像是干盗墓这行的。麻五不觉多了一个心眼来：既然不是干自己这行的，那么这极有可能是一起凶杀案。对呀，杀他的人杀了也就杀了，但为什么杀人之后还要把他身上的衣服都剥了去呢？而且刚才在洞里转的时候，也没看到这些被剥下的衣物。

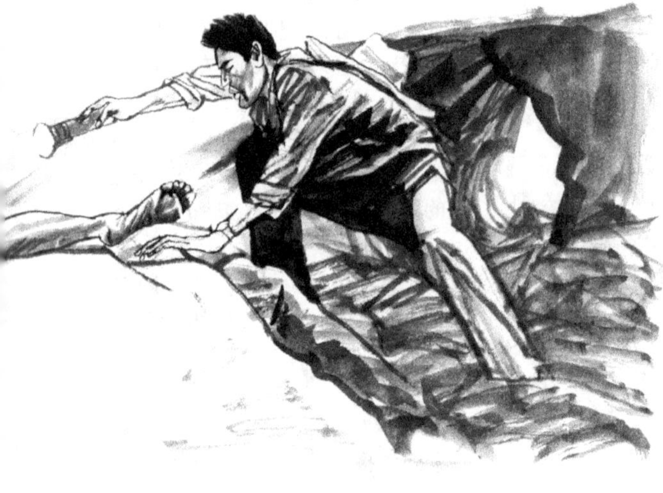

 谁把法律看成枷锁，就在开始毁灭自己。——爱默生

正疑惑间，麻五猛地发现死者旁边洞壁的下方，有几个笔迹模糊的字，看上去暗红的颜色，好像是用血写成的。打着手电细一辨认：前面是一个大大的“杀”字，后面是一串数字，再后面的一个字就很难辨认了，特别模糊。

麻五盯着这几个字看了半天，又用手电仔细照看着死者，发现他的脑袋上有好几个窟窿，很明显是被石块敲砸留下的。麻五断定：石壁上的这几个字一定是这人留下的；临死之前他挣扎着写下这些字，一定是想要对别人交代什么……

别看麻五长得不咋样，可平时在寨子里也是个能人。此刻，他的能劲儿就充分显示出来了，他虽然一时猜不出这些字的意思，但却用刀把它们依样画葫芦地刻在了自己随身带着的木棍上。他打算回寨子后去问问小学校里的老师。临离开时，麻五将洞口重新用石块封上，牢牢记下了这个墓洞的位置。

回到寨子里，麻五本想立刻就去找老师，可见了老师怎么说呢？老师肯定要问你在哪里碰到这个事，总不能说自己是去盗墓的吧？寨子里的人知道了，就是不把你赶出去，子孙后代也直不起脊梁做人。没办法，麻五只好忍住不开口，自己一有空就对着那根木棍细细琢磨。

毕竟麻五脑子不赖，琢磨了几天，倒也被他理出了个大概来：那串数字可能是个电话号码；而最后那个难辨认的字，可能是“江”字或者“汪”字，写字的人因为没了力气，把字写横了，所以开始一直没有看出究竟来。麻五越来越有了要弄清事情真相的强烈愿望，他分析：前面那个“杀”字，是死者想告诉别人他是被杀的；中间的电话号码，可能是死者家里的，也可能是死者单位的；至于最后那个字，猜来猜去拿不定是一个“江”字还是“汪”字，有两种可能：要么是死者的姓；要么就是杀人凶手的姓了。按说，紧急关头，死者最想留下的，应该是凶手的名字，告诉别人凶手是谁，可以替自己申冤报仇哇！这从道理上说得通。

为了验证自己的分析，麻五到镇上的电话亭里，按照那串数字拨了出去，没想到果然通了，麻五激动得手都有些发抖了。他还没开口，话筒里就传声音过来了：“您好，这里是市考古研究所，请问您要哪个部门？”

麻五心里“咯噔”一下子！他盗过墓，知道考古这种单位跟崖壁上的穴墓有关联，一时心里紧张极了，不知怎么说好，愣了半天，结巴了一句：“你……你们那里有个……姓江的吗？”

对方回答：“对不起，没有。”

“那……有姓汪的吗？”麻五紧张地追着问。

对方说："有啊！他……请问，您是哪一位？有什么事？"

看来这事情有谱了！麻五差点惊叫起来，举着话筒发了呆，下面该说些什么，该怎么说，他还没想好。

只听见对方在电话里"喂喂喂"地叫："请问您找姓汪的同志有什么事？请您不要挂电话！请您不要挂电话！"

麻五感觉对方的声音突然变得紧张焦急起来，他激动得浑身燥热难安，对自己无意中知道了一个秘密而得意起来，觉得自己天生就是能干大事的料。他果断地挂断电话，决定先回寨子去好好盘算盘算，明天自己亲自进城去那个研究所，把事情的来龙去脉弄清楚了，再见机行事，争取这次好好发它一笔财。

可是天不遂人愿，不知是那天在墓洞中受了惊吓，还是回来之后兴奋过头，反正这天晚上麻五整夜没合上眼睛，第二天一早起来就浑身筋骨酸痛，开始发起烧来。而且这一病就病得不轻，医生诊断说，这是急性关节炎发作。后来急性缓解了，转成了慢性，好好坏坏，总也不得劲，医生再三嘱咐不能走远路。等他终于打点好了进城的时候，已经是半年之后了。

3. 牛耳山夜晚令人惊悸

麻五在婚礼上说的那番"疯话"，其他人都没往心里去，但却像大山一样横亘在一个人的心头，这个人就是新娘许燕艳。

因为许燕艳不相信，一个神经不太正常的送菜工，会无缘无故地指认汪鸿杀人，所以那天虽然送菜工被架了出去，但他的喊声一直萦绕在耳边，并且立刻想到了自己的父亲。难道……

说实话，许燕艳对父亲的神秘失踪一直倍感蹊跷，但她过去从来没有想到过这事情会与汪鸿有关，父亲突然失踪的时候，汪鸿正回老家探亲，他根本没有和父亲同行，不可能和他有什么瓜葛啊。再说，汪鸿后来对她真的是爱抚有加啊！

许燕艳觉得必须找到这个送菜工，才能解开自己心中的谜团。可眼下正是自己和汪鸿的新婚蜜月期，自己怎么能说走就走呢？而且自己脱身而去，必定会引起汪鸿的猜疑，反而对弄清事情真相不利。但不把心头的疙瘩解除，许燕艳对百倍呵护自己的汪鸿又无法给予感情上的回应；倘若躺在身边的人真与父亲的死有关，那冤死父亲的在天之灵怎么能安息啊！

正在许燕艳焦躁难安之际，老天爷把机会送到了她的面前：汪鸿突然接到来自美国一著名学府的邀请函，邀请他去做学术报告，而且时间非常急迫，数日之后就要成行。许燕艳心里不觉暗自高兴。

出国讲学是许多学者梦寐以求的愿望和荣耀，可出乎许燕艳意料的是，汪鸿接到邀请函，开始还显得非常兴奋，但随即就把它扔到了一边。他对许燕艳说："你现在就是我的唯一，我哪儿都不想去，我要永远陪伴在你的身边。"

许燕艳劝他说："两情若是久长时，又岂在朝朝暮暮？这样的机会对你来说，或许只有一次，而我们今后相守的日子却很长……你还是去吧，这也是所里重要的学术交流内容！"

汪鸿闻听，感动得一把将许燕艳搂在怀里："我的天使，能娶到你真是我一生的幸福啊……"

汪鸿很快成行。等他前脚一走，许燕艳后脚就赶到承办婚礼的金星大酒店，可遗憾的是那个送菜工那天当场就被酒店辞退了。

不过管人事的人告诉她，这个送菜工叫麻五，他们这些人本来就是临时打工的，一会儿给这家酒店送，一会儿给那家饭庄送，根本没有固定的地址。许燕艳一听，发誓一定要把麻五找到，于是就找了一本电话索引本，按着上面提供的线索，一家家酒店奔波寻找起来。

真是皇天不负苦心人，终于有一家饭庄里的一个厨师告诉许燕艳，是有叫麻五的这么一个送菜工。厨师还调侃说："前天刚有人来打听过他，看样子这小子要出息了！"

许燕艳没心思和厨师扯闲篇，急着追问："你知道他现在在哪里吗？"

厨师摇摇头："不知道。"

"他是哪里人？"

"听口音应该是四川吧？对了，有一回他对我说起过，好像是一个叫'牛耳山'的啥地方……"

"牛耳山？"许燕艳当即赶回家，从网上查找到牛耳山的大致位置后，马上就收拾行装出发。她一路找一路问，好不容易找到麻五老家的时候，已经是一个星期以后了。

麻五不在家，昏暗的屋子里，只有一个神情憔悴、衣衫破旧的老妇人躺在床上。老人的地方口音特别重，说了半天，许燕艳才听明白她是麻五的母亲，麻五前天刚回来过，脚一落地又出门了，说是看母亲身体不好，进山给她采药去，到现在还没回来。

许燕艳决定就在这儿等着麻五回来。

等啊等，一直等到天都黑了，还是没有任何动静。不知过了多少时候，正瞌睡着的许燕艳突然被一阵狂躁的狗叫声惊醒，几乎是与此同时，只听“哐当”一声，一个黑影随即从门外倒进屋来，一股血腥气裹着刺骨的山风，扑鼻而来。

黑影痛苦而又轻声地朝老人叫着：“娘，快把门关上！”

老人早已从床上爬了起来，朝黑影扑过去，嘴里喊着：“儿子啊，你怎么啦？”她蹒跚着又从地上站起来，许燕艳赶紧把油灯点亮。这才看清，麻五浑身是血，不禁吓得直打哆嗦。她猜想麻五一定是在采药时不小心跌伤的，于是定了定神，就想上去扶麻五，麻五却“忽”一下就从地上坐了起来，紧握手中的砍刀，瞪着眼睛问：“你是谁？”

许燕艳说：“我就是那天在金星大酒店结婚的新娘，我叫许燕艳，是特地来找你的。”

谁知许燕艳话音刚落，麻五手里的砍刀就“当啷”一声落在了地上，紧张地嗫嚅道：“你……你是和他一起来的？”

许燕艳猛一惊：“谁？你说的……他……是谁？”

麻五话都说不清楚了：“你……他……你丈夫，刚才……我……”

许燕艳愕然：“我丈夫？你看到我丈夫了？不可能吧，他……他在哪里？”

麻五喘着气说：“他可能追我来了……”

正说着，外面狗叫得更响了，麻五一口气吹灭了油灯，黑暗立刻吞噬了整个屋子……

4. 欲望的膨胀总是充满罪恶

许燕艳无论如何也不会想到，其实汪鸿根本没有去国外讲学，所谓的邀请函都是他自己伪造的。因为麻五在婚礼上说的那番“疯话”，同样像一座大山，横亘在汪鸿的心头，他一定要腾出身去，用最快的速度找到麻五，然后像杀许煌那样除掉他，否则总有一天，这颗炸弹要炸飞他的“辉煌前程”。

汪鸿本是个集聪明和虚荣于一身的人，报考“历史与考古”专业研究生，无非是考虑这个专业可能竞争对手相对较少，录取的保险系数更大些，自己学成以后找一份好工作就会容易得多。但没想到进校后，他遇到了治学特别严谨、对学生要求特别严格的许煌教授，面对枯燥的专业和铁面严师，原本只想来镀镀金的汪鸿便想打退堂鼓了。正在这时，他偶然在许煌家里见到了许燕艳，美丽的姑娘顿时就让他想入非非。从此，他一改以往的懒散，在许煌面前特别勤奋好学起来，故意带着问题一次次地上门请教，见了许燕艳分外热情讨好。但遗憾的是，许燕艳对汪鸿却一点感觉也没有，这让汪鸿很是沮丧。于是有一次在宴席上，汪鸿借机会半开玩笑地请许煌给他说合，许煌当即说："要想赢得我女儿的心，你一定得在学术上有所建树，否则，你就是搬来金山银海，也没用！"

也许许煌说这话的主要目的，还是为了激励学生在做学问上更加潜心钻研，可是汪鸿却把这话当成了敲开姑娘心扉的法宝，从此他确实在学业上下了很大的功夫，但一直少有惊人的突破。须知，要想在学术上有所建树，谈何容易？汪鸿不由心烦意躁起来。

那一年，许煌带着汪鸿正在攻克一个关于摩崖天书形成和内容破译方面的考古学课题，临近春节的时候，汪鸿回老家探亲去了，许煌在图书馆查阅资料的时候，偶然看到一篇谈风俗民情的文章，里面提到川西北的一处深山有许多崖壁洞穴墓，他估计可能和自己目前正在研究的课题有关，激动得当即就决定赶了去。临走之前，他只是给女儿简单留了个条，说"事情很急，要赶火车，一切待考察回来后再细说"。

许煌去的地方，其实就是麻五的老家牛耳山。到了当地一了解，许煌才发现这里虽然极具考察价值，但山高路险，一个人根本不能开展工作。于是立即抑制不住兴奋地给汪鸿打电话说："你不是一心想有所建树吗？这里是最好的课堂，你赶快过来。"还在电话里详细告诉他具体进川的路线。

汪鸿虽然不太情愿，但为了赢得导师的好感，进而赢得他的女儿，他还是匆匆赶到了牛耳山。两个人进了崖壁洞穴墓，当看到那些壁画时，老教授竟激动得号啕大哭起来！汪鸿马上意识到许煌这一重大发现的研究价值，假如这一独特的发现和研究由自己来进行，那不就一夜成名了吗？身处深山洞穴，一个罪恶的念头便在汪鸿的心里慢慢膨胀起来……

出洞的时候，许煌由于过度兴奋，光顾着和汪鸿说话，没注意脚下的路，一不小心摔了一跤，正好摔在一块尖石头上，人摔晕过去不说，醒来后身子动也不能动了。心怀鬼胎的汪鸿不由心里一阵窃喜，许煌却全然不知，还感慨着对汪鸿说："我带了这么多学生，你是最幸运的，赶上了这个重大发现。我现在摔成这样，靠自己是走不出去了，你先下山，叫几个当地人来抬我吧！”

汪鸿开始还假心假意地表示要背许煌下山，但越想越觉得这个机会失去了也许就再也遇不到了，于是便什么也不顾了，从地上找了一块石头就狠狠地向许煌的头上砸去。为了不留下任何痕迹，他将许煌砸死之后，剥光了他身上的衣服，收拾了他随身携带的物品，然后用石块将洞门封死，悄悄下了山。他仍然回了自己的老家，虽然心急如焚，想立刻把许煌的研究资料窃为已有，但硬是忍着没有马上回去，一直等探亲假满，才故作轻松地回到所里。

但老天有眼！当汪鸿自以为是地做着这一切的时候，他当然不会想到，他的导师许煌教授其实当时并没有完全死去，许煌醒来后发现汪鸿竟对自己下如此毒手，真是悲愤不已，老人用尽自己最后的力气，支撑着用手指沾着身上的鲜血，在黑暗中摸索着，在石壁上留下了那一行后来被麻五发现的“天书”，也为后来揭开这一欺世盗名的凶案提供了重要线索。

再说汪鸿，回到所里之后，表面上拼命为许煌的“神秘失踪”四处奔波寻找，但背地里却悄悄地将他的研究资料，尤其是关于当前的课题研究资料，全部窃走，还模仿许煌的笔迹伪造了一份要许燕艳嫁给他的遗书……当最后研究所的领导对外宣布说，许煌可能是在出去考察的过程中遇了难，汪鸿竟当众声泪俱下地哭喊起来：“不，老师他不会遇难的，我就是找到天涯海角，也要把我的老师找回来！”他演的这出对导师痛切思念之情的假戏，当时骗过了很多人的眼睛，更让许燕艳

感动不已，在失去父亲的悲伤和孤寂之时，竟一下子对汪鸿有了好印象。

后来，麻五在婚宴上的出现，让汪鸿魂飞魄散。为了抽身寻找麻五并尽快除掉他，汪鸿便对许燕艳谎称去国外讲学，还伪造了相关材料不让她怀疑。随后，他先是在本市寻找麻五，那家饭庄厨师说的那个来找过麻五的人，其实就是汪鸿。汪鸿一听厨师说麻五可能是牛耳山的人，就赶紧寻踪而去。

一路上，汪鸿不敢公开打听麻五家的住址，听人说他好像上了山，会不会是去了那个洞呢？不过让他奇怪的是：即使麻五进过洞，看到过许煌的尸体，怎么就知道许煌是死在自己手里的呢？一定是自己不小心留下了什么蛛丝马迹。汪鸿决定再一次进洞，一定要把当时所有的痕迹都除掉。

由于时间长了，加上当时毕竟杀了人，汪鸿匆匆离开，也没再好好记住洞穴墓的具体位置，所以他在山上找了半天，也没找到那个洞口。

这时候，天已近黄昏。就在他满山乱转的时候，忽然山道上来了一个人，汪鸿吓得连忙朝岩石后面躲。待那人走近，汪鸿一看，不禁心里大声叫“好”，此人正是麻五！汪鸿悄悄尾随着麻五，果然见麻五是去崖壁洞穴墓，只见他将绳索套在崖壁的树干上，然后抓着它慢慢滑了下去。

汪鸿冷笑一声：“你这小子，我看你还逞什么能！”随即就从腰间掏出一把匕首，将绳子割断了一半。他心里早打好了主意：如果是在山里找到麻五，就用这种办法。这样干的好处是，当麻五等会儿往上攀的时候，会因为绳索的慢慢断裂而一直摔到崖底，这样的结果不但是人上不来，而且还能把他摔死。

干完这一切之后，汪鸿便坐下来等着看麻五的好戏。果然，过了没多少时候，绳子就开始动了，每动一下，汪鸿就狂喜一阵……终于，他听到崖下传来麻五的惨叫声。汪鸿得意地站起来，这才打开自己的背包，拿出准备好了的尼龙绳索，找了棵结实的大树，把绳子在树上牢牢打了结，然后抓着它慢慢沿着崖壁滑到洞口，进到洞里。

许煌的尸骨还在老地方，可让汪鸿不解的是，他打着手电在洞里到处寻找自己可能留下的痕迹，可是找来找去却什么也没发现。那么，麻五到底是怎么知道许煌是被自己杀死的呢？一转头，手电光照处，他突然发现了许煌在石壁上留下的“天书”，这不分明是所里的电话号码吗？再细一看，最后那个字，正是自己的姓！

汪鸿顿时吓得失声惊叫起来：“天啊！老头子什么时候写的这东西？难道我当时没把他杀死？”

稍稍缓过神来，他又想起自己刚才一下到洞口，因为急于要看看许煌到底还在不在，竟然把麻五给忘了。麻五既然已经摔下来，怎么会不见他的人影……汪鸿不敢再想下去了，得赶快找到麻五，否则自己后患无穷。

他跌跌撞撞来到洞口，妈呀，见鬼了，自己刚才滑下来的那根绳子不见了！

汪鸿一下子瘫倒在地上……

5.崖壁上善恶再次交锋

本来麻五是想用许煌留下的秘密来给自己换一笔钱的，所以他迟迟没有向公安机关报案，而是一面打工给酒家送菜，一面寻找机会想与汪鸿谈条件。那天他在给金星大酒店送菜的时候，偶然看到酒店门口汪鸿和许燕艳婚礼的大红喜帖，和别人不同的是，赴这对新人婚礼的，大都是双鬓染白风度翩翩的老人，听看热闹的人说，他们都是本市考古研究所有名的专家教授。麻五一听“考古研究所”这几个字，立刻想起崖壁穴墓里许煌的尸骨，山里人的本性让麻五顿时怒火冲天，于是就有了贸然闯入婚宴厅堂的一幕。

事后，麻五一想：对啊，空口无凭，说话是得有证据才行啊！于是，他的能劲儿又上来了，一咬牙，从旧货市场买了个傻瓜照相机，决定回老家去，将牛耳山崖壁洞穴墓里的那些证据全拍下来。哼，到时候看你们信不信！所以赶回家后，麻五也没对母亲细说，只推说进山给她采药，就又出了门。

当他后来在洞里拍完照片准备上去的时候，他犯了个错。因为原本按照山里人的习惯，总要先抓住绳索使劲扯几下，看看松动没有，然后才攀绳而上，但那会儿由于心里只顾着激动，竟把这个要紧的动作给忘了。当他登到崖壁一半的位置时，才猛然觉得抓在手里的绳子不得劲，从小在山里长大的他立即屏住呼吸，将身子尽量贴紧崖壁，就在绳子崩断的一瞬间，麻五伸手抓住了崖壁上的一丛野蒿草。虽然这丛野蒿草无法承载他一百多斤的重量，但还是救了他的命……他没有摔下崖底，只是摔落在洞口边。

麻五觉得奇怪：好好的麻绳，怎么会突然断得这么快呢？赶快捡起绳子一看，那齐刷刷的刀切口，吓得他两眼发直。麻五知道不好，那个算计自己的人一定就在上面，就算自己有天大的本事沿着崖壁爬上去，对方也会再对自己下毒手。

怎么办？正在这时候，一根粗硕的尼龙绳从上面晃晃悠悠地荡了下来，麻五猜想上面这人要下来了，赶紧躲进洞里，后来直到汪鸿下到洞里，麻五从汪鸿晃动的手电光里看清他的脸庞时，才知对方的险恶用心。他真想扑上去一棍子结果了他，可又猜不透对方身上还带着什么凶器，他想到了自己身上的照相机，自己眼下绝不能吃亏，一定得马上把这些证据带出去。而且他已经在心里后悔，自己当初应该立刻报案才是啊！

所以，当汪鸿迫不及待地走进洞里去的时候，麻五立即抓紧时机闪身出洞，抓着汪鸿放下来的那根尼龙绳攀爬上崖顶，然后迅速抽去绳子，把它扔进了黑幽幽的崖谷，自己才挣扎着一步一步回家……

在确认许燕艳确实不是汪鸿一路人时，麻五便把刚才汪鸿想要置自己于死地的经过统统说了出来。

但是许燕艳对麻五说的这一切简直难以置信："不可能啊，你会不会认错人了？他去国外讲学，出发已经好几天了。"

麻五摇摇头："我的记性不会错，那人肯定是你丈夫，和那天婚礼上我看到的面孔一模一样。"

"我不信，不可能……我不信！"许燕艳哽咽着。

麻五摸出身上的照相机，递给许燕艳说："所有的证据我都拍下来了，都在照相机里。那崖壁洞穴墓阴森透凉，人在里面简直就像在冰箱里一样，你父亲的样子你不会认不出来，一看就是做学问的样子，我都拍下来了……"

麻五说到这里突然打住了，因为他看到许燕艳的脸顿时变得煞白，浑身都在颤抖，像在打摆子一样，他不忍心再说下去了。

天亮时，许燕艳已经把自己的情绪稳定下来了，她看麻五浑身伤痕累累的样子，便请麻五的邻居帮忙，把他送到附近医院去，她自己则迫不及待地去照相馆冲洗照片。

可谁知胶片冲洗出来后，老板给她看的却是一条"黑带"，什么内容也没有。

许燕艳问老板是怎么回事，老板

说："小姐，我看你是大地方来的人，怎么也会用这么破的相机？而且这个胶卷已经是曝过光了的！大概是被人骗了吧？"

许燕艳愣住了，赶回医院去问麻五，麻五正在吊盐水，他又着急又不好意思，自言自语地说："怎么会一张也没洗出来？我……我那东西人家还说包管拍呢……"

许燕艳叹了口气，只得安慰他说："你安心在这儿治伤吧，我已经报了警，等你好些了，你带我亲自去看看。"

麻五一听，"噌"坐起来就要去拔针头："我没事，我现在就陪你去。"

许燕艳心头一热，硬把他按住说："不行，你的身体也要紧啊！"

6.又一部"天书"用灵魂去解读

说实话，许燕艳多么不愿意接受眼下这个残酷的事实啊，她宁愿这是一场梦。可事实就是事实，任何人也改变不了。

多日奔波的劳累和残酷的事实真相，让许燕艳也倒在了医院的病床上。等她醒来时，四周围满了一张张关切的面孔，熟悉的和不熟悉的，除了那些公安部门的警察和考古研究所的领导，还有各路记者。

在许燕艳的一再恳求下，有关方面答应在运走许煌尸骨之前，让她进洞穴墓看看。

当许燕艳进入穴墓洞口的时候，许煌的尸骨已经经过了处理。但出乎大家意料的是，许燕艳却向警方表示："我要先看看那个魔鬼！"

警方当然知道许燕艳说的"魔鬼"是谁，他们掀开了放在另一边的一个塑料袋。

许燕艳问："他是怎么死的？"

一个警察回答说："据勘察分析，他是在被困一天之后，用刀自杀而死的。"

"临死之前，他没有做什么吗？"

"在你父亲身边烧了他的那本《听我说天书》。"

许燕艳沉思片刻，又问："难道他自己没有留下什么文字吗？"

警察把手里的电瓶灯再摁亮些，抬头指了指汪鸿身后的石壁，示意许燕艳说："根据显示的血迹勘察，这是他留下的。"

顺着警察手指的方向，许燕艳发现石壁上有一片淋漓血迹，但根本看不清写的是什么，她摇头感慨着："天书！真是又一本摩崖天书啊！"

她的声音悲凉、凄婉而又分明带着十二分的憎恨，在洞穴墓里久久回荡着……

（题图、插图：杨宏富）

（本栏目欢迎来稿。来稿可从邮局寄发，也可从网上传递。如为电子邮件，请发以下信箱：baofang@vip.sohu.net）

我的故事

《故事会》自1995年开辟“我的故事”栏目以来，日益受到广大读者的认可和欢迎，如今成为保留栏目。它的特点是“真情流露”，作品多是作者的亲历或见闻，并以第一人称叙述故事。本书汇集了该栏目的41则作品，读来备感自然亲切。

外国幽默故事

此书选取了《故事会》“幽默世界”中的近百则外国幽默故事，并按内容分为“奇闻趣事、巧言妙计、戏谑嘲笑、鞭挞讽刺、荒诞不经、意味深长”等六类。

武侠故事

39则武侠故事，形象地描述了侠义之士扶弱抑强、除暴安良、布善施德、匡扶正义的豪情生活，作品情节设计跌宕起伏，人物形象栩栩如生，每一则故事都是一首武林豪杰的正气歌!

男子汉故事

本书共收10则中篇故事，刻画了一群性格各异的青年男子，作品情节性强，极富文学色彩，不仅显示了男性的健壮刚强美，更突出他们面对权势、金钱、爱情以及生与死所表现出来的气质、智慧和英勇。

美德故事

本书汇集的是《故事会》相关故事之精品，所选45则作品分类为“见义勇为、扶危济困、真诚待人、洁身自律、亲情似金、夫妇同心、师生谊重、知过悔改”等八大类，生动形象地讴歌了中华民族传统美德。

生意经故事

故事形象地描述了生意人的思维方式和经商才能。他们或巧做广告而振兴企业，或施展其经营绝招而“妙笔生金”，或审时度势掌握顾客心理而销售产品，或运用《孙子兵法》中的战术而出奇制胜。

16岁故事

在人生漫长的旅途中，16岁是一个最展辉煌、最富朝气、最显青春的花季。本集收入的36则故事，是为16岁少年编织的一支支动人的歌谣，一个个扑朔迷离的美梦，一首首催人泪下的诗篇。

口才故事

口才即说话的才能，当今社会人们演讲、论辩、访谈、讲解、教学以至主持节目、说相声、讲故事等等，都十分讲究口才，口才好与不好，其效果大相径庭。此书收入103则故事，集中表现了千百年来中华民族一些帝王贤臣、文人名士和民间机智人物的智慧、幽默以及其思维的敏捷和即兴论辩的才能。

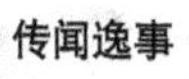

画眉舌头

□董安荣

农历腊月的一天，大雪纷飞，东北某地悦来客栈的酒旗在暮色风雪中飘动。已近掌灯时分，掌柜的结完账，闲暇无事，便整整瓜皮小帽，抖抖黑绸棉袍，端了水烟袋，逗起笼内的画眉鸟来。

店小二干完杂活，正准备关店门，这时候，一个头戴长毛狗皮帽子、身穿翻毛老羊皮袄的彪形大汉硬闯了进来，冲着店小二就骂："没长眼是不是？你是怕爷付不出钱还是咋的？叫你们老板来！""砰！"他重重地一拍桌子，"有好酒好菜没？快给爷端了来。"

店小二赶紧给大汉搬凳让坐，小心翼翼地说："客官请，要什么您尽管吩咐。"说话间，他满脸带笑地给大汉摆上了一坛高粱烧，"咱这店里的酒菜方圆百里无人不晓，'清炖野兔'、'红烧狍肉'……"

掌柜的瞟了大汉一眼，听口音，看相貌，是个山东人，不过看他那副神气活现的样子，他故意没吱声，仍在逗弄他的画眉鸟。

大汉见掌柜的故意不接他的茬，心里可窝火了。想起自己一年前路经此地时，曾经来这客栈吃过一次饭，那时自己还是个穷光蛋，你倒还笑脸相迎呢，如今俺下煤窑、挖山货、打狍子，终于把积攒的钱换成了一锭小元宝，可以回老家好好过个年了，俺手里有钱了，熬成爷了，你却反而不来好好伺候？他越想越上火，瞥一眼正在逗弄画眉鸟的掌柜的，腆着肚子拍拍腰，冷笑一声，说："爷什么都不

要，你就给爷来一盘画眉舌头！”

“啊？”店小二惊得张口结舌，不知如何应付。

掌柜的终于走了过来，整整瓜皮小帽，抖抖黑绸棉袍，不愠不火地对大汉说：“客官，请稍等片刻，您要的菜马上就给您端来。”果然没多久，掌柜的亲自把菜给大汉端来了：“客官，您要的画眉舌头，请慢慢用。”大汉原本只不过是想故意刁难刁难掌柜的，其实就连自己也不知道真会有画眉舌头这道菜，现在睁眼一看：呵，那盘里一根根肉红色的小舌头油光闪亮，香气扑鼻，夹一筷子放嘴里一嚼，香嫩软烂，十分可口，不由乐得眉开眼笑，刚才肚子里的气早不知跑到哪里去了。这一餐，大汉吃得酒醉饭饱，当夜他就睡在客栈里，睡得特别香。

第二天，大汉到柜台结账，掌柜的拨拉了几下算盘，顺手捏起放在一边的一根竹筷，手指轻轻一捻，竹筷儿立刻就被捻碎成了小刷子。他慢条斯理地把小刷子伸进火盆引火，用它来点燃手里的烟袋，抽了一口，吐出一串烟圈儿，这才抬起头，冷冷地打量了汉子一眼，说：“总共黄金一两。”

大汉顿时傻了眼，冷汗从他额头上冒了出来：我就喝了这么点酒，这一盘菜，睡了一晚，你就要我一两黄金？这不分明是在诈我么？可看着掌柜的手里的那把小刷子，他又不敢造次，只好颤抖着手，从腰间摸出那锭辛苦了一年攒下的热乎乎的小元宝，递了过去……

转眼过了一年，又是一个大雪天，大汉挖了山货又要赶回家去，这一路上没别的店，他只好硬硬头皮又进了

 人对什么感到可笑，就显示出他是什么性格。——歌德

悦来客栈。不过这次他进门什么话也没说，低着头，点了一碟花生米，一盘炒辣椒，就自斟自饮起来。

吃喝间，掌柜的端着一盘菜走了过来，招呼他说："客官，你也不是第一次来咱们店，你我好歹也算朋友了吧，喝一盅如何？"他边说边就把菜盘子放到了桌子上。大汉一看，盘里的菜正是自己去年点过的画眉舌头，吓得连连摇头："不不不，我不吃这个！"掌柜的说："这菜是我送的。"大汉这才缓过气来。

酒过三巡，菜过五味，掌柜的问："客官，这菜味道如何？"大汉一个劲地点头："好吃，好吃。"掌柜的笑了："跟你实话说了吧，这哪里是什么画眉舌头，其实是我精心做出来的菠菜根啊！""啊……"大汉顿时惊得目瞪口呆。

说话间，掌柜的从怀里掏出那锭小元宝，递给大汉说："我料你一准还会来，这东西该还给你啦！"大汉连连摆手，满脸羞愧地说："掌柜的，俺懂您的意思。下半辈子做人，俺可再也不敢胡乱张狂了，您可真是俺的恩师啊！"说罢，纳头便拜。

掌柜的硬把小元宝塞进大汉手里，搀起他说："记住，兄弟啊，做人切不可张狂，咬钢嚼铁的牙齿先掉啊！"

（本篇月月评短信代码：G189）

（**题图、插图**：箭　中）

海上的消息

渔港公园里，有两个老人在下棋，其中一个一边下一边还戴着耳机在专注地收听什么，木木觉得很好奇，边上的老人给他解释说，那老人正在收听海上气象消息，因为他的儿孙出海了。

看着老人专注收听的神情，木木被深深地感动了。想想父母对待儿女，即使儿女像风筝飞得再远，父母的心却总还绑在线上，在风中摇荡。从前收听广播，收到渔业气象总是立刻转台，不觉得那有什么，现在才知道，光是“风浪几级”，里面也有非常深刻的意义。

离开渔港很多年了，以后木木只要经过那里，总会浮起老人的脸；偶尔收听到渔业气象，总会静心地听，回味着老人那张专注收听的脸，那种充满关爱的神情。木木多么想把它描写给所有的人知道，可惜的是，充满爱的脸是文字所难以形容的。

爱，只能体会，难以描绘。

（**推荐者**：牟大裕）

两种可能

有个刚毕业的大学生，在冬季征兵中被选中到艰苦危险的海军陆战队去服役，年轻人于是显得忧心忡忡。爷爷见孙子魂不守舍的样子，开导他说：“孩子啊，这没有什么好害怕的！到了陆战队，你会有两种可能，一种是留在内勤部门，一种是去外勤部门。如果你分到内勤部门，就完全用不着担惊受怕了。”

孙子说：“要是我被分到外勤部门呢？”爷爷说：“那同样有两种可能啊，可能留在本土，也可能分到国外基地。即使到国外基地，能够安全归来，那也是一件值得庆幸的事啊！”

孙子叹了口气：“那要是我不幸在那里负伤了呢？”爷爷说：“那还有两种可能啊，一种是负点轻伤但没有生命危险，另一种是受了重伤而且危及生命。如果只是前者，那你过分担心就没有必要了。”

孙子的神色有点紧张：“那要是身负重伤呢？”爷爷说：“那两种可能是明摆着的了，一种是依然能够保全性命，另一种是完全救治无效。如果能保全性命，还担心它干什么！”

孙子喊了起来：“爷爷，那要是完全救治无效，我不就死了？”爷爷哈哈大笑起来：“孩子啊，人都死了，那就更没有什么可以担心的啦！况且，你怎么知道等待你的不是上面那么多好机会中的一种呢？”

是啊，无论人生遇到什么样的境遇，都会有两种可能，关键是我们用什么样的眼光、什么样的心态以及什么样的视角去对待它。

（**作者**：云　祥；**推荐者**：赵祥辉）

儿子心里有把锁

大刘偶尔发现儿子的写字桌抽屉里有一个日记本，儿子在里面写了一段话:“我上初中以后，心里就觉得特别孤独，除了上学，父母就把我关在房间里，做那些永远也做不完的功课。我多么想到外面去，和同学一起打篮球踢足球，轻轻松松地玩一玩啊！我恨死他们了。”大刘原本一直以为儿子很听话，万万没有料到其实心里与自己竟是如此敌对。

这天晚上，儿子发现日记本被动过了，来问父亲，大刘没有承认，儿子看了他一眼，什么也没说，大刘心里很不是滋味。第二天趁儿子上学，大刘又去儿子的房间，想从日记本里看看儿子对这件事是怎么看的，谁知却发现儿子在抽屉外面安了一把锁。大刘顿时意识到自己其实是犯了一个大错，心里很懊悔。

晚上儿子放学回家，大刘对儿子说:“你能原谅爸爸吗？”儿子冷冷地回答他:“不就是看了我的日记嘛！”“那……”大刘说，“如果你肯原谅爸爸的话，就请你把锁拆了，别把爸爸当贼似的。”儿子一听，把抽屉钥匙朝大刘手里一塞:“这回你该满意了吧？”

儿子回自己房间做功课去了。可大刘发现，自从这件事以后，本来话就不多的儿子，回家来话更少了。若干天以后，一心想走进儿子内心世界的大刘再一次走进儿子的房间，他惊讶地发现，儿子的抽屉虽然没有上锁，但那本日记本却不见了踪影。

这天晚上，儿子郑重其事地对大刘说:“爸爸，你是不是看不到我的日记觉得很失落？告诉你吧，我把日记本扔了，并且发誓，从今以后我不会再写日记了。”

儿子心里有把锁。

（**推荐者**：阿 雅；**插图**：箭 中）

头一回碰上

□ 郁林兴

某省发生一起命案，一个杀人嫌犯畏罪潜逃，公安部门迅速向全国发出A级通缉令。有个小镇地处三省交界，虽说地盘很小，全镇只有三四百户居民，但因地理位置特殊，被列为嫌犯可能逃窜落脚的重点地段，所以小镇派出所根据上级指示，连夜将印有嫌犯头像的通缉令张贴到大街小巷，希望居民们发现线索及时举报。

但蹊跷的是，第二天上午，这些张贴出去的通缉令就不见了踪影。这算怎么回事？大家七嘴八舌一分析：会不会是因为当时贴得太匆忙，半夜里刮过大风，被风吹掉了？于是所长命令大家立即重新补贴，还亲自动手，特地在糨糊里掺进强力胶。这下不要说刮大风吹不走，就是下暴雨也冲不掉啦！

可奇怪的是，第二天早上起来一看，这些重新贴上去的通缉令居然又没了影子，而且粘贴处明显有用刀具撕刮过的痕迹。毫无疑问，这肯定是有人故意而为。事态立刻变得严重起来，所长一面向上级领导汇报案情，一面发动全体警员上街，再次把通缉令张贴出去。

当夜，所长在小镇所有地段布下暗哨，命令警员们在各自岗位上严防死守，但一夜无动静。直到天快亮的时候，一个巷子里窜出个瘦高个，握着刀，猫着腰，窜一步瞄三瞄，每窜到一张通缉令下，四下一阵探望之后，就站直身子，非常熟练地伸手去撕刮，动作之快，令在这里蹲守的警员咋舌不已。

所长接到警员报

解释（文：武俊浩；图：包丰一）

1.“你得记住，儿子，”父亲语重心长地说道，“一个好男人永远要做到谨慎和守信。”

2.儿子有点不明白，问父亲：“爸爸，什么叫‘守信’？”

3.父亲瞥了儿子一眼：“这还不明白，就是说，永远要履行自己的承诺。”

4.儿子追着问：“那‘谨慎’呢？”父亲答：“就是永远也不许诺！”

告赶了过来，一声令下，警员们扑上去将他当场扭获。一看，竟是小镇上出名的小聪明阿三。

“你想干什么？”所长一声怒吼，“你和嫌犯是什么关系？说！”

“冤枉啊！”阿三立即大呼小叫起来，“我跟嫌犯不沾边啊！”

“那你为什么要撕它？”

“我……我……”阿三低着头说，“我想帮你们啊！”

“帮我们？”

一个警员狠狠瞪了阿三一眼，对所长说：“所长，别跟他啰嗦，咱们把他带回所里去好好审审，说不定这回可以立大功啦！”

“我的妈呀！”阿三一听这话，吓得腿都软了，抱着脑袋赖在地上不肯走，“你们饶了我吧，我真的是想帮你们啊！”

“那你老实说，到底是怎么回事？”

阿三这才抬起头，吞吞吐吐地说：“你们……你们不是说举报有奖金拿的吗？我不想这笔钱落到别人手里，我……我不想这个嫌犯先被别人认出来……”

“你……”所长一听，哭笑不得，“可……可有你这么干的吗？”

说实话，这样的作案，还真是头一回碰上！

刘二加油

□田大胜

刘二看到路边小饭店门口停着一辆崭新的摩托车，跟他以前见过的不一样，看上去更加小巧轻便，样子漂亮极了。刘二正想要一辆这样的车哩，就装作若无其事的样子靠近前去，看看四周没人注意，三下两下一拨弄，骑上车，"呼"的一下就窜上了大路。刘二的心里甭提有多高兴了，只是这车的速度太慢，估计是没油了。

刘二把车开进加油站，让给车加油。工作人员看看那辆车，又疑惑地瞧瞧刘二。刘二朝他一瞪眼："看什么看？"工作人员客气地说："请您稍等。"然后就转身进了办公室，好一阵也没出来。刘二又急又恼："这里的人都死光了？看老子没钱咋的？"

他正嚷嚷着，一辆警车开进了加油站，下来两名警察，他们和迎上来的工作人员说了几句话，转身就朝刘二走来。刘二看看苗头不对，拔脚想溜。

警察喊住他问："这是你的车？"

刘二硬着头皮说："是啊，我新买的。"

警察说："那你把证件拿出来。"

刘二狡辩道："我今天出门办急事，忘记带了。"

"你来给这辆车加油？"

"别人能加，我为什么就不能加？"

"扑哧"警察忍不住笑出声来，随即又严厉地说："你跟我们走一趟！"

刘二急了："你们为什么抓我？"

"你知道这是什么车？"警察说，"这是电瓶车，根本不用加油！"

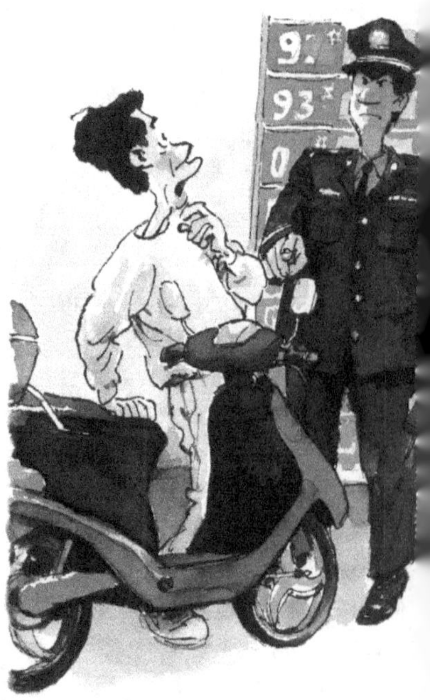

 有时候一个人为不花钱得到的东西付出的代价最高。——爱因斯坦

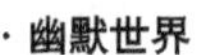

够意思

□黄 健

丈夫有个老同学，开着一家花店，妻子28岁生日那天，丈夫就在老同学的花店里订了一束红玫瑰，还特地挑了一张精美的贺卡，端端正正地写上：如果一颗星代表一份快乐，我希望送你一条银河；如果一棵树代表一缕思念，我希望送你一片森林；如果一朵玫瑰代表一岁芳龄，我希望你永远是花季的年龄！

为了给妻子一个意外的惊喜，丈夫让老同学晚上派花店小姐把玫瑰送到家里来。

果然到了晚上，一家三口正围坐在餐桌旁庆贺妻子生日的时候，门铃响了，花店小姐手捧着一大束红玫瑰出现在他们家门口。

妻子接过玫瑰和贺卡，先是一脸的惊诧，继而脸上绽放出了灿烂的笑容。

丈夫心里很得意：妻子总说自己不懂得浪漫，这回该彻底改变印象了吧！可他还来不及向妻子表功呢，妻子却突然神色大变，愤愤地把玫瑰扔到地上，雨点般的拳头已经向丈夫砸来。

妻子抽抽噎噎地骂道："你这个没良心的，你心里到底有没有我啊？我过几岁生日你都搞不清了？"

丈夫拿起被妻子丢在地上的玫瑰一数，咦，怎么成了30朵啦？赶紧给老同学打电话。

回答是："谁让咱俩是老哥们呢，我特地多送你2朵。怎么样，够意思吧？"

水落地出

□张 戈

龙门乡是个穷乡，要发展乡镇企业，就要向信用社贷款。信用社的胡主任说，贷款可以，但要有相应东西做抵押，而且他一定要亲自过目。

胡主任的言外之意，实际上是想借机向乡里敲一笔“外快”，这可愁坏了龙门乡的乡长郝为民。郝乡长知道胡主任的意思，但又不能不照办。拿什么做抵押呢？想了半天，有了。

这天，郝乡长邀请胡主任到乡里来，说要请他验看抵押品。胡主任的小车一到，郝乡长就领着乡里的一班大小干部迎了上去。胡主任傲得很，对郝乡长说：“事儿多，我今天还得赶回去，你抓紧安排。”言外之意就是：你赶快把“外快”表示了，我也就看一看走了。

郝乡长于是就赔着笑，对胡主任说：“胡主任，您看太阳还这么高，您好不容易来一趟，一定得吃了饭再走！”乡干部们也都围上来，热情地说：“乡亲们知道您今天百忙之中要来给我们解决贷款的事，都特地去捕鱼捉虾捞螃蟹，说是无论如何一定要请您尝尝我们龙门乡的特产……”

乡干部句句话说得热情洋溢，胡主任不觉听得笑出了声，于是就在郝乡长特意安排的酒桌前舒舒服服地坐了下来。席间，郝乡长向胡主任汇报乡里的安排，原来他想了半天的主意，就是把乡里近百亩正闲置了的土地给信用社做抵押，乡里准备把贷来的款建一座现代化的海产品加工厂。胡主任一面吃一面听一面不住地点头。

酒足饭饱时，已是一轮新月在枝头，郝乡长表示接着就陪胡主任去看看那块用作抵押的土地。他和半醉半醒的胡主任来到离乡政府不远的海

·快乐辞典·

某男士三十岁那年要做爸爸了，兴奋得跳啊，笑啊，给所有的朋友发短信：俺要当爹了，恭喜老子吧！哈哈哈哈！一分钟后，铺天盖地的短信回复就来了：

- “恭喜啊！为你感到幸福！”（这是最正常的）
- “行啊大哥，厉害！多日不见，原来您在为祖国下一代规划蓝图呢，辛苦辛苦！”（这还是比较正常的）
- “等满月，一定送干儿一封大利市！”（这是比较实在的）
- “唉，明年又要多发一个红包了。”（这是经济不宽裕的）
- “有你小子乐不出来的时候！”（这是一两岁孩子爹发出的一声叹息）
- “那你小子还不赶紧请客？记得是大餐！”（这是就只知道吃的）
- “等生了闺女再和我联系，儿子就免了！”（这是给儿子物色娃娃亲的）
- “那我可怎么办？看来是真的没戏了！”（这是一直对俺媳妇念念不忘的）
- “你这个叛徒！”（这是当初一起发誓不要孩子的）
- “好啊！等下过来看看，长得到底像我还是像你，或者隔壁老赵！”（这是比较无耻的）
- “我就纳闷，你怎么一出差就当爹了呢？”（这是非常无耻的）
- “真的，大哥，我发誓，不是我的错！”（这是最让我吐血的）
- “傻乐什么啊，你当爹，我还当爷爷呢！”（这谁啊？这……这……的确是俺老子的）
- “呵呵，可有得玩了，玩坏了别怪我啊！”（这是我弟弟的）
- “你老婆不方便的这几个月，你可以来找我……”（这谁啊！我看看！）“……喝酒！”（真是的，两条短信怎么不搁一块儿发）

（**推荐者**：吴毅坚）

边，说：“您看，胡主任，就是您脚下这块地，近百来亩哩！”

胡主任放眼望去，脚下这片土地一直伸展出去，与海天相连。“行啊，”他当即就点头，“算你这个姓郝的有本事，居然想得出用闲置的地来做抵押，我服了你了！”

临走之前，胡主任挺爽快地在郝乡长的贷款申请上签了字盖了章。

回去的路上，胡主任对司机感慨道：“唉，我真是老了，眼睛没用了，海边那么大一块地，百来亩呢，去的那会儿怎么就没发现呢？”

司机不知就里，回答他道：“主任，哪里是您眼睛不好，我们去的时候海水还没退潮呢，那一片海滩您当然看不到啦！”

“你说什么？”胡主任的酒顿时全醒了。

（**本栏题图、插图**：李加史琦）

悲剧故事

本书所收10则故事是从《故事会》刊登的数千同类作品中精选出来的，主人公的遭遇构成了凄怆感人的故事情节，主人公的命运牵动人心，主人公悲惨的结局更令人心颤。

喜剧故事

从《故事会》"幽默世界"栏目中精心挑选成集，按内容分为：谐趣篇、巧计篇、戏谑篇、讽刺篇、荒诞篇、沉思篇。本书的特点是：(1)现代感强。作品均是反映当代生活的各类题材；(2)短小精悍。作品长不过千余字，短只有三四百字，言简意赅，内容丰富。

恩仇故事

构成恩仇的因素是多方面的：由爱变恨，由恨成仇；以怨报德，恩将仇报；忘恩负义，寻仇报复；亲人之间，恩怨仇杀……本书这9则中篇恩仇故事矛盾冲突尖锐复杂，有很强的可读性。

怨女故事

这是一本关于悲怨女人的故事书，54则作品分为"大祸从天降、魂系狼窝口、扭曲的灵魂、水火当有情、红颜怨恨天、情谊伴君行、三女抗争记、情歌绝唱对、亡灵的哭泣、山村血泪情"等10个篇章。

352 2005 SEMIMONTHLY 上半月版 10月

故事会

2005年10月

上半月·红版

主　编：何承伟

常务副主编：吴　伦

副主编：姚自豪（上半月·红版）

副主编：夏一鸣（下半月·绿版）

本期责任编辑：姚自豪

发稿编辑：

蔓　石　周　吟　吕　佳

夏一鸣　鲍　放　梁宁宁　何　莹

美术编辑：李宝强

电脑制作：郭瑾玮

通　　联：归依玲

本社办公室电话：021-64375030

上半月刊编辑部电话：021-64332325

下半月刊编辑部电话：021-64336469

（上海市绍兴路74号 邮编：200020）

主管：
主办：上海文艺出版总社

督印 发行：张　凯

电话：021-64313938

广告总代理：上海文艺广告传播中心

（上海市绍兴路74号 邮编：200020）

广告总监：张　淮

广告业务：021-34010383

广告投诉：021-64333738

广告经营许可证

沪工商广字3100320050022号

发行：中国图书进出口上海公司

手机阅读器服务商：北京掌讯远景信息技术有限公司　客服电话：010-51196627

本刊各栏目欢迎来稿。来稿寄上海市绍兴路74号《故事会》杂志社，邮编：200020，请在信封上注明“××栏目”收；本期责任编辑E-mail地址:yaotongzhi@vip.sohu.net

·笑话·

分门别类

一对新婚的小夫妻对生活精打细算，凡是妻子出去买东西回来后都要向丈夫如实汇报，记入生活分类账本。

周日，妻子和同事们出去购物，回来后大包小包的往家拎，并向丈夫汇报购物费用："衣服和蔬菜共花费300元。"

丈夫答道："列入生活费用。"

"牙膏、肥皂、洗发露等共花费100元。"

"列入日用百货费用。"

"口红、润肤霜等化妆品共花费400元。"

丈夫挠头想了想，随即答道："列入装修费用。"（小 辛）

（本栏插图：李 加 史 琦）

结婚照

甲："从结婚照上看，你和你妻子保持着一定的距离，为什么不挨得紧一点呢？"

乙："当然要保持一定距离，这样，如果离婚的话就可以很容易地把照片剪开！"

（江瑞芳）

幽默"射雕"

这天，《射雕英雄传》里的几个人物在一起聊天——

黄蓉："爹，你喜欢靖哥哥吗？"

黄药师："喜欢啊，简直是太喜欢了！"

黄蓉："耶！你喜欢他哪一点啊？"

黄药师："我想在桃花岛上注册个残联，梅超风是瞎子，陆乘风他们是瘸子，仆人都是聋哑人，我苦心找了这么多年，一直就差一个傻子……"

（刘 流）

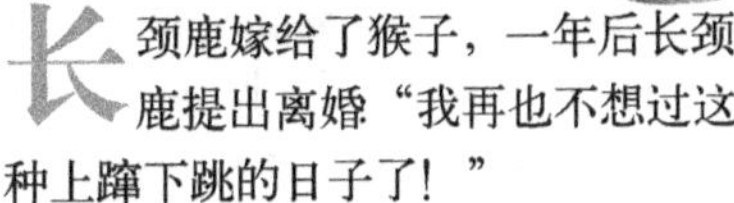

点　菜

小王到一个高级餐厅里吃饭，服务员递给他菜单，小王识字不多，接过一看，见上面的字全都看不懂，又碍于面子不好意思问，突然他看到菜单的一边写着“上午”“下午”，于是小王扬起头不慌不忙地把菜单递给服务员，说：“给我来一只上牛和一只下牛。”　　（余秋滨）

健　忘

有一天，小王对同事诉说他的女朋友是多么的健忘：“有一次，我女朋友去逛街，骑自行车去的，结果坐出租车回来。”

一旁的小张说：“这有什么，有一次我女朋友去逛街，坐出租车去的，结果骑了一辆自行车回来！”

（张大力）

教什么

甲：“我们公司里有很多外国人，他们连一句中国话都不会说。”

乙：“那你们应该教老外说几句中国话呀！”

甲：“教了，我们教老外最多的就是三个字——”

乙：“三个什么字？总不见得是‘我爱你’吧？”

甲：“看你想到哪去了！我们教老外的三个字是‘我埋单’。”

（王艳刚）

闹离婚

长颈鹿嫁给了猴子，一年后长颈鹿提出离婚“我再也不想过这种上蹿下跳的日子了！”

猴子大怒：“离就离！谁见过亲个嘴还得爬树的？”　（郑国平）

该谁去叫

三岁的儿子要爸爸为他拿一听饮料，爸爸为了培养儿子的自主精神，就说：“谁的事情谁去做。”

一会儿，饭菜做好了，爸爸对儿子说：“快去叫妈妈来吃饭。”

儿子一动不动，连眼皮也没抬，爸爸以为他没听见，又说了一遍，话刚说完，只见儿子慢慢地抬起头来，一本正经地说：“谁的老婆谁去叫！”

（李光禄）

·笑话·

作贡献

这天，有人敲开了老李家的门，笑容可掬地对老李说"大叔，镇上决定集资建个游泳池……"

老李连连点头："好，好！"

那个来募捐的人说："那您也为咱们的游泳池作点贡献吧！"

"当然，当然！"老李说着就往院子里跑，那人便问："大叔，您去……"

"我去给你们提一桶水……"

（丁　晶）

粗　心

一个同学十分粗心，经常出错。这天他写作文时漏掉了一个"出"字，被老师扣了10分，不少同学都有点抱不平：就漏了一个字，竟扣了10分，老师也太狠心了。

这时，有同学问道"你到底漏了哪个字？"

那同学拿出作文本，大家一看，眼睛都瞪直了，只见上面写着"为了使班级更进一步，我们要更色！"

（王大兴）

模糊标语

一个外号叫老大的大学生正在和一位叫小莹的女孩谈恋爱。

一天，老大在宿舍床头贴了一张很大的纸，上书"KY"两个字母，同宿舍的哥们问其含义，他解释说，K是Kiss的第一个字母，他的女朋友叫小莹，Y是"莹"字的第一个字母，两个字母合起来就是"吻小莹"的意思。

周末，小莹姑娘光临了老大的宿舍，她很快看到了那两个字母，便问老大："这是什么意思呀？"

一旁的哥们全捂着嘴巴偷着乐，看老大这回怎么说。

老大面不改色，脱口而出："考研！"

（程毛毛）

善于经营

两个人正在议论一个被人承包的公厕。

甲:“要想增加收入，在厕所门口卖卖书报香烟,这还说得过去……”

乙:“是呀，可以理解。”

甲:“要想营造‘温馨气氛’,经常放一些流行歌曲,这也没什么。”

乙:“那什么事惹你恼火了?”

甲:“你知道他放了什么歌曲?”

乙:“什么歌?”

甲:“《常回家看看》!”

(续玉庆)

“希望”的模样

儿子问妈妈:“妈,‘希望’是什么样子啊?”

妈妈回答:“你爸买了彩票后的模样就是。”

儿子:“那什么又是‘失望’呢?”

妈妈:“就是你爸看到彩票没中奖时的模样。”

儿子:“‘绝望’呢?”

妈妈笑了:“就是我不给钱,你爸没钱去买彩票时的模样啊!”

(夏　燕)

司机和宠物猪

警察在通往外省的高速公路上拦下了一辆小货车，因为他发现司机旁边的副驾驶座上坐着一头宠物猪,警察罚了款,又命令司机到了目的地后马上把宠物猪送到当地的动物园去。

过了几天，这个司机在回城的高速公路上又被那个警察拦下了，因为那只宠物猪还坐在副驾驶座上，警察这下真的是火了，他又狠狠地罚了一笔款,并再次命令道:“马上送它去动物园!”

司机不忍舍弃这宠物猪，开着车到了家门口，这时，一辆摩托车风驰电掣般地开来，随即停下，走下来的又是那个警察,那警察一脸坏笑:“这里就是动物园啊?”

(郑　流)

· 我的故事 ·

职场的竞争不是“激烈”，而是“惨烈”……

吃人的羊

□安　伟

我在一家外企工作，有一次，在公司的酒会上，我和几个同事讲起了亲身经历的一件事：

我是个乡下孩子，进城之前替村里放羊。有一年，我们那里闹旱灾，为了解决人和牲畜的吃水问题，县里就每天定时派送水车来送水，久而久之，就连牲畜也记住了那辆车，每次听到送水车的“隆隆”声，它们就会兴奋得活蹦乱跳。

有一回也不知咋回事，送水车一连几天没来，家家户户的那点存水早喝光了，村长没了辙，为了不让村里那些羊渴死，他让我赶着羊去放牧，要是运气好能遇上青草、水塘啥的，它们就有救了。临走时，村长把每家每户凑起来的半壶水递到我手里，他嘱咐我，这群羊里有几只母羊怀了羔，要好好照顾它们。

我离了村，在荒野上走了一天一夜，不仅没有找到青草和水塘，而且连最后的一滴水也喝光了，我精疲力竭，一屁股坐在荒野上……就在这时，远处突然传来了“隆隆”的汽车声，是送水车！我欣喜若狂地朝前方奔去，那群羊的耳朵比我还灵，跑得比我还快，可是，当我和羊群翻过一道高坡时，送水车早跑远了，希望破灭了，我绝望地瘫倒在地上……

过了很久，我才慢慢缓过神来，

猛然间，我的眼前出现了奇怪的情景：远处的羊群围成了一个圈，外面的羊用头拼命地往里拱，这是咋啦？

我拨开羊群挤了进去，一看，我被眼前的情景惊呆了：血！到处是鲜红鲜红的血！到处是一片片、一摊摊散发着腥臭味的流淌着的血！原来，刚才在追赶送水车时一只母羊流产了，那些羊早快要渴死了，见到母羊体内流出来的血水就去舔食，于是，争抢过程中流产的母羊和羊羔竟然被其他的羊吃了，现在几乎每只羊身上都粘上了血迹，而且那些血迹又刺激了其他羊本能的野性和求生的渴望，就这样，它们开始相互撕咬……

我冲上前去，连踢带打，想把羊群分开，结果反而被骚动的羊群撞倒，头磕在石头上，淌着血。那些羊看到血立刻就向我扑来，一种求生的强烈渴望支持着我爬了起来，逃离了那群要吃人的羊。我跑出好远后仍然能听到羊群惨烈的嘶叫声，那声音已经不像是羊儿发出来的，它让我想起许多年前在冰天雪地里听到过的狼嗥声。

我跑着跑着，慌乱之间跌下了山坡，我以为自己必死无疑了，不料正好落在一个水塘里，竟然得救了。

在今天的酒会上讲这样一个故事多少有点不合时宜，同事小李听完后，一边端着酒杯一边对我说：“你的故事挺可怕的，这是真的吗？”

“真的。”

小李一个劲地摇着头：“难以置信，实在难以置信！”

小李和我都是做翻译工作的，我的外语水平绝对比他强，可我到公司的时间短，始终没找到施展身手的机会，风闻公司近期要裁员，能不能保住这饭碗，我心里一直打着小鼓，现在看到小李这春风满面的样子，我的心里禁不住一阵酸涩。

其实小李的酒量不行，可他特别爱炫耀，在公司的宴会上，他已逼过我几回，我也已经“醉”过几回，其实那都是我装的，我的酒量并不差，但我厌恶这些虚情假意的客套和无休止的应酬，而且我更怕自己酒后误事。

可这一切小李并不知道，他以为我真的不会喝酒。此刻，他手中的酒杯在我眼前晃来晃去的，我猛然想起一件事：今天上午，“大老板”——公司的外籍总经理曾亲自叮嘱小李，要他明天陪同几位老总外出洽谈项目，当时我也在场，我知道这件事情的重要性，于是，一个念头电光火花般地在我心头一闪，我满满地斟上了一大杯白酒，走到小李面前，说：“小李，把你杯里的洋玩意倒了，换上咱中国大老爷们喝的酒，咱喝个痛快！”

我这一说，小李的脸上挂不住了，他放下了手中盛着红葡萄酒的杯

子，换上了白酒，和我一杯一杯地干了起来，最后，小李倒下了，为防节外生枝，当晚，我亲自把他送回了家，现在我敢断定这小子明天是无论如何都难以陪老总外出了！

第二天，我做梦都没有想到小李居然按时来公司上班了，他依旧西装革履，风度翩翩。我不敢面对他，像做了贼一样躲了起来，一直等到他和几个老总坐上车走了，我才从暗处走了出来。真是人算不如天算，我的计划竟然落空了！

我神思恍惚地回到办公室，还没过半个小时，大老板的秘书突然来找我，让我准备好外出需要的一切东西，外面有车等着，立刻赶往机场。我不敢怠慢，拿好了东西，赶紧驱车前往。

我到了机场，看见等在候机大厅里的许多人早急坏了，几个同事帮我办好了登机所需的各项手续。这时候，在场的公司的所有人都脸色凝重，一言不发，大老板板着脸，显得很生气的样子。我四处看了看，未见小李，直到准备安检的时候才有人告诉我，大老板让我代替小李陪同老总们外出……

在外出的几天里，我的表现令所有人满意，公司的所有任务全都顺利完成，返程的航班上，我和大老板坐在一起，他明确表示要给我升职加薪。

回到公司的当天，小李就被炒了，不久我便知道了事情的缘故：在那天的酒会上，小李饮酒过度，胃出血了，差点送了命，第二天他是强撑着来上班的，谁知在去机场的路上病情恶化了，大老板知道后十分恼火，当即决定由我替代。

小李在离开公司时突然找了我，他对我说："现在我终于相信，你讲的那个'羊吃人'的故事是真的……"

（本篇月月评短信代码：G190）

（**题图**、**插图**：安玉民）

天上掉馅饼

□宁书科

乞丐“小安徽”住在城郊一处废弃的砖窑里，夜间，砖窑附近常有野狗野猫游荡，这些野狗野猫全是被主人遗弃的宠物，它们骨瘦如柴，脏兮兮的。平时，“小安徽”就带它们到附近的水坑洗澡，晒太阳，渐渐地，他的“宠物大军”越来越庞大，如今已发展到36只。前天，还有两个耍猴的安徽老乡把一只老得不能上场的猴子送给了他。

就这样，“小安徽”便耀武扬威地成了“宠物大军”的首领，经过一段时间的调养，“宠物”们一个个身强力壮，毛皮放光，一个连自己都无法解决温饱的乞丐，又是怎样让他的“宠物大军”安居乐业、走上富裕之路的呢？晚报的一名女记者对此产生了兴趣，于是特地来到砖窑采访了“小安徽”。

女记者来到了砖窑中，只见“小安徽”半躺在一张从垃圾场捡来的旧席梦思上，周围簇拥着他的一帮崇拜者，有卧着的，有躺着的，还有调皮捣蛋、追逐嬉闹的，砖窑里充满了生机。女记者好奇地坐到“小安徽”面前，宠物们对这个不速之客十分警惕，当“小安徽”和女记者侃侃而谈时，宠物们才认可了她，狮子狗舔她的脚面，狐狸狗衔她的衣衫，花猫冲她“喵喵”叫，那只猴子竟攀上了她的肩胛……

女记者被“逗”得狼狈不堪，“小安徽”将宠物们喝退，女记者才得以解脱。女记者好奇地问道：“你平时是拿什么喂养这些狗呀猫的？”

·漫画故事·

处女座（文：崔玉杰；图：包丰一）

1. 有个女孩对星座占卜特感兴趣，常看这一类的书。

2. 一天，她出门办事，扬手招了一辆出租车，却猛地想起书上说出门“打的”忌坐“处女座”开的车。

3. 女孩一上车就问司机：“师傅，是处女座的吗？”

4. 司机见女孩说得这么直率倒有点尴尬起来，他说：“俺没那么多忌讳，不是处女也可以坐。”

“小安徽”却轻松地回答说：“天上掉馅饼啊！”

女记者一听更糊涂了，“小安徽”看看窑外的太阳，说：“开饭的时间到了，走，我让你亲眼看看天上是怎样掉馅饼的。”

“小安徽”大步走在前面，猫狗猴子们排队紧跟在他的后边，队伍走啊走，大约走了二十多分钟，来到了一个去处，这里有围墙围着，“小安徽”带着他的队伍来到了围墙旁边，围墙里面是一排六层的楼房。“小安徽”吹了一声口哨，猫狗猴子们纷纷跳上墙头，那些无力上去的，“小安徽”就让它们乖乖站在墙边。顿时，狗吠猫嚎猴子叫，好不热闹！

这时，楼上的一个个窗子“哗啦啦”纷纷打开了，从窗口探出一个个脑袋，有男的，有女的，他们嬉笑打闹，不约而同地将饼子、蛋糕、火腿、香肠等食物投了下来，这些狗猫猴子们有的用“手”接，有的用嘴叼，散落到墙下的正好便宜了下边的“懒汉”。“馅饼”雨点般洒落，狗猫猴子们你争我抢，狼吞虎咽，各式各样的“吃相”逗得楼上的一个个“脑袋”哈哈大笑……当然，“小安徽”也乘机填饱了肚子……

女记者眼界大开，她想笑，可笑不出来；她想哭，又没有眼泪……

这里是一所贵族中学的宿舍！

（题图：安玉民）

今天运气真好

□方陵生 编译

琳达·A·拉维得为美国现代女作家，她的作品充满了对日常生活中人性的刻画和描写。她的小说、文集以及网上作品有《一个父亲的爱》、《牌照》、《一次意外事件》、《一颗星星的诞生》等。她的短篇小说《出租屋》现被美国大学英语教科书选用。

乔治娜是个护士，那天下午她从医院下班回家，经过图书馆时想进去找一本烹调方面的书，她找了一本已经卷了角的烹调书，正在那儿专心翻看，突然，她看到有个男人向她靠了过来，离她非常近，她觉得很不自在。

乔治娜往边上挪动了一下，同时飞快地向四周瞥了一眼，她发现阅览室里还有许多空位子，不知为何这个男子偏偏要坐得离她如此近，也许他感觉太孤单了？不过，这里是公共场所，谅他也不能怎么样，没什么大不了的！乔治娜安慰着自己，继续一门心思地研究书里的芹菜、花生酱、奶油干酪，还有金枪鱼什么的。

过了一会儿，那个男人侧身向她凑过来，小声地对她说“我需要您的帮助。”

乔治娜问道：“对不起，你说什么？”那男人没回答，左顾右盼了一番，从桌子底下拿出一包东西放在她

的膝上，然后，他猛地站起来，穿过门口便跑到街上去了。

乔治娜感觉膝上那包东西沉甸甸的，一时之间不知所措，这是怎么回事？她颤抖着手，小心翼翼地将那包东西从膝上拿起，放到桌上，她谨慎地看着那包东西：这是一个褐色的纸包，里面不知包着什么。她的心“怦怦”乱跳，里面放的会是炸弹吗？会不会忽然一声轰响、顷刻之间就被炸得粉身碎骨？她真想大叫起来，但是她没有，她知道这里是图书馆，没有人可以在这里大声喧哗的。

乔治娜的心在乱跳，脑子在飞转，她现在必须做的事情就是站起来走人，不管那是什么东西，就让它放在这里，谁爱处理就处理好了。这么一想，乔治娜就打算离开了，正当她迈步要走开时，眼睛一瞥，她看见那纸包上还写着字，再定睛一看，那上面歪歪斜斜地用蓝墨水写的收件人竟然是她的名字“乔治娜”！她的心里立刻冒起一股寒意，往门口看去，那个男人已经不见了……

这到底是怎么回事？也许那是她曾经认识的某个人？也许是她童年时期的伙伴，只是现在她已经认不出来了？难道说这包东西是礼物？这似乎不太可能，不过除此之外又如何解释这件事呢？

乔治娜的好奇心被吊了起来，她决心要找出答案，现在唯一的办法就是将它带回家，细细察看，于是她合上书，将包裹夹在腋下，走出了图书馆。

乔治娜回到家里，将包裹放在厨房的餐桌上，然后小心地解开包装，一看，里面包着的是一个鞋盒，她小心地揭开盖子，只见里面塞满了爆米花，爆米花下面会是什么呢？会不会有什么活物在下面？一条蛇？还是一只黑寡妇毒蜘蛛？

乔治娜凑得很近很近，看着里面的东西，心里犹豫着：是把它们一点点弄出来呢，还是把它们一下子都倒出来？最后她选择了后者，她提心吊胆地捧着盒子，走到厨房水槽那儿，手臂伸得长长的，将里面的东西一股脑儿全倒进水池子里，爆米花四处散了开来，露出了一块砖头，一块久经风雨侵蚀的红砖，真有点莫名其妙，这事太奇怪了！

乔治娜拿起一把火钳夹住了那块砖，翻来覆去地看着，可什么名堂也看不出来，它就是一块最普通不过的砖而已，上面什么也没有，既没有字，也没有隐藏着什么东西。乔治娜退后一步，越琢磨越是奇怪。晚上她怎么也睡不着，到半夜两点时分，她再也无法忍受这种折磨，于是拿起这块奇怪的砖，走到后窗口，往窗外一扔……

再说那个形迹诡秘的男人名叫罗

杰，他一向“运气”不错，他总有许多机会，即使是大白天他也能找到许多机会，比如今天就是。他一般总是晚上出来钓他的“猎物”，在离家之前，他会准备好他的“钓饵”“钓钩”什么的，这次他用的钓饵就是鞋盒里的那块红砖。

罗杰“钓”的不是鱼，是女人，当然不是钓来吃的，吃人多残忍哪，他是钓来谋杀的，他杀人只是为了开心、娱乐，他是个心理扭曲的杀人狂，在他看来，杀死一个年轻的女人，至少要比挤他身上的疖子有趣得多。

罗杰选择的都是那些将自己的姓名暴露在他面前的女性，她们的名字有的镌刻在随身携带的小饰物上，有的绣在背包上，有的印在佩戴的胸卡上。每当他选中了“猎物”后，就会送给她一个写有她名字的包裹，收到包裹的女子看到上面有自己的名字，一定会大为好奇，想着不知是谁送的礼物，就会拿回家去好好琢磨，而他就会尾随她们而去，这些女性就这样掉入了他所设计的陷阱里。

这天，罗杰来到图书馆，在五分钟的时间里他就选定了两个候选“猎物”，一个是坐在服务台后的图书管理员，一个是来这儿找书的护士乔治娜，最后，在男厕所里他作出了决定，他选定了乔治娜，又将她的名字写在包裹上，他将包扔到她膝上后便离开了图书馆，在外面守候着，等乔治娜回家时他就会尾随而去。

乔治娜住的地方和图书馆相隔两条街，她住在公寓房的三层楼。罗杰一直在楼下看着，当月亮高高升起时，他开始行动了，他沿着防火梯向上爬去，准备偷偷潜入她的房间。

罗杰向上爬着，夜很静，他听得到自己的心跳声，突然之间，一块红砖从天而降，这也许正是他的“运气”吧，砖头准准地砸在他的头上，他一头栽了下去，倒在护栏上，当即毙命，他被自己设计的“钓饵”——一块红砖砸死了……

（**题图、插图**：佐　夫）

阿P故事

阿P是一个社会群体的缩影，他独特的对事对人的处理方式，使这些故事充满了情趣。不过洋相百出的阿P，他的内心世界又是复杂的，他的所作所为留给读者的思索是多层次多元化的。阿P故事不仅仅是消遣作品，还有着揭示社会矛盾、启迪人生和思考未来的认识和教育作用。

滑稽故事

滑稽是一门引人发笑的艺术，被称之为生活和艺术中一种特殊的“调味品”。本书所选故事均取材于社会生活，作者想象力丰富，倾向性鲜明，作品内容极具口传性，诙谐色彩浓郁，是人们茶余饭后上佳的精神伴侣。

芝麻官故事

芝麻官故事旨在全方位地展示这一特定社会角色的思想境界和人格境界。他们或两袖清风，为民请命；或贪赃枉法，假公济私；或昏庸糊涂，装腔作势；或廉洁奉公，兢兢业业。由于他们同老百姓的距离最为接近，因此他们的故事就更具现实意义。

打赌故事

古今中外73则打赌吹牛故事，按内容分为“逗趣、斗智、惹祸、戏丑”等四大类，多为表现人们的诙谐与机智，有的立意鲜明，寓有讽刺味，而较多的则是娱乐与逗笑。

不要和这几种人多说话

林子大了，什么鸟都有；世界大了，什么人都有。人哪，复杂着呢，有一部电视连续剧叫《不要和陌生人说话》，对生活中的有些人，你真的不能和他们多说话，当然，你还得和他们交往，可你得多留点神，多长个心眼，小心吃了亏。

我今天要说的是这么几种人：

第一种人：对老婆不放心的人

有个人叫刘智，他的老婆小叶长得可漂亮呢，因为漂亮，刘智总有点不放心。

这些天，小叶身体不舒服，感觉下腹有些隐隐作痛。刘智想到自己有个初中时的男同学，是市医院的妇科主任，于是就带着老婆去找他。老同学见面，自然是亲热得不得了，这老同学当即就给了刘智一拳，说："好你个家伙，艳福不浅呀，找了这么一个漂亮的老婆！"

听到老同学夸老婆，刘智心里不

自在了，存了这个心，看人、看物、看事，就有点异样了，比方这老同学的一双眼睛，在刘智看来，竟也有点色迷迷的了！

接下去，老同学就给小叶作检查，小叶躺在体检床上，大热天，衣服穿得少，大半截肚皮露在外面，这老同学按着小叶的腹部问："是这儿吗？"小叶摇了摇头；老同学的手向下动了动："这儿？"小叶又摇了摇头，老同学的手又向下动了动，这快挨到小腹了，再往下就不得了啦，好在这时小叶说了一声"就是这儿"，老同学的这双手才算停了下来，刘智也长长地出了一口气。

接着，老同学开了一个单子，要小叶去做血检和B超。这老同学显得很热心，陪着她出出进进地忙了好一阵。一会儿，他又对刘智说："你闲着没事也去做一个吧，不花钱的，本同学买单。"

刘智一听答应了。夫妻俩做完血检和B超，老同学开始向小叶发问：爱吃什么？工作时是站着的时候多还是坐着的时候多？问着问着，老同学对刘智说："对不起啊，老同学，你能不能回避一下？"

什么？要我离开？我是她丈夫，有什么话不能当着我问呢？可毕竟是多年未见的老同学，这些话刘智没问出口，他不情愿地离开了。刘智在室外，他一会儿听见里面一男一女在窃窃私语，一会儿又听见他俩在开怀大笑，刘智像喝了一大口醋，酸得牙根都发麻！

从医院回到家里，刘智装作漫不经心的样子盘问起了老婆："老同学都问些什么？""都问了，问得很仔细。""夫妻间的事也问了？""问了。"老婆答得好轻松呀，刘智隐隐感到这老同学有点居心不良，心里正在七上八下，不料老婆又说："医生说了，明天上午还要去，做一个系统检查。"

明天还要去？刘智心里直嘀咕：今天就已经够"系统"的了，明天不知道他们会"系统"到什么程度！第二天，刘智单位里有急事，脱不了身，没办法陪老婆去医院，等老婆从医院回来后，他还没开口盘问，老婆竟然又甩出了一个原子炸弹："老同学"要她住院观察几天！这一下刘智再也控制不住了，他大声嚷道："要看病可以，咱们换一家医院！"

"不，我偏不！我就认准了这个医生！"

刘智气坏了，就在这时，电话响了，一听，正是那位老同学打来的，他电话里的声音显得很亲切，他要刘智明天到医院来一趟，说是"叙叙旧"。

过了一天，刘智到了医院，老同学神秘兮兮地把刘智叫到另一个房间，对他说："你知道你老婆患的什么病吗？她患了性病！"刘智大吃一惊，老同学说："开始我不知道这病是她受了别人的感染，还是你传给了她，所以也要你做检查，一检查才知道是你感染给她的。为了你们夫妻长久和睦，我没把这病告诉你的妻子。我要她住院观察，也想要你来我这儿，趁你们分开的这些天内把你们的病都给治好了……没想到你误会了我，把我当成小人了！”

刘智听了这些话，一下晕了：在一次出差的时候，他和一个女人有过一夜的交往，事后他觉得对不起老婆，可万万没想到，就这么一次，不仅他自己患了病，还把病传给了老婆。这一次要是遇到其他医生，老婆早就什么都明白了，说不定正吵着闹离婚呢！

刘智感到自己太对不起多年的同窗了，想向老同学说几句表示歉意的话，这时，老同学却站起了身，冷冷地说：“你可能想谢谢我，要说谢，倒是我要谢谢你，通过和你的接触，我悟出了一个道理——不要和对老婆不放心的人多说话。”

第二种人：玩笑开得过头的人

刘大良在外面打工，这次去老家探亲，回来时把老婆小凤也带到了打工的工地，这工地是个砂石场，有三十多个民工，清一色的男人，没有一个女人。小凤一来，场上三十多双男人的眼睛，火辣辣地把小凤从头到脚扫了一遍，一个小个子男人笑着对大良说：“哇，这么漂亮的老婆你也敢带来？兄弟动心了啊！不出三天，咱要把她弄上手！”

工地上的这些男人，长年在外打工，见了个女人，说说荤话解解闷，那是常有的事，谁也不会当真。大良告诉小凤，刚才说话的那个男人叫“瘦狗”，平时最爱开玩笑，有时开得没边没际的，别和他多说话，免得惹出麻烦来。小凤偷偷看了这个男人一眼，记住了。

砂石场边有个工棚，民工们吃住都在工棚里。大良和小凤在远处搭了个棚，两口子住在自己的棚子里。白天，小凤帮民工们做饭、洗衣服，算一个小工。洗了衣服，晾在工棚边，因为都是男人的衣服，所以，小凤自己那些花花绿绿的衣服格外惹眼。

小凤来到工地的第一个夜晚，半夜里有车来拉砂石，大良是工头委任的工地组长，他哨子一吹，民工们就出来拉石子装车。大良走后，小凤一个人在棚里。

第二天晌午，小凤把茶水送到工地上，瘦狗看着小凤，说：“凤妹子，夜里睡得好吗？”小凤记住了大良的话，没和瘦狗说话。

第三天晌午，小凤又到工地送茶水，瘦狗又看了看小凤，说：“凤妹子，哥知道你昨晚又没睡好。”小凤愣了一下，想说话，但她记住了大良的话，

还是没有开口。这时，工地上的男人笑开了，说：“瘦狗，你不是说不出三天就把小凤弄上手的吗？怎么样？牛皮吹大了吧？人家连话也不跟你说啊！”小凤在旁边听了这话，脸一红，没理会他们，回工棚去了。

小凤一走，瘦狗竟得意地笑了，笑得很神秘的样子，好像他已经把小凤弄到手了一样，这一下，可把民工们弄糊涂了，大家越糊涂，瘦狗越得意，他不阴不阳地对大良说了一句：

“你回去看看你老婆就什么都明白了，她今天穿的是一条白花裤衩！”

什么？小凤今天穿白花裤衩，他瘦狗怎么知道？工地上所有的男人都吃了一惊，说实话，小凤今天穿什么裤衩，连大良他自己都不知道啊！

大良也愣住了，他不信，气冲冲地回到自家的工棚，关上门，一手扒开小凤的裤子，一看，可不是吗，小凤今天穿的正是一条白花裤衩！大良火啊，操起床边的一根棍子照着小凤就打，小凤哭着解释，大良半句话都听不进去，是呀，铁证如山，还解释什么呢？大良打罢了小凤又去找瘦狗，瘦狗吓得撒腿就跑，直到夜里都没敢回工地。当天夜里，小凤上吊了，幸亏被人发觉，总算捡了一条命。大良心里的疙瘩无法解开，思前想后，最后带着小凤回老家种地去了。

大良回到老家半个月后，他收到了一封信和一个包裹，信和包裹都是瘦狗寄来的，信上是这样说的：“大良兄弟，你可能没注意到，嫂子只有两条裤衩，一条是白花的，一条是红花的，你要问我怎么知道嫂子那天穿的是白花裤衩，因为那天她晾在外面的是一条红花裤衩，就这么简单。是的，这个玩笑开得太大了，我对不住你和嫂子。我也回家了，我老婆听说这事后，特意买了点礼物送给嫂子，作为赔罪。”

大良打开包裹，没想到里面竟是

一叠花花绿绿的裤衩……

你看看，本来啥事都没有，就是这么一个玩笑，把两家人的日子弄了个七颠八倒，还差点闹出人命来，你说，是不是该和瘦狗这样的人少说几句话？

第三种人：假话说得像真话一样的人

有人一说假话脸就红，脸皮薄着呢，可也有人说假话时脸不变色心不跳，他可以把假话说得比真话还要真，小陈就是这样的人。

这天傍晚，小陈和老张、小李在一起喝酒，一边喝，一边侃，喝着侃着，便说到了洗头房的发廊妹，小陈点上一支烟，缓缓地吸着，忽然嘴角一咧，神秘兮兮地说："我听说啊，如今有不少小姐转移了，有新据点了。"

小李一听扬起了眉毛，问："转移？转移到哪去了？"

"服装店。"小陈轻轻地说道，同时在观察其他两人的反应，老张和小李都有点不相信，服装店？这怎么可能？小陈说："你们都不相信吧？其实那里面最隐蔽了，一般人不会注意，就是进进出出十次八次的也没人知道，谁往那方面想？比那宾馆、饭店、洗头房、泡脚屋安全多了……我也是听别人说的，听说我们这里的'服装一条街'就有几家。"

小陈说完，大家便接着喝，几圈下来，都有了点醉意，酒足饭饱，出了酒馆，散伙。

小陈住在县城西区，他骑车先走了，老张和小李，一个住南区，一个住北区，两人到了岔路口，摆摆手，说声"回见"，就各奔南北了。夜风微微吹，花香缕缕来，小李骑车轻飘飘地走着，只觉得心里像是有一百个蚂蚁在爬呀爬的，这才是心痒难搔哪！他下意识地摸了摸口袋，迟疑了一下，调转车头向东而行，他想，夏天快到了，该买件夏装了。

"服装一条街"在城东区，对面是长长的古城墙，白天时常有人在城墙上游玩，居高临下，服装街尽收眼底，现在时间刚到八点多钟，店铺林立，人来人往，更胜似白天。小李到了街头，回头看了看身后，然后就推着车子往里走，他一路走着，每到一家店铺前，便放慢脚步，往店铺里扫一眼，就这样，他一连走了七八家，最后在一家店前停了下来，锁好车子，走了进去。

店主是个妙龄女郎，浓妆艳抹，一股子风尘气，小李朝她看了看，禁不住一阵心跳。

女人笑吟吟地迎上来，说："先生，买衣裳吗？"

小李说："啊，啊，看看，看看。"他一边说着，一边就在店里"看"了起来，就在这时，突然，门口有个人影一闪，小李扭头一看，惊得目瞪口

呆，那人竟然是老张！老张正要抬腿跨进店来，猛地看到小李，一下子就定在那里了，小李勉强挤出一丝笑，说："买、买衣服啊？"老张涨红了脸，干笑一声，说："啊，啊，买、买……你、你也来买啊？"

小李点点头，又摇摇头，说："不是很、很合适，我、我再转转。"小李一边说一边逃一样地出了店门，骑上车子，飞奔而去。

老张装模作样地在店里看了几眼，也慌慌张张地出来，扫一眼四周，跑了。

这时，对面的古城墙上有一个人正蹲着偷看，他笑成一团，腰都直不起来了："哈哈，这个老张，自己从不出来买衣服的……还有小李，那可是个正儿八经的斯文人啊！唉！真是没想到……"

其实，说这服装街上有"小姐"，那是小陈随口编的，哪有这事呀！

第四种人：心眼小得像针尖一样的人

小罗和大杨同在一家工厂做工，两人每天中午都自带午饭。小罗的妻子半年前患乙肝去世了，妻子临终前再三告诫他："病从口入，千万当心！"从此小罗就十分小心。这天，小罗带的菜里有一块红烧野兔肉，中午，他洗手回来准备吃饭的时候，只见大杨打开他的饭盒，抓起那块野兔肉就咬了一口！

大杨曾经得过乙肝，虽然已经治好了，可小罗的心里记着妻子临终前说的话，他不敢大意呀，他本想说大杨几句，但大杨这个人心眼儿小得很，闹不好会惹出麻烦来，所以，他没多说，只是悄悄把那块野兔肉扔进了垃圾箱。

这件事还是有人说给大杨听了，这一下他小心眼儿的毛病又犯了，他觉得小罗是存心让他出丑，顿时脸一变，对小罗说："不就是吃了你一口肉嘛，至于这样么？"

小罗也觉得自己有些过分，为了

缓和一下气氛，他连忙解释说："这事跟你没关系，是我自己不想吃，所以就扔了……"

小罗越是这样说，大杨就越怀疑他心里有鬼，言来话去，小罗的倔脾气也激起来了，他气呼呼地说："好好好，我跟你说清楚，我带的是疯狗肉，所以不敢吃！"

小罗是炮筒子脾气，说完了也没往心里去，谁知第二天一上班，大杨的妻子就打来电话说，大杨得了急病，已经去了医院，大杨的妻子说话吞吞吐吐、转弯抹角的，话里的意思是这件事跟小罗有关，要他抽空到医院看看大杨。

小罗急急忙忙来到医院，大杨果然已经躺在急诊室里了，只见他哼哼唧唧地说："大夫……我要死了……你快救救我吧！狂犬病的死亡率可是百分之百呀……我后悔死了，我他妈的嘴咋这么馋呀！"

原来大杨怀疑自己真的吃了疯狗肉，小罗连忙上前解释，可磨破了嘴皮子，大杨仍然不相信，他这人心眼特别小，爱钻牛角尖，别人这样想，他偏那样想，没辙！

在大杨的一再要求下，医生给他注射了一针狂犬病疫苗，小罗以为这件事就算过去了，谁知过了一天，早上刚上班，大杨就非常严肃地找到他，说："昨天晚上我看了一本医学书，那上面说狂犬病也叫'恐水症'，得了这种病的人听到流水声心里就会产生恐惧感……昨天晚上我老婆上厕所的时候，我听到冲马桶的流水声，心里就直哆嗦，我肯定是得狂犬病了！"

小罗哭笑不得地说："你不是已经注射狂犬病疫苗了吗？即使你不相信我，总得相信科学吧？"

谁知大杨咧着大嘴说："现在啥都能造假，你敢说医院给我注射的那一针狂犬病疫苗绝对是真的？这件事是因为吃了你的疯狗肉引起的，你得负责到底，今天就陪我去医院检查检查……"

小罗知道跟这个小心眼儿的人是说不清楚了，他只得请了一天假，陪大杨去医院做了全面的检查，因为没啥问题，大夫没给开什么药，更不肯再打针，大夫耐心地说："回去吧，你根本就没有必要吃药打针！"

大杨小心眼儿，又把大夫的这句话听歪了，回来的路上他竟然一把眼泪一把鼻涕地哭开了："大夫都不给我治了，我的病已经无药可救了，我的日子不多了……"

事情闹到这种地步，小罗就想找大杨的妻子谈谈，要她好好劝劝丈夫，大杨的妻子跟小罗是老邻居，两人从幼儿园时就在一个班，挺熟的。小罗讲完事情的经过，大杨的妻子叹了一口气，说："唉……大杨这个人啥都好，就是心眼儿太小了，我也没有

办法，这些年我都快让他折腾出神经病了！”

大杨听说小罗找他老婆谈了，越发怀疑自己得了狂犬病，他认为小罗一定是有些话当面不好说，所以才暗中找他老婆商量以后的事了，大杨的妻子见丈夫这样执迷不悟，气得失去了理智，“啪”的一声给了他一个大嘴巴，她本想这一巴掌打下去能让丈夫清醒清醒，谁知小心眼儿的大杨又把事情想歪了，他像是如梦初醒，拍着

大腿说：“我明白了！我终于明白了！”

小罗一听，高兴地说：“谢天谢地，你总算是明白了！”

谁知，大杨突然扑了上来，双手抓住小罗的衣领说：“你这个伪君子，原来你是在打我老婆的主意！你老婆死了，就想把我害死，然后跟我老婆结婚！”

这种事情可不能乱说，小罗忍无可忍了，他说：“大杨，你小心眼儿，我可以容忍你，可是，你不能侮辱我的人格！你说我打你老婆的主意，你有啥证据？”

大杨理直气壮地说：“你等着，我就去拿证据！”

大杨怒气冲冲地跑回家，很快拿来了一张照片，在小罗眼前直晃着：“你们俩要好是有历史根源的，瞧瞧这证据！”

那张照片上，小罗和大杨的妻子互相搂着，很亲热的样子，但那是三十年前，两人在幼儿园时拍的照片！

“对老婆不放心的人”作者：孙致远；“玩笑开得过头的人”作者：黄自林；“假话说得像真话一样的人”作者：史金标；“心眼小得像针尖一样的人”作者：崔新三。

下期话题：讨还我的钱

（**题图、插图**：刘斌昆）

·点击网络故事·

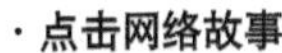

雪儿是条鱼，她能在夜里化成美貌非凡的女子。她爱着一个书生，可这书生为了满足自己的私欲，竟把雪儿当作补药吃了，于是，雪儿向天下所有负心的男人发出了一个惊天动地的诅咒……

一条鱼的诅咒

□麦　洁

1．这条从深涧寒潭里游来的鱼叫“雪儿”

树木茂密的山间有一口深潭，潭水是暗暗的蓝色，像是望不到底似的。无论是冬天还是夏天，潭水总是那么的寒冷刺骨，而且，无论是干旱时节，还是暴雨倾盆之后，潭里的水也不见退下去一分或是涨上来一分。住在山脚下那些靠樵猎为生的人们，都说这个潭直通大海，深不见底，而潭底则住着龙王的女儿。

有个书生，连着几次赶考都名落孙山，不觉有些沮丧，但又心犹不甘，于是一个人收拾了行李，寄居于山间的寺庙，苦读圣贤之书。每天一早，天刚放亮，书生就起床来到后山的潭边，用那终年冰寒入骨的水洗脸，一洗，头脑就清醒了，吟诵诗书，分外精神。

常在潭边读书的书生渐渐发现了一个奇怪的现象：接连几天，只要书生一到潭边，潭里就会浮起一条模样奇怪的鱼来，那鱼一尺来长，身体细薄，通体洁白，仔细看来，那身体竟然像是半透明的，几乎可以看见那一根根的鱼刺；更奇的是，书生诵读诗文时，那鱼摇头摆尾，仿佛听懂了似的。书生确信那白鱼是有灵性之物，不禁感慨万分，他数次在科考中落第，自叹天下无知音，不想今日在这深山之中，竟能遇上这样一位知音。

有一次，书生问白鱼：“你可愿天

天伴随着我？如果你愿意，我就把你放到我的房间里。”书生问完，惊奇地看见白鱼在水中微微点头，于是他喜不自禁，跑回寄居的寺庙，向和尚要了一个大瓦罐，回到潭边，看见白鱼仍然在潭边游动着，好似在等他，书生就把瓦罐沉入水中，白鱼在水中慢慢游进瓦罐，仰头看着书生，眼光中竟有无限温柔。

书生将白鱼养在房间里，并给白鱼取名“雪儿”。

自此，书生读书时有雪儿相伴，不觉精神大增，吟诗文过目不忘，写文章一气呵成，如有神来之笔，而每到夜里，书生常常会梦见一个美貌非凡的白衣女子，书生认为那梦中的白衣女子就是雪儿，于是就对罐中的雪儿说“如果你就是我梦中的女子，我就娶了你，哎，你就化成女儿模样吧！”雪儿仍旧用无限柔情的目光看着他，却没有化成女子。

其实，白鱼雪儿是一条在深潭里修炼了几百年的鱼。那天，她被潭边的诵读诗书之声惊醒，不觉听得如痴如醉，时间一久，她竟然爱上了书生，这男欢女爱可是修炼的大忌，而且眼下正是修炼的紧要关头，雪儿已经可以幻化成人形了，但是却只有在夜色最浓重的时候才能幻化，书生梦中的白衣女子正是雪儿，但她却不能应书生之邀化成人形，不过，书生说的话已经让她很开心了。

三年后，书生带着白鱼雪儿，千里迢迢来到京城参加科考。在科考中，书生一举而中，被皇帝钦点后，派往某地任知县。

知县带着白鱼雪儿来到就任之地，还未正式上任，当地的名门富豪就纷纷做东来请，酒楼和烟花之所都是应酬该去的地方。知县先还不习惯，但就任后他也渐渐习以为常了，日日美酒，

 热恋中的男女总是透过精神理想化、装饰化的棱镜看待对方。——奥·瓦西列夫

夜夜笙歌，他觉得这才是真正的人生。从此，他很少回到自己的府第去，也慢慢地将白鱼雪儿忘了。

雪儿每夜化成人形，但是她却不见知县老爷回来，只得无限惆怅地又回到瓦罐中。有几次，雪儿想回到她生活的寒潭去，但心里却怎么也割舍不下知县，于是又留了下来。

没多久，县城最大的妓院里来了一位扬州有名的妓女小粉，知县老爷见了她后如痴如迷，从此夜夜都在小粉那里留宿，花天酒地的生活掏空了知县的身子，于是他在和小粉寻欢作乐之时就觉得力不从心，他十分沮丧，曾偷偷地四处寻访名医，药吃了不少，却没什么用。

一天，县城里来了位云游的道人，听说他能治各种疑难杂症，知县老爷慌忙把他请到了府上。道人在客厅坐下，一眼看见了瓦罐里的那条白鱼，道人十分惊异，他悄悄告诉知县："你那瓦罐里的那条白鱼，据传是龙与鲤鱼交配而生，能治百病，比灵芝、人参、鹿茸、雪莲有用多了。"于是道人给了知县一个方子，叫他用几味药和白鱼一同煮食，包管知县药到病除，身体比以前好上百倍。

知县在踌躇了一会儿之后，叫仆人按道人给的方子配了药，然后把瓦罐里的白鱼送到厨房。

知县刚才回府，雪儿见了很高兴，她以为知县记起了他以前对雪儿说的话，从此回来陪着她了，可怜的雪儿，直到一只油腻腻的手伸进瓦罐将她抓住，她才明白发生了什么。

躺在砧板上的雪儿，眼睛里流露出无限的悲哀，她的眼角淌下了一滴红色的泪，她用尽她数百年的修炼，发出了一个惊天动地的咒，她诅咒天下所有负心的男人将不得好死!

2．500年后有这么一个负心的男人

"丁零零"，办公桌上电话响了，陈元伸手接过电话，传来的是一个女人凄凉而哀怨的声音："元，是我……"

陈元不耐烦地说："你怎么又打电话来了？"

"我求你，你别离开我好吗？"女人在电话中哭了起来，"你说你会娶我的，我为你甚至打掉了肚里的孩子……"

陈元觉得对方的哭声有点刺耳，便厌恶地把听筒放远了一点："我不是说了吗，我会给你补偿的，你要多少钱，你说！"

听筒里没有了声响，一会儿，才传来有如厉鬼般的哭嚎："陈元，你不得好死！"

没过多久，"丁零零……"电话又响了，陈元猛地抓起话筒大声斥责："叫你别再打来了，没听见吗？"

"元，是我。"电话里是另一个女

人带着一点疲惫的声音，“我想好了，我答应你，我们离婚。”

“哦，”陈元那张英俊的脸上露出了满意的笑容，“那好，明天我会联络你的，再见！”

陈元不由地又笑了起来，今天不错，一下子解决了两个拖了很久的问题，他急于这样做，为的是另一个女孩，他认识这女孩没多久，她实在太美了，在他的一生中第一次看见这么美丽的女子……

晚上，陈元没有马上回家，因为他今天请了几位重要的客人吃饭。他驾着车来到订座的酒楼，一下车，酒楼经理就亲自迎了出来。陈元是这家酒楼的常客，酒楼里有几间特别的包房，是专为陈元这样的人预备的。陈元请的客人还没有到，经理坐在包房里陪着他喝茶聊天，聊着聊着，经理忽然对陈元说：“今天酒楼刚到了一种特别的新货，是一种鱼，而且我这里只有一条，价格非常昂贵。”

“哦？”陈元起了好奇心，“是什么宝贝？拿来看看！”

经理点点头，打了个电话，然后向陈元微微靠近，对他低语着，“哦？”陈元有点不信地看着经理，经理耸耸肩，做了个信不信随你的架势。陈元的脑海里又浮现出他那个小情人的模样来，如果真像经理所说的那样，这鱼岂不是大补？他就不用担心他的小情人几乎比他年轻一半了，想到这里，陈元不动声色地暗自笑了。

门轻轻响了，经理走过去开门，一个服务生端着一个玻璃罐走进来，罐里有一条鱼在游动着，这鱼的样子有点怪，身体细薄，通体洁白，鱼鳞细密，仔细看来，那身体竟然像是半透明的，在灯光下仿佛可以看见

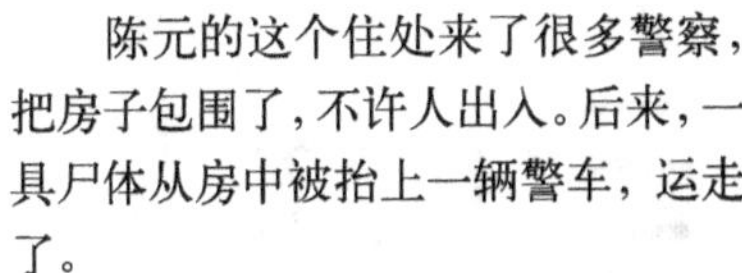

鱼身体里的骨刺一般。陈元反复看了许久，终于抵不住经理那番话的诱惑，他问经理："这鱼叫什么？"

"叫寒潭白鱼，听说生长在山里很冷的潭水里，不易捕捉啊！"

"好，好！"陈元挥着手说，"寒潭白鱼，好！就按你说的方法，炖了！"

酒宴结束后，陈元喷着酒气开着车，一边还在回味着那条鱼的鲜美。那鱼的肉嫩滑细腻，一点也没有鱼的腥味，反而有一种好似植物的清香，那种清香在口中久久萦绕不去，好鱼，真是好鱼啊，这么一条鱼，可吃去了平常人一两年的收入！

陈元开着车想去找那个小情人，到了他们那个秘密的爱巢，陈元才想起小情人被单位派去出差了，喝了不少酒，他精神有点不济，当晚就在那里睡了……

第二天，陈元未来公司，而且一连几天不见他的影儿，家人报了警，警方几经周折，终于找到了陈元的那个秘密住处。

警察打开门后，突然，屋里有一股非常好闻的清香味传来，再往里边走，又见卧室的床上好像躺着一个人，用被子蒙住了头，警察喊叫了几声，那个被子里的人仍然一点反应也没有，那些警察什么场面没经历过？没什么可怕的！一个警察走了过去，掀开被子的一角，就在这刹那间，那警察大叫一声："啊——"扔掉被角就跑……

陈元的这个住处来了很多警察，把房子包围了，不许人出入。后来，一具尸体从房中被抬上一辆警车，运走了。

几天后，陈元的妻子被告知陈元已经死了，但是没让她去看尸体。几天后的报纸上也报道了这个全国著名的企业家的死讯，但是没说死因，只说是死在家中，大家都在议论纷纷，陈元的妻子也一直都不知道他的死因。

其实，除了当天在场和参与破案的警察以外，没有人知道那天抬上警车的并不是一具尸体，准确地说，那只是一具骨骼，一具没血没肉的骨骼。那具骨骼包在睡衣中，不，准确地说，是那具骨骼"穿"着睡衣，像一个人穿着睡衣那样。骨骼上干干净净，骨骼里也没内脏。经DNA化验，那具骨骼正是陈元！但是，谁也不知道一个人怎么就会变成了骨骼，或者说怎么就只剩下了骨骼？而且，在陈元的床上和睡衣上，包括骨骼上，没有一丁点儿的血肉！

看过那具骨骼的人都觉得很恐怖，"那具骨骼就像、就像……就像一条被、被人吃得太干净的……鱼！是的，像一条被人吃得干干净净的鱼！"事后说这番话的人满面恐惧……

（**题图**、**插图**：黄全昌）

·中国新传说·

三个女人一件衣

□许申高

温茹芳在大学城附近开了一家服装专卖店，来她这儿买衣服的大多是一些老师和学生，生意很不错。这天傍晚，天上飘起了雪花，街上行人稀少，温茹芳以为不会再有生意了，正要关门时，来了一位女顾客，从穿着打扮看，这女人像是一位乡下来的大嫂，她在店子里转了转，最后站在挂有羽绒服的货架前。

温茹芳迎上去，热情地招呼，可那大嫂说话吞吞吐吐的，接着，她从随身携带的包里掏出一件跟货架上一模一样的女式羽绒服，小声说道："托您帮个忙，帮我把这衣服卖掉行吗？看，挺新的。"

温茹芳开服装店已经好些年了，这种典当衣服的事倒是第一次碰上，她本想拒绝，恰在这时，她认出这件衣服正是前天卖出去的一件，记得买这衣服的是师范大学一位姓童的女教师，想到这里，温茹芳心里一惊：不会是销赃吧？莫非这大嫂是个小偷？不像啊！但她还是多了个心眼，试探道："你打算卖多少钱呢？"

大嫂一听这话，顿时舒了口气，笑道："你看着给吧，我也不识货。这种衣服你的标价好像都在1000块以上，你给我200块行吗？"

看来她是急于脱手了，温茹芳接过衣服，说："好吧，你先放我这儿，等卖掉了我再给你钱。"大嫂一下急

 世界上没有哪块土地上的花朵能比得上母亲膝上的婴儿。——史文朋

了："不行，我急等钱用。"说着她就从温茹芳手上夺回衣服，转身要走。

这下轮到温茹芳急了，心想：不能让她这样走掉，便一把拽住她，说："我可以给你付现金，不过你得告诉我，这衣服是哪来的？这不过分吧？"大嫂愣愣地看着温茹芳，说："原来你把我当小偷了，好吧，实话告诉你，这衣服是师范大学的童老师送我的，我看还跟新的似的，舍不得穿，就拿你这儿来看能不能换点钱……你要不信，我给你看身份证。"说着，她真的掏出了身份证。

看过大嫂的身份证，温茹芳相信了她的话，二话没说，付给她200块钱。大嫂拿到钱后很感激，连声说："谢谢，谢谢你啦！"

等大嫂走后，温茹芳突然觉得还是有点不对劲：照这大嫂所说，这衣服本来就是童老师送给她的，那她完全可以稍稍打点折，怎么会这么便宜卖了呢？

温茹芳怕背上销赃的罪名，立即和童老师取得联系，以"售后服务"的名义和她聊起了那件羽绒服："童老师，前天你买的那件羽绒服质量还行吧？"

"我想应该行吧，对了，我刚刚送人了。"童老师很健谈，接着她告诉温茹芳：她家有一个保姆，是乡下的一位大嫂。这保姆心眼好，人勤快，童老师一家都很喜欢她。前几天，大嫂因为家里有事，要辞工回家，临走前两天，童老师想对她表示点什么，大嫂知道后生了气，说啥礼物也别买，买了她也不会要。正巧那几天寒流来了，童老师看大嫂穿得单薄，便决定给她买件羽绒服，但想到大嫂那犟脾气，决不会接受这么贵重的礼物，童老师便使了个小心计：临送大嫂出门时，说天气太冷，让大嫂添件衣服，说着就从柜子里装模作样"翻"出了那件新买的羽绒服，谎称是自己穿过的，因为不合身，一直放在家里，不如送人算了。大嫂信以为真，这才接受了那件衣服。

听完童老师的电话，温茹芳愣在了那儿，和童老师相比，她觉得自己的心黑透了，从这天起，她就把那件衣服随意地挂在一个不起眼的角落，失去了向人推销的兴致。

这衣服一挂就是两年，两年后的一天，一位姑娘走进了店子，温茹芳认识她，知道她是一位留校不久的大学毕业生，是中文系的，曾以学习刻苦而名扬大学城。

姑娘想买件衣服，她意外地发现了那件挂在角落里的羽绒服，仔细看了看，非常满意，喜形于色地叫道："再合身不过了，我就要这件，多少钱？"

面对这件衣服，温茹芳的心隐隐有些作痛，她没有了开价的勇气，只是说道："随便给吧。"姑娘有点吃惊，

但她倒是很痛快，说："我打听过了，这种衣服售价也就是800块左右，给你800块吧。"说着，她就从包里掏出钱来，递给温茹芳。

温茹芳有些迟疑，但还是接在手中，数也懒得数，直接放在了包里。姑娘提醒道："你怎么不数一下？还差你100块呢。"温茹芳说："没事。"说着她就把衣服取下来，要给姑娘装进提袋里，没想到姑娘一把拦住她，说："别这样，继续挂你这儿。"温茹芳不解，望着姑娘，问："啥？还挂我这儿？"

"对，就挂你这儿。"姑娘说，"待一会儿我会带我妈来你这里买衣服，我妈这人啊，在自己身上花一分钱心都疼，这些年节衣缩食供我上大学，吃了不少苦。我现在有了工作，第一次拿到工资，想给我妈买一件好一点的羽绒服，让她穿个暖和，可我妈怕花钱，我就说现在羽绒服便宜了，她死活也不相信，所以我只好让她亲自来，待一会儿你就说这衣服减价了，才卖100块，只有这样，我才能说服我妈买下这件衣服，这也就是我为什么刚才只给你700块的缘故。"

温茹芳听了，心里顿时涌起一股暖意，她答应了。天底下的事情居然真有那么巧，下午，姑娘带着她的母亲走进了温茹芳的店，温茹芳一眼就认出了她——这位让自己负疚两年的大嫂！温茹芳惊讶得说不出话来，倒是大嫂显得格外平静，她笑着冲温茹芳点点头，巧妙地暗示道："这么好的服装店，我还是第一次进来呢。"温茹芳会意地笑笑，而心里却突然有一种想哭的感觉。

"戏"就这么开始演了：姑娘随手取下早已买下的那件羽绒服，拽着让母亲试穿起来，她母亲嫌贵，不肯穿，温茹芳在一旁就说这衣服不贵，才卖100块，大嫂显然不相信这么便宜，她拿过衣服，左看右看，似乎发现了什么，最后抬头盯着温茹芳，问："真的才卖100块钱？”

温茹芳知道大嫂认出了这件衣服，她突然生出一个大胆的主意，也许只有这样才能诱使大嫂买下这件衣服，于是便不慌不忙地说：“大嫂，老实跟你说吧，这是我两年前进的货，当时进价200块，可不知为什么，一直卖不出去，所以我只好自认倒霉，折价一半卖掉算了。”

姑娘急得干瞪眼，这哪叫配合？简直是胡闹，可让她意想不到的是她母亲听了那席话，沉吟片刻，突然对女儿说：“好吧，这衣服我买下了。”

这一招果然见效，温茹芳冲姑娘笑了笑，姑娘这时高兴坏了，等不及温茹芳把衣服装进提袋里，就急着掏出100块钱塞给温茹芳。

这时，大嫂在一旁发话了：“人家做生意也不容易，进价200块，哪能让人家亏本？平常我把钱看得太死，但也不能昧着良心做事。”说着她从自己口袋里摸出一张百元钞票，按在了温茹芳的手心上，并意味深长地说了句：“妹子，谢谢你啦！”

姑娘也不在乎母亲额外多付的那100块钱，只要母亲接受这件衣服，她就心满意足了，她哪里知道，两年前的那个风雪夜，母亲给她送去的200块钱，就是这件衣服换来的。

送走母女俩，温茹芳来到邮局，填写了一张700块钱的汇款单，收款人就是刚才替母亲买衣服的那位姑娘，同时还给她写了一封信，诉说了一件浸润着浓浓亲情的羽绒服的故事……

（本篇月月评短信代码：G191）

（题图、插图：魏忠善）

·本刊信息传真·

欢迎投稿，为了我们的故事更精彩

《故事会》上半月刊（红版）的推荐类栏目有：笑话、情节聚焦、点击网络故事、快乐辞典、3分钟典藏故事，我们欢迎读者把新鲜的（不是广泛流传而为大家所熟知的）、精彩的各类作品推荐给我们。稿件一经发表，即致稿酬。

其他栏目所刊发的作品均为原创，百姓话题、中国新传说、东方夜谈、外国文学故事鉴赏、幽默世界、中篇故事等均是我们的重点栏目，我们期盼广大作者惠赐题材新鲜、情节新奇、人物生动的故事佳作。本刊稿酬从优，优秀作品可达“千字千元”；此外，我们还将继续举办各种形式的创作培训班、改稿会、笔会、作品研讨会，免费为作者提供各类学习故事创作技巧、加工个人作品的机会。稿件可从邮局寄发，也可发电子邮件，本期责任编辑E-mail地址：yaotongzhi@vip.sohu.net。

·中国新传说·

英魂难眠

□ 张国心

三年前，一个小女孩不慎落水，十八岁的刘兵奋不顾身地跳进水里去救人，小女孩被救了上来，可刘兵却牺牲了。刘兵被追认为革命烈士，一时间，“向刘兵学习”的活动轰轰烈烈，乡里的郝乡长还领着乡政府的一帮人来到刘家慰问，还说要为刘兵建造一个烈士墓。

说是这么说，但事情还是像一阵风一样过去了，烈士墓不但一直没有建，而且按规定每个月发给烈士家属的一百元抚恤金也只给了八个月，以后就不给发了。刘兵的父亲刘一文是个老实巴交的农民，他几次想到乡里去要，但每次走到乡政府大门口都打了退堂鼓。

这年春天，刘一文要到南方去打工，临走的时候，他嘱托弟弟刘一化说：“哪天乡里修建烈士墓，你马上给我打电话，还有，如果发了抚恤金，你就先给我保管着。”之后，他就举家南去了。

刘一化是个急性子，哥哥走后，他一有时间就到乡政府去为哥哥要烈士抚恤金，可乡政府有人偷偷告诉他，这笔钱上面每个月都发下来的，可全被郝乡长挪作别用了，现在没钱，你等着吧。

这天，刘一化为哥哥讨抚恤金又碰了一鼻子灰，心里不痛快，就到一个小酒馆里喝起了闷酒，越喝越难过，不知不觉就喝多了，出了小酒馆，他晃晃悠悠地往家里走，走到一个荒山冈时，酒劲全上来了，天旋地转，便一屁股坐在一棵大树下，转眼间就睡了过去。

也不知睡了多长时间，刘一化被一阵“砰砰”的刨地声惊醒，睁开眼睛一看，只见一个老头正在往地里埋什么，他走了过去，问道：“大哥，你埋什么呢？”老头头也不抬，说：“埋骨灰盒。”

刘一化嘀咕着：这是荒山冈，谁的骨灰盒往这埋？他没开口问，老头倒又说开了：“咳，说来话长啊，三年前，不是有一个叫刘兵的孩子吗？为了救人，被淹死了，当时乡里说给他建个烈士墓，可后来不知怎么回事，再没人提这事了，骨灰盒一直被扔在我们敬老院的仓库里，都被耗子嗑了。头些日子，老院长死了，来了个新院长，把敬老院的里里外外统统清理了一遍，说仓库不是存放骨灰盒的地方，就叫我扔掉，我想，不管咋的，这也是烈士的骨灰啊，咱不该随便扔啊，你说是不是？我看这条山冈有山有水的，就打算把它埋在这里。”

听了这话，刘一化的眼泪不禁簌簌地落了下来，他心里想：侄子啊，你为了救人，把命都丢了，可到最后，连个安身的地方都没有，天理难容啊！

回到家里，刘一化就给市里的报社打了个电话，把事情一五一十说了，那个记者听后十分震惊，当天就下来进行了采访，第二天报上就刊登了一篇重头文章，题目是：《英魂难眠》。

一石激起千重浪，这一事件在社会上引起了强烈反响，一时间，骂声载道，市长在电话里把县长一顿训斥，县长把郝乡长叫到办公室，指着他的脑门骂了个狗血喷头，并警告他：“这件事你如果摆不平，你这个乡长，就地免职！”

郝乡长一脸茄子皮色，垂头丧气地回到了乡政府，把全乡干部都叫到了一起，开了个紧急会议，会议的第一件事就是罢免了刚上任不久的敬老院院长，之后宣布立刻修建刘兵的烈士墓，三天之后，举行隆重仪式，安葬烈士的骨灰，郝乡长黑着脸说：“这件事是当前压倒一切的大事，谁工作不力，谁惹出乱子，谁就马上给我走人！”

工作一项一项地安排完之后，郝乡长领着一伙人急匆匆地来到了敬老院，找到了那个埋刘兵骨灰盒的老头，让他领着，来到了山冈上，不料那骨灰盒竟然不翼而飞了，只剩下一个土坑在那里，郝乡长一看，血压升高，差点没一头栽倒在土坑里！

烈士的骨灰丢了，三天之后拿什么安葬？郝乡长不敢把事情再弄大了，他一边让身边的人绝对保密，一边把各村的村主任火速找来，指示他们暗地里去四处寻找，并许诺，谁能找到骨灰盒，重赏。任务布置后，郝乡长就一直守在办公室的电话边，焦急地等待着，那真是度日如年啊！他

真不明白，有挖金挖银的，怎么还有挖骨灰盒的？这不是存心跟我过不去吗？

郝乡长在熬煎中度过了一个又一个不眠之夜，烈士墓按时竣工，明天就要举行安葬烈士骨灰的仪式了，当天夜里，郝乡长如坐针毡，他不知道明天的那个场子该怎么去收？

正在这时，电话响了，电话的那头是一个男人的声音："郝乡长，你不是在找刘兵的骨灰盒吗？我知道它在哪里，我也可以给你送去，但是……"郝乡长一听高兴死了，他本以为那个人会乘机敲诈一大笔钱，可那人却只要2800块，郝乡长为了防止送来的是假货，他叫人连夜把敬老院的那个老头接来当面辨认。

不一会儿，果然有一个人抱着一个骨灰盒匆匆来到了乡政府，这个人不是别人，正是刘兵的亲叔刘一化，他告诉敬老院的那个老头：原先埋的那个地方朝向不好，所以他后来又把骨灰盒挖了出来，找个朝向好的地方埋了。昨天，他听说乡里建了烈士墓，要安葬刘兵的骨灰，这才又把它挖了出来。

那个敬老院的老头摸了摸骨灰盒，冲着郝乡长说"没错，就是这个，这不，这还有一个被耗子嗑的洞呢。"

郝乡长阴沉着脸对刘一化说："你拿你侄子的骨灰盒来敲诈我，你就不怕我把你抓起来？"刘一化一字一顿地说："我怎么是在敲诈你？你知道我为什么向你要2800块吗？告诉你，我侄子已经牺牲整整三年了，按规定，应该发给我哥哥3600块抚恤金，可你们只给了800块，其余的2800块都让你给挪用到别的地方了，你说，我是敲诈吗？"

郝乡长被问得哑口无言。

不管怎么说，难题总算解决了，安葬烈士骨灰的仪式如期举行，场面十分隆重，当地的电台、电视台、报社等十多家新闻单位都派来记者进行采访，当郝乡长捧着骨灰盒一步一步走向墓地的时候，所有的镜头都对准了他，场面十分感人，现在，郝乡长对上对下总算都有了一个圆满的交代。

仪式一结束，郝乡长就回到了乡政府，往沙发上一坐，浑身像散了架子一样，这时他才想起自己已三天三夜没合眼了，眼睛刚闭上，就响起了敲门声，接着，门慢慢地开了，一个衣衫不整的农民探进身来，郝乡长睁开眼睛一看，竟是刘兵的父亲刘一文，刘一文抹了一把脑门的汗水，说："乡长，我接到电话就往回赶，刚刚才下车，刘兵的骨灰……"郝乡长一挥手说道："安葬了，我姓郝的说话历来算数，说建烈士墓就建烈士墓，这回你满意了吧?"

"可是……"

"可是什么？"

"可是我儿子的骨灰盒，我刚拿回来啊，这不在这吗？"刘一文把怀里的一个布包小心翼翼地放在了郝乡长的面前。

"什么？你说什么？"郝乡长的眼珠子差点没蹦出来，"你儿子的骨灰盒不是放在敬老院的仓库里吗？"

刘一文解释说："我儿子的骨灰盒原先是放在敬老院的仓库里，可我怕放在那里时间长了，被耗子什么给祸害了，在去南方打工的时候，就把它带在自己的身边，这事，老院长知道啊！"

"老院长……老院长早死了！那我问你，敬老院仓库里的那个骨灰盒子是谁的？"

"听老院长说，那是一个无儿无女的老寡妇的。"

天哪，轰轰烈烈安葬的竟是一个老寡妇的骨灰，郝乡长只觉眼前一片漆黑，他知道，这一回，他怎么也摆不平了，只要刘一文走出这屋一喊，他姓郝的就将身败名裂！他像泄了气的皮球一样，一屁股瘫坐在板凳上；而这个时候，刘一文更是欲哭无泪：他去南方打工带走了儿子的骨灰盒，这事除了老院长之外谁也不知道。在南方，他天天盼夜夜盼，就盼乡里早点修建烈士墓，好让儿子有个安身之处，苍天有眼，终于盼到了这一天，可是，他接听弟弟的电话时，只听明白了哪一天安葬刘兵的骨灰，别的还没等听明白，电话就断线了。他倾尽身上所有，买了一张飞机票，匆匆赶了回来，没想到竟碰到了这么一场荒唐戏……

刘一文没有吵没有闹，也没有上访告状，而是悄悄回了南方，再也没有回来，烈士刘兵的骨灰最后到底埋到了什么地方，谁也不知道。

刘兵的烈士墓至今仍在，每到清明节的时候，前来祭扫烈士墓的人们还是一拨接一拨的……

（本篇月月评短信代码：G192）

（题图、插图：魏忠善）

因为山在那里

□冯　舒

学校里最近出了个大新闻，音乐系的“系花”舒桐竟然加入了“神鹰社”，要知道，神鹰社可是一个登山爱好者的协会，那可是壮小伙们的游戏啊，瞧舒桐那娇柔的样子，不少人都替她捏了把汗。

为舒桐捏一把汗的还有她的男朋友方豪杰，方豪杰知道舒桐参加登山协会决非偶然，而是为了一个人——神鹰社的社长林非跃。林非跃在学院里也算是个名人，他长得高大英俊，是不少女孩的梦中情人，最令人怀疑的是，最近舒桐竟不止一次在方豪杰面前赞扬林非跃。眼见得羊入虎口，为了不让林非跃轻易得手，方豪杰这个美术系的才子也报名加入了神鹰社。

可一加入登山协会，方豪杰就开始后悔了：每周的例行训练都让他累得腰酸背疼，好几次他都想放弃了，可一看到林非跃那轻蔑的目光，他又坚持了下来。

不久，终于还是出事了：方豪杰本来和舒桐约好，一放暑假，舒桐就陪他去写生，可放假都好几天了，方豪杰却一直找不到她，他顿时有了一种不祥的预感，一定是因为林非跃！在舒桐没认识林非跃之前，她可从来没有这样过。这天，方豪杰赶到神鹰社，一进大门，就看到林非跃正在急匆匆地收拾行李，方豪杰还没开口，林非跃就扔给他一个背包，以命令的口气说道：“背上！”然后又问：“你是不是想知道舒桐在哪里？”不等方豪杰回答，他随即又说：“想找到她，就马上背上背包跟我走！”然后他拉着方豪杰就往外跑。

两人在车站上了长途汽车，林非跃这才告诉方豪杰：放假的第一天，舒桐就和神鹰社的几个社友一起去登山了，而林非跃刚刚得知登山队进山的第二天，他们攀登的迈央雪山就突然发生了雪崩，舒桐他们被困在山里出不来了，他这是赶去救人。一听这个消息，方豪杰立即跳了起来：“什么？桐桐被困在雪山上两天了？”方豪杰怒目圆瞪，要不是想让林非跃帮着救人，方豪杰真恨不得把他从车上扔出去！如果不是这小子的什么“登山协会”，舒桐怎么会被困在雪山上？

辗转换了几次车后，两人到了一个叫麦隆的小镇。一下车，林非跃就递给方豪杰一张地图，然后指着地图告诉他，舒桐他们是被困在迈央雪山上一个叫七里沟的地方，然后林非跃说了一句令方豪杰十分震惊的话：“你知道我也喜欢舒桐，这是上天给我们的公平竞争的机会。我们来个约定，看谁先到达七里沟，谁后到，谁就自动离开舒桐，你敢不敢？”

方豪杰没料到林非跃会在这个时候露出真面目，他虽然觉得这个竞争不公平，可如果自己退却，不是正好中了林非跃的计吗？方豪杰狠狠地点点头：“别以为扯到登山我就怕你，为了桐桐，我不但会战胜雪山，也会战胜你的！”林非跃“哈哈”一笑：“好，不过我也要提醒你，可得先找个向导，问清楚路，别到时候人没救回来，还需要我来救你哦！”方豪杰抓过林非跃手中的地图，说了声“谢谢你的好意”，便头也不回地往山上走去，没走几步，身后传来了林非跃的喊声：“沿着这条山路走，可以找到去七里沟的向导！”

方豪杰一阵快跑，很快就远远地把林非跃甩在了后面，可走了很久，他都没有遇到一个人，更没找到一个村寨。眼看天色已经渐渐暗下来，山路也越来越窄，越来越陡峭，方豪杰心里紧张起来：林非跃不是说走这条路可以找到去七里沟的向导吗？怎么一个人影也不见啊？如果再找不到向导，自己肯定会在这危机四伏的大山里迷路。方豪杰放慢了脚步，希望身后能传来林非跃的脚步声，可过了很久，还是没见林非跃从后面跟上来，他这才意识到有点不对劲，按说以林非跃这个神鹰社社长的身手，早该追上他了，为什么这么久都没见人影呢？这时，突然冒出来的一个想法让他吓了一跳：这一切会不会全是林非跃的阴谋？这个念头一动，方豪杰就越想越像：林非跃不是说来救人吗？怎么只来了他们两个？按说应该通知当地的救援队啊！还有，他那么想得

到舒桐，为什么不自己带人来把他们救出去，那不是更能博得舒桐的好感吗？方豪杰意识到自己因为着急而忽略了这些问题，现在一切都晚了，身困深山，进退不得了！

天已经完全暗下来了，再赶路已经不可能，就在方豪杰不知所措的时候，他突然发现路旁的一棵大树上竟挂着一个旧的帆布背包，他冲过去取下背包，发现背包上有一行依稀可见的字："因为山在那里"。方豪杰心里一动：这一定是哪个登山爱好者丢下的，他知道这是新西兰一位著名的登山爱好者说过的话，他当初刚进神鹰社时就听说过这话，当时他还在心里暗笑："我登山可不是因为山在那里，而是因为美女在那里。"可现在看到这句话时，他却觉得像遇见了亲人。

方豪杰赶紧打开那个背包，里面居然有一个旧帐篷和一条旧毯子。方豪杰如获至宝，马上将帐篷撑开，钻了进去，将毯子往身上一裹，很快便睡着了。

不知过了多久，他听到了"劈啪""劈啪"的声音，他被惊醒了，睁开眼睛一看，发现帐篷外燃起了一堆火，火光将一个人影映在了帐篷上。方豪杰拉开帐篷，看到火堆旁坐着一个十一二岁的藏族男孩，小孩一见方豪杰，便迎了上来，递给他一个烤得热乎乎的红薯："叔叔，你饿醒的吧，吃了这个红薯就不饿了。"小孩说着就把红薯往方豪杰手里一塞，又转身跑进帐篷里，一阵摸索后，又抱出了几个红薯："瞧，我还有好多，都是上次放在里面的。"

方豪杰觉得奇怪："这个帐篷是你的吗？"小孩一边往火堆里加牛粪，一边说："不是，这是登山的叔叔留给我们的。"接着这个小孩告诉方豪杰他叫扎西罗丹，还说平时有不少小孩要从这条路上去上学，可他们的家离学校都非常远，常常要走一整天，而路上时常会突然下雨、下雪，登山的叔叔就沿途给他们留下一些帐篷，这样就可以让他们躲避雨雪。扎西罗丹说，他刚刚在家里过完周末，现在要到学校去。

太阳已经升起来了，迈央雪山在朝阳的映衬下显得格外壮美，如果是在平时，方豪杰一定要将这美丽的景色画进自己的作品里，可现在……方豪杰试着问扎西罗丹："你知道七里沟在哪里吗？"扎西罗丹兴奋地答道："知道，知道！"方豪杰赶紧问："那里是不是发生了雪崩？""雪崩？没听说啊，三天前我从那里离开时，可没有雪崩。"方豪杰迷惑了，到底怎么回事？舒桐现在到底怎样了？他不及细想，拉着扎西罗丹就往七里沟赶去。

快中午的时候，他们赶到了七里沟。方豪杰放眼看去，天上白云朵朵，山上白雪皑皑，坡上牛羊成群，哪里有雪崩？正在疑惑，方豪杰突然听到有人在叫他："方豪杰，你来迟了！"一看，竟是林非跃！此时他正站在前面不远处，一脸坏笑地说道："你可真是傻到了家，指给你一条远道，你还真去走。怎么样，认输吧！"方豪杰顾不上和他争辩，冲上去一把揪住了他的衣领："你不是说雪崩了吗？你不是说桐桐被困在这里了吗？人呢？"

林非跃将方豪杰的手一挡，笑道："我那不是骗你的么！不过，现在你已经输了！怎么样，把舒桐让给我吧？"一听这话，方豪杰气得满脸通红，挥拳便向林非跃打去，林非跃早有准备，往边上一闪，轻轻躲开了，"想打架啊，好，我们找个开阔的地方一比高低，免得你小子输得不服气！"林非跃说着便往寨子旁边的山坡上跑去，方豪杰赶紧追了上去。

林非跃跑到一个空地上，突然停了下来，对着面前的一排房屋大喊道："孩子们，快出来吧！"话音刚落，只听"哗"的一声，屋子里一下拥出了几十个大小不一的藏族小孩，不知什么时候，扎西罗丹也在里面了，原来这里就是他们的学校！林非跃对那群孩子说道："都看好了，今天我给你们上一节体育课，就教摔跤。"说完，他便对方豪杰一招手："放马过来！"小孩们一看要打架，都兴奋得大声喝起彩来。

就在这时，方豪杰听见了一个熟悉的声音："你们两个别闹了，孩子们正上音乐课呢！"方豪杰循着声音望去，这才发现他的女朋友舒桐正站在一群孩子的后面，笑吟吟地看着他。林非跃拍拍方豪杰的肩膀，说道："还不过去？没人抢你女朋友！"方豪杰这才反应过来，冲上去握住了舒桐的手："桐桐，你没事啊？"舒桐的脸立刻红了，她轻轻甩开了方豪杰的手："我正在上课呢，等一下再说吧。"说

"掌上灵通杯"《故事会》优秀作品月月评

1. 本期初评委推荐以下10篇故事为候选作品，读者可挑选出你最喜欢的一篇，将其月月评短信代码（如G190，没有短信代码的作品不参加评选）发送到200056（移动用户）或900056（联通用户）。每次限选一篇，可多次投票。

篇名与短信代码

代码	篇名	代码	篇名
G190	吃人的羊（P8）	G195	两个牛小儿（P46）
G191	三个女人一件衣（P30）	G196	小鸡啄开了股市的门（P50）
G192	英魂难眠（P34）	G197	桌子下的袜子（P55）
G193	因为山在那里（P38）	G198	抱起爸爸（P58）
G194	办公室里的电话案（P43）	G199	有一种怪物叫"怕怕"（P83）

2. 作者奖：每期设"最受欢迎的故事"三篇，由得票最高的前三名作品获得。这三篇作品均将列入本刊今年举办的《中国最有影响力的故事》征文大赛候选名单（该征文活动详见本期第60页）。第一名的作者还将获赠上海文艺出版总社出版的大型历史图书《话说中国》一套（价值1100元）。

3. 读者奖：参加评选并选对当期"最受欢迎的故事"的读者均有机会获得现金奖，每期20人，各获现金500元；所有参加评选的读者均有机会获得参与奖，每期200人，各获精美礼品一份；参加全年24期评选的读者更有机会获得年终大奖，共12人，各获价值5000元的数码摄像机一台。

4. 本期活动截止期为：10月5日。得奖读者在评选结果揭晓后将得到短信通知。用户接收每条短信收费0.50元。

"掌上灵通杯优秀作品月月评"2005年8月(上)评选揭晓

2005年8月（上）获得选票前三名的作品分别为：《"二号选手"不打折》（8570票）、《小明在等待》（6908票）、《就是没给钱》（5382票）。

着她一挥手，那群孩子便又潮水般地涌进了教室。

教室里传出了孩子们愉快的歌声，林非跃也将事情的经过告诉了方豪杰：神鹰社一直在默默帮助着这所偏远的山村小学，他们除了为这里的孩子购买了许多文具外，每年还有几个队员作为志愿者到这里来教书。舒桐参加神鹰社也是为了能参加这个公益活动，但她怕方豪杰不愿意和她一起来，就和林非跃想了这么个办法将方豪杰骗来了，林非跃最后笑哈哈地说："不过说真的，你要是不来救舒桐，我可就要追她了！"

这时，舒桐走了出来，将一个画板往方豪杰手里一塞"快去吧，孩子们可一直在等你给他们上第一节美术课呢！"

方豪杰接过画板，手一挥："走啊，画雪山去啰！"孩子们像一群欢快的小鸟，和方豪杰一起扑向了美丽的迈央雪山……

（本篇月月评短信代码：G193）

（题图、插图：谭海彦）

·中国新传说·

办公室里的电话案

□老　三

这天快下班时，于科长从机关支部庄书记那儿回来，科室里的手下都看得出于科长显得很生气，看样子问题很严重。

于科长在办公桌后坐下，喘了阵粗气，说:“下班谁也别走，先把这件事情解决喽！”然后他从兜里摸出一张纸条，按了一下桌上台式电话的“免提”键，照着纸条上的号码拨了一串号，“嘟——”电话接通了，于科长“喂”了一声，里面立即传出一个娇滴滴的女声:“喂，老板，您好么？我是小娜娜，今年十八岁，非常高兴为您服务，哼哼哼……”让人听了浑身直起鸡皮疙瘩。

于科长挂了电话，说:“不到一分钟，五块钱就没了！”

于科长今天演的是哪场戏？原来，刚才庄书记把他叫去，告诉他，有人用他们科的电话打了一个信息台，这个台的收费标准是每分钟五块，一共打了两个小时，六百块钱。机关所有台式电话都是办的两百块钱封顶的套餐，但打给信息台的热线，话费却要另算，结果财务科负责交纳话费的同志把状告到了庄书记这里。

按照机关惯例，每个科室每晚须有一人值班到晚上十点，这种电话白天不可能打，只能是趁晚上单独值班时打，其实只要去通讯公司了解一下通话时间，核对一下那晚科里谁值班，案子就破了，但通讯公司说是要为客户的通话保密，不肯提供，声称只有公安部门介入，他们才会配合，这可怎么办？全科四个人，三男一

女，年纪最大的是于科长，过年就退休了；其次是老袁，四十多岁，拉家带口的；第三是大罗，孩子刚上小学；最小的是小萧，十八岁，才中专毕业分配来的女学生……会是谁干的？

沉默了半晌，于科长清了清嗓子，分析说："咱们科四人，每晚轮流值班，因此谁都有嫌疑，当然了，这种电话，小萧作为一个女孩子，可以排除了，剩下咱们仨，看看怎么解决吧！"

眼瞅着别的科室都下班了，大罗显得有些着急，不耐烦地说"我老婆今天下班晚，我还得接孩子呢！要不这样吧，不就六百块钱话费吗？咱们三个平摊，交上不就完了嘛！"

老袁急了，说："凭什么？凭什么？我明明没打我凭什么交？这不是钱不钱的事，我一交钱不等于默认我打了吗？"

大罗问："那你说咋办？"

"我哪知道咋办？反正我没打，这冤枉钱我不交！再说，如果那个家伙今后继续打信息台，我还月月当冤大头帮他交钱？"

其实也不怪老袁，这个科是个清水衙门，没什么油水，就靠那点死工资，他家庭负担挺重，平时一分钱恨不能掰两半花，凭空叫他掏两百块钱，他能不肉疼？

这时，于科长咳了咳，对老袁说"这点你尽管放心，我们已经叫通讯公司采取了措施，从今晚零时起，取消咱们机关所有台式电话打信息台的功能，今后想打也打不成了，关键是这次这六百块钱，庄书记叫咱们自己解决。"

"不行就报案嘛，让公安局介入，让通讯公司把通话记录调出来，不就迎刃而解了吗？"大罗眨了眨眼睛，想出了这么个主意，可于科长瞪了他一眼，没好气地说道："你不嫌丢人我还嫌丢人呢！庄书记还嫌丢人呢！堂堂国有企业机关干部，利用值班时间，用公家电话打黄色信息台，打色情电话，传出去可不好听哟！你说是不是这个理，老袁？"看得出，于科长这话其实是冲老袁说的，让他让让步，就按大罗的提议把问题解决了散伙。

谁知老袁却油盐不进，忿忿地说道："反正我没打，我就是不交！"

于科长终于火了，拍案而起，训斥道："你没打难道是我打的？难道是大罗小萧打的？你这个人怎么一点集体主义观念也没有？像这种事，不平摊又能怎么办？"于科长有心脏病，一激动，忙去兜里掏硝酸甘油片，邻桌的小萧已麻利地起身给他杯子里续上了水，劝道："于科长，您别激动，别激动！"于科长含了药片，一屁股坐下，揉着胸口喘个不休。

就在这时，小萧开口了："好了好

了，这六百块钱，我交了吧！”小萧这么一说，大家都松了口气。小萧的父亲是本地有名的大款，按说她这样一个学历不高的女孩子，连招工都困难，更甭提进机关了，但人家就是进机关了，用她父亲的话说，一个女娃，捧个铁饭碗就成。

于科长心里乐意，可嘴上还客气地说："小萧，这恐怕……不太好吧？"

"是啊是啊，怎么能让你一个大姑娘家掏这种钱呢！"

"就是就是，这可不妥！"老袁、大罗嘴上这么说，但他们已经开始收拾桌面，准备下班走人了。

小萧从背包里数出六百块钱，放到于科长桌上，说："我一个单身女孩子，无牵无挂，这个钱，还是我出吧。"

问题就这么解决了，三个男人都不由佩服起小萧这丫头来，这孩子真懂事，漂亮又大方，不愧是大户人家的千金。

小萧下了办公楼，开着她参加工作时父亲送的那辆车回家。车开出几公里路后，她"怦怦"狂跳的心才缓缓平静下来：那天晚上她在科里值班，偶尔从报纸上看到那家信息台的广告，当时广告上也没说这种电话每分钟要五块钱，她一时好奇，就拨打了电话。对方一听来电话的是女孩子，立即换了名男子接电话，他的声音太好听了，她一下就被他那富有磁性的嗓音迷住了，于是就情不自禁地和他聊了个痛快……她只是不解：自己和那男的并没有聊什么不好的话题，怎么于科长非说那是个黄色信息台？打那个电话就是打色情电话？

小萧吓得够呛……

（本篇月月评短信代码：G194）

（题图：安玉民）

·民间故事金库·

两个牛小儿

□罗蜀疆

从前，北京有个后生叫牛小儿，南京有个后生也叫牛小儿，两个人都是父母双亡，独自生活。北京牛小儿是个买卖人，想到南方贩点货，就带上银两到南京去；南京牛小儿是个小混混，在家乡混不出名堂，就打算到北京去混。这天，两个人在一棵大槐树下碰面了。

当时是八月天气，虽然已是后半晌，还是很热，北京牛小儿坐在大槐树下乘凉，又拿出干粮来吃。南京牛小儿走到这里，正饿得肚子“咕咕”叫，见北京牛小儿津津有味地吃着烤饼，哈喇子都要流出来了。北京牛小儿看到他一脸饿相，心想出门在外不容易，就请他一起吃。

两个人边吃边聊了起来，互相介绍了家在何处、姓甚名谁。北京牛小儿见对方名字跟自己一样，年龄又相仿，便感到亲切，向对方打听了一下南京那边的行情，说自己想去做趟买卖。

南京牛小儿见对方带着银子，人又老实，就想骗一点来花，于是撒谎说，他的父亲也在北京经商，有好几年没回家了，这次奉老母亲之命，去北京找父亲，可是前天住店时，被小偷偷走了银子，看来只好沿途乞讨去找父亲了。说的时候还用手去揉眼睛，做出很难过的样子。

北京牛小儿是个软心肠，听了南京牛小儿的话，便打开包袱取出十两银子，说：“四海之内皆兄弟，何况咱们还是同名同姓的一家子，这点钱你拿去吧，早点找到你父亲大人，回南京一家团聚，免得你娘在家久等。”

南京牛小儿接过银子千恩万谢，其实心里并不满足，他见北京牛小儿的包袱里大约有七八十两银子，便想全部据为己有。这时，他看到旁边有一个井台，就说过去看看能不能找点水喝，走到井边时，忽然高声叫道："一家子，快来看呀，这井里是啥东西？”北京牛小儿也没多想，跑过去探头一看，这是一口深井，水面离井口有三四丈，没什么异样，就说："啥东西？我怎么没看见？”南京牛小儿抓住他的后背一推："下去仔细看吧！”北京牛小儿便身不由己跌落井中！

南京牛小儿估计北京牛小儿必死无疑，便捡起那个包袱，想到发了一笔横财，不必去北京了，就掉头回了南京。

再说北京牛小儿，他落入井中后幸亏没有摔伤，往井底一蹬，又浮到水面上来，他想爬出来，可是那井壁太光滑，根本无法往上爬，就在他感到绝望时，发现井壁上有一条石缝，于是就拼死抠住，使劲抓住，加上水的浮力，就没有沉入水中。他泡在水里，对着井口大喊"救命”，可喊了好长时间都无人应答，一直到天黑也不见有人来打水，心想这回要不明不白地死在井里了。

为什么半天没人来打水、也没人路过呢？原来这井是东边王家庄的，庄子离这儿有五里路，加上这天偏偏是中秋节，百姓大都在家过节，过路客商也歇了脚，自然是路断人稀了。可怜北京牛小儿帮助了别人，自己反而中了奸计，被推到鬼门关前。

北京牛小儿在井中泡到半夜，饥寒交迫，苦不堪言。这时，忽然刮起一股大风，风停后，传来说话的声音，原来当晚八仙从这里经过，也在大槐树下歇息，一会儿铁拐李说："这王家庄的人用水也太难了。”韩湘子说："其实庄子东南角柿子树下就能打出一口好井，可惜他们都不知道。”吕洞宾说："庄子里还有一样好东西呢，更没人知道了。”何仙姑问："啥好东西？”吕洞宾说："南京王爷的宝贝女儿小郡主得了怪病，王爷贴出榜文说，有能妙手回春者，可赏万两黄金、三品高官，可是请遍天下名医也束手无策，知道有什么办法吗？”何仙姑说"你说来听听。”吕洞宾说"今年，这庄上王员外家的那片桃园只结了一个桃子，这个桃子分三次喂给郡主，她的病就好了！”

北京牛小儿听到这里，猛地想到自己还在井中，正要呼救，忽然又是一阵风过，便什么声音也没有了。

北京牛小儿熬到天亮，王家庄的人来打水，把他救了出来，又扶到庄上。王员外吩咐下人给他换了干净衣服，又用好菜好饭款待，席间，问起他怎么在井里，北京牛小儿不愿提到南京牛小儿以怨报德的事，就说路过时看井水深浅，不小心掉了进去，随后又说：“这庄里有打井的地方，为啥要跑这么远挑水呢？”

王员外叹了口气，说“我请了好多风水先生和打井匠人，花了无数钱财，都没挖出水来，你怎么知道这儿有打井的地方？”

北京牛小儿不敢说昨晚神仙路过的事，就说从小学了些看地的本事，看这儿地形，是可以打井的。王员外半信半疑，他随着北京牛小儿来到庄子东南角那棵柿子树下，吩咐庄丁挖井，才挖下去三尺多深，就有泉水涌出，两天后一眼水井便挖好了，那水特好，清清的，甜甜的，庄里人一口气打了几百担，井水也不见减少。

王员外大喜过望，取出一堆金银珠宝送北京牛小儿，北京牛小儿本来不想要，可王员外执意要给，就打算收八十两银子弥补昨天的损失，转念一想有十两是自己情愿送给南京牛小儿的，于是又放回去十两，接着他又说：“我还想向员外要一样东西。”

王员外说：“先生请尽管直说。”

“我见前面有一个桃园，想带几个桃子路上吃。”

王员外苦笑道：“今年奇怪得很，我这十亩桃园只结了一个桃子，要不，这个桃子送给先生吧。”

就这样，北京牛小儿带着这个桃子，告别了王员外，日夜兼程，来到了南京王府。王爷听说眼前这个毛头小伙能治郡主的病，怎么也不相信，可奇怪的是郡主吃下北京牛小儿切下的第一片桃子后，病势已减了三分；第二天，北京牛小儿又去给郡主喂了一片桃子，郡主的病

 幸运的机会好比银河，它作为个体并不显眼，但作为整体却光辉灿烂。——弗·培根

势已去了七分；到了第三天，郡主已经坐到窗前抚琴了。

其实郡主的病是有来由的：郡主从小生在深宅大院，整天郁郁寡欢，长大后，前来求亲的人很多，可没有一个能让郡主中意的，这才忧郁成疾。这次见了北京牛小儿，见他心地善良，容貌端庄，就生了爱慕之心。王爷知道女儿的心思后十分恼火，无奈宝贝女儿以死相逼，只好成全了她的心愿，就这样，北京牛小儿在南京和郡主成了亲，夫妻两人十分恩爱。

有一天，北京牛小儿到街上去，遇见了一个要饭的人，一看，很面熟，仔细一瞧，正是南京牛小儿，就吩咐侍从把他带来。南京牛小儿不知眼前这位贵人为何见他，吓得哆哆嗦嗦，当认出他就是北京牛小儿时，一下子瘫倒在地，赶紧一个劲儿磕头。

北京牛小儿见南京牛小儿如此狼狈，问道："你当初拿走那么多银子，回来做点正事，也能过上不错的日子，怎么就落到这个地步？"

原来南京牛小儿有了钱后天天吃喝嫖赌，很快就挥霍一空，他本来就是个混混，没挣钱的本事，只好流落街头，不过，他听北京牛小儿这会儿说话的口气并没有责罚他的意思，还带着几分同情，就又大着胆子撒谎道："我在北京找到父亲后，他不久一病身亡，我把他运回来安葬，银子也就花光了。现在母亲又病在床上，我只好要饭来养活她老人家。小人以前一时糊涂，做了对不住您的事，请您念在我母亲无人供养的份上，饶小人一命吧。"

北京牛小儿说："想不到你还有这么点孝心，我不跟你计较。说来我还应该感谢你，要不是你，也没有我的今天。"说着，他就把在井中受困时巧遇八仙的事说了，还叫侍从取出一百两银子给南京牛小儿，"拿去做点生意，跟你娘好好过日子吧。"

南京牛小儿回家后一直琢磨着北京牛小儿说的那档子事，他听人说，每年八月十五八仙都要到人间来走走，心想，这傻小子都能偷听到神仙说话，我为什么不去碰碰运气？中秋节这天，南京牛小儿就又到了大槐树下那个井边，自己跳了进去，像北京牛小儿那样抠着石缝，一门心思等神仙。

果然，那天晚上八仙又从那里经过，在大槐树下歇息，南京牛小儿屏住呼吸偷听着，这时，只听见吕洞宾笑着说："去年从这儿路过，不知怎么泄露了天机，南京郡主的病也治好了，王家庄的井也打出来了。"铁拐李也笑了："王家庄有了井，这口井也没用处了，封了吧，免得它害人。"

南京牛小儿听到这里，顿时吓傻了，他想大喊"救命"，可是还没喊出声来，那井就封上了……

（本篇月月评短信代码：G195）

（题图、插图：黄全昌）

·东方夜谈·

股市身系万家，它可以和好多东西联系起来：钱财、情感、命运……但谁都难以想象股市会和一窝鸡联系起来……

小鸡啄开了股市的门

□风　快

沈三河是个老股民，1994年入市以来，从没挣过钱。进股市第一天他遇到一位“大师”，告诉他高科技是金蛋，能孵出一座金山，推荐他买了“飞羊科技”。也真是活该倒霉，他一买就跌，他一卖就涨，忽上忽下就像坐电梯，折腾了近十年，十三块钱买的七千股“飞羊科技”彻底套牢了。

沈三河亏得麻木了，干脆与股市隔离，眼不见心不烦，死心塌地当股东。股市上流传着三句话，专门讥笑他这类倒霉蛋：“谈恋爱谈成老公了，炒房产炒成房东了，买股票变成股东了。”他老婆李桂霞一提这事就憋气，过了年，听说股市一天天往下跌，逼着沈三河去看，沈三河回来的时候，整个脸都是灰的。

“怎么样？”李桂霞急着问，“咱那九万块钱……”沈三河嘟囔着：“哪还有九万块？现在每股三块六。”李桂霞当时就傻了，眼睛瞪着，嗓子眼里“咯咯”响了几声，眼看就要昏过去，沈三河吓坏了，前心后背一阵抚弄，好长时间李桂霞才缓过来，从此她就落下了病根，一会发呆，一会发疯，把家里折腾得鸡犬不宁。

其实沈三河心里也窝火，九万块钱生生变成了两万五，沈三河一狠心，干脆割肉出局，瞒着老婆把股票全卖了。那天离开证券公司，沈三河想起口袋里薄薄的一沓钞票，再也忍不住，蹲在路边哭了起来。

这时，一个中年人端着一只纸箱从不远处走过来，关心地问："老兄，有什么难事啊？"沈三河扫了他一眼，见纸箱里有几只小鸡，身上染得又是黄又是绿的，蛮可爱。那人说："买只鸡仔回家，能给老人解闷，能逗小孩开心。"沈三河摇了摇头，转身走了，没想到那人追过来喊道："老兄，反正我要收摊了，送你一只回家玩吧。"沈三河想起李桂霞年轻时在家乡养过鸡，看到小鸡仔说不定能高兴起来，于是就接过来揣进口袋里，顺手给了那人两块钱。

沈三河到了家门口，想把鸡掏出来看看，伸手一掏，感觉指头上黏黏的，拿出来一看，乖乖，满手的鸡屎，黄黄绿绿，一股酸臭味。嗨，这人要倒霉了，连鸡仔都想欺负啊！沈三河正用卫生纸擦手，那鸡仔竟从口袋里一挣，跳到地上，猛啄他家的门。李桂霞在屋里听到响动，打开门一看，见一只小鸡仔正"唧唧"叫着，顿时眼睛里放出了光彩，简直像换了一个人，她小心翼翼地捧着鸡，也不管羽毛上沾着屎，那亲热劲就甭提了……

沈三河长长地舒了一口气，看来这一把押对了，李桂霞果然喜欢小鸡，反正他打定主意，绝不能提股票割肉的事，走一步看一步，先过了这道坎再说。

李桂霞准备了晚饭，两口子坐在桌边，沈三河看到小鸡在桌子上溜达，不由皱起了眉头。鸡屎虽说洗干净了，不过那黏黏的感觉还在手指上残留着，特别是那股臭味，越想越恶心。李桂霞看出了沈三河的心思，说："你懂什么，这表明你要交好运了。"沈三河"哼"了一声，嘲讽道："鸡屎运！"李桂霞拍手说："对呀，就是鸡屎运！三河，你要发了！"沈三河不想刺激李桂霞，闷头吃饭，没搭腔。

第二天一大早，沈三河突然听到李桂霞在阳台上惊叫着，奔过去一看，立刻傻了：小鸡仔不见了，却见一只大母鸡正扭着大屁股在阳台上慢条斯理地走来走去，两人的眼睛全都瞪直了：这么说，这一夜之间，昨天的那只小鸡仔竟然长成大母鸡了？这不是神了吗？两口子悄悄退出来，关紧了阳台门。李桂霞趴在沈三河耳边说："这肯定是一只能下金蛋的母鸡。"沈三河皱着眉说："净瞎扯，哪有鸡会下金蛋的？"李桂霞在他背上使劲拧了一下，说："那你见过一夜长大的鸡仔？"

沈三河一想，对呀，这世上什么奇事都可能发生，要不小鸡仔怎么一夜之间长成大母鸡呢？两人坐在床边正商量着，母鸡忽然“咯咯咯”叫个不停，他俩拉开阳台门，只见母鸡在棉絮里下了个鸡蛋。李桂霞抓起鸡蛋仔细看，没见蛋壳上有什么金灿灿的颜色，李桂霞不甘心，走到厨房，拿了个碗，把鸡蛋一打，蛋清蛋黄也和普通鸡蛋一模一样。这个打击可不小，李桂霞疯了似的在屋里大哭小喊的。同时，那只母鸡也发起疯来，扇着翅膀在阳台上乱撞，像是十分愤怒的样子，沈三河忙把李桂霞拉过来，说“准是母鸡不愿让你打鸡蛋。”李桂霞猛地醒悟过来，点头说：“有道理，看来母鸡到了孵化期，它要孵小鸡了。”

当天晚上八点，母鸡又下了一个鸡蛋，而且从那以后，每天早八点、晚八点，母鸡各下一个蛋，到第六天，它下完第十二个蛋，这才安静了，坐在鸡蛋上不吃不喝，开始孵化。又过了七天，天刚蒙蒙亮，沈三河和李桂霞被“啾啾”的吵闹声惊醒了，出去一看，只见阳台上竟然出现了一群黄嫩嫩的小鸡仔，挤着嚷着排成了一排，李桂霞的眼睛湿润了，数了数，一共十一只，她很后悔，本来应该十二只才对，都怪自己糟蹋了一只。

两口子商量，决定在郊外租一座院子，专门养这些“神鸡”。第二天，沈三河揣着两万块钱去找房子，事到如今他都对老婆交代了，说这些钱是他从股市抢救出来的，没想到李桂霞根本不气恼，她说如果那天不去股市割肉，就不会得到这些神奇的鸡，看来办什么事都得讲究“鸡遇”呀！

沈三河以每月一千五百块的价格租了一座小院子，当下便付清了一年的租金，然后把鸡群搬了过去，但是鸡群一直没什么变化，李桂霞又犯了嘀咕，跟沈三河商量，沈三河嘴上没说，心里早有了谱，他已经注意到：一到下午六点，大母鸡就会“咕咕”叫几声，十一只小鸡收到指令，立刻交错排列，在院子西南角的槐树下拉屎，十一只小鸡拉了十一堆屎，天天如此，日日不变。沈三河是个有心人，他悄悄用粉笔把那十一个“点”连起来，想不到这一连竟形成了一条波浪线，高低起伏，越看越熟悉……老天爷，这竟是股市的走势图啊！不，确切地说，这是“飞羊科技”的走势图！

经过反复比较，沈三河终于确定：鸡屎连成的波浪线，和“飞羊科技”第二天的涨跌趋势完全一致！他把这个消息告诉了李桂霞，她兴奋得差点发狂，直喊着快去股市捡钱。他们把所有积蓄投入股市，这次沈三河卷土重来，真是气度非凡，什么时间买入“飞羊科技”，什么时间卖出，就像长了一只黄金眼，十拿十稳，唯一美中不足的是李桂霞把第一个鸡蛋打了，所以在那根趋势线上，看不出“飞羊科技”第二天的开盘是高还是低，但这不影响大局。就这样，沈三河账户上的资金节节攀升，他很快进了中户室，然后进了大户室。

证券公司的张经理注意到了沈三河，他纳闷了：一个被股市清扫出去的小股民，怎么一转眼变成了股市巨鳄？他把沈三河约到咖啡屋，想套他的话。张经理的名声很臭，暗地里跟庄家联手坑害股民，放假消息，挪用股民资金，沈三河一直很讨厌他。

此时，张经理干笑着说：“老沈，你每笔交易都能踩准节拍，真神了。”沈三河淡淡地说：“瞎猫碰上死老鼠，偶然的。”张经理俯下身，低沉地说：“你别和我打哈哈了！这样吧，我负责调动资金，咱们合伙在股市里狠狠捞一票！”沈三河没多搭理，应酬了一会，就走了。

没过几天，张经理派去跟踪沈三河的人汇报说：沈三河在郊外有座小院，破旧得很，根本不像藏龙卧虎的地方。张经理皱着眉头思索片刻，问：“有没有什么特殊装置？”那人仔细想了想，嘟囔着说：“没啥特殊装置，只有一只老母鸡带着一窝小鸡。”张经理破口大骂：“我花钱雇你干活，你就发现了一窝鸡？真是废物！”那人慌忙说：“老板，我想起来了，那家伙有个生活习惯，每天下午六点，他都要蹲在院里的槐树下研究鸡屎……”

话没说完，张经理一脚踹过去，怒吼道“你这个废物，眼睛里除了小鸡就是鸡屎！”踹完以后，张经理忽然打了个激灵，坐上老板椅思考起来：一般来说，超出常规的举动都暗含着某种特殊目的，沈三河身为股票大户，竟然每天研究鸡屎……嗯，这事有点意思！

第二天，一个乞丐出现在沈三河的院子旁。傍晚，乞丐看到沈三河回来，他急忙爬上一棵大树，掏出望远镜向院里窥探。六点，母鸡指挥小鸡们上“厕所”，沈三河照例用粉笔在鸡屎之间画了一条线。乞丐在树上看着

看着，突然兴奋地喊了一声，手舞足蹈的，不料身子一歪，从树上摔了下来。沈三河听到惨叫声，跑出院子一看，这不是张经理吗？脑袋上磕了个口子，血直往外流。沈三河搀起张经理进了院子，张经理还在嘟囔："老沈……你别想瞒我了……我知道鸡屎就是股票走势图，哼哼！"沈三河笑了笑，没有多说。张经理在沈三河的家里借宿了一夜，第二天就回去了，一回去他就四处放话，说他研究出了"鸡屎预测法"，这惊动了很多股评家和老板，一时间股市里闹成了一锅粥，有人说自己发现了什么"童子尿预测法"，有人说他悟出了"跳蚤的运动轨迹与股市的内在规律"……

过了几天，张经理花重金雇人把沈三河的一窝鸡偷了出来，神不知鬼不觉地养在自家的院子里，当天，张经理坐立不安，他猴急地等待着小鸡拉屎，还别说，下午六点，十分准时，只见母鸡一声令下，十一只小鸡就开始拉屎，错落有致的鸡屎排列了起来，组成了一条波浪形的曲线。张经理是内行，一看大喜：这可是目前最难预测的"蓝云地产"股的走势图啊！张经理当机立断，立刻抽调资金，重拳出击，第二天一下吃进了五万股；接着，小鸡又拉屎，那是另一只股的走势图，张经理再吃进……连续三天，张经理在股市投进了全部血本，可他做梦都没想到这回的鸡屎不灵了，他买的几只股一路狂跌，短短几天，他竟亏了两百多万，张经理心脏病突发，被送进医院急救。

经过抢救，张经理总算在阎王殿前捡回了一条命。这天，他做了一个梦，梦见那十一只小鸡又拉了屎，把十一堆屎连起来，又是一幅新的"走势图"，梦正做到这里张经理醒了，他睁开了眼睛，眼望着天花板，心里琢磨着：梦里的这"走势图"挺陌生的，这是哪只股呢？就在这时，他朝旁边一看，见床头柜上放着一张纸，那是刚送来的他的心电图检查报告，张经理随手拿了过来，一看，禁不住目瞪口呆，随即一声大叫"啊——"他立刻昏死了过去……

张经理刚才在梦中见到的那幅"走势图"，竟然和眼前那张心电图上的曲线一模一样！

再说沈三河，他后来花高价辗转从张经理手里赎回了那些鸡，隐姓埋名远离了股市，他用一百万资金办了个养鸡场，跟老婆过起了清闲日子。两年后，那些神鸡失去了"预测功能"，有人说，那是因为李桂霞最先打了那个鸡蛋，破坏了鸡群平衡；也有人说，这是因为沈三河当时买鸡的时候，只给了那人两块钱，一块钱保一年，好可惜呀……

（本篇月月评短信代码：G196）

（题图、插图：谭海彦）

·16岁故事·

桌子下的袜子

□萌 溪

丽丽本来有个幸福美满的家庭，爸爸妈妈把她视为掌上明珠，在她十岁之前，她就像泡在蜜罐里一样。丽丽从小天资聪慧，上学以后，学习成绩一直名列前茅，爸爸妈妈以她为荣。

谁知天有不测风云，在丽丽十岁那年，妈妈遭遇车祸，离开了人世。在以后的日子里，爸爸又当爹，又当妈，给了女儿双份的爱，让女儿过得快乐、幸福。一晃又过去了几年，丽丽出落得亭亭玉立，已经是一名初一的学生了。对于人世间的许多东西，她虽然似懂非懂，但她对爸爸是充满感激的。

可是，最近一段时间丽丽变了，她变的原因是爸爸处了女朋友，爸爸的女朋友叫小娟，是丽丽他们家的老邻居，三十多岁了还没有婚嫁。有人觉得丽丽的爸爸跟小娟非常合适，就有意撮合他们俩，待捅破了这层窗户纸，两个人都羞红了脸，相处一段日子之后，他们更是情投意合，俨然是恩爱夫妻的感觉。小娟阿姨特别会体贴人，有一天，她还硬把爸爸拉到商场，两个人量身订做了两套休闲情侣裤，亮灰色的，布料笔挺，裤型也时髦，爸爸穿上它至少要年轻五岁。没过多久，丽丽从邻居王婶的口中知道了爸爸和小娟阿姨的事，她伤心极了，她哭喊着找到爸爸，严厉地对爸爸说：不允许别的女人取代妈妈的位置，如果爸爸继续跟小娟阿姨来往，她就离家出走！

爸爸为了不伤女儿的心，答应不再和小娟阿姨来往了，但是他却因此

陷入了痛苦之中，很多日子以来，他沉迷于麻将桌上，以此来麻醉自己。有一次，丽丽发现爸爸在小娟阿姨家玩麻将，她就不高兴了，说爸爸骗了她，可让丽丽意想不到的是爸爸这次发了火："丽丽，爸爸到小娟阿姨家打牌难道都不行吗？爸爸只是打打牌，没有别的，爸爸既然已经答应了你，就一定会信守诺言的！"丽丽见爸爸第一次跟自己发了火，有点不知所措，怯生生地说："我也没说什么，你干吗发火呀……"

这天晚上，丽丽上了晚自习课后回到家中，发现爸爸做好了饭菜，人却不知到哪里去了，丽丽马上给爸爸打了手机，一问，果然在小娟阿姨家打牌呢！丽丽饭也没吃，一口气跑到了小娟阿姨家，

小娟阿姨给丽丽开了门，丽丽进去一看，爸爸背对着门口，只回头问了一句："吃饭了吗？"待小娟阿姨坐到爸爸右侧开始打牌时，他们就再也不理丽丽了。丽丽的心里这个气呀，但一时又不好发作，便坐在一边盯着小娟阿姨看，一边看一边想：小娟阿姨有什么好？一个女人家，个子那么高，手脚那么大，站起来和爸爸一般高，坐在那，看上去比爸爸还高大，哪有妈妈那么娇小可爱呀！

正在丽丽胡思乱想的时候，爸爸他们洗牌了，事情也真巧，一只牌正好掉在丽丽的脚下，她下意识地弯腰到桌下去捡那只牌，谁知她一眼看见爸爸的脚上正压着一只穿着红格袜子的脚！不用细看，也不用多看，这只穿着红格袜子的脚，肯定是小娟阿姨的！小娟阿姨竟把自己的脚偷偷搁在爸爸的脚上，多轻薄呀！丽丽的眼睛顿时模糊了，泪水夺眶而出，起身把那只牌往桌子上一摔，冲着爸爸怒气冲冲地说："爸爸，我恨你！我说话算话，今晚我就走，再也不回来了！"说完，她"呜呜"地哭着跑了出去。

回到家，丽丽一头钻进自己的房间，抱住妈妈的遗像失声痛哭："妈妈，爸爸变了，他不爱你了！也不爱我了！"

正哭着，门开了，爸爸和小娟阿姨进了屋，爸爸的脸色非常难看，声音颤抖着说："丽丽，你知道爸爸很在乎你，你说恨爸爸，爸爸是很难过的。如果你是因为打牌恨爸爸，爸爸以后保证不玩了。"

丽丽回头看着爸爸，泪流满面地说："不是因为这个……因为什么，你是知道的。"

爸爸提高了声音说："你是因为小娟阿姨吗？因为你不同意，爸爸和小娟阿姨已经放弃了，难道在一起打打牌也不可以吗？"

丽丽用手背抹了一把泪水，说："爸爸骗人，你们还在好，我在牌桌底下亲眼看见你们俩的脚缠在一起，你

们这样做妈妈会生气的，我不允许你们这样做！”

爸爸更加气愤了：“你胡说什么？”

小娟阿姨见父女俩吵得这么凶，就走到丽丽跟前，抚摸着她的头说：“丽丽，听阿姨说，爸爸和阿姨非常在乎你的意见，更尊重你的意见，所以，我们真的是放弃了。你要相信你的爸爸，他是非常爱你的，你不应该用这样不尊重的话来伤害你爸爸。”

丽丽仍然怒气未消，冲着小娟阿姨说：“是你们在伤害我！你们穿着一样的情侣裤，坐在一个牌桌旁，还把脚缠在一起……”

话未说完，丽丽突然停住了，她看见爸爸的左脚上穿着黑袜子，而右脚上却穿着一只红格袜子！刚才她在牌桌下看到的，就是这双缠在一起的脚，再看看小娟阿姨的脚上穿的是一双米色丝袜！此时，丽丽已经意识到是自己误会了爸爸，她扑到爸爸的脚边，哭着说“爸爸，你为什么要这样……”

爸爸低着头，说“爸爸的那只袜子破了，一时找不到一样的，就穿了你妈妈的，反正是穿在鞋里，我也没太在意……”

丽丽仍然跪在爸爸的脚边，说：“爸爸，是女儿不好，是我没有照顾好你，我连你没有袜子穿都不知道，爸爸，我对不起你啊！”

这时，小娟阿姨走上前扶起了丽丽，说：“丽丽，你不要再怪自己了，你没有错，你还小，你首先要照顾好你自己……如果你同意，阿姨愿意代你照顾好你爸爸，当然，还要照顾好你，好吗？”

丽丽听了，泪水涟涟，她再也说不出一句话来……

（本篇月月评短信代码：G197）

（题图：安玉民）

0—6岁 **决定一生**——幼儿身体宝典

这是一本以学龄前儿童家长为主要读者对象的自助性儿童教养读物，全书分为“健康从娃娃抓起”、“四季健康宝宝”、“孩子的护身符”、“容易忽视的现象”、“家有马大哈妈妈”和“爸妈的小招术”等六个部分，具有很强的知识性、可读性、操作性和指导性。

本书由长期从事儿童心理教育的儿科医院医生主编，作者针对幼儿家教中普遍存在的问题，通过对大量中外儿童教育成功或失误事例的系统分析和阐述，向年轻的家长们传授行之有效的家教方法，读来颇有启发。

抱起爸爸

□一　冰

耿松是“120”急救中心的医生，这天，他正在值班，快到11点时，忽然接到了急救中心的指令，说是明珠路上的“东方家园”小区有人突发急病，于是耿松火速往病人家里赶去。

东方家园是一个新开发的住宅小区，面积很大，更要命的是打求救电话的人大概是急慌了，竟然没说清是几号楼几单元就把电话挂了，这样找起来就会耽误时间，而救护病人可耽搁不得呀!

没想到救护车刚进小区，老远就有人迎过来引路，所以很快就找到了病人。病人没在家里，而是躺在楼前的空地上，昏迷不醒，正被一群人围着。那是个三十多岁的男子，耿松经过初步诊断，男子是突发性心脏病，他立即实施急救……

急救了一阵，护工和司机便把病人往救护车上抬，这时，耿松问围着的人：“谁是家属？”

人们的目光一下子都投向了一旁的一个小男孩，他约摸五六岁，满脸的泪痕，还不停地抽泣着，耿松皱了一下眉头，又问：“他家大人呢？”

这时，旁边的人都七嘴八舌地说了起来：这个小男孩是那男子的儿子，那男子的妻子跟他离婚后让一个老板带走了，他们父子俩就在一起过日子。他们住在五楼，是这小男孩抱着他爸爸从五楼下来的，邻居发现后才打了“120”急救电话。

一个五六岁的孩子，连一米高都没有，瘦得像一根棍子，如何抱得动比他大几倍的爸爸？耿松吃了一惊，以为是没听明白：“什么，是他把他爸爸抱下来的？怎么可能嘛！”

见耿松不相信，一个老头抓住耿松的胳膊，激动地说：“是我亲眼看到的！我亲眼看到这小孩抱着他爸爸从五楼走下来的！开始在楼上，我还没看清楚；后来到了楼下，我才看到的！”耿松看了看那男孩，那男孩抹了一把眼泪，自言自语地说：“我抱得动我爸爸！”

男子还得入院救治，耿松不好再问什么了，便带着那个男孩，心存疑惑地赶往医院。在车上，耿松让男孩讲述刚才的事，男孩说：“我和爸爸在家里，忽然，爸爸摔倒在地上，我叫不醒他……我知道爸爸一定是生病了，就抱爸爸下楼找医生看病。”

耿松又问他：“你怎么抱得起爸爸呢？”

孩子沉默了，两眼茫然地望着耿松，耿松想，这孩子不会是天生神力吧？他又暗暗叹息：如果他爸爸有什么意外，他一个人该怎么办啊？何况，还有这些医疗费用，谁来出？

万幸的是，男子住进医院不久就苏醒了，醒来后他很吃惊，他不知道自己是怎么到医院的，他只记得刚才跟儿子在家里，突然什么都不知道了。耿松说了刚才的事，还特意说“依你的病情，如果再耽误五分钟，根本是没有救的，可是，你儿子居然把你抱下了五楼！”

那男子爱怜地看了看身边的儿子，又摇了摇头，一脸的疑惑，说“不可能啊，他怎么抱得动我？”

男孩立即反驳说“爸爸，我抱得动你——你忘了，前天，前天我还抱过你呢！”

“那是做游戏呀！”那男子转向耿松，解释说，“那是我跟孩子做游戏，我鼓励他，说他是个了不起的男子汉，很有力气，能抱得起我——其实他哪里抱得起我？只是我的手和脚都撑在地上，他发现不了罢了。”

这时，耿松才想起看那男子的手和脚，果然，他的双手和双脚都满是灰土，还有一道道的血印，皮肉里还嵌进了沙石，看到这里，耿松的心被震撼了，他忽然明白了：在上大学时，他曾听教授讲过，人体的复杂性连现在最先进的科学都没法研究清楚，人有潜能，只有在强烈的刺激下才能被激发，这个男子就是这样，当他的儿子抱起他的时候，他感觉到了，虽然他处于昏迷状态，但在他的潜意识里，他还当作是在和儿子做游戏，于是就自然而然地用手和脚撑地，以此来鼓励儿子，同时也救了自己……

（本篇月月评短信代码：G198）

（题图：魏忠善）

·快乐辞典·

公交车踩脚大全

公交车上，时常可以听到有人一声大喊：“喂，你踩我脚了！”也时常可以听到各种各样妙趣横生的应答——

◇“知道了，车里这么多人，我就踩了你的脚，这不是有缘分吗？”

◇“噢，你应该感到庆幸，我最近刚好减了肥。”

◇“没关系，我能站稳。”

◇“噢，我不知道你的脚也放在地上。”

◇“好吧，你把脚拿开，让我踩在地上。”

◇“别着急，下车的时候我会把脚挪开的。”

◇“喊什么喊，喊你就不疼了？”

◇“这有什么奇怪的？你以为我不踩你别人就不踩了？”

◇“嘘，小声点，你这么大声喊，别人会以为你的脚就是让人踩的呢！”

◇“忍着点，习惯就好了。”

◇“你难道还想让我对你说声谢谢吗？”

◇“这说明你脚的承受能力起码超过了150公斤。”

（推荐者：何　威）

·本刊信息传真·

2005年《中国最有影响力的故事》征文启事

6大措施奖励优秀作品

《故事会》杂志社决定，2005年举行《中国最有影响力的故事》征文大赛，并对优秀作品实行6大奖励措施：

1. 入选作品除在杂志上发表外，还将收入《中国最有影响力的故事》一书。2. 入选作品可得两笔稿酬：在《故事会》杂志发表的作品，首发稿酬每千字400元；入选《中国最有影响力的故事》一书，再追加每千字1000元。3. 入选作品的作者每人可得价值超1000元的《话说中国》一套（“月月评”的第一名获奖作者不重复这一奖励）。4. 入选作品均颁发奖励证书。5. 本刊将委托有关专家对入选作品进行精彩点评。6. 本刊将邀请有关作者参加优秀作品研讨活动，所有费用均由编辑部承担。

征稿范围：具有现实感、新鲜感且可读性强的中短篇原创作品，超短篇（如幽默故事）的字数一般在1500字以内，短篇（如中国新传说）的字数一般在5000字以内，中篇故事的字数一般在15000字以内。

第四次截稿日期：2005年12月20日。

来稿方法：1. 从邮局寄发，请在信封上注明“征文大赛”字样，本刊地址：上海市绍兴路74号《故事会》杂志社，邮编：200020。2. 从网上传递，可寄以下信箱：wulun@vip.sohu.net，在主题上注明“征文大赛”字样，也可直接与本期责任编辑联系，信箱是：yaotongzhi@vip.sohu.net。

和你过招

□张运国

于有富今年快四十了，还是单身一人，做梦都想娶个媳妇，可是，他太穷，几间破瓦屋，加上小时候得病落下个跛脚毛病，方圆几十里没有哪家会将女儿嫁给他，正在于有富急得嗓子快要冒烟的时候，好事找上门来啦！

这天早晨，一女三男来到村里，见人就问：“谁家要媳妇吗？”

村里人知道，这又是来卖女人的。近年来，这里有不少人，就是用这种方式娶上媳妇的。虽然村里人也知道这样娶媳妇是违法的，但是，像于有富这样的男人，如果不用这个法子，一辈子就得打光棍，所以，村里人总是想法促成婚事，毕竟是一个村里的人，哪能看着人家打一辈子光棍呢。

村里人围上来，仔细看着那个女人：三十多岁样子，身材还不错，模样长得也周正，眉是眉，眼是眼，只是一脸漠然。村里人看完后，自然而然地想到了于有富，于是兴致勃勃地叫来了他。

于有富见到这女人，两眼直放光，痛快地说：“这女人，我买了。”于是，他拿出了所有的积蓄，又向亲戚借了点，花了六千元钱，咬着牙把那女人买了下来。三个男人揣着钱走后，于有富就把女人往家里领，后面跟着村里看热闹的一大群人。一路

上，女人的眼泪“吧嗒吧嗒”往下流，走到于有富家门口，她“嗵”地一下子跪在地上，哭着对周围人说：“你们行行好，我是被人贩子拐卖来的。我叫陈素莲，家里还有老有小，一个月前我跟家里人怄气，从家里跑了出来，本来想散散心再回去，结果碰上了三个人贩子，他们骗我说带我去找挣大钱的工作，谁知道却把我卖了。你们行行好，放了我吧！”陈素莲痛哭流涕，围观的一些人跟着叹息：“真是造孽，可是，刚才当着那三个男人的面，你怎么不说啊？”

陈素莲说：“我不敢说，说了他们就打我，我怕！”一旁的于有富一听可不乐意了，什么？放了？我花六千元买了你这么个女人，总不见得让我人财两空？而且村里以前有几个人花钱买来媳妇，她们钱一到手就偷偷跑了，所以于有富今天晚上一定先要圆房，只有圆了房才算是成了他的人，才会死心塌地跟着他过日子。

陈素莲还是一个劲地哭，在场的一些女人见她哭得可怜，就过来劝于有富：“算了，圆房就缓两天……”

于有富把头一扭，粗着嗓门反问：“你们说得轻巧，如果她跑了，谁赔我六千元钱？啊？”于有富话音刚落，人群中有人大声应承说：“我！我赔你！”

说话的是个姑娘，叫于红萍，是村里去年考上大学的女娃，眼下正在家里度暑假，于有富见她站出来为陈素莲说话，愣了一下，他们是远房一家子，平时两人见了还挺亲热的，于是他就让于红萍别管闲事，于红萍冷冷地笑了笑，说：“闲事？你知不知道，你参与贩卖人口，这是犯罪，如果不是看在一个村的份上，我早就上派出所告你了！”

见于红萍这么说，于有富软了下来，涎着脸说：“妹子，你也知道，你哥我打光棍这么多年，容易吗？我……好了好了，我听你的，今晚我就不强求了，但是，今晚你就在我家陪陪你嫂子，让她宽宽心，叫她别跟我过不去。”

于有富这么做也是有点心机的，他知道硬要同陈素莲圆房，万一弄出什么意外来，自己不划算，让于红萍陪陈素莲，就可以看住她，以防她趁机溜掉，等她慢慢平静了，再成亲就不难了。

当天晚上，于红萍跟陈素莲睡在一起，两人像亲姐妹似的说了半夜悄悄话。陈素莲哭诉了自己的身世，说得于红萍也不住地陪着流泪，最后，于红萍低声说“大姐，你什么也不要说了，我不能眼睁睁地看着你往火坑里跳，我豁出去了，我要救你，明天天一亮，我带你到县里，然后送你坐火车回家。”

陈素莲高兴得一把抱住了于红

萍，说："真的？你真是我的救命恩人哪……可是，万一于有富不同意怎么办？"于红萍说她有办法。第二天一早，于红萍找到于有富，说："昨天晚上我给嫂子做了一夜的工作，她想通了，要跟你好好过一辈子。"

于有富一听，高兴得直咧嘴，于红萍接着又说："嫂子是个爱干净的人，她来的时候用的东西都没带，今天我带她到城里去，买些日常用品，再让她散散心。"

于有富想了一下，说："行，我把她交给你，有你带她我放心。"说着，于有富还掏出一百元交到陈素莲手里，让她买东西时用。

吃过早饭，于红萍和陈素莲手挽着手，有说有笑地向城里走去。到了城里，陈素莲说要给家里打个电话，免得家里人牵挂。电话刚打完一会儿，忽然一辆面包车停到跟前，于红萍还没弄明白怎么回事，就从车上冲下三个男人，生拉硬扯地把于红萍推进车里，车子一溜烟地开了起来。于红萍稀里糊涂地被推上了车，见陈素莲跟车上的三个男人说说笑笑的，不由愣住了，其实这三个男人就是昨天卖陈素莲的人，他们这是怎么回事？

这时，陈素莲笑了："妹子，跟你实话实说吧，我们是一伙的，卖我是个幌子，为的是骗钱，等钱到手后，我再设法溜走，没想到你不仅帮了我们的忙，让我们计划中的几套逃跑方案都没用上，而且你还送上门来，给我们带来新的货源，你又年轻又俊俏，可比我值钱了，嘻嘻……"

于红萍一听顿时傻了，想不到这个陈素莲真是个骗子，自己真是傻透了，她又是哭又是闹，那几个男人就上前打她，陈素莲还不阴不阳地在一边劝道："妹子啊，你别闹了，你该知道，这两个猛哥，什么事都做得出来，惹恼了他们，把你给强奸了，你受得了？"

于红萍的泪水不住地往下掉，陈素莲看她这样，笑着说："哭没用，女

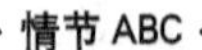

人哪，就那么回事，凡事想开些，你要是有本事，等我们把你卖了，你也想办法逃回家。”

说话间，车子七拐八转后停在一幢小楼前，一个男人抽出一把匕首，抵在于红萍的后腰上，另外两个男人一左一右夹着她上了三楼。上楼时，于红萍观察了一下，见这里是个居民楼，有可能是人贩子租的据点，估计是弄来人后先在这里暂作停留，找到买家后再脱手。一行人进了三楼的一个房间，几个人贩子围着于红萍忙开了：两个男人把她的胳膊拧住，陈素莲拿出一包药，对于红萍说：“你别怕，这是安眠药，喝下去后你就会睡觉，什么事也不会知道了。”说着，陈素莲端来一杯水，一手拿着药丸，就往于红萍嘴里塞，于红萍知道一旦把药吃下后那就由不得自己了，于是猛地张大嘴，一口咬住陈素莲的指头，疼得她大叫起来。三个男人上前帮忙，可是于红萍死死地咬着不松口，十指连心，开始时陈素莲还硬抗着，竭力不出声，可是后来抵不住了，忍不住大叫起来，她越叫，于红萍越不松口，咬得越紧，陈素莲的叫声越来越大了，几个人贩子正在想办法对付于红萍，房门猛然被踢开，门外站着一个人，他手里拿着一根木棍子，大声喝道：“都给我住手……”

本期有奖竞猜的题目是：来的那人是谁呢？

A．邻居（短信代码GA）；B．于有富（短信代码GB）； C．警察（短信代码GC）

（题图、插图：安玉民）

猜情节，赢大奖

开动脑筋，猜想正确的情节！请选择你认为正确的情节发展，将其短信代码发送到200056（中国移动）或900056（中国联通）。我们将在本月下半月的刊物上刊登这个故事的结尾，并从竞猜正确的读者中抽取优胜奖20名，赠送价值100元的纪念品；从参加竞猜的全部读者中抽取参与奖500名，赠送价值10元的纪念品。

参加全年情节ABC活动，并猜对全部情节的3名读者更将获得特等奖彩信手机一部！本期活动截止日期为10月5日。

得奖读者在评选结果揭晓后将得到短信通知。本活动每条短信收取0.50元。

·中篇故事·

影视圈是一块魔地，在流光溢彩的水银灯下，每天都发生着鲜为人知的幕后故事……

独闯影视城

□孙新华

1．一定要查出女儿的行踪

王贵，湖南怀化人，四十七岁，个儿高大，长得帅，五官像雕出来的。念过高中，做过演员，当过民办教师，还经商做过生意，是一个见多识广的人，在地方上也小有名气。前年做生意亏了本，加上妻子病故，生活一下从高山跌到了低谷，不仅没了余钱剩米，还欠了人家半屁股债。

王贵有个女儿，叫桃子，她从艺院毕业后，就分配在北方地区最大的一个影视拍摄基地，据她自己说，是拿公薪的国家演员，属公务员编制。这天，女儿来了一封信，看得出，这封信是女儿用眼泪写出来的，王贵也看出了眼泪。女儿在信中说，她今年快二十一了，在影视圈还没混出个名堂来，不怪爸妈也不怪自己，只怪圈里的风气不正。现如今遇上了一个千载难逢的好机会：公司接到一个好剧本，只要搬上屏幕，不仅盈利丰厚，演员也会因此而名扬天下，但要想完成此片，公司还急需一小部分资金，为此公司“戴帽”，将这部分资金“戴”在了部分演员头上。女儿还解释了这个“戴帽”：只有做主要演员的、能做合伙人的才能有资格“戴”。王贵看到女儿有了希望，心窝都热了，可去哪儿弄这些钱呢？王贵一狠心卖掉了刚住进去的小洋楼，拿了十二万元的卖房款，急如星火地上路了……

到了目的地，女儿在车站接了他，自然是一阵嘘寒问暖。进了一家小酒店，王贵喝了二两，又进了旅店。沿路下来，王贵疲惫至极，把钱交给女儿后，像是卸下了一副沉重的担子，加上酒精的作用，这一觉他睡得很死，醒来时已是日上三竿。

王贵喊女儿，女儿不在，又等了一会，还是不见踪影，他起身穿衣服，发现口袋里有一封信，把信一看，王贵差一点晕了过去，女儿的信是这样写的："……当你看到这封信的时候，女儿我已经离开了这座城市，要去另一座城市拍片。为了等你，女儿我已经耽误了行期。十二万我全收下了，想必你还有回家的路费。回去吧，女儿会回家看你的。"

沉甸甸的十二万——飞了，还没说上三句话的女儿——走了，身上的钱远不够回家的路费——完了，王贵只觉得眼前金星飞溅——他六神无主了啊！女儿啊女儿，你要我回去？爸为你卖了房子，现如今家在哪儿呀？再说我也不能这样不明不白地走呀！你在影视城干了些什么？你拿了这些钱又要去干些什么？

为了了解一点女儿的情况，王贵找到了影视基地，他知道女儿爱虚荣，怕丢她的面子，就谎称自己是她老家的一个亲戚，多方打听，才在一家演出公司问出了一点眉目。

这家公司名叫"太平洋演出公司"，办公室里只有两位中年男子，一个又瘦又高，王贵给他内定了一个名字，叫"棉花杆"；一个又矮又胖，一身的泡肉，王贵又给他内定了一个名字，叫"冬瓜瓤"。王贵先把照片递给棉花杆，棉花杆看后笑了笑，又递给了冬瓜瓤。

冬瓜瓤看了好半天，突然"扑哧"笑出了声："她是做群众的，连群众也做得不是很多，还经常在这儿蹭午饭。"到了这时王贵才明白：女儿说的"国家演员"、"公务员"全都是假话，这一年多，她一直就在这儿做着"群众"演员，还属于那种"经常在这儿蹭午饭"的"群众"！

王贵他自己做过演员，还做得很出色，他清楚女儿值几斤几两，但他知道女儿的个性，想做的事撞得头破血流也非得要去做，所以也就由着女儿了，正是他的一时"放纵"，让女儿脱缰撒蹄了。王贵决定不走了，他一定要查出女儿的行踪！

第二天，影视城的大门口多了一位擦皮鞋的，此人便是王贵。前三天没有生意，大家见他长得有模有样，以为他在拍片。王贵是个聪明人，知道人家在想些什么，他也明白一个道理：到哪山就唱哪山的歌，干哪样就

 独立、乐观、高瞻、远瞩，而且发展良好的儿女是父母最大的安慰。——阿·阿德勒

要像哪样，顾得脸皮就会饿了肚皮，于是他就开始认认真真地擦起了皮鞋，生意也渐渐地好了，忙完一天，基本上够吃住的开销。

几个月过去了，女儿还是一点消息也没有，眼下已是金秋时节，阳光明媚，雨天又少，这是拍片的最好季节，听说有一部大戏《白蛇传》要来这里拍摄，又听说来了很多大腕明星，

这天，王贵遇上棉花杆来擦皮鞋，棉花杆还认得出他，还主动和他聊了起来，棉花杆说，《白蛇传》这部大戏就是他和冬瓜瓤一伙人接的，正说着，冬瓜瓤搂着一个年轻女孩走过，两人挨得很近，女孩的手搭在冬瓜瓤的肩上，王贵看了那女孩几眼，身材很好，也还算长得漂亮。

这时，棉花杆嚷了起来："演白蛇的来了！"王贵朝前方一看，大吃一惊，心里不由暗暗叫苦……

2. 好你个王贵，看我怎么治你

一辆豪华小汽车在影视城大门外停下，车门打开，一个三十多岁的女人走下车来，那女人看了看自己的皮鞋，见有点灰，便走到王贵跟前，坐在了椅子上……

冤家路窄啊！这人叫柳小菁，当年和王贵在一个剧团共过事。人常说人生的三大幸事之一是"他乡遇故知"，可王贵遇到的这个故人和他可不是一般的关系，是仇人！

当年在剧团时，王贵戏演得好，人也长得帅气，很得女演员的喜爱，柳小菁便是其中一个。那时王贵年少轻狂，成天就知道嬉笑打闹。有一天，他收到柳小菁给他的一张纸条，是一首向他倾吐爱意的诗，王贵把它谱成曲，在团里怪模怪样地唱，羞得柳小菁离了剧团，好些年不知她的去向，为这事王贵至今也深感愧疚。前两年，王贵在电视里见到柳小菁，知道她成了大腕，这才找到了一些安慰。

眼下，柳小菁好像没认出王贵来，她只是很平常地看了他一眼，又很平常地说了声"谢谢"。

晚饭时分王贵接到一笔"内擦"的生意，所谓"内擦"，就是去专门的地方给专门的人擦皮鞋。这些人中，有很多不是为了擦鞋，而是要玩个派头，是拿人玩派头。不过王贵喜欢这样的生意，因为他们出手都很阔绰。

王贵按照地址来到了一家豪华酒店，被人带进了一个包厢，一抬眼，餐桌旁坐了两个人：棉花杆和柳小菁！

柳小菁向王贵扬起了腿，王贵蹲在她的膝下。皮鞋很干净，但再干净要你擦你还得擦。柳小菁的脚很不听使唤，向左时它偏要往右，向前时它偏要往后，王贵明白了：柳小菁早就

认出他来了，在玩他，在报复他！王贵禁不住感叹起来：想我王贵虽不能和昔日的秦琼卖马相比，可我也不是碌碌无为的平庸之辈呀，在地方上也是叫得响的主儿，要不是寻找女儿，我哪会落到这一地步？

想着想着，王贵不由得一阵伤心，鼻子一酸，跟着掉下了一串热泪，泪水落在了柳小菁的腿上，柳小菁似乎感受到了泪的温度，知道那掉下的，是一个堂堂七尺男儿的眼泪，于是她的脚再没有肆意摆动了，顺从而柔和地由着王贵摆弄。

王贵擦鞋时，坐在一旁的棉花杆正斜着眼看电视，他不知一边的这场"地下斗争"，一会儿，他漫不经心地对王贵说："还在擦呀？不要那样认真，柳大影星听我说你们是老乡，又听说你是找人才落难至此的，叫你进来坐坐的。"王贵站了起来，就站在柳小菁身边，没动，目的很明确，拿钱好走路。柳小菁没拿钱的意思，只是慢慢地品尝着菜肴。棉花杆对王贵说："坐下来吃点吧，老乡见老乡，两眼泪汪汪呀！"

吃就吃吧，早过了晚饭时候。这几个月里艰苦朴素，肚里正好欠缺油水。柳小菁见王贵坐下了，便要来一瓶酒，是高档的。棉花杆不会喝，王贵也不客气，自斟自饮。

棉花杆对柳小菁说："怎么样？你不要以为这戏海外已经拍过，收视率会有问题，放心吧，只要你出演白蛇，肯定是个满堂彩！"

"你们不是定了一个演白蛇的吗？"

"这事你也知道了？这是李胖李制片搞的鬼，说白了是拿戏玩女人。那女孩叫娜娜，我看过她的试镜，一是功底差，二是气质差，连感觉也找不到。"

"演许仙的是谁？"

棉花杆停了停："贺之享，我也认为只有他演最合适。"

棉花杆提到的"李胖""李制片"想必就是冬瓜瓤了，那个叫"娜娜"的王贵也知道，就是那天和冬瓜瓤搂在一起的，王贵时常见到他们在一起，也听见冬瓜瓤亲切地叫她"娜娜"，叫得好肉麻；至于贺之享，王贵在电视里早领略过他的风采，不仅长得帅，举手投足还真有点男人气质，应该说他是中年妇女心目中的大众情人。

两人谈得很热烈，王贵插不上话，他喝得快，吃得也快，一会儿，他站起身，朝柳小菁望着。柳小菁拿出一张百元大钞，王贵说没得找，柳小菁的回话很重，一字一个音："记着，再给我擦九十九次！"

王贵离开酒店就回了住处，带着醉意入睡，这一觉睡得很香，加上又添了许多油水，肚里舒坦，一觉睡到天明，醒来时比平时晚了两个小时，

匆匆去摆摊，刚走到影视城门口，看见棉花杆在向他招手，王贵迎上前去，棉花杆告诉他：公司临时接了一个“吃瘦肉减肥”的广告片，商家指名要柳小菁拍，还差一个搭档，柳小菁要了王贵。

在这个广告片里，王贵扮演一个杀猪的屠户，戏是这样的：王贵抱着半爿猪，刚把猪放下，柳小菁从天而降，正好落在王贵怀里。王贵一句道白：“哇噻，这就怪了耶，明明抱的半爿猪，这猪怎么变成了人耶，还是一个大美人耶！”说罢就去亲柳小菁，柳小菁给他一记耳光……

戏要开拍了，随着导演一声令下，王贵把猪放在了案板上，腰系钢丝绳的柳小菁飞身而下，落在王贵的怀里。王贵念完台词，正要去亲柳小菁，他发现柳小菁正瞪眼望着他，目光火辣辣，充满了哀怨。王贵亲不下去了，把头扭向了一边，“啪！”一记响亮的耳光落在了王贵的脸上，打得很重，王贵只差叫出声来。棉花杆一个劲地叫停，问王贵怎么不亲。王贵知道柳小菁在报复他，有苦说不出。棉花杆叫再来一次，王贵这下想好了，再不看柳小菁了，跟着戏走，要不然，他这张脸非得让她打肿不可。导演又一声令下，柳小菁落在了王贵怀里，王贵念完台词，眼睛一闭，“叭”就在柳小菁的脸上不轻不重地亲了一口，这时，只听柳小菁轻轻说了一句：“好你个王贵，看我怎么治你！”

3. 面前的女孩是谁

王贵暗想，这一记肯定比上一记更重，哪知柳小菁的手掌落在他脸上时却是轻轻地一抹，很温柔。

第二天，王贵照样擦皮鞋，照样盼望着女儿能回到他身边。早上十点左右，又来了一桩“内擦”的生意，去的地方王贵熟悉，是冬瓜瓤的卧室，王贵来这儿帮他“内擦”过。冬瓜瓤

不在房里，是娜娜小姐叫他来的。王贵见床上摆了一本演青蛇的单角本，心想，这女孩付出得也值，终究捞到了一个演青蛇的角色。女孩到底是女孩，见了王贵羞涩地低下了头，侧身坐在床沿上。

女孩发声很低，声音很甜：“你认识我吗？”

王贵说：“见过的，你是娜娜小姐。”

女孩不紧不慢地说：“不是说现在，是说过去。”

“过去？”王贵仔细看对方几眼，摇了摇头。

“我是你女儿的同学，上高中时常去你家玩。”

那时去王贵家的女孩很多，加上女大十八变，认不出也很正常。

“我见到了你女儿。”

王贵一惊：“什么时候？”

“十天前。”

王贵霍地一下站了起来：“在这儿吗？”

“不，在北京。”

“啊？在北京？她知道我在这儿吗？”

“她知道。我把你在这儿的一切都告诉了她。”

“你告诉了她？那她为什么不来见我呢？”

“你要我把她的实话转告给你吗？”

王贵点了点头。

“她能来见你吗？她敢来见你吗？”女孩说话的语调由缓慢变为急骤，由低声变成了高腔，“你在这儿所做的一切让她丢尽了脸，使她在众人面前抬不起头。她万万没有想到，她的父亲竟是一个不知脸面、不识大体的人。她也知道，你是在守候着她，是关心她，爱护她，可其实你是在给她脸上抹黑呀！”

王贵只觉眼前一黑，没想到为找女儿他寄人篱下，风餐露宿，而女儿给他的竟是这样的回复！

“她现在很好，也算是事业有成了。”女孩把语气缓和了些，“她要你回去，再不要做这丢人现眼的事了。”

女孩说完这些，拿出一叠票子：“这儿是三千元，是你女儿要我交给你的，她要你赶快回去，并且马上离开，否则——”她突然把声音拉得很高，“你就是在她跟前，她也不会认你的！”

王贵直勾勾地望着女孩，越听越觉得她的话音有些熟悉，女孩把钱递在他手上的时候，王贵的眼睛盯着她的手掌，他看见女孩手心上的一颗朱砂痣，顿时，只觉得眼前一黑——这不是他女儿吗？是女儿桃子呀！他知道了，女儿拿他的这些钱干什么去了，她是去做了整容，手术做得很大，加了身高，做了面皮，还做了音带手术，几乎是脱胎换骨！

王贵走进卫生间，扭开水龙头，双手接住水，使劲往脸上泼。他极力使自己保持镇静，也想止住即将喷出的滚滚泪水。他愤怒了，很想冲出去给她两记响亮的耳光！难道不该打吗？她干了些什么？她拿着父亲的血汗钱去整容、去臭美，她整了容反而不认父亲，她拿着她的臭美在和一个比她父亲还要年长的人同床共枕！想到这儿，王贵浑身在颤抖，每根骨头都在阵阵作痛！但王贵没有去打她，他换了位为女儿着想：她不是不爱她父亲，也并不是一定喜欢上了有着冬瓜瓤身材的半百老头，她是为了她钟爱的事业！

王贵走出卫生间，他没有收女儿的钱，语气沉重地说：“也请你转告她，为了她，我卖了房子，我已无家可归了，而且我也不会回去，我就不相信她是一副铁打的心肠，不认我这个父亲；你还告诉她，我对任何人都没说过我是她父亲，即使我现在见到了女儿，女儿不认我，我也不会主动去认；还有一件事你一定要转告她，要她真实地面对生活，不然她会活得太累，要知道，有志者未必事竟成，高处人人都想走，可走得上去的能有几个呢？你还要转告她，父亲还没有老，同样能为她撑起一片蓝天，她即使做错了什么，父亲同样会原谅她。”王贵一边说一边望着女儿，她虽低着头，可泪水已湿透了衣襟。

王贵回到住处就病了，浑身发烫，火烧火燎，倒在床上噩梦连连。这一躺就是两天，第三天，他听到了敲门声，谁在敲门呢？

4. 两个男人在酒会上比拼

王贵就住在影视城附近，一个六平米的杂物间，除了一张床，再就是几样简单的炊具，这地方没人知道。对了，有一个人知道，是影视城的一

位保安，他也是外乡人，没事常来这儿讨杯酒喝。王贵把门打开，见不是保安，竟是柳小菁！

柳小菁见到王贵像见到陌生人一样：“病了吗？瘦了几圈。”王贵点了点头。“快穿衣，今天要去办一件大事。”“什么事？”“你不用问，一切听我的。”王贵有些犹豫，柳小菁急了：“快呀，车在门外等着！”

先是去了医院，打了针，吃了药，王贵没掏腰包，忙上忙下的都是柳小菁；再就是去了一家大商场，柳小菁为他从内到外换了一身新，特别是那身外套，高档时髦，王贵自己也很满意。柳小菁朝王贵仔细打量了一番，拧着王贵的耳朵摇了摇说：“猪头啊——几个月没理发了吧？”于是又去做头发，理发店旁边有一家卖手机的铺子，柳小菁要王贵挑了一部手机。

走出理发店，柳小菁望了王贵几眼，这才满意地点了点头。她要王贵五点三十分准时去影视城最豪华的酒店“花花公子”用晚餐，不得有误。

王贵晚了二十分钟才到酒店，柳小菁在门外等着他。

这是一场欢迎酒会，欢迎各大腕参与电视连续剧《白蛇传》的拍摄。餐厅内灯红酒绿，人声喧哗，十多张餐桌座无虚席，餐厅上首有一个面积不大的演唱台。柳小菁把王贵带到餐厅最上首的一张餐桌坐下，这张桌子是专供大腕明星就座的，有好几位王贵曾见过，当然是在电视上见到的。王贵暗想她女儿桃子应该在这张餐桌上就座，她虽不是大腕，但她演的是青蛇，是主要演员，可王贵没见到她，望穿了整个大厅，还是没有她。即将扮演许仙的贺之享也在这张餐桌上，离王贵不远，他不仅长得帅，而且风度翩翩，不时地向人群频频点头，谈笑风生，一副春风得意的样子。令王贵百思不解的是：今天柳小菁给他买的这套服装竟和贺之享的一模一样，连做的发型也不差丝毫！

六时整，会议正式开始。冬瓜瓤走上台，他是制片，众人估摸今天主角肯定是他了，哪知冬瓜瓤寒暄几句后，用极为巴结的口吻高声说道：“下面请公司的董事长、总裁、总经理黄秀云女士讲话！”紧接着便是热烈的掌声和欢呼声。话音刚落，一位身躯高大、又胖得变了形的中年妇女走上讲台，她的讲话不时引起一阵又一阵的掌声，不是大家一定要鼓掌，而是冬瓜瓤在现场操纵着：他站在台角一扬手，底下就响起一阵掌声，这时，柳小菁轻声告诉王贵：这就是冬瓜瓤的老婆！

王贵的酒杯只差掉落在地，他明白了女儿今晚为什么没有来：有冬瓜瓤的老婆在，她是露不得面的，她和冬瓜瓤是在“鬼混”，是“鬼”又怎么见得天地呢？王贵又想到一个问题：

过去他以为冬瓜瓤是个单身，如果是单身，那么，女儿的这桩婚事不能说没有存在的意义，只能说存在某种遗憾，而现在呢？什么都不是啊！王贵还想到：要女儿演青蛇，那仅仅是冬瓜瓤的意思，而现在真正的老板来了，冬瓜瓤这个“制片”，有可能是“名誉”的了，他还能为女儿说话吗？他敢吗？越是和女儿有这种关系他越是不敢，说不定连半个屁也不敢放，更说不定首先撵女儿走的不是他老婆，而是他自己！

王贵翻江倒海地想了很多，正想着这些，发现柳小菁在拍他的肩膀，一抬眼，才知道董事长黄秀云敬酒敬在了面前，王贵赶忙站起身，黄秀云看王贵看得很仔细，看上又看下的，她问柳小菁：“这位是——”柳小菁忙着回答：“是湖南演艺圈的朋友，我的大师兄。”“是来做什么角色的？”“还没有呢，是来看看我的，想找个角色做。”黄秀云满脸堆笑：“安排，一定安排。”王贵发现这位董事长虽然一身泡肉，眼神却是色迷迷的。

大家吃好了，喝好了，接下来便是上台唱歌献艺的时候了。虽然是娱乐，可也有个论资排辈的规矩，贺之享是演许仙的，这可是重要人物，今天又刚到，被众人首推上台。贺之享拿着话筒，朝柳小菁笑了笑，对大家说：“首先，我想以许仙的名义，邀请我未来的老婆、我的娘子——白蛇夫人为大家共献一首歌，大家说好不好？”

掌声雷动：“好——”

柳小菁没有推辞，走上台，也拿起了话筒，不急不忙地看了台下一眼，对大家说：“下面我还要请一位先生上台，我们三人一起唱。是谁呢？是湖南演艺圈的朋友，我的大师兄王贵先生，大家说好不好？”

王贵是谁呢？大家都不知道，糊涂虫大都也是跟屁虫，于是又是一阵热烈的掌声。

王贵大吃一惊，哪知还有这样一场戏！一时不知所措，羞得连头也不敢抬起。

柳小菁又当着大家说：“是不敢上台，还是不给我这小师妹的面子呀？大家再来一次热烈掌声好吗？”

台下掌声呼哨声如潮涌一般，王贵恨不得立马退出会场。柳小菁接着说：“我知道了，大师兄是来看我的，不是这个戏里面的角色，不好意思上台和大家见面，这样好吗？我们请公司董事长、总裁黄秀云女士，以公司的名义把他请上台来好吗？”

这下可不得了，台下只差要掀翻桌子了。黄秀云正好坐在王贵身边，正傻痴痴地望着他，一听柳小菁这样说，一时兴起，对王贵说“上去呀！”王贵还是有些迟疑，黄秀云硬是把他推上了台。

是董事长推上去的呀，王贵的身

份一下提高了一百个档次，那掌声，那欢呼声空前的热烈，可是，这雷鸣般的掌声没持续几秒钟，大家又慢慢静了下来，都瞪大眼睛看着台上出现的一个令大家意想不到的场面：柳小菁把王贵推到了他们三人的正中间，也就是说王贵和贺之享并肩而站，两个人都穿着同一款式的服装，留着同一个发型，高矮也差不多，年龄也不差上下。这是两个男人在比拼，看谁比谁更英俊，谁比谁更具风度、气质！王贵开始是怕上台，可真正上了台，就抱着

"豁出去"的心理，心中倒也坦然了；再说他本身就是一个演员，他面带微笑，镇定自若。与会者的掌声一浪高过一浪，柳小菁急忙掏出了数码相机……

宴会结束了，王贵走出酒店大门，见柳小菁和黄秀云在说些什么，他便没有等她，他也没回"家"，他惦念着女儿，女儿现在在哪儿呢？

想到女儿，王贵的心里就发酸，爱也不是，恨也不是。王贵穿过一条小巷，眼前出现了另一条大街。已是凌晨三点，大街上仍是灯火辉煌。这是一条夜市街，街道两旁摆满了餐桌，吃客仍然不少。王贵打探着每一位就餐的人，他找遍了街的这边，又找遍了街的那边，可没见到女儿桃子，他仍不死心，见不远处还亮着一盏孤灯，就走了过去。

那里也是一家夜市摊，只有一个女的孤零零地坐着，再没有其他顾客。巧哇，这女的竟然正是王贵的女儿桃子！她满脸的沮丧，发呆一般地坐在那儿，桌上摆着好几个喝光了的啤酒瓶，王贵的鼻子一阵接着一阵的发酸。

"小老乡，你好啊！"王贵故意轻松地喊了一声，随即走了过去。女儿抬起头来，眼里露出惊愕的光。王贵知道，女儿惊愕的不是见到了父亲，她不会感谢父亲深更半夜还在找她，还在为她担心，还在暗暗地做她的保

护神，她惊愕的是他这身装束！王贵多么想告诉女儿他和柳小菁今晚在酒会上的情况，可他没有，他不知道柳小菁在暗中操作些什么。

女儿没有想留王贵坐下、和他说几句话的意思，站起身来就要离去，王贵给她抄了手机号码，对她说："他乡遇故人，有事多联系。"

女儿走了，王贵仍站在黑暗处，他看着女儿进了一家旅社，这才放心离去。

5. 今天上午开了董事会

王贵今天没去摆摊，一是昨晚几乎没睡，加上身体仍有些不适。中午，手机响了，是导演棉花杆打来的，要他立即赶到导演组。王贵走进办公室，见棉花杆一人坐在那儿，棉花杆就是棉花杆，在他脸上看不出半点喜怒哀乐："你的事算定下来了。"

王贵有些摸不着头脑："什么事啊？"

"演许仙呀，许大官人呀！柳小菁没对你说？"王贵摇了摇头，他有些不相信自己的耳朵，料是棉花杆在和他开玩笑。

棉花杆一本正经地说："今天上午开了董事会，主要演员也参加了。柳小菁对贺之享演许仙一事提出了质疑，主要还是你的那个猪肉广告帮了你的大忙，柳小菁在会上放了那部片子，大家都觉得你虽然演的是一个屠户，但怎么看你也像许仙。后来柳小菁又拿出了昨晚给你和贺之享拍的照片，大家一比较，也认为许仙这个角色，你比贺之享更适合。当然，还有一个最最关键的理由，这事关个人隐私，我就不说了。"

事情虽来得有些突然，但仔细一想，也还是在情理之中：王贵年轻时演的就是小生，只要他一挂牌，上座率就大幅度升高。放眼一望，坐在前十二排的，清一色年轻少妇，这次就算他演上了许仙，也并没有拔苗助长，是内因与外因的有机结合。

棉花杆接着告诉王贵：过去他们选主要演员，这个演员一定是要有根有底的，为的是避免开拍后中途流产，因为王贵初来乍到，董事们考虑再三，决定要他试拍十天，行就签约……

棉花杆又说："考虑到你试片的成功率很大，又考虑到时间紧迫，因此，你在试拍前必须交足保证金十万！"这下王贵彻底泄了气，他觉得棉花杆说话像圆规，画来画去还是一个零，于是起身要走。"别急呀，我的话还没说完呢，还有一件事必须告诉你，你对自己要有信心，不要老想着你是擦皮鞋的。在演艺圈，今天还是乞丐，明天就成了大腕；今天还露宿街头，明天就名扬天下，这样的事数不胜数；还有一件事我也要告诉你，贺之享是重牌明星，你是击败了他才

演上这个角色的，这样的事，报刊会炒作，圈内的人也会争相传扬。我干这行十多年，可以肯定地告诉你，你会一夜成名，到时候可别忘了我们这些给你当过轿夫的好兄弟啊！”

没钱不等于白说吗？王贵实在听不下去了，便对棉花杆开起了玩笑：“既然你这样肯定，我先找你借十万。”

“还用找我借吗？我是想巴结你还找不着机会了，柳小菁今天去了北京，给你取款去了。她怕你不相信她说的话，要我以导演的身份和你谈，还一再对我说，不要把她垫付保证金的事说给你听。老兄呀，人常说福无双至，而你是既得江山，又得美人，下次有机会，我也去你的祖坟烧炷香。”

王贵当然高兴，但没过一会儿他又担心起女儿的事来了，问：“青蛇的事定下来没有？”棉花杆说：“定下来了，前面的那个取消了。董事长和柳小菁一同上的北京，柳小菁去取款，董事长去请人。”

完了！女儿作出的种种努力，换来的竟是一个泡影！上帝真会开玩笑啊，两人同在一个屋檐下，王贵是从楼下向楼上走，而女儿是从楼上往下走；两人都知道对方是谁，可见面后如同陌路。此刻女儿在想什么？她将如何面对这惨痛的现实？他一定要找到她，这次他不能再犹豫了，见面后就叫她一声女儿，再和她坐下来商量对策。如果他的事不出现意外，他有可能帮助女儿摆脱困境。

王贵找到了冬瓜瓢那里，女儿不在那儿，王贵问冬瓜瓢：“她知不知道她不能演青蛇了？”冬瓜瓢说，她知道了，她显得很平静，清点了自己的东西就走了。

桃子会很平静吗？知女莫过父啊！她是一个不懂得平静

的人，否则她就不会作出如此匪夷所思的努力！王贵赶到那天见她走进去的那个旅社，可没有找着她。她有他的手机号，他多么希望手机铃响啊！他望着手机，望着，望着，手机终于响了！

6. 女儿啊女儿，你在哪里

晚上十点过后，手机突然响了，王贵料是女儿打来的，谁知不是，是柳小菁，柳小菁告诉他，她从北京回来了，问他出不出来坐坐。王贵哪有半点睡意，他正想见她。

柳小菁把王贵带进了一家餐饮店，进了一间装饰得十分雅致的情侣包厢。墙壁淡淡的红色，壁灯淡淡的绿光，一曲二胡协奏曲“花儿为什么这样红”在房间内轻飘飘地回荡。这原是一曲比较高昂的曲子，可被音乐家有意识地处理得低沉还带着一点忧伤。两人对面而坐，一张条桌把两人的距离拉得很近。条桌上，一支红色蜡烛发出的柔和的光，把他俩的脸映成了柔和的橙黄色。

柳小菁说：“我们喝酒好吗？喝高度的，你喝多少我喝多少，酒后吐真言。”王贵没有阻止，他想得到柳小菁的真言。柳小菁要了一瓶高度五粮液，给王贵满满地斟了一杯，又给自己满上了一杯。这杯酒足有二两，柳小菁一饮而尽，王贵惊愕地看着她，却见她又给自己满上了一杯，正端杯的时候，王贵急忙把杯按住，柳小菁举起筷子，在王贵的手背上猛击一下，用了很大的力，王贵好疼，赶忙缩回了手，柳小菁又喝了第二杯。

“想问你，我还是不是过去的那个柳小菁？”问得很直接，王贵没来得及多想，说：“不是了，你现在是大腕明星，今非昔比了。”

“是吗？不像了吗？”柳小菁笑了起来，笑出了泪水，“我还是我呀，我还是像过去那样的傻！在那样的年代，我一个女孩子傻得给你写情书，我被你羞得只差跳楼自杀，我被你羞得丢了工作四处拼杀，我没哪一天不咬牙切齿地痛恨你，我做梦都想淋漓尽致地报复你一次！”王贵听得有些毛骨悚然了，没想到小时候的一场闹剧，竟把她伤害得如此之深，至今还刻骨铭心！

柳小菁的眼眶湿润了：“都说女人一生注定只爱一个男人，即使她和别的男人结了婚，上了床。这话我一直不信，可那天我见到了你，见到了你在帮别人擦皮鞋，怪啊，怪啊！我积蓄了多年对你的恨竟全没有了，我的心都要碎了，我的眼泪也流了出来，这时我才知道，那哪是恨呀，不是啊，那不是恨，是爱，是还在爱你呀！你说我还是不是过去的柳小菁？还是不是像过去那样的傻？”柳小菁的眼泪在一串串地往下掉，王贵赶忙抽出一叠餐巾纸，想递到她手上，柳小菁没有接，王贵颤巍巍地掂着餐巾纸在她脸上搌干，柳小菁没有回避。

柳小菁一边哭泣一边说着：“其实我到现在也不知道你有没有老婆孩子，更不知道你在不在意我今天和你说这些。你知道吗？我是一个中年女人了，中年女人再没有青春年代时想得到就一定要得到的张狂个性。我不一定要你做我的丈夫，更不想和你上床做露水夫妻，这些对我都不重要，我看重的是我命中注定了的那个‘爱’字！傻女人对爱只讲付出、不讲回报的，你知道吗？”

王贵再次给柳小菁搌干了脸上的泪水。

“你是不是有些疑团没有解开？”柳小菁继续说着，“比方说我给你买的衣服为什么会和贺之享的一模一样？”

这正是王贵所要知道的，他点了点头。

“很简单，他是我男人！”柳小菁望着王贵惊愕的样子，不紧不慢地说，“当然，是我过去的男人，我们分手快一年了。他的那套衣服是我帮他买的，分手时他要我为他买点什么，好做个纪念，我就帮他买了这套衣服。他想和我复婚，他知道那天能见到我，自然就会穿上这套衣服。”

柳小菁继续说着：“你是不是还想知道我那天为什么要把你捧上台去？”王贵又点了点头，“因为我不想和他复婚，不想让他扮演许仙这个角色。生活中做不了夫妻，工作中也绝不会成为好搭档的。我是一个执着追求艺术的人，只有你演许仙，我才会真情投入；也只有通过白娘子这个角色，才能把我多年积蓄的爱淋漓尽致地表露出来。”

王贵终于明白了柳小菁的良苦用心，万万没有想到，在他最最需要人家帮助的时候，帮助他的竟然是曾经受到过他致命伤害的人；他更没有想到在他这迷茫的大半生里，竟然还有一位女人时刻地关注着他，是爱也好，是恨也罢，这都让他感动。王贵告诉柳小菁，他已亡妻，为了宝贝女儿，没有再婚。

王贵想了想，觉得应该向柳小菁打听打听女儿的事，于是他就开了口：“小菁，有件事我不知道该不该求你。”话到嘴边，王贵犹豫了，自己的事已经给她添了很多麻烦。

“说呀，什么事呀！”柳小菁拧着王贵的耳朵，“你这个大猪头！”

“你知道我女儿是谁吗？她就是想演青蛇的娜娜。”“是吗？”柳小菁也吃了一惊。

“是的，她整了容，连我也是直到最近才知道的。我想求你帮她，你就当她是你的亲生女儿好吗？她付出得太惨重，她经受不起这个打击了。”王贵泪如泉涌，他抓住了柳小菁的一只手，柳小菁的另一只手拿着餐巾纸给他不断地拭泪，说："这事不能急，你的戏是拍在前面的，你一定要站住脚，等你说话有分量了，我们再和董事长说。现在董事长还在北京找人，我可以给她打电话，说我有一个好人选。"

王贵激动得一脚踏过了条桌，把柳小菁紧紧搂在了怀里，给了她一个长长的吻，柳小菁也激动了，她忘情地搂住了王贵的脖子……

临走时，柳小菁拿出了一张存卡："明天就去签约。"

王贵回到住处，高兴得睡不着，从明天起，他就是一个签约演员了。有了这样的父亲，女儿桃子也会认自己了，会开开心心地叫一声"爸爸"了。他憧憬着和柳小菁成个家，过上幸福的生活，一家三口其乐融融！

就在这时，手机响了，是女儿！女儿在电话那头发出了凄厉的哭声："爸爸，是我呀——我是你女儿桃子！"

王贵跃身而起："什么事？不要急，慢慢说！"

"我……我杀人了！"

"什么？"

"我把李胖杀了！"

什么？女儿把冬瓜瓤杀了？王贵一听浑身颤抖！

女儿在电话里哭泣着："他一直在欺骗我，他说他是单身，说一定娶我 他说要我演白蛇，又说要我演青蛇，可这一切都是骗局，骗局呀！"

王贵想在电话里劝慰女儿，可女儿马上又把电话挂了，王贵心急火燎地赶到冬瓜瓤的住处，门是敞着的，还没进屋就闻到了一股血腥味。床头的壁灯还亮着，女儿桃子不知去向，冬瓜瓤躺在血泊里，胸膛上插了一把水果刀。一开始，王贵惊魂难定，慢慢的，他冷静下来了，看了看时间，早上五点，离人们起床的时间还早。他关好门，点燃一支烟，坐在沙发上静静地想了一会儿，他抽完烟后，拨打

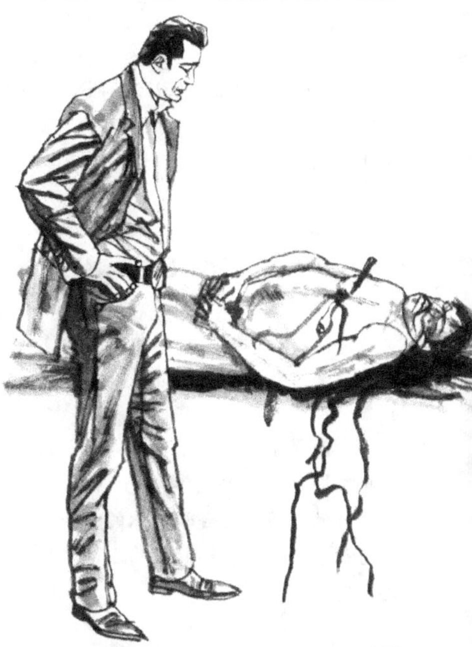

女儿的电话，对方关机，他给女儿发了一条短信：

女儿啊，你走吧，走得远远的。也不要太惊慌，公安局不会去找你了。爸只给你说一句话：你坦诚地对待了生活，生活就会坦诚待你；你虚假地活着，自然就会遇上虚假的人。每个人都在为谋求幸福而活着，你爸也是如此啊！本想只要过了今晚，情况就会有好的改观，爸会牵着你的手一起走向幸福，可这一切就仅错在这一夜之间啊！

发完了短信，王贵拨通了110。一会儿警察赶来了，警察问："你为什么杀他？"王贵回答说："他污辱了我女儿。"一群警察在现场勘察，几个警察把王贵带走了。

几天后，柳小菁去看守所看了王贵，问他："你为什么这样傻？"

王贵叹了口气，神态平静地说："我别无选择。"

柳小菁深情地望着王贵，泪眼盈盈，说："是啊，我也别无选择。"

此案还在审理中……

（**题图、插图：**杨宏富）

哲理故事

生活中处处有哲学，57则作品无不通过曲折生动的故事情节与矛盾冲突，揭示丰富和深刻的哲理内涵，让你从中看到智慧的闪光与思想的火花，并由感情的激荡而升华为哲理的思索，从中悟出事物深层的蕴含与人生命运的真谛。

打官司故事

“打官司”这个词具有强烈的民间语言色彩，官司一打起来，各种矛盾冲突就无可回避，无法隐藏。本书共收集涉及法制的故事30则，分6大类，它们是：精彩个案，愚昧法盲，弄权枉法，道德法庭，回头是岸，法永道恒。

校园故事

一生最好是少年，一年最好是青春。

这是一本充满活力的书，学生的时代，校园的生活，如花盛开般奔放，如火焰般热烈，全书34则故事，也许能唤起您少年时代最美好的回忆。

愿这本书能成为学生和老师的朋友！

打工故事

随着改革的不断深化，打工的观念将会成为社会普遍认同的一个观念。本书收编的24则故事，就是生活中打工仔、打工妹们打工生活的真实写照与缩影，它们是同类故事中的精品，相信能引起您的阅读兴趣。我们祝愿打工者们：明天会更好！

警匪故事

本书汇集五则中篇故事精品，描写公安人员深入虎穴，与潜伏的敌特土匪斗志斗勇，最后使之落入天罗地网。故事情节曲折复杂，悬念性特别强，敌我之间关系扑朔迷离，错综复杂，人物命运特别牵动人心。

红色间谍故事

7则中篇故事，描写一群置生死于度外，出生入死在敌巢魔窟中，机智勇敢地与敌特匪首周旋，进行地下斗争的革命者。故事情节曲折，人物形象鲜明，具有震撼人心的艺术魅力。

捣蛋鬼故事

本书收入的“捣蛋鬼”，是一批头上长角的油子、懦夫、贪者、莽夫、偷儿、怪徒，他们大多性格怪异，但在激变的环境中却展现出了人们意想不到的美丽人生。书中也描写了另一类罪错者，故事往往以轻喜剧的风格来处理人物之间的矛盾冲突，让你饱览社会生活的丰富多采。

怕老婆故事

怕老婆现象古今中外均不同程度存在，汇集出书这是第一本。作者均取材于实际生活，有古代代表性作品，更多的是描写当代人的这类夫妻关系。他们怕老婆的行为，离奇古怪；怕老婆的动机，五花八门。

有一种怪物叫“怕怕”

□鲁忻鸣

明天，小婷婷就要跟妈妈到姥姥家去了。听妈妈说，姥姥家在一个小山村里，小婷婷虽然没有去过，但她觉得一定很好玩的，可以到田间捉蝈蝈，可以到山坡上摘野花，还可以到山间那清澈见底的小溪里摸鱼抓虾，对，一定叫舅舅多掏几个鸟蛋带回来。她想啊想，虽然还没离家，心早飞到姥姥家那个迷人的小山村了。

晚饭后，小婷婷把她要到农村去的消息告诉了隔壁的玲玲姐，玲玲一听，脸色一变，说：“别去！农村里有一种吸人血的东西，很怕人的！”

“什么东西呀？”

“我忘记叫什么名字了，可我记得小时候回老家，奶奶家就有，我在被窝里还被咬过呢。”玲玲说着，就拿起笔，在一张纸上画那东西的模样，还一边解释说：“这东西有一个圆筒似的吸血口，瞧，这是爪，这是大肚子。”小婷婷一看，这个吸血的东西竟有巴掌那么大，她吓坏了，回到家后，小婷婷就对妈妈说不想去姥姥家了，那里有“怕怕”，她要跟爸爸留在家里。妈妈以为小婷婷怕山里的野兽什么的，就解释说，“怕怕”没什么可怕的，它们都在深山老林里，离人远着呢。爸爸工作很忙，留在家里会打搅他的。好说歹说，小婷婷才算答应去姥姥家了。

那天终于起程了，一路上，小婷婷和妈妈坐了三十多个小时的火车，才在一个小站下了车，舅舅早已开着新买的大卡车在火车站等候了，还没到中午，姥姥家已到了。

姥姥家虽在山村，但是住的房子和城里的楼房差不多，小婷婷家的家用电器，姥姥家全有。午饭是丰盛的家宴，各种各样的风味小吃全是小婷婷最爱吃的。

下午玩得高兴，小婷婷早把“怕怕”忘了，到了晚上睡觉时，她才忽然想起玲玲姐在被窝里被“怕怕”咬的事，于是立刻紧张起来，一个劲地坐在沙发上发呆。

妈妈走上前去，坐到小婷婷身边，催她上炕睡觉，小婷婷一听上炕就吓坏了，她估摸着被窝里会藏着“怕怕”，忙叫嚷着：“我不上炕，我不上炕！”姥姥听了很奇怪：“你不上炕在哪里睡呀？”小婷婷一本正经地说：“我就在沙发上睡！”

妈妈还以为小婷婷不愿意睡乡下的土炕，就解释说：“这里的炕和我们城里的床是一样的，全是新被褥，是姥姥特地为我们准备的。”

小婷婷听说是新被褥，就问：“新被褥里有‘怕怕’吗？”这一问把全家人问糊涂了，姥姥反问道：“什么？怕怕？”

小婷婷见大家都不知道什么叫“怕怕”，就从口袋里掏出了玲玲姐画的那张画，大家围过来一看，不由得哄堂大笑。

妈妈指着画说：“这不叫‘怕怕’，这叫虱子。”

姥姥拿过画来，一边看一边笑：“这东西要有这么大，还不把人吃了！”

舅舅说：“婷婷，你放心上炕睡吧，这东西以前有，现在农村早没了。”

小婷婷歪着脑袋问：“为什么以前会有啊？”

“因为穷。”

小婷婷还是不太明白，就又问道：“什么是穷啊？”

舅舅风趣地说：“穷，就是真正的‘怕怕’！”

这天晚上，小婷婷睡得很舒坦，自然，她也没有遇上什么“怕怕”。

（本篇月月评短信代码：G199）

（题图：李　加）

愧疚的草莓

父亲住城北，女儿住城南。

退休了好几年的父亲在窗外种了一块巴掌大的草莓地，从此，父亲便常往女儿家送草莓，东西虽不多，也就是一大碗，但女儿心里热乎乎的。

这一天，父亲又来送草莓了，女儿发现父亲的右脚一拐一拐的，她让父亲挽起裤管，一看，小腿上有一个很大的创面，已经溃烂了。女儿的眼泪“刷”地一下就流出来了，一问才知道父亲为了给草莓施肥，去郊区驮牛粪摔的。

父亲有糖尿病，女儿是当医生的，深知其中的厉害，她不容分说拉着父亲去了医院。果然，父亲住院后病情日渐严重，去世之前，父亲含着笑喃喃地对女儿说：“你小时候，有一回，看见卖草莓的，吵着要买……那会儿，草莓是稀罕物，贵得很，我没给你买……”

（**推荐者**：李世豪）

天价微笑

在二十年前的美国，曾经发生过一个真实的故事：加州有一个六岁的小女孩，有一天，一个过路人一下子给了她四万美元的现款。这消息一经传出，整个加州都为之疯狂地骚动起来，令人不可思议的是那人和小女孩素不相识，而且他大脑也没有什么问题，并不是神经错乱之举。

家人再三追问当时的情景，小女孩终于若有所悟地说：“他好像说了一句话——‘你天使般的微笑，化解了我多年的苦闷！’”

原来那人是一个富豪，一个不是很快乐的有钱人，平时他脸上一直是冷如冰霜，小镇上几乎所有人都不敢对他笑。这天，小女孩真诚的微笑，使他心中温暖了起来，打开了他尘封不知多少年的心扉，富豪觉得：一个天使般的微笑，应该是无价的。

（**作者**：吴　静；**推荐者**：樊小艾）

奔走的蚂蚁

一只蚂蚁爬上了一个公务员的办公桌，急匆匆地向前奔走。它黑黑的，小小的，显得单薄和纤小。公务员心想：这只蚂蚁一定是匆忙之中走错了方向，于是他轻轻地把蚂蚁放到了地板上。他不想让它在迷途中走得太远。

然而，没多久，蚂蚁又在桌子的另一角出现了，那公务员就重新把它送归到地板上，不料没过多久，蚂蚁又重新不屈不挠地爬到了桌上……

那公务员醒悟了：人总是习惯以自己的思维来揣度其他的生命，喜好设定目标，不愿多走弯路，其实蚂蚁所享受的，或许只是奔走的快乐？

（**作者**：马　德；**推荐者**：樊小艾）

三句话的不同顺序

一对夫妻经常吵架，这种吵吵闹闹的情况一直持续到妻子怀孕。

妻子临产时，她的娘家人都守候在医院，当然，丈夫也在，他在那里坐立不安，不时地走来走去。

终于，室内传来婴儿一声清脆的啼哭，丈夫一把拉住刚出门的护士，焦急地问："大人怎么样？"护士说很好，他又问："孩子呢？"最后问："男孩还是女孩？"在得到大人、孩子安好的消息后，他的脸上才露出了欣慰的笑容。

数天后，妻子在和娘家人聊天时听说了当时丈夫问护士时的情景，妻子幸福地笑了。从那以后，这一对夫妻的关系变得亲密起来，妻子感受到了丈夫的爱，因为通常情况下丈夫问话的顺序会是"男孩还是女孩？孩子怎么样？大人怎么样？"

爱的萌芽无处不在，有时候，爱就隐藏在几句话的不同顺序中。

（**作者**：小　冰；**推荐者**：江　薛）

孩子的天使

从前，有一个婴儿将要出生，他便问上帝："人们说你明天要给我生命，可我往后怎样在这样一个没有任何帮助的地方长大呢？"

上帝说，已经为他在所有的天使中选了一个，这个天使将会照顾他的一生，会每天对他唱歌，对他微笑，如果遇上坏人，这个天使会冒着生命危险前来救他的。

这时，婴儿对上帝说"请告诉我那位天使的名字，好吗？"

上帝思考了一下，说"你的天使的名字并不难记，你自己就会叫她——妈妈。"

（**推荐者**：范君瑭）

金色的房子

有一个男孩住在山上，四处都是山，每当日出的时候，男孩喜欢爬到自家屋后的山顶，在那里他可以望见远处的一幢金色的房子。他想，如果能住在那个屋里，该有多好呀！

有一天，男孩想去看看那幢金色的房子，他翻过了几个大山头，走了好多路，到那里一看，眼前只有一座十分破旧的民房，屋里有一个和他年纪相仿的女孩，男孩问她：有没有看到过一幢金色的房子？女孩一听乐了，她领着男孩爬到她家的屋顶，说："瞧，在那儿，我天天都能看到这个金色的房子！"

顺着女孩手指的方向望去，在落日的余晖中，远处果然有一幢闪着金光的房子，那正是他早上离开的他自己的家……

我们在现实中所抱怨的种种不如意，或许正是别人所艳羡的。领悟到这一生活的哲理，我们才能净化心境，淡泊物欲，拥有快乐的每一天。

（**编译**：新　华；**推荐者**：陈　超）

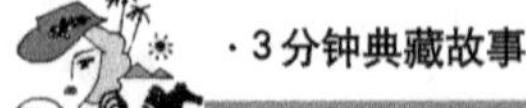

缩短心灵的距离

有个中年人买了套房子，隔壁邻居是个老太太，为了表示友好，他对老太太很客气，每天看见她总是要朝她笑笑，可是老太太的神情却总像寒霜一般。

春天来了，屋前的草坪显出了绿绿的生机。那一天，中年人回家时不忍践踏那草坪，便绕了点儿弯路，没想到上楼时老太太微笑着迎了出来，她笑吟吟地说：“我整个冬天都在想，并有点担心——新来的邻居是什么样的人呢？”停了一下，老太太又说：“当你上楼并绕过那片草坪时，我终于了解了你，也知道自己没有什么好担心的了。”

生活就是这样：刻意为之往往不能缩短彼此的距离，而偶尔发生的一个细节，却会在人与人之间架起美丽的桥梁。

（**推荐者**：谢宝源）

等待三天

一位访美的中国女作家在纽约街头遇到一位卖花的老太太，这位老太太穿着相当破旧，身体看上去也很虚弱，但脸上却是祥和、高兴的神情。女作家挑了一朵花，说“你看起来很高兴。”

“为什么不呢？一切都这么美好。”

女作家随口说了一句：“对烦恼，你倒真能看得开。”

老太太的回答令女作家大吃一惊：“耶稣在星期五被钉上十字架时，是全世界最糟糕的一天，可三天后就是复活节，所以，当我遇到不幸时，就会等待三天，一切苦难就过去了。”

“等待三天”，这是一种多么平凡而又充满哲理的生活方式，对任何不幸与痛苦都要在心中划定一个下限，让它们过期作废。

（**推荐者**：武英秋）

（**本栏插图**：佐　夫）

中国灯笼

□郭荣立

杰克是一个很帅气的美国小伙子，在读大学，和中国姑娘小琴是同学。杰克和小琴经过半年的交往，两人相爱了。

中国的传统节日春节就要到了，俗语说，每逢佳节倍思亲，小琴独在异乡，禁不住感到寂寞，大年三十那天早上，她醒来后便给杰克打手机，邀请他晚上八点到她的公寓和她守岁，杰克一听，高兴得差点跳起来，一口答应：准时赴约！

为了增加一点喜庆气氛，小琴就到华人开的商店里买回了两只大红灯笼，挂在了门楣的左右两边。七点钟，天色渐渐黑了，小琴就点亮了两只红灯笼，然后放着音乐到厨房忙碌起来了。

杰克提前十来分钟到了小琴的公寓门前，他的怀里抱着一束鲜红的玫瑰。杰克到了门口，看到门楣上的两只红灯笼，于是立刻止住了脚步，规规矩矩地在门口等着。

杰克等呀等，一边等一边不停地看那两只红灯笼，可这灯笼还是这么红彤彤地亮着，于是就再等，就这样，他在门前一等就是大半个小时。屋里的小琴可不耐烦了，于是忍不住打了杰克的手机，电话很快通了，小琴问：“杰克，你怎么还不来呀？”

“我早来了，就在你的门前等着哪！”

小琴不解地问：“那你为什么不按门铃呀！”

杰克说：“我想你大概有什么事还不方便，所以让红灯亮着，要我稍等。那灯一直没有变绿，我怎么能闯红灯啊？”

看谁跑得快

□杜世锋

这天，镇上正在选拔参加县运动会的选手，李镇长在主席台上越看越不是滋味，成绩太差了，比如百米短跑吧，就没有一个像样的，李镇长禁不住对着几个村主任发起火来:“你们这么多村，难道就找不出一个会跑的？”

村主任们你望我，我看你，都不敢说话。就在这时，站在李镇长旁边一个看热闹的青年开了口:“镇长，要不让我来试试？”

李镇长扭头一看，鼻子差点气歪了：说话的这个人李镇长认识，是在城里做小买卖的“王跛子”，王跛子因为小时候得了小儿麻痹症，有点轻微跛脚。哼，一个跛子也能跑？可让李镇长大吃一惊的是：王跛子这一跑真见了鬼啦，他的成绩居然比刚才所有的选手都要好，那个裁判拿着秒表直瞪眼:“奇怪，他还是个跛子呀，怎么跑得这么快呀？”

于是王跛子又跑了第二次，嗨，这一次的成绩比上一次还好!

三天后，王跛子果然不负众望，他在全县运动会上夺得了百米短跑第一名，因为他是跛子的缘故，更是万人瞩目，县长亲自为他颁奖，电视镜头和闪光灯一直对着他。发完奖品，县长亲切地拍着王跛子的肩头说:“小王呀，你的腿有点残疾，还跑得这么快，有什么秘诀吗？”

王跛子“嘿嘿”一笑说:“县长，不瞒您说，我在城里街头做小买卖，我最怕那些‘城管’，被他们抓住，不但要罚款，还要没收东西，所以我一看见他们就跑，这不，两年下来，还真跑出点成绩了……”

墙头上的神功

□冷　空

陈小明打肿了额头，磕青了胳膊，踢伤了脚背，终于打入了“大力杯”散打冠亚军争霸赛，将和他决战的对手是一个叫何飞的运动员！

这天，陈小明从训练场上回到宿舍，眼睛无意间往墙上一看，顿时惊呆了：墙上粘着两只扁扁的死苍蝇！死苍蝇本没什么可怕，可怕的是两只死苍蝇的周围各有一圈淡淡的脚印，陈小明吓了一跳，踮起脚尖凑近一看，不错，是运动鞋的鞋印，脚跟朝上，脚尖朝下，毫无疑问，有人飞身上墙，由上而下踹死了落在墙上的苍蝇！

“腾空后踢！”陈小明心里“咯噔”了一下，“腾空后踢”是搏击中置对手于死地的必杀技，可这动作难度极高，谁都没有学成，陈小明曾偷偷学过，但最终还是放弃了这一念头，但是，现在居然有人已经偷偷地练成了这一手非凡绝技，并且有可能将在明天的赛场上将自己置于死地！

是谁呢？难道是他的对手何飞？那么，何飞是什么时候到这房间来露这么一手的呢？陈小明记得到他房间来的熟人特多，何飞也来过，进进出出也没留意，看来何飞是存心要给他一个下马威，或者是故意来一场心理战，至少让他今晚休息不好，而明天是决斗时刻，运动员最需要的是充沛的精力，所以赛前必须休息好，但是陈小明却一夜没睡好，何飞的这一手算是下准了！

八点正，队友叫醒了陈小明，陈小明反应有些迟钝，两眼定定地看着墙，那儿一只苍蝇正“嗡嗡”地飞着，队友见状，随即拾起地上的鞋子，照准苍蝇“叭”的就是一下，墙上又粘上了一只扁扁的死苍蝇……

队友自言自语地说：“这地方卫生条件够差的，我都打死好几只了！”

不能进去的实验室

□李月平

这天，医学院的一位男讲师领着护士班的一群女学生来到实验室做实验。这些学生刚刚入学，第一次到实验室来，看到各种各样令人毛骨悚然的标本，禁不住既好奇又害怕。

实验进行到一半，讲师突然发现缺少了几样实验器材，他想起这几样器材隔壁实验室里就有，于是就叫几位同学把它们拿来。

那几个女同学去了，可是过了一会儿却空着手回来，讲师奇怪地问："器材呢？怎么都空着手？"

那几个女同学全都红着脸，低着头不回答，见讲师问得紧，一个胆子大些的女同学说："老师，隔壁实验室我们女孩子是不能进去的……"

讲师一听，奇怪了："我不是把钥匙给你们了吗？难道你们连锁也不会开吗？"

刚才那位胆大的女同学说："老师，我……我们真不能进去，如果进去了，我们女孩家的清白可就难保了……"

讲师越听越糊涂，他决定亲自去拿，谁知刚走到实验室门口，讲师的眼睛也瞪直了：大门上贴着一张字条——"闲人请勿进，我已经脱得干干净净了！老王。"

讲师终于明白女学生们所说的"清白难保"是什么意思，他怒气冲冲地闯进门去，大声喊道："老王，你脱得我课都没法上了！"

原来，这字条是实验室的清洁工老王写的，老王只有小学三年级的文化，经常写错别字，得，他这回又把"拖"字写成"脱"了！

（**本栏题图**：李　加　史　琦）

353 2005 SEMIMONTHLY 下半月刊 10月 STORIES

故事会

2005 年 10 月

下半月刊 · 绿版

主　编：何承伟

常务副主编：吴　伦

副主编：姚自豪（上半月 · 红版）

副主编：夏一鸣（下半月 · 绿版）

本期责任编辑：梁宁宁

发稿编辑：

姚自豪　蔓　石　周　吟　吕　佳

夏一鸣　鲍　放　何　莹

美术编辑：李宝强

电脑制作：郭瑾玮

通　　联：归依玲

本社办公室电话：021-64375030

上半月刊编辑部电话：021-64332325

下半月刊编辑部电话：021-64336469

（上海市绍兴路 74 号 邮编：200020）

主管：
主办：上海文艺出版总社

督印 发行：张　凯

电话：021-64313938

广告总代理：上海文艺广告传播中心

（上海市绍兴路 74 号 邮编：200020）

广告总监：张　淮

广告业务：021-34010383

广告投诉：021-64333738

广告经营许可证

沪工商广字 3101034000029 号

发行：中国图书进出口上海公司

手机阅读器服务商：北京掌讯远景信息技术有限公司　客服电话：010-51196627

本刊各栏目欢迎来稿。来稿寄上海市绍兴路 74 号《故事会》杂志社，邮编：200020；请在信封上注明“××栏目”收；本期责任编辑电子邮箱:liangningning@vip.sohu.net

最轻体重

某妇人体重接近120公斤，她很担心，于是去看医生。

医生问：“你最轻的时候有多重？”

妇人没理解医生的意思，想了想，答道：“刚出生时我只有3.5公斤。”

（王　晓）

辞退保姆

钢琴教授家的保姆很勤快，教授却把她辞退了，邻居知道后不解地问：“你为什么要辞退她呢？”

教授说：“她把被子拿到阳台外面拍灰尘时，用木棍乱打一通，一点节奏都没有！”（蒋建设）

（本栏插图：李　加　史　琦）

联想

结婚二十周年纪念日，妻子戴了顶新潮的假发，娇滴滴地对丈夫说道：“亲爱的，怎么样，我今天的打扮有没有让你想到什么？”

妻子本指望丈夫会说像某个明星一样漂亮，没想到，丈夫一拍脑袋说：“对了，家里的拖把又忘买了。”

（袁菲菲）

女人的武器

儿子即将结婚，父亲偷偷向他传授秘诀：“哭闹是女人的常规武器，沉默是女人的化学武器，扬言要自杀，则是女人的核武器——”

儿子紧张地打断父亲的话：“如果她宣布使用核武器，应该怎么办？”

“没关系，”父亲一脸轻松地说，“经验告诉我们，这只是核威胁而已。”

（小　蒋）

神父与上帝

小彼得自豪地对小保罗说“我叔叔是神父,所有的人都称他‘尊敬的神父’。”

小保罗不服气地说：“这有什么了不起的，我叔叔体重150公斤，所有人见了都喊道：‘啊，我的上帝！’”

（赵　丹）

守财奴

一对情侣闹别扭。

女的大叫道：“和你这个守财奴在一起简直受够啦，这是你给我的项链，拿去吧！”

男的伸手接过项链，说“盒子呢？”　（于庆云）

醉酒的丈夫

甲：听说你丈夫经常喝得酩酊大醉，每天很晚才回家。你怎么不劝劝他？

乙：不劝也罢，每次他喝醉了回到家，我就说‘先生，能给我买杯酒吗？’他听到这话，总是给我200元，也是笔不小的收入。

（蒋宁贤）

仰卧起坐

一只老乌龟训练一群小乌龟肚皮朝下做俯卧撑，其中一只小乌龟很轻松地做完了100个，得意洋洋地对其他小乌龟吹嘘道：“这也太简单了吧？”

老乌龟看着它那骄傲的样子，嘲笑地说：“有能耐你肚皮朝上做几个仰卧起坐给我看看！”（吴彬坤）

不用担心

吉尔去乡下买房，一番挑选之后，他终于找到了一座比较满意的房子。

“这房子正合我意，可对面的工厂有点碍事。”吉尔表达了自己惟一的不满。

“哦，这您不用过分担心！”房主安慰道，“这是炸药厂，说不定什么时候就会爆炸成碎片啦。”

（于　久）

·笑话·

妙计

法官：我无论如何也无法相信，像你这样一位体面、稳重的男子，竟会动手打你妻子——那样一个娇小脆弱的女人。

约翰：可是她骂我、折磨我，使我完全失去理性。

法官：她说了些什么？

约翰：她喊着："来吧，打我吧！我不怕。来呀，来呀，只要碰我一下，我就把你带到那个秃头的老傻瓜——法官那里去。"

法官：本案撤销！

（程　晴）

从不洗澡

小凯是学校里最不讲卫生的孩子，总是脏兮兮的。

终于有一天老师忍无可忍，问道："小凯，你在家从不洗澡吗？你这么脏，家里人认得出你来吗？"

小凯耸了耸肩膀说："我家里人都不洗澡的，我们通常靠声音辨认对方。"

（李　平）

流　行

妻子在买时装时总是花钱如流水，丈夫很不满意。

这天，丈夫从画店买回一幅人体艺术油画。

妻子好奇地问："画家画女人，为什么总爱画裸体呢？"

丈夫答道："如果穿衣服，万一这种款式不流行了，谁还会来买他的画呢？"（陈　晨）

游　泳

甲：教女孩子游泳，用什么方法最好？

乙：这简单，就用左手轻轻揽住她的腰，右手扶住她的肩膀……。

甲：我不是说教女朋友，是教我妹妹。

乙：噢，从池边把她推下去就行了。（李　帆）

父与子

父亲和索尼一起读一些有关动物生活习性的书籍。

索尼边翻书边说：“爸爸，老师告诉我们，许多动物每年冬天都要换一件新皮袄。”

父亲听到这话，立刻紧张地说：“嘘，小声点，孩子，你妈妈就在隔壁房间里，千万别让她听到这话。”

（李　洪）

好文章

编辑对记者说：“你那篇关于一个女人在山里迷路后30天不吃不喝活下来的文章，引起了读者极大的兴趣。”

“真的吗？”

“当然，我们收到三十多封信，都是单身汉寄来的，他们都说想娶那个女人。”

（赵建一）

原来如此

两匹马站在路边看来往的汽车。

一匹马说：“车里的这些人身上怎么都绑着带子啊？”

另一匹马说：“我知道人们为什么不再需要我们了，现在他们都自己拉车了。”

（周林生）

悲喜交加

一位上了年纪的男子坐在公园长椅上独自落泪，警察走上前去，问他出了什么事。

那老人哭着说：“我75岁了，有百万家产，还有个25岁的漂亮妻子在家等我。”

“有这么美满的生活，你为什么还哭呢？”

“我想不起来我住哪儿了！”

（胡　泉）

（本栏欢迎来稿，来稿一经采用，最高稿费为1则100元。本期责任编辑电子信箱：liangningning@vip.sohu.net）

·阿P系列幽默故事·

黑心的票贩子

□ 李清林

离春节只剩下三天了，阿P归心似箭，离开工棚，直扑火车站。

火车站人山人海，阿P排队排了好长时间，好不容易挨到售票窗口，一问，自己回家的车次，不论快的慢的，几天前票就已经全部卖光了。正当他沮丧地离开窗口时，一个二十多岁的小伙子凑过来，低声说："哥们儿，借个火。"阿P掏出打火机递过去，小伙子一边点烟，一边把他拉到角落，悄悄问道："大哥，要票么？"

阿P明白了，对方是个票贩子，于是试探着问："怎么，你有？"小伙子说："你到哪里？"阿P报了站名，小伙子点点头，说："没问题，但要加点儿手续费。"阿P说："多少？"小伙子说："不多，你跟我来吧。"

小伙子领着阿P一路离开广场，在路边把他交给一个年轻女人，说："你跟她去就可以了。"然后转身走了。那女的也不答话，闷着头三拐两拐，把阿P带到一个僻静处，四下看了看，说："几张？"阿P伸出一个指头，女人说："交钱吧。"阿P问多少钱，那女人说出一个数字，阿P一听，几乎比正常价格翻了番，吃惊地叫起来："妈呀，这么多！比卧铺还贵呀！不是说只多点儿手续费吗？"那女人说："你叫什么叫？这可不就是个手续费？这票到我手里，钱就没少花，你多少也得让我们赚几个吧？要不然，谁担着风险扯这个！"

 大自然绝不欺骗我们，欺骗我们的，往往只是我们自己。——谚语阿P腰里的钱，都是每天汗珠子掉下摔八瓣儿挣来的，平时节衣缩食，从不多花一分，怎么能舍得这么破费？于是连连摆手摇头，说："算啦，算啦！我买不起，不买了。"

那女人不高兴了，说"你不买可以，可害得我跑这么远的路，你给个打车钱吧！"阿P一听，怕女人纠缠，急忙说："对不起，对不起！"回身一溜烟跑了。

阿P回到车站，壮着胆子夹在检票队伍中，企图蒙混过关，可一下就被那些一脸严肃的工作人员给扒拉了出来。

当他又回到售票大厅的时候，已经是下午了，要是再走不了，到家就吃不上年夜饭了。他急得团团转，就在这时，又看到刚才那个倒票的小伙子在不远处转来转去。他横了横心，走上前去问："不知道现在还有票吗？"小伙子斜了他一眼"你不是嫌贵吗？"阿P赶紧说："不贵，不贵。麻烦你给我弄一张吧。"说着从口袋里掏出10块钱恳求道："这次我就不去了，这是给你的车钱，你过去帮我把票取来吧。"小伙子去了没多久就拿着票回来了，阿P急忙迎上去，把票钱塞到小伙子手里，小伙子接过一数，说："不对，还差100元。"阿P拿回来又数了一遍，说："对呀，是先前那个女的告诉我的价钱呀。"小伙子说："当时是那个价，现在涨了。"阿P说："就这么一会儿，怎么就涨这么多？"小伙子说："人家就交代我这个价，咱废话少说，你如果嫌贵，我给她送回去。"说罢回身要走。阿P心里暗骂："真黑呀！"但再黑也只有这一条道了，他咬牙切齿地又掏出一张百元大钞递过去，这才把票拿到了手。

这道关坎儿过去了，可阿P走得并不顺心，他途中还得换一次车。到了换乘中转站，情况一样，窗口买票根本想都不用想，没门儿。这回阿P聪明起来，不再犹豫，二话没说，从票贩子手里买了高价黑心票，终于在大年三十的下午赶到了家，虽说多花了不少冤枉钱，但总算平平安安到了家。

团聚是甜蜜的，又是短暂的，为了生计，不出正月，阿P又该离家南下了。这回阿P有了经验，他提前到市里的火车站预购车票，果然顺利。因为是联网售票，阿P连中转换车的票一并买了，并且还别出心裁，额外又多买了几张。阿P有自己的打算，他算计着到起身的时候，正是民工返城的高峰期，各地的火车票肯定紧张。自己到中转的城市，把多余的几张车票高价一出手，就可以赚一笔，这样一来，回家路上被票贩子黑去的钱就找回来了。

阿P赌气地想："哼！他们做得，我阿P为什么做不得？闯社会这玩意，靠的就是胆子大，傻瓜才光被别人宰割哩。”

阿P告别家人南下，坐了一天火车，来到中转的城市。下车后，饭也顾不上吃，拎着瓶矿泉水，在车站广场乱转，他要尽快把多余的车票卖出去。

他想得没错，车票果然空前紧张。许多民工因买不到车票，被困在这里，急得团团转，阿P暗自得意，他观察多时，瞄准了几个聚在一起焦躁不安的民工，听他们对话，知道正是跟自己去的同一个方向。于是假装借火，凑过去搭讪：“哥儿几个要买车票是吧？我手头倒是有几张，本来是给几个老乡买的，但因为情况突然变化，他们不走了，就只好出让了。你们如果需要，咱们就两方便了。”

那几个民工一听，顿时眼睛放光，连说：“要，要，我们都在这里困了两天了，你简直是及时雨呀！”阿P说：“且慢，咱丑话说在头里，我这票是高价来的，每张比窗口票得多花近一倍的钱，你们哥几个可想好了再决定买还是不买。”

那几个人一听，犹豫了，说：“这么贵呀？不能便宜些么？”阿P摇摇头：“说实话，我一分钱都没赚你们的，就是怎么来怎么去。出门在外，我不会骗你们的。”几个民工你看看我，我看看你，最后眼睛都盯着一个年纪较大的“连鬓胡”。那连鬓胡思忖了一下，说：“这票咱们得要。尽管多花点钱，但如果继续这么困下去，反倒多破费。”

阿P接茬说：“对呀，这位大哥这账算得有道理。”其他几个人没做声，算是默认了，但其中一个说：“理倒是这么个理，可是我身上的钱不够啊。”连鬓胡想了想，说：“你们谁有，先借他。”几个人异口同声说自己还不足。连鬓胡皱起眉头，琢磨了片刻，说：“这么办吧，我因为怕丢，身上没敢多带现金，但邮政存折上还有几个钱。我到车站邮局取出来，先给你们垫上，不过，你们可要讲信用，到地方一定想办法尽快还我。”几个人连说一定一定。于是连鬓胡对阿P说："哥们儿，你稍等，我去去就来。"说着从破背囊里掏出一个存折，起身走了。

阿P跟几个民工有一搭没一搭地聊着，几分钟不到，那连鬓胡就回来了，说："钱取来了，把票给我们看看吧。"阿P说："这还能假！"说着掏出票来，还没等对方接，突然，身后伸过一只大手，牢牢地抓住了他的手腕。阿P一回头，整个人顿时傻了，怎么？身后是两个警察。原来那连鬓胡说去取款只是为了稳住阿P，其实是到车站派出所举报，警察迅速出动，把阿P抓了个现行。

到了派出所，警方把阿P的所有车票全部没收，原价卖给了那几个民工，对举报人连鬓胡还按规定给了奖励。连鬓胡拿到车票和奖金，冲阿P说声"多谢"，兴冲冲地走了。本想算计人家，却反过来让人家给算计了，阿P又羞又气，那懊丧劲儿，就别提了。好在警方念他初犯，教育一通就把他放了。阿P又落个两手攥空拳，与那些因买不到票而受困的民工为伍了。

怎么办？阿P思来想去，没有别的办法，时间紧迫，还得找票贩子解决。

阿P在广场转了几圈，碰巧又遇到了上次中转时卖给他票的票贩子，对方一见阿P，乐了："嗬！哥们儿，怎么又是你呀？缘分哪！"阿P说："上次是往北，这次是往南，还得请你帮忙给弄张票。""没问题！老相识了，看在回头客的份上，这次给你打折。说吧，到哪？"果然，不一会儿，票贩子就给阿P拿来了票，真的就比上次便宜了许多。阿P心里想："人心都是肉长的，这个票贩子倒是蛮有人情味儿的。"

检票，登车，阿P心安理得地拿着票去找自己的座位，找到票上标明的7车16号，一看不对，人家7车是软卧车厢。阿P把票给旁边的旅客看，有人问他："这票是从票贩子手里买的吧？"阿P点头，那人摇摇头说"你上当了，这是张假票。"阿P火了，想下去找那个票贩子，可车已经开了。那人很有经验地提醒他道："千万别嚷嚷了，不然工作人员知道了，不是赶你下车，就是让你补票。你赶紧到硬座车厢找个地方悄悄眯着吧，这假票做得可以乱真，检票不容易发现的，也许侥幸就混到地方了。"

阿P忐忑不安地找了个角落缩在那里，竟真的一路无事，到地方下车，顺利走出车站检票口，想想自己这次回家，往返都被人蒙骗，很是不顺。不过想到自己用假票混上了车，也算得上是"笑到最后的胜利者"啦，阿P脸上又出现了笑容……

（本篇月月评短信代码：G200）

（题图、插图：李　加）

·悬念故事·

是谁杀害了海伦

□郭荣立

一个风雨交加的夜晚，小镇出了凶杀案，海伦让人杀害在她车库前的工作台边，警长赶到现场，看到在尸体旁，有一根两英尺长、沾满血迹的铁管。

一天过去了，案件一点进展也没有，到了傍晚，警长又来到海伦家附近，希望能找到一点蛛丝马迹，却意外地在海伦家车库旁边，碰到艾德加夫妇牵着狗在散步。

警长问道“海伦死了，昨晚你们有没有注意到什么反常的事情？”

艾德加吃惊地说：“她死啦？这太可怕了，也真是个损失，她可是个大美人儿。”

“她是被谋杀的，”警长说，“你们和她熟悉吗？”

“被谋杀！”艾德加吃惊地重复着警长的话。

艾德加太太不高兴地说：“当然不熟悉，她和我们不是一路人，她对附近的每个男人投怀送抱，这种事没有早些发生，我还奇怪呢。”

警长追问：“每个男人？艾德加太太，你知道具体是哪些人吗？”

艾德加太太不开心地说：“说实在话，我没亲眼看见她和哪个男人在一起。不过我敢肯定，有这样风骚的女人在这里，就没有一个女人的丈夫是清白的。”

警长又问了几个问题后返回警署，正好碰到手下的警员带回了两个人，一个叫休伯特的男孩和他母亲。这个休伯特是个智障患者，平时经常到海伦家去玩，现在把他带回来调查，他母亲不放心，坚持要跟着来。

 要坚持真理，不论在哪里也不要动摇。——赫尔岑

“休伯特，你认识海伦吗？”

休伯特脸上显出幼稚的微笑，点点头：“我喜欢她，她常让我在她的车库里做东西，有时候我们一起喝巧克力茶。”

“你晚上去过她的车库吗？也许昨晚你就去啦！”

“有时候去过，我不记得了。”

“休伯特，”警长问，“你怎么把手弄破了？什么时候弄破的？”

休伯特看看自己的手，绷起脸说：“我不知道，也许是我爬公园的树时弄伤的。”

“听着，”警长温和而坚定地说，“仔细听我说，海伦昨晚受到伤害，你喜欢她，但你没有伤害她吧？”

休伯特的两只眼睛转动着，很孩子气地说：“我要回家。”

警长见问不出什么，于是决定和他母亲谈一谈。

“您能告诉我您儿子的具体情况吗？”

“休伯特十九岁，但是智力只有五六岁孩子的水平，”休伯特的母亲疲乏地说，“他很善良，没什么坏心眼。我儿子不可能做出那种事。”

“休伯特昨晚出门了吗？”

她叹了一口气，泪水滚落下来，说：“我阻止不了他，昨晚他很晚还冒着大雨出去，我不知道他去哪儿了。”

史蒂夫警长站起来说：“我知道你相信自己的儿子，但我必须暂时把他留在这儿，找一位合适的医生和他谈谈，我们会好好照顾他的，你随时可以见他，好吗？”休伯特的母亲勉强地点点头。

第二天，警长又驱车来到海伦的住处，竟意外又遇到了艾德加和他的狗，当他们互相点点头打招呼时，小狗突然努力地拽着皮带，想要冲向海伦家的车道，艾德加则使劲地拉住。

警长立刻警惕地问道：“你的小狗似乎很想转进这条车道，那是它散步的路线吗？”

警长说着，从他手里接过栓狗的皮带：“我们试试。”

他跟在小狗后面随意往前走，它居然毫不犹豫地跑到车库前，然后后腿站立起来，前爪伸向工作台。

史蒂夫警长把狗抱到工作台上，它立刻满意地蜷成一团躺在那儿。警长抬眼看看窗外，从他站立的地方正好可以看见对面的海伦的卧室。

艾德加还想解释什么，警长强硬地说道：我会叫人通知你太太的，你有什么话到警署再说吧。

在问讯室里，警长单刀直入地问道：“你和海伦是什么关系？”

“我们之间没有关系，”他差不多是在尖叫，“我几乎不认识那女人。”

警长并不理睬他的话，接着说：“现在我告诉你我的想法！你每天晚上牵狗散步，都要悄悄溜进海伦家的车库，从那儿窥视她。你自己说过，她

‘是个大美人儿’，但这一次她正好来车库查看，惊异地发现你在偷看，于是你在惊恐中杀了她灭口！”

艾德加低声说“警长，我承认我曾偷看过，但是，警长，我没有杀她！我发誓，我碰都没有碰她！”

就在这时，艾德加太太拖着拖鞋闯进来嚷着：“你们把我丈夫怎么了？”

警长说：“我们传讯你丈夫，你得在外面等着，艾德加太太。”

这女人尖叫道：“他什么也没做，你们不该这么对待他！”

正在这时，休伯特的母亲哭泣着要求要带儿子回家。

警长点头说道“好，你先把他带回去，有事我们再找他。”休伯特的母亲立刻高兴地转身离开，去领他的傻儿子了。

没过多会儿，休伯特站在门边向里看，说道：“再见，警长，妈妈说我现在可以回家了。”当他看到艾德加太太时，友好地说：“艾德加太太，你也在这里呀。你好！我希望艾德加先生的感冒好些了。”

艾德加粗声粗气地说：“我没有感冒，孩子。”

“那天晚上艾德加太太说你感冒了，”休伯特脸上是一副善良的表情，“我只是想问问你是不是好些了。”

“警长，让这孩子走开，否则我要找律师。”艾德加太太突然激动地说。

警长举起手说“先别着急，艾德加太太。”他走过去，耐心地问道“好好想想，休伯特，艾德加太太什么时候告诉你她丈夫感冒了？”

休伯特说：“下大雨的那天晚上，她从海伦的车库出来，跟我说，艾德加先生感冒了，下雨不能出来遛狗，她不得不牵狗散步。而且她的手好像也被什么东西碰伤了，不知道她是不是也爬了公园的树。”

艾德加太太火气消了，脸色苍白地招认，是她杀了海伦，她再也受不了自己的丈夫每天去偷看这个女人。

（**题图、插图**：佐　夫）

家庭故事

家庭是一个舞台，千千万万个家庭演绎着万万千千的故事。这本故事书里的51则作品，艺术地再现了家庭中的矛盾纠葛、悲欢离合和儿女情长，内容亦庄亦谐，或耐人寻味，或令人捧腹，有较强的可读性和可传性。

情爱故事

集中所收38则故事，几乎覆盖人们情爱生活的各个环节，社会众生相在作品中得到了不同程度的映照和折射。这些故事不仅在情节设计上精于构思、巧于安排，而且在艺术风格上也各有所长。对看惯小说电影戏剧的诸位来说，浏览此书是一种全新的享受。

聪明人故事

本书犹如一叶风帆，引您在智慧之海遨游。故事中的主人公活跃在各自的人生舞台，凭着自己的聪明才智，斗强蛮，蔑权贵，助弱小，解万难，演绎着一出出绝妙无比的连台活剧，内容既有情节性又有趣味性。

傻子故事

傻子故事在民间流传极广。本书共收72则傻子故事，内容生动风趣，人物栩栩如生，一群言行可笑、可悲而又憨厚可爱的艺术形象，如一幅幅色彩奇特而又耐人寻味的漫画，让你目不暇接。

细米（青春系列小说）

少年细米生来就是一个爱脸红的男孩儿，他与表妹红藕两小无猜，一同长大，日子如清水一般自然流淌。然而，有那么一天，大河上飘来一叶巨大的白帆，白帆下飘来了一群仿佛来自天国的女孩儿。这些从苏州城里来这里插队的女知青，给平静的乡村带来了一股新鲜而迷人的气息，而其中的梅纹姑娘以她纯净而温柔的情感与精神力量，使细米这个桀骜不驯的乡野之子步入新的成长历程。他们初次相见时，彼此就有了一种奇异的感觉。在后来苦难而温馨的岁月中，细米一边在梅纹的引领下走向前方，一边开始暗恋着她的声音、她的举止以及她身上所有的一切，而她在那段孤独无助的时光里，似乎更深刻地陷入了一种对于细米的不可名状的眷恋。一种非恋情的恋情，在一个到处是河流与芦苇的水乡世界中令人感动地展开着，处处风采飘逸，处处诗意流动。

小说深谙人的情感的微妙，写就了一段天地之间可以与日月同在的情感故事，以优雅的笔调完成了一个少年的心灵雕塑。安宁的村落、寂静的麦田、旋转的风车、河里的小船、各色的鸽子、雪白的芦花、袅袅的炊烟，与四季优美的乡村风景一道，参加了这个东方少年的现实世界的加冕礼。

鸟　奴（青春小说系列）

这是一部故事精彩可读性很强的动物小说；这是一部蕴含深刻哲理让人掩卷沉思的动物小说。动物行为学家“我”与藏族向导强巴在滇北高原日曲卡雪山进行野外科学考察时，意外地发现一对蛇雕与一对鹩哥把自己的窝筑在同一棵大青树上。从动物分类学上说，蛇雕属于食肉猛禽，鹩哥属于普通鸣禽，蛇雕是各种雀鸟的天敌，鹩哥被列入蛇雕的食谱。在大自然的食物链上，二者是猎手与猎物的关系，怎么可能共栖共存呢？“我”决心揭开这个谜。“我”埋伏在离大青树不远的石坑里，亲眼目睹蛇雕一家子是如何飞扬跋扈欺凌可怜的鹩哥的，也清楚地看到鹩哥一家子是如何谨小慎微忍气吞声在夹缝中求生存的。经过半年的观察研究，“我”排除了这家子蛇雕与这家子鹩哥之间传统的“共生共栖”、“单惠共栖”和“假性共栖”这几种大自然常见的共栖关系，而是属于非常罕见的主子与奴隶的共栖关系。动物界特殊的“兽际关系”，折射人类社会复杂的“人际关系”，具有强烈的震撼力量。作品语言流畅生动，对大自然的描写惟妙惟肖，值得一读。

·我的故事·

我的QQ里下了一场雪

□白　驰

我是个单身女孩，在紧张工作的闲暇，喜欢在虚拟的网络世界中打发孤寂。

一个星期天的早晨，窗外大雪纷飞，我简单吃了点东西，然后就打开电脑，上了QQ线，想随便和谁聊聊天，打发时间。

没多会儿，有人发来聊天请求，我忙查看对方详细资料。对方网名叫“石强”，真实姓名也叫“石强”，27岁，男，工程师，资料上所有栏目都填得很具体。凑巧的是，我们居然是校友，他所在的城市我也常去出差。

我在网上看过无数个人资料，如此本分、完整的填写，还是第一次遇到！有了这些详细资料，就很容易试探出他说话的真假了，比如我可以问问母校的情况，于是我立即接受了请求。

“我准备今天就去杀掉一个感情骗子，离开这个肮脏的世界，所以想随便找个人，最后说几句话！”

我吓了一跳，在诸多开场白的套路中，这样的可不常见，真也好，假也罢，人命关天啊，我赶紧回道：“你那里下雪了吗？看看吧，外面的世界多美好！这个世界还有很多美好的东西，为什么要做傻事呢？”

他说：“这些美好和我有什么关系，虽然我有百万家产，可就在昨晚，我发现女友背叛了我，那个比我更有钱的混蛋对她不是真心的，是在玩弄

她，他们才认识四天啊！我不能便宜了那个混蛋，一定要干掉他！”

我有过类似的经历，能真切地感受他此刻的悲伤和绝望，也担心他在冲动中会走上不归路，于是现身说教道：“想开一点，没有过不去的坎！一年前，和我相恋五年的大学男友，为了另一个女人，也背叛了我，我当时也快崩溃了，可我终于战胜了自己，现在，我可以欣赏窗外的雪景，尽情享受美好的生活，当时却差点为一个不值得爱的男人，舍弃年轻的生命，现在回想起来，真后怕啊！”

石强似乎愣了一会，回话说：“我知道你是想安慰我！谢谢你善意的谎言！可我必须除掉那个骗子，我所爱的人才能解脱，获得真正的幸福，为了曾经的爱，我死而无憾！”

那一刻，一丝感动涌上我心头。为了稳住他，我主动向他发出了视频聊天请求。

图像清晰显示出来的那一瞬间，我们都惊呆了！石强阳光帅气，木木地坐在那里盯着我看，像定格的剪影。现在想来，那一秒，我们该是一见钟情了。

好半天，我才想起来说话：“呵呵，你呆呆地看什么呢？”

他的眼睛依然一眨不眨地看着屏幕，惊讶地说：“肯定是，你肯定是电影明星。”

我当然晓得自己不是什么电影明星，但得到英俊男人如此夸奖，心里很受用，就发了一个敲打图像，他立刻回发了一个疼得咧嘴的表情。我感觉到他情绪正在好转，暗自高兴，我说：“你再看看外面的雪，美不美啊？”他回复道：“雪映红颜分外娇！”

接下来，我们的交流渐渐深入，我开始有目的地核实他的各方面情况，他竹筒倒豆子似的，什么都跟我说，而且他讲的无论是母校还是他所在城市的情况，都没有任何破绽，直觉告诉我，他是个很单纯很明朗的人，坦荡得有点傻冒。

我们越聊越热烈，下线前，我说有机会就去看他，他高兴极了，给我留了手机号码，还说见面会送我一件小礼物，见证我们不寻常的相识！

我“哦”了一声，并没追问，心中却期盼着鲜花或者布娃娃这样属于情人的浪漫礼物。

爱，有时候很简单，我就这样结识了石强，并且有了一丝牵挂。

几天后的下午，单位正好派我去石强所在的城市出差。在大巴上，我拨通了他的手机，说我刚才匆匆上车，忘了带身份证，我要住的那家大宾馆很规范，没有身份证住不了，想用他的身份证登记。他欣喜若狂地说：“你真来看我呀，好好好，我这就去车站等你！”其实，我是在扯谎，我真正的目的是想查验他的身份证。

雪大路滑，车速比平时慢得多，偏偏前方出了交通事故，传来的消息是没三四个小时，动不了。大冷的天，我不忍心让他久等，就打电话让他回家，说到时候自己找个小旅社将就一宿，明天再说。石强干脆地答应了。

夜里快十点多钟，车一进那个露天车站，我就看见车窗外的风雪中，晃动着一个高大的身影，雪人一般，我心一热：石强，难道是他？果然，我刚钻出车，在风雪中哆嗦了一下，他就已经立在我面前了！那种情境下，任何一个女人，都不可能不心跳加快的。

我嗔怪道：“你不是答应不等我了吗？”

“不这么说，你会着急呀！小旅社乱，你去那儿住我不太放心。”他腼腆地笑了一下，接过我的行李。我情不自禁地伸手拍掉他身上、头上的雪，他也许是读出了我眼光中的爱怜，目光游离地扭头就走。

到了宾馆登记时，石强掏出身份证，递给前台服务小姐。趁小姐低头登记的那会儿，我用眼角余光瞟了瞟那张身份证。不错，照片是他的，名字是石强，他没跟我说一句假话。我最后一丝疑虑也在这一刻打消了。

安顿妥当，我们进了一家日本餐厅。强子很有品位，挑选的餐厅很有情调。在温馨的灯光下，我拨弄着勺子，发出暗示：“强子，这里的一家公司多次邀请我过来工作，我准备跳槽，你看怎样？”

他很吃惊，傻乎乎地问：“大都市呆得好好的，怎么想起往小城跑？”

我定定地看着他的眼睛：“因为，这里即使下雪天也让人觉得很温暖……”我想，当我含着妩媚的笑说出这句话的那一刻，木头也会有反应。

果然，石强愣了愣，犹犹豫豫地掏出一个精致的首饰盒，轻轻地放在我的面前，低下头小声说道：“你拯救了我，这件礼物现在送给你可能有点唐突，但我是……真心的……”

打开盒子，我吃惊地发现里面是一枚钻戒，以前在首饰店里看到过类似的戒指，价格应该在两万块以上。我能看出他的诚意，但第一次见面就送这么贵重的礼物，我还是觉得不太舒服，于是我连犹豫都没犹豫，就将盒子搁在桌面上，慢慢地推回去，淡淡地说："谢谢你，第一次见面，也许鲜花更合适……时候不早了，你能送我回宾馆吗？"

石强看我没有一点惊喜的样子，尴尬地收起盒子，起身说："那好，我重新挑选，一定会让你满意的！"

外面的风很大，我下意识地靠近了他，我闻到了他身上淡淡的烟草味，还有温暖醉人的气息，这让我很快忘记了刚才的一点不快，伸手挽住了他的胳膊。

进了客房，石强转身轻轻浅浅地拥了我一下，我却用了点力气回应他的拥抱，希望能够有点进展，突然，石强用力推开我："我……该走了，明天再见！"说完，头也不回地跑了。

第二天，我打石强的手机，关机。再打，还是关机。不安的阴云笼上心头，到下午我再也忍不住了，于是匆匆赶到强子的单位，问办公室的一位小姐，这儿有个叫石强的人吗？

小姐疑惑地看着我"有。你是他什么人？你有什么事？"

"我是他的朋友，昨天晚上，他说今天见我，我们有事要谈。"

那位小姐听罢，惊恐万分："怎么又来一个，这怎么……可能？石强已经死了！"

我呆了，问他什么时候死的，是怎么死的？小姐说，石强一年前从单位楼顶上跳下去摔死了，至于为什么原因跳楼，谁也不清楚。

怎么可能呢？难道她们单位有两个石强？我描述了强子的模样，还说我看见了他的身份证，那位小姐狐疑地说："不错，你说的那个人，是像石强，我们单位也没有第二个石强。真奇怪，这一年里，已经有好几个年轻漂亮的女人到这来找他，都是这么说的。我说石强死了，她们还以为我骗她们，真出鬼了不是？"

当然不可能出鬼！真相虽然没有大白，但我已经隐约感到，自己掉进了那男人精心设计的陷阱！很显然，那个假冒的石强，玩弄了许多女人的感情！我只不过是侥幸漏网之鱼！

三天后，我回到家，在QQ上意外地看到了他长长的留言：

你一定和其他女人一样，去那家公司找过我，也一定因为我的欺骗而伤痛不已。其实你还算幸运，你是我一年来惟一放弃报复的女人，是善良和真情拯救了你自己！

石强是我的哥哥，你知道他为什么寻短见？一年前，他心爱的女友在QQ上认识了一个大款，四天后的那个雪夜，女友和大款见面，在得到大款相送的一颗价值不菲的钻石后，越了轨，却正好被我哥哥撞见了，老实内向的哥哥第二天就走了绝路。

后来，我以哥哥的名义，用他的身份证，利用QQ聊天，向贪财的女人展开报复。我设计同样的圈套，她们奔我的财产而来，都高兴地收下那颗钻石，当然，那只是颗假的，只有你例外，你那么愿意为爱付出，我不能害你。爱，让我只有选择逃避！

我说过，要送你一件你满意的礼物，这就是我决定放弃报复，换个地方去过平静的生活。

你的校友、忏悔中的石林

看了留言，我没有因为自己逃过一劫而觉得庆幸，心情反而更加沉重，我也给他回复了留言：这世界太需要信任和真情了。

（本篇月月评短信代码：G201）

（题图、插图：谢 颖）

·本刊信息传真·

《故事会》"我最喜欢的封面图片"评选启事

亲爱的读者，您喜欢本月《故事会》的哪一期封面？现在只要用手机下载您中意的任意一期（红版／绿版）封面图片，就投了宝贵的一票!您不仅可以马上拥有这张彩图，还有机会赢得精美时尚手表(价值280元，每期5名)，得奖读者在评选结果揭晓后将得到短信通知。

参加方式：发送封面图片代码405（9月红版)或406（9月绿版）到200076（限中国移动彩信用户），信息费：2元／条。本月活动截止期为10月31日。

·中国新传说·

好想亲亲你

□吴相阳

王二牛和村里的伙伴一起在离家乡很远的外地煤窑干活，每晚从窑坑出来，冲个澡后，他们都要聚一聚，七荤八素的话题扯一扯寻个开心。

这晚，二牛从窑坑收工迟，草草洗个澡后，他就忙不迭地往黄大头宿舍赶，他为啥这么急火？原来黄大头前些天回了趟老家，今天刚赶过来，不用说，一定有不少家乡的消息。

二牛三步并做两步赶到黄大头宿舍门口，他已经听到里面嘻嘻哈哈的笑声，从门框的一个破洞已能清晰地看到同伴们东倒西歪的身影……大头带来什么可笑的事情让他们这么兴奋？二牛正要推门进去分享快乐，却突然听到大头在里面说话，话里清清楚楚有“四妞”两个字，二牛一个激愣：四妞可是自己的老婆呀，她出了什么事？二牛停下了脚步，大头的声音从里面传了出来：“……谁也猜不透她房里的男人是谁，那男人声音虽然故意变了味，可也黏糊着呢，‘四妞，我好想亲亲你……’”听了这话，大伙又笑成一团，接着二牛听到有同伴说：“莫不是刘财吧？这小子嘴巴甜着呢，拽个村官印把子，又有几个臭钱，前年才死了老婆，一个孤男，一个寡女……”大头“嘘”了一声：“你说的没假，村里人都这么看，认准就是那小子，可惜二牛还蒙在鼓里，你们记住了，说笑过后，千万别把这事抖搂给二牛，二牛可是一头犟牛，惹翻了，把天都要戳个窟窿！”

二牛听到这里，肺都要气炸了：自己黑汗淌白汗流，拼着一条命在黑黢黢的“阎王殿”挣几个钱，还不是为了让四妞把日子过好点，就连她过生日，二牛都舍去一天工钱，专门请假去城里给她买个小随身听寄回去，那玩意又能听磁带，又能收广播，就是想让她排遣排遣寂寞。没想到这个臭婆娘竟然还是耐不住寂寞，干出偷人养汉的龌龊事，刘财那个小白脸，看上去还挺热心的，原来也是一肚子坏水！二牛虽有一个牛脾气，可也死要面子，他再也没有脸面闯进去问个清楚，扭转头回到自己宿舍蒙住头在床上翻来覆去，“烙”了一夜的“烧饼”。

第二天天没亮，窝了一肚子气的二牛招呼都没和同伴打，急匆匆向十里外的车站赶去，他要赶回老家去看个虚实，探个究竟，他堂堂一个大男人，啥苦都能受，啥亏都能吃，惟独这样的羞耻不能容忍。过去，二牛差不多每两个月就会给刘财那小子打个电话，让刘财把媳妇四妞唤来，他和四妞通个情况说几句心里话，要是一年半载回趟家，二牛更是要通过刘财家的电话，给四妞招呼一声说自己回来了，让四妞温壶暖酒烧个热炕什么的，因为四邻之间，只有刘财家装有电话，可今天，二牛自然不会往刘财家打电话通知四妞，他要搞个“突然袭击”。

第二天天黑老半天了，二牛才赶到村子。村子静悄悄的，二牛满心怒火，径直向家门口走去。

老远瞅去，家里也没亮灯，二牛吃不准四妞是不是睡了，他放轻脚步，靠近门框，大门虚掩着，山风一吹，竟然还吹开了一条缝，二牛心中的怒火更增添了几分：这女人深更半夜不拴门，莫非是给那野汉子留着？二牛决定将计就计推门进去，看四妞黑灯瞎火中有什么反应。

二牛轻轻推开门，径直向卧房走去。模模糊糊中，二牛感到四妞侧身向里睡着，这不明摆着吗？二牛恨恨地正准备躺在四妞的身旁看看她会怎么样，就在这时，那扇刚刚被二牛重新掩上的门“吱呀”一声被推开了，接着传来“四妞四妞——”的呼唤声，二牛一听，这不正是村主任刘财那腻歪歪的声音吗？哼，别人的传言果然不假，你小子偷偷摸摸来得正好，看我怎么收拾你！二牛心里怒喝道。但二牛还想再抓点确凿证据，他闪身躲进大衣柜后，还好，四妞像是真睡着了，二牛的举动并没惊醒她。

刘财边喊四妞边向四妞靠过来，他蹲下身，伸手往床上摸去，二牛受不了了，攥紧拳头就要冲过去，却不料这时传来刘财自责的声音：“四妞，

你别急，快醒醒，都怪我一时口没遮拦，太大意了……”就在二牛还没弄明白之际，刘财背起四妞就向门外冲去。

刘财想干什么？四妞为什么还没醒来？二牛脑子里打起一串串问号，容不得他多想，那刘财已背起四妞冲出了门，二牛一下子也着急了，四妞无声无息是不是生了什么病？二牛正想吆喝一声让刘财放下自己的女人，偏巧屋外冷风一刮，突然就听到四妞断断续续的声音：“他，他怎么样了……快送我见见他……”“四妞，我是刘财，你醒过来就好，千万别急……”

二牛更加纳闷了：四妞想见谁？她到底怎么啦？二牛跟在刘财身后，向村口公路走去，想弄清这到底是怎么回事。不大一会儿，二牛就看见路旁隐隐约约停放着一个三轮“飞毛腿”，刘财把四妞扶上去，叮嘱道：“四妞，你喜欢他，他心疼你，老天会成全你们，不会有事的，这就去见他！”

这是说给哪个野汉子的话？二牛火气“腾”地一下蹿上来，在刘财把车发动起来，正要开动的时候，二牛“噌”一下蹿到车前，叉起腰，大喝一声：“刘财，老子不在家，你就这么勾引别人的女人，快下来，咱们当面说个清楚。”

借着车灯，刘财看到是二牛，他惊叫道：“二牛，你，你是人是鬼……”

二牛气不打一处来：“老子啥时候变鬼了？有鬼的是你！”

就在二牛摩拳擦掌的时候，车上目瞪口呆的四妞“嗵”一下跳下车，跌跌撞撞扑向二牛：“二牛，你真是二牛吗？”

二牛后退一步，气鼓鼓地说：“我不是二牛，我还真成了鬼了？”

四妞不管不顾，一把抱住二牛：“二牛，你就是鬼我也要缠住你。”

二牛听着这话格外别扭，他试着推开四妞，可四妞死死箍住他，让他

 任何鲜血都不能扑灭的复仇之火，却被泪水窒息了。——席勒

动弹不得。

刘财看到这一幕，拍拍脑门，他走到二牛的跟前，叹口气“咳，二牛，你这个不驯服的牛犊子，怎么半夜三更回家了，我家有电话，咋不提前说一声，你害得人好苦哇！”

二牛瞪起牛眼：“咋啦？我要是提前招呼，能看到你们见不得人的这一出吗？”

刘财摇摇头：“二牛，你是三岁小孩吗？你不给我家挂电话也就罢了，你从矿上走，为啥不给矿上的黄大头他们说说，你晓得吗？昨天你所在的那个矿洞出了事，窑塌了，黄大头他们找你都找疯了！”二牛浑身一颤，他也分明感到四妞身子如同筛糠一般。

刘财又叹口气继续说：“等到今天，他们感到希望越来越小了，不敢再隐瞒，大头打电话来让我通知四妞，也怪我，一着急就直接把这消息告诉了四妞，她刚听两句就晕过去了，幸好我家有个小三轮，我就赶快返回去把车开到公路旁，想先把她送到县里治治，再一起搭班车去矿上。”

四妞一时醒悟过来，忙说：“二牛，快到刘村长家去给矿上的大头他们去个电话吧，快去！”四妞几乎是拽着二牛上了“飞毛腿”，刘财长舒一口气：“老天开眼，二牛、四妞，你们坐稳了，我们快去回个电话。”

到了刘财家，二牛拿起电话就要给矿上的大头他们拨去，四妞按住二牛的手说：“二牛，你等等——”四妞边说边从衣兜里取出一个黑色玩意儿：“让我把你的话录下来，死里逃生，这时候说的话一定要留个纪念。”二牛诧异地看着四妞，这个精巧的玩意儿不正是四妞过生日时他自己寄给她的吗？怎么这黑不溜秋的东西还能录音？四妞看到二牛不解的神情，说道：“说你马大哈吧，它是一台微型收录机，不光能收音，还能录音呢。你平日在电话里的通话我都录着呢，不信，放一段你听听。”

四妞折腾了一会儿，那收录机里很快飘出了一段酸酸的声音：“四妞，你想我吗……”

二牛一下子闹了个大红脸，他尴尬地看看抿嘴直乐的刘财，一把按住收录机：“四妞，别，别，快关掉……”

四妞推开二牛粗大的手：“你愿说，我四妞就想听，我在家里闲下来，就不能听听你这电话里说的悄悄话，你个死鬼，为啥一月两月才说一回呢？”四妞说着眼圈就变红了。

“今晚，你捡了一条命回来，我不怕当刘财的面，我就想听，就想听——”四妞说着眼泪“哒哒”滴落下来，把收录机的声音调得更大了，在山村寂静的夜色里，传出响响亮亮的声音：“四妞，我好想亲亲你——”

（本篇月月评短信代码：G202）

（题图、插图：魏忠善）

惹祸的浪漫

□孟 鹏

阿文是个小职员，这天，他拖着疲惫的身子回到家，刚进门，老婆阿花就埋怨开了，说今天有个男同事买了条最新款的项链，准备回家给老婆个惊喜，人家这么有情调，可阿文就只知道工作，根本不懂得浪漫。面对这样的奚落，阿文无话可说，他们刚买了套房子，到现在还有一万元的外债没还呢，哪还有心思浪漫。

可话是这么说，老婆的需求也是要尽量满足的，第二天，阿文下班后跑了几家礼品店，还真让他找到了浪漫。在礼品店货架的角落里，他发现了一个漂亮的工艺品，是两只可爱的小海豚情侣戏逐着一颗漂亮的小球。这勾起了阿文尘封已久的回忆：在一间临时租赁的房子里，他和阿花守着一台破旧的VCD， 阿花躺在他的怀里，一集又一集地留恋在《海豚湾的恋人》的故事情节里，然后一把鼻涕一把泪地蹭着阿文那件惟一能穿出门的上衣。

想到这，阿文毫不犹豫地买下了它，他已经想象到阿花感动得一塌糊涂地扑到他怀里的美好景象，甚至想好要找出最破的一件衣服，让老婆在他怀里蹭鼻涕眼泪，就像当年那样。

阿文以百米冲刺的速度回到家，门都没进，把礼物挂在了门把上，就掉回头去接阿花下班了。

等他们回来的时候，刚走到楼下，邻居大妈就告诉说他们家门口挂了件东西。阿花听了觉得挺好奇的，立刻快步上楼，阿文故意落在后面，想看看阿花看到礼物时的反应。

当阿花小心翼翼打开礼品包时，阿文看到了阿花脸上按捺不住的甜美的笑容。

“会是谁呢？”阿花困惑地自言自语道。

“会是谁呢？”阿文坏笑着说，其实他心里在说，“还用脑子想吗，是你老公我啊。”

进了家门，阿花放下东西就开始拨打电话，阿文的坏笑慢慢地凝固在脸上。阿花拨一个电话，阿文的笑容就会减去一分；阿花再拨一个电话，阿文的心就多一份沉重。

当阿花开始翻箱倒柜找旧电话簿时，阿文开始烦躁，一个念头一闪而过，阿花不会在外面有情人了吧？

“到底是谁啊，不会是你的情人吧？”阿文讽刺地说。

阿花马上回敬说“有人送，总比没人送强。”

最后，阿文没等到阿花扑到他怀里蹭泪水和鼻涕的机会，等到的是争吵，为了他送给阿花的海豚而争吵。

过了好一会，阿花拿着电话进了洗手间，阿文痛苦地坐在沙发上，咬着牙，想：“老婆，我就不明白，你为什么就不能想一下，也许会是你的老公呢？本来就真的是我呀。”

阿花从洗手间出来，讪笑着把手机给阿文，说：“别猜疑了，是小雷送的。”小雷，阿花的童年玩伴，是个女的。阿文接过手机，那边笑着说：“是我送的，我和你们开个玩笑，你也太小心眼了，明天罚你请我吃饭。”

阿文没有笑，没有任何表情，他不想再说什么，阿花也不再提这档子事，忙别的去了。

一个月后，阿花对阿文说：“对不起，那对海豚不是小雷送的。”阿文没有表情地说：“我知道。”阿花有点惊讶，说：“你都知道了，那我也没什么好说的了，咱们离吧。”阿文问：“我想知道你们从什么时候开始的？”阿花说：“从我收到那对海豚。”阿文又问：“他说是他送给你的？”“难道会是你吗？不会，你不懂得浪漫。”阿文沉默了，想说什么，却没有说出来。阿花继续说：“你放心好了，除了那对海豚，我不会要家里任何东西的。”

第二天，他们去民政局办了离婚手续。出来的时候，一个男的开着车在等阿花。

“对不起了。”阿花说完就打开车门坐了上去，阿文走上去敲了敲车窗，男的摇下玻璃窗问：“还有什么没有说清吗？”阿文从兜里掏出一张皱巴巴的纸条，递给他：“你还欠我钱呢。”阿花伸手接了过来，那是一张收据。

收据上写着：礼品：海豚。价格：十五元。

（本篇月月评短信代码：G203）

（题图、插图：魏忠善）

明天有暴风雪

□袁 翼

小袁是省城晚报“目击现场”栏目的记者，由于他敢于讨论敏感话题，还常常通过舆论压力帮助基层解决实际问题，在读者中很有些影响力。

一个寒冷的周末下午，小袁的手机突然响了，有人提供线索说，许家坳小学教室刚刚塌了，而且出了人命！没等小袁再提问，提供线索的人就把电话挂了。不过对方沙哑、浑浊、低沉的声音，让小袁觉得打电话的人八成是许家坳小学的许校长。

小袁的心猛地一沉：原本可以避免的悲剧，这么快就上演了！他快速下楼，开着报社给他使用的采访车，往许家坳小学驶去，一路上思绪万千。

说起这个许家坳小学，小袁印象是很深的。三个月前，面黄肌瘦的许校长，带着全体村民的联名信，亲自来晚报找到了小袁，反映学校危房的情况，请求派人去报道，说是前不久邻村有所小学校舍倒塌，在小袁的跟踪报道下，漂亮的新校舍没多久就建成了。

后来小袁写的专题报道刊登了，可问题并没有像许校长希望的那样立刻得到解决，许校长又跑来省城问为什么报上登了上级还不重视，小袁只好无奈地说了实话：“上面需要解决的问题太多了，房子塌了，出了人命的总要先解决，像你们这个校舍，毕竟只是有可能出事，就得再往后排排。”

许校长悻悻地离开后，小袁感叹了一阵，后来工作繁忙，也就渐渐把这事给忘了，真没想到，这么快就出事了。

一个小时后，他赶到许家坳小学，一下车就愣住了。

学校的房子已经成了一片废墟，可奇怪的是，围观的人都神情轻松，不像是出了人命的样子。一见小袁来了，分管教育的吴乡长赶紧迎上来握住他的手："袁记者的消息好快啊！这房子本来准备最近就拆除，不料今天倒塌了。还好，今天是星期天，没造成人员伤亡……"旁边的人也应声道："是啊，是啊，生命安全是第一位的，后果不算严重，学期也快结束了，影响不太大，万幸万幸哪！"

小袁和吴乡长打过几次交道，也算是熟人了，这会儿看到他们还不知道有人被压在废墟里了，更是顾不上客气，着急地说"不，不，屋里有人！给我打电话的人说出了人命的，快抢救！"吴乡长听了这话变了脸色："谁、谁看见的？"小袁说听声音是许校长，吴乡长立刻朝四周大声喊："许校长到了吗？老许！许青石！"喊了半天也没人应，吴乡长火了："平时不细心检查，出了事就躲着不出来，到现在都联系不上，什么态度！"

听说屋下压着人，大伙立即神情紧张起来，大家纷纷动手抢救。从现场分析看，其中四个教室的门都上了锁，只有中间那个教室门开着，如果压了人，应该就在那个教室里。果然，天擦黑的时候，在那间教室的大梁边，挖出了一个人，可令所有人都目瞪口呆的是：那人竟是许校长！

许校长已经死了，现场立刻笼罩在悲惨的气氛中。砸死了人，责任升了级，乡领导们神色也立刻沉重起来。吴乡长铁青着脸质问道："怎么回事？大星期天的，你们许校长干吗往教室跑？"

有人推测说："许校长有个习惯，每天清早、中午和下晚都要把教室检查一遍，看看有没有险情。他家离学校远，星期天一般不来，可能最近天气不好，他担心出事，所以来查看。幸亏今天下午屋子倒了，要是明天上课时出事，后果真不堪设想啊！"

这么说，许校长是在检查危房时因公死亡的，吴乡长心事重重地移走了目光，阴沉着脸没吭声。

小袁觉得这个解释也合情理，可让他疑惑不解的是：如果是这样的话，打电话提供线索的就另有其人，但那声音听起来的确是许校长的，这又怎么解释呢？

小袁困惑地拿出手机，调出提供线索的号码，和其他老师证实了电话号码正是许家坳小学办公室的，而且为了控制电话费，那部电话的长途是锁的，钥匙只有许校长有。小袁又问附近有没有人说话声音和许校长很像？大家都肯定地说没有，许校长有严重的咽喉炎、鼻炎，说话声音很特别。这么说，电话应该是许校长打的！

小袁再翻查了来电时间，不动声色地问道："房子是什么时间倒塌的？"

"四点十分！"在场的一个人很肯定地说，"我家就在学校边，四点十分电视剧刚刚开始播，我就听见'轰'的一声响，不会错的。"这下小袁更吃惊了，他手机上显示的来电时间是三点五十分！这怎么可能？许校长难道提前二十分钟就预感房子要倒塌，并且还自己进屋去送死？

雪越下越大，激动的群众和许校长的家属一起要向吴乡长讨个说法，吴乡长极力劝说，不希望把事态搞大，僵持到最后，大家都把眼光投向了小袁。

小袁知道自己这时候一定不能冲动，于是大声地说："乡亲们，请你们相信政府，一定会妥善处理好一切问题，尽快重建校园的！我也表个态，你们小学的事，我一定会跟踪报道，直到所有的问题全部解决为止！大家冷静一下，早点让许校长入土为安吧！"

群众果然平静下来，几个村民大声叫道："好！就听袁记者的！不过再有十几天就要过年了，这事年前一定要有个说法，不然大家都过不好这个年！"

人群渐渐散去，吴乡长开始组织善后处理工作。在回省城的路上，小袁心里有说不出的沉重和茫然，他决心要把事实真相弄清楚。

第三天下午，小袁打算再去许家坳小学了解一下情况，正要出发，门房给他送来了一封信。拆开一看，他的心像是被撕碎了一般，泪水潸然而下。信是许校长写的，全文如下：

袁记者：

你好！你收到这封信的时候，我已经不在人世了。

你是个正直敬业有良知的好记者，为我们学校已经尽了全力，我很感激你！我知道记者要用事实说话，可是，我要请求你为我暂时隐瞒一个真相——我并不是因公死亡，学校的房子是我故意弄倒的！

那天，你的解释提醒了我。是的，那所小学之所以很快就建起来了，是因为出了安全事故，有时候只有等悲剧发生了，很多问题才能迅速得以解决。

可是，我们小学有二百多学生，一旦出事，那代价太大了！我白天胆战心惊，夜里做噩梦，梦见上课时房子突然塌下来，娃子们都被压在下面，醒来后冷汗一身。刚才，省台天气预报说，明天有暴风雪，而且会连续好几天，我怕这场风雪会给娃子们带来灭顶之灾，所以就自己导演了这场悲剧，我只要撞倒那根支撑大梁的柱子，房子就一定会倒，造成安全事故，加上舆论压力，我们学校的新校舍一定能早日建成。

前不久我查出了肺癌，最多还能活四个月，反正是死，死不足惜，如果不能让娃子们彻底脱离危险，我死不瞑目。现在，我也算死得其所，死而无憾。

那个提供线索的电话就是我打的。我病得很重，已经没了力气，估计打过电话后，自己要撞倒那支柱，得花一点时间，这时间上的矛盾，细心的你一定会怀疑。

要过年了，各级领导都怕出乱子，这正是解决问题的好时机，希望新校舍的建设费，能在过年前就到位。款子一旦到位，请你公开真相，领导有领导的难处，我不能拖累他们，更不想让他们为这样的事故担责任，拜托你了！

许青石绝笔

小袁读完这封信，心如刀绞，他做了这么长时间的记者，也算“资深”了，见过的稀奇古怪、触目惊心的事儿也不算少，有了一定的承受力，可那一刻，他却震撼不已，更不知道该怎样去报道了。

当小袁又一次赶到许家坳小学时，看到现场已经清理干净，吴乡长正在现场办公，他对小袁说：“县里和乡里已经拿出十八万元，交给了学校，可以确保建房资金，天晴开工；许校长是因公殉职，该给的补偿政府都会给的，县里也给了我处分，群众基本满意。”

想起许校长的嘱托，小袁觉得应该公开真相了，于是声音颤抖着说：“吴乡长……事故的真正原因……”

吴乡长突然打断了他的话，哽咽着说：“袁记者，明天要安葬许校长了，大家都想请你来参加葬礼，你有

"掌上灵通杯"《故事会》优秀作品月月评

1. 本期初评委推荐以下10篇故事为候选作品，读者可挑选出你最喜欢的一篇，将其月月评短信代码（如G201，没有短信代码的作品不参加评选）发送到200056（移动用户）或900056（联通用户）。每次限选一篇，可多次投票。

篇名与短信代码

代码	篇名	代码	篇名
G200	黑心的票贩子（P8）	G205	特殊培养（P33）
G201	我的QQ里下了一场雪（P17）	G206	对面的女孩看过来（P36）
G202	好想亲亲你（P22）	G207	影子丢了（P40）
G203	惹祸的浪漫（P26）	G208	还你一个秘密（P48）
G204	明天有暴风雪（P28）	G209	爱大山的女子（P53）

2. 作者奖：每期设"最受欢迎的故事"三篇，由得票最高的前三名作品获得。这三篇作品均将列入本刊今年举办的《中国最有影响力的故事》征文大赛候选名单。第一名的作者还将获赠上海文艺出版总社出版的大型历史图书《话说中国》一套（价值1100元）。

3. 读者奖：参加评选并选对当期"最受欢迎的故事"的读者均有机会获得现金奖，每期20人，各获现金500元；所有参加评选的读者均有机会获得参与奖，每期200人，各获精美礼品一份；参加全年24期评选的读者更有机会获得年终大奖，共12人，各获价值5000元的数码摄像机一台。

4. 本期活动截止期为：10月20日。得奖读者在评选结果揭晓后将得到短信通知。用户接收每条短信收费0.50元。

"掌上灵通杯优秀作品月月评"2005年8月(下)评选揭晓

2005年8月（下）获得选票前三名的作品分别为：《一粒黄豆》（6019票）、《逃犯》（5880票）、《养狗防老》（4793票）。

空吗？"

小袁点点头，他想，要不就等葬礼后再公开真相吧。

吴乡长叫小袁到他的车上坐会儿，小袁心里猜测道：莫非是他想让自己在报道的时候不要写得太过分？想到这些，他心里徒增了几分反感，有些不情愿地上了车。

没想到，吴乡长的一番话，再次让他目瞪口呆："袁记者，有些话你能不说吗？其实后来在清理现场的时候，我们已经看出了破绽。许校长身边有一把大锤，那根腐烂的支柱上，留下了明显的锤击痕迹……我觉得现在这样处理挺好的，许校长的确是英雄，发生现在这样的事，的确也是我的责任，我惭愧啊。"

这一刻，小袁觉得这个事件已经不需要报道了，就让一切静悄悄地过去吧。

（本篇月月评短信代码：G204）

（**题图、插图**：安玉民）

特殊培养

□曾琼玲

大学毕业已经快半年了，小玲依然没有找到合适的工作，说到底不是她条件不好，而是因为她眼高手低，总觉得自己是重点大学毕业的美女高材生，非管理工作不做，可话又说回来了，好的公司怎么会让一个没有实践经验的新人直接做主管呢？

这天早上，小玲照例上网打开电子邮箱，让她失望的是，连一个用人单位的回复都没有，正当她准备关电脑的时候， QQ头像动了起来，网上恋人“爱的港湾”要与她聊聊。这几天“爱的港湾”似乎特别关心小玲找工作的事情，问了好多问题，她反正也没事情，就把自己的想法都告诉了他，这会看到“爱的港湾”上线，正好找个人倾诉，于是感叹着说：“像我这样年轻貌美又有真才实学的人，怎么找工作会这么难！”

“爱的港湾”立刻说：“那你到上海来吧，这里机会还是很多的，我可以帮你。”

小玲没想到他会提出这样的建议，虽说网恋几个月了，可他们从来没有见过面。

“爱的港湾”看小玲没有回话，似乎猜出了她的疑虑，继续劝道：“别再犹豫了，如果你足够漂亮的话，怎么会无用武之地呢？你马上打的过来吧，车费由我来埋单，找到工作之前，我包吃包住。”

听了这话，小玲动心了，父母给的找工作的钱只剩下三百多了，现在

有这样的机会，真是不能再犹豫了。一番精心打扮之后，小玲下楼拦了辆出租车，当司机听说她要打的到上海去的时候，好心地提醒道：这里离上海不近，走高速公路的话，来回一趟得两三个小时，车费加上过路费得好几百块。小玲笑了笑说：“放心吧，师傅，不会少你一分钱车费的。接我的人会埋单的。”司机见她眉飞色舞，就没再说什么。

上车后，她很快接到“爱的港湾”发来的短信：“亲爱的，我会到莘庄收费站来接你。记住我的车尾号是5828。”小玲开心地回复：“放心吧，我记住了，5828就是‘我帮你发’，也就是你答应帮我找工作，给我提供发展的空间。”司机见她一边兴奋地笑着一边不断发着短信，好心地再次提醒说：“小妹，你不是去见网友吧，当心上当哟。”“谁是你的小妹？你只管开车挣钱就是了。”小玲不耐烦地说道。

路上没事，小玲从包里拿出面小镜子，横照竖照：嫩白的皮肤，精致的五官，时髦的打扮，一切都无可挑剔。

一个多小时后，出租车终于到达了约定的地方。小玲马上拨打“爱的港湾”的手机，不一会儿，就看到一位风度翩翩的男士捧着一束鲜花从车里出来，朝她走了过来。

小玲马上跳下车，兴奋地迎了上去：“‘爱的港湾’，你好！”

对方似乎愣了一下，问道：“你就是‘小楼听雨’吗？”小玲忙点点头。

那男人皱了一下眉头，随手把花往地上一扔，万分失望地说：“咳，我还以为你真的是大美女呢，原来这么一般，一个幼稚的小女生而已……”没等小玲反应过来，他已经转身回到车里，一溜烟开走了。

小玲不知道自己是怎么回到出租车里的，气愤和羞愧侵蚀着她的心，她强忍着眼泪，冷冷地对司机说：“掉

 追求自身的利益，不是自私；只有忽视他人的利益，才是自私。——惠特利

头回去！”那司机看到这情景，摇着头，也不敢多说话。回去后，为了付打车费，她不得不厚着脸皮向房东借了五百块钱。

这次上海之行，对小玲的打击实在太大了。她在沙发上整整躺了一天，不吃不喝，好像天都塌下来了：他可以说话不算数，可以不帮她找工作，但他不可以这样伤害人！小玲二十二年的高傲和自信在一天之内完全土崩瓦解了！更气人的是，才过了两天，房东就来逼着还债，生怕她跑了似的。

在生存都成问题的情况下，小玲再没时间去想自己美不美了，找份工作解燃眉之急是最现实的选择。她上网打开电子邮箱，里面还真有封新邮件，是多达尔服装有限公司的回信，大意是如果她愿意做服装市场推广的话，可以带上有效证件过去签合同。说实在的，要是以前看到这样的邮件，她马上就点“彻底删除”。可是这一次，小玲却把它当成救命稻草，唉，求人不如求己，跌倒了只能自己爬起来。

她很快与公司签订了雇用合同：每月底薪三百元，奖金福利从业务中按比例提成。从此以后，小玲每天早出晚归，到各大商场、批发部推销公司的服装，做了一段时间，小玲发现自己挺适合做这一行的，她自小就爱打扮，欣赏水平比较高，往往在别人看来非常普通的衣服，在她的精巧搭配之下，总能穿出新意，虽然常常累得一回来就倒在沙发上直想睡，可她渐渐掌握了不少销售技巧，业务也越做越顺。一年以后，随着市场的扩大和信誉度的不断提高，小玲的收入也变得可观起来，最多的一个月竟然拿过两万元奖金，小玲又找回了原来的自信。

年底的时候，公司在北京总部召开了表彰大会，小玲因业绩出色被评为最佳销售，并且被破格提拔为上海分公司营销部的副总经理。

过好年，小玲拿着一叠资料来到多达尔服装公司上海分公司报到，当推开总经理室那扇门的时候，她吃惊得说不出话来，眼前这人竟是“爱的港湾”！可对方却一点不意外，起身相迎，乐呵呵地说：“‘爱的港湾’热烈欢迎美女‘小楼听雨’前来报到，初次见面时我伤害了你，现郑重地向你道歉，希望你能理解我的良苦用心——你是本公司培养的既有魅力又有实力的优秀人才。”

没等小玲回话，他又把她拉到了窗前，指着停在楼下的车说：“还记得那辆车吗？还记得‘5828’吗？为了工作方便，从今天起公司把这辆车派给你用，希望我们合作愉快，共创辉煌！”

（本篇月月评短信代码：G205）

（题图、插图：安玉民）

·中国新传说·

对面的女孩看过来

□邱同强

聂笛是个职场女性，二十七八岁的年龄正是事业发展的好时光，每天都想着公司里的事情，忙得没时间谈恋爱。

这天晚上，她正在家里为公司即将举行的招聘会写企划书，外面响起了轻轻的敲门声。她起身走过去，从猫眼里往外一看，是对门今天才刚刚搬过来的女孩，早上出门时候，看到女孩子在搬家，是个很清秀的青春女孩，从衣着打扮到形象气质都很像聂笛刚刚走出大学时候的样子，当时也就多看了两眼。

打开门，女孩说是来借胶水用的，聂笛能想象得出，她一定是在按照个人的喜好把房间重新装饰一番，这里贴张图画，那里挂个布娃娃什么的，非把房间布置得温馨舒适不可。聂笛把胶水递给她，女孩突然笑着问道："你是不是飞达集团公司人力资源部的聂笛部长啊？"聂笛点点头，有点意外。她重新审视了一下女孩，但还是没什么印象。女孩却一脸笑容地说："我在去年的一场大学毕业生择业会上见过你。"

听了这话聂笛明白了，每年自己都要代表公司参加几场类似的会议，或招聘职员或了解人才招聘信息，每次求职的大学生都一堆堆的，求职信也是一箩箩的，在这种场合聂笛不可能记住所有的人，尤其是求职者，就算经她招聘过来的人到现在她也认不

 任何一种不为集体利益打算的行为，都是自杀的行为，它对社会有害。——马卡连柯

全的。

“你等一下，”女孩说着跑回房间拿来一张纸双手递给聂笛，认真地低头鞠躬，说，“我叫赵倩，刚刚应聘到康乐食品公司工作，还没有名片，这是我用过的求职信，就当我的名片吧，今后还请聂部长多多关照。”聂笛觉得这个女孩还挺有意思的，于是点点头，收下了。

回到房间，看看赵倩的求职信，聂笛发现赵倩竟和她是同一所大学同一个专业的，是低她五年的校友。如此说来，她也就是李默的学生了。李默是聂笛大学同学，毕业后留校工作，几年来一直追求她，可她总拿三十岁以前不考虑个人问题这句话拒绝李默，不过他们还是时常见面的好朋友。看完桌上的简历，又看了看电脑里正写着的企划书，聂笛突然产生了一个想法，如果赵倩站在应聘队伍里，从她刚才的表现，又是自己的师妹和李默的学生，说不定她还真会录用她。不过紧接着她又觉得自己的想法有些可笑，人家已有了工作，自己何必在这浮想联翩呢。不过她真有点为赵倩感到可惜，名牌大学的优秀生，竟然到一个小企业工作，专业又不对口，很难有好的发展。

第二天晚上，赵倩来还胶水，还带了一袋子聂笛最爱吃的草莓，说是下班时顺路买的。看她这么客气，聂笛就让她一起进来吃草莓，她很大方地答应了。她们一边吃，一边闲聊，从大学生活一直谈到工作，没想到越谈越投机，聂笛发现赵倩是一个很有志向、很有才华的女孩，也很有生活情趣。

聊得兴起，聂笛问赵倩敢不敢喝酒，赵倩说你敢我就敢，这股子天不怕、地不怕的劲头，更让聂笛想起了刚毕业时候的自己。她打开一瓶干红，倒了两大杯，两个人先是小口小口地抿，后来就大口大口地干，直喝得昏昏沉沉，不知不觉都在沙发上睡着了。

一觉醒来，已经是太阳高照。聂笛发现赵倩已经走了，她觉得头有点痛，心里很是后悔，和别人才见了两面就搞成这样，保持了几年的职场淑女形象都没有了，让一个刚进入社会的女孩怎么想。

聂笛打起精神去上班，想好了下班后找赵倩解释一下。可下班回到家，没等她去找赵倩，赵倩高高兴兴来找她了，一见面就拉着聂笛的手兴奋地说她已经把工作给辞了。

聂笛很惊讶，不解地问：“刚上班几天还在实习期怎么就把工作给辞了呢？”赵倩听她这么说，有些不开心了：“怎么了，你忘了，昨天晚上我们一起喝酒，你让我辞职到你们单位工作？怎么现在倒反过来问我了？”聂笛心想这下糟了，看来昨天真醉了，竟然说了这样的话，不过既然事情已

经这样，再加上赵倩确实也是个人才，聂笛顺水推舟地说：“我明天就找我们老总，看看能不能给你安排？”

赵倩不高兴了，一副很委屈的样子：“可昨天你是说保证给我安排的，还说正缺我这样的人，怎么今天又说要试试看，好像我硬要你安排似的，再说我可把工作都给辞了啊。”这时聂笛才体会到公司的一些男同事讲的喝酒误事、空谈误国的含义。

第二天，聂笛找到老总，把赵倩的情况汇报了一番，没想到老总爽快地说反正公司有空缺的职位，你是人力资源部部长，看着行你就办手续吧。这下聂笛算是松了一口气，从老总办公室出来，她立即给赵倩打电话让她马上来公司报到。

办完录用手续，赵倩一边不停地说感谢的话，一边说什么也要请聂笛吃一顿，事情皆大欢喜，聂笛也松了口气，最后商定晚上就在聂笛家，赵倩做两个小菜庆祝一下。事实证明，赵倩的手艺真不错，心满意足地吃过晚饭，赵倩蜷缩在沙发上，脸蛋红红的、微微笑着一言不发，一副若有所思的样子，聂笛开玩笑地说：“在想什么啊，是不是想白马王子了？”

赵倩一咕噜坐起来，喝了口水，很认真地说：“别说，真让你猜着了，你给我参谋参谋吧。”聂笛点点头，于是赵倩满面红光地说了起来：“我喜欢上了一个老师，叫李默，几次暗示都被他拒绝了，说是已经有女朋友了，可我没看出他有女朋友啊，现在工作安定下来了，你说我是不是要发起全面进攻呢？”

聂笛一听立刻不高兴了，想都没想就抬高声音说道：“赵倩，你知道李默的女朋友是谁吗？”她用手指转向自己的鼻子，接着说：“是我，你没看出来，是因为我们现在还不想公开，你趁早死心吧，今后你要是再纠缠李默，别怪我对你不客气。”

说完这话聂笛自己都不知道怎么会突然这么激动，其实自己从没答应过李默什么啊，直到现在她才明白，自己已经习惯了有他在身边等着的那种安全感。没想到赵倩听了这话，先是愣了一下，随即就不甘示弱、态度强硬地说：“你帮过我，我感谢你。但是，只要李默一日不结婚，我就有追求他的自由，大家平等竞争，还说不定李默是谁的呢！”赵倩说完这话就起身告辞了。

当房间里只剩下聂笛一个人的时候，她突然觉得自己有点老了，是该谈恋爱的时候了，再等下去，拿什么和这些青春年少的姑娘竞争呢？再想想赵倩，年轻漂亮不说，工作能力强，还温柔体贴，会烧一手好菜，就连自己都挺喜欢她，李默的拒绝能坚持多久呢？

从此，赵倩再没来找过聂笛，而聂笛和李默的关系却有了突飞猛进的发展，不到半年就领了结婚证，聂笛三十岁之前不结婚的誓言早已被自己抛到了九霄云外。

在整理结婚庆典客人名单的时候，聂笛突然想到了赵倩，就和李默开玩笑：“我们公司的赵倩小姐是不是你们男方的客人啊？”李默开心地说：“赵倩不是哪一方的客人，应该是我们的媒人。现在你跑不了了，我就告诉你这个秘密吧。”

原来，赵倩一直想到聂笛所在的公司工作，从赵倩开始住到她对门到以后几天她们的交往都是李默和赵倩共同设计好了的，李默知道聂笛的性格和爱好，所以事情进展得很顺利，他们俩一个得到了人，一个得到了工作，只是把聂笛给骗了。

聂笛挥动粉拳直擂李默的胸膛，李默趁势抱住她，说：“你得到了一个优秀的帅哥，又为公司找到了人才，也是一举两得啊。”

（本篇月月评短信代码：G206）

（题图、插图：谢　颖）

《解读〈故事会〉》

一本揭示故事会40年发展历程的传记

欢迎评说

亲爱的读者，为体现与时俱进、求实创新的办刊思想，本刊在《故事会》创刊40年之际，特推出《解读〈故事会〉：一本中国期刊的神话》一书。关于《故事会》这本杂志，你可能有过这样那样的疑问：为什么《故事会》能几十年长盛不衰？高考满分作文与读《故事会》有什么关系？为什么卖《故事会》杂志就能赚钱？……看完这本书，相信你会揭开所有的谜底。

· 东方夜谈 ·

影子丢了

□老　海

有个青年人叫王柯，他到某市出差已经好几天了。这天早上，他在街上闲逛的时候，觉察到许多人在他背后指指点点、交头接耳地说三道四。他觉得奇怪，下意识地摸了摸脸，整了整衣服，可没什么不对头呀！就在他迷惑不解的时候，只听一个小孩子说：“妈妈，你看，这个叔叔把影子丢了……”王柯急忙往身下看去，立刻惊呆了，在灿烂的阳光下，他居然没有了影子。这就奇怪了，一个大活人在大太阳下怎么会没影子呢？

王柯正愣愣地在那里发呆，一个老太太走过来说：“小伙子，年纪轻轻的，可要学好呀！”听了这话他疑惑地问：“老奶奶，这究竟是怎么回事儿呀？”老太太接着说：“影子丢了呗，叫你不学好！知道影子的下落吗？不知道就去派出所打听打听！”

王柯很快来到了附近的派出所，一个坐在椅子上的民警见他一脸不安，关切地问：“发生什么事儿了吗？”王柯觉得民警面熟，却又想不起在哪儿见过。他接过话说道：“您看，我的影子没了——昨天还有呢！请您帮我找找！”

听了这话，民警板起了脸：“老实交待，昨天你干什么坏事儿了？”

这话把王柯吓了一跳，他怯怯地说：“没呀！我没干什么坏事儿。我来这里出差，人生地不熟，不太懂这里的规矩。”

民警冷冷笑道：“没干什么坏事儿怎么把影子给丢了？你得配合我工作，不然我到哪儿给你找影子！说，你昨天都去什么地方了？”

被训斥了一顿，王柯的汗都冒出来了，他回忆了老半天，把昨天所有去过的地方一五一十说了出来。民警一边听着一边查看着电脑，最后他生气地说：“市郊八里路北段？就是这儿！昨天这里发生了一起强奸案。”

民警话未说完，王柯便紧张地说：“我可不是强奸犯！”

“住口！”民警大喝一声，“受害者后来说，案发时有两三个人在现场，可被歹徒一吓，都不敢相救。你昨天就在现场对吗？”

王柯惊呆了，他没想到这种事儿都能被警方查出来，他点了点头辩解说：“我有急事儿，才匆匆离开。”

民警重重地叹了口气说：“去案发地看看吧，你的影子应该是丢在那儿了，不过你去了也不会有什么用，你得干件好事将功补过才行。记住，在我们这个城市，如果不想把影子给弄丢，就得当个见义勇为的好人……”

王柯走的时候，那民警只是目送他离开，屁股丝毫没离开椅子。王柯闷闷地想：“这警察好没礼貌呀！也不起身送一送。”

王柯很快赶到了目的地，果然，在明媚的阳光下，地上有三个人形的黑影，他辨认了一下，认出了自个的影子，于是就向影子走去。然而影子不认得他了，他走近两步，影子就后退两步，他急步追，影子就大步逃，不一会儿王柯就累得气喘吁吁。他想，不能来硬的，那就来软的，于是对着影子说好话：“影子呀！是我不好，你原谅我一回，下次我一定见义勇为，跟我走吧，好吗？”影子并不理会他，这让他一筹莫展起来。

王柯抓耳挠腮地四下张望，突然他两眼一亮，在一面墙上他看到几个字：“影子公司：帮你找回丢失的影子，联系电话……”王柯想：“明天就要回家了，我这一时半会儿地往哪儿找见义勇为的事做呀！不如打这个电话试试。”

影子公司的答复很让王柯满意，他一直悬着的心总算掉进肚子里了。挂断电话后，他找了个地方躲避开了影子，等影子公司的人来。很快，来了两男一女，王柯往他们脚下看了看，不禁失望极了，他说：“你们还影子公司呢，自个的影子都丢了。”那三人相视而笑，其中一人说：“我们是为了顾客，只得出卖了自个的影子。电话里已经给你说明了，五百块！包你把影子找回来。”

王柯不情愿地把钱交给对方，还不放心地说道：“找不回影子还得把钱退给我呀！”

按照计划，王柯回到影子近前，继续跟影子谈话。他刚和影子聊了几句，那名女子已走在了大街上，在她身后跟随着那两名男子。突然间，两

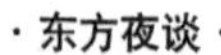

男子冲到女子近前，把女子抱住，女子大呼道："救命呀……"

王柯转身飞快地向女子奔去，口里还大叫着"住手！"这招还真管用，只见影子跟在王柯身后急追了过去。

王柯用力一推，一个男人便被他推倒在地，他再去推另一个男人的时候，那女人叫道："停！"王柯便停了下来。王柯低头看了看，哈哈大笑起来："影子呀影子，你还是回来了！"

戏演完了，那三人恭喜王柯一通

就走了。影子归来让王柯兴奋极了，他一边走来一边唱，好不高兴。然而他没乐多久，就听到一个孩子的声音说："妈妈你看，这个叔叔的影子和鸡蛋一样小呀！"

王柯大惊，低头一看，果然，刚才还高高大大的影子这会儿竟变成鸡蛋般大小了。他赶忙蹲在了地上，生怕这古怪的影子再被别人看到。接着他又给影子公司打电话，那边人家解释道："都这样！谁让你作假呢，作假就是小人，小人当然就是小影子了！再说，我们只答应给你找回影子，可没说影子大小的事儿……"这话差点没把王柯给气死，这可怎么办？明天就要回家了，带着这个小影子回去，这一辈子可就出不了门抬不起头了。

王柯思前想后，最后又来到了派出所。那个民警还坐在椅子上，他看到王柯就笑了："作假了吧！自作自受，你就不会干点真事儿？"

王柯苦笑道："求您帮帮忙，您这儿消息多，给我个机会叫我将功赎罪。"看着王柯一脸真诚，民警点了点头。王柯再次走出派出所的时候，那民警依然稳坐在椅子上，这不禁让王柯想："这民警坐了一天板凳了，就这还指望他为人民服务？"

晚上十点多钟的时候，王柯跟那位民警在约定的地点会合了，他们躲在一个偏僻的黑暗角落里。民警说："那些坏人都没有影子的，所以他们不敢在白天出现，只有晚上才作案。这一带案子多，但愿今天能帮上你的忙。”

很快两个小时过去了，在王柯有些困意的时候，突然听到不远处一声叫：“救命呀！救命……”两人猛地跳了起来，飞快地向声音传来的方向跑了过去……

歹徒见有人赶来，赶紧扔了刚抢到的钱包。那民警和王柯一路追了过去。

这一追就追了一公里，那歹徒跑不动了，转身面对王柯拔出了刀，还问道：“你追什么追，不要命了？”

王柯说：“为了我的影子，因为我要做一个活在阳光下的真正男人，才不要像你们这样的人永远活在黑暗中。”

然而王柯怎么会是心狠手辣的歹徒的对手，他被歹徒一脚踢倒在地。就在这危急之时，那民警飞身扑了过去，把歹徒压在了地上。

王柯上来帮忙，把手铐戴在了歹徒的手上。然而，在民警站起身来的时候，王柯清楚地看到他的身上插着一把刀。

民警苦笑道：“对不起，我骗了你。因为我昨天晚上喝醉了酒，作为一个警察，我竟然不能救一个女孩，唉！你想起我是谁了吗？昨天八里路上，你我都在同一个现场。之所以今天一整天我都坐在板凳上，就是怕别人看到我没有影子。不过，现在好了，影子应该回来了……”

王柯在急救室外紧张地等待着，同时也在祈祷着，他祈祷生命垂危的民警能渡过难关，他祈祷每一个人都能快乐地生活在明媚阳光下……然而他忘记了看，看那灯光中，立于墙上的他的影子，已是那么高大……

（本篇月月评短信代码：G207）

（题图、插图：魏忠善）

·本刊信息传真·

《滴水藏海》再次面向全社会征稿

《滴水藏海——300个3分钟典藏故事》第一、第二、第三辑出版后，在社会上引起了巨大的反响。

根据读者的建议，编辑部决定继续编辑《滴水藏海——300个3分钟典藏故事》第四辑，为此，再次面向全社会广泛征稿，希望广大读者将你们在各类报刊杂志上读到的以及各种场合听到的这类“3分钟典藏故事”推荐给我们。

推荐稿要求：1、立意清新隽永，富含真情至理；2、以叙事为主，一篇作品中要有一个精彩的情节或细节；3、篇幅：一般在500字左右。

推荐稿务必注明原作者、发表日期和出版单位以及推荐者的真实姓名、联系方式。所荐作品一旦入选，每篇即付推荐费50元。推荐稿请寄：上海市绍兴路74号《故事会》编辑部(邮编：200020)，在信封上注明“典藏故事”。网上来稿，请发以下信箱：wulun54@163.som,征稿截止日期为2005年12月31日。推荐稿一律不退，请自留底稿。

真 爱

入冬时，陈太太带着孩子去纽约与先生团聚，把孩子送进一所公立学校念书。

纽约的冬天真是冷极了，暴风雪几乎就是家常便饭，有时几尺厚的积雪使部分商家也不得不暂时歇业，可是，公立小学却依旧照常开课，接送小学生的公车艰难地爬行在风雪路上，按时接送孩子们。

陈太太像许多家长一样对校方的这种做法很不理解：有必要在这样恶劣的天气里非要让孩子们去学校吗？她忍不住打电话给学校，打算向校方提出停课的建议。说明原委后，校方的答复却令陈太太感动良久：“正如您所知，纽约是富人的天堂，穷人的地狱，不少穷人家庭冬天甚至用不起暖气，接送那些小孩到学校上学，他们不仅能享受到一整天的温暖，还能在学校里享受到免费的营养午餐！”

感动之余，陈太太灵机一动，想出一个两全其美的法子，她又打了一个电话“为什么不在有暴风雪时，让家庭条件好的孩子待在温暖的家里，只接送那些贫穷人家的小孩去学校呢？”

校方回答说：“施恩的最高境界应该是保持人的尊严．我们不能在帮助那些贫穷孩子的同时，却践踏了他们的自尊。”校方的回答不仅令陈太太热泪盈眶，而且终身难忘。

（**推荐者**：王　琳）

选择对手

美国有一位年轻作家，早年创作了许多脍炙人口的作品，销量不错，得到了不少读者的好评。

有一天，作家和当地的一个市侩因生活琐事发生了矛盾，两人谁也不让。

朋友劝作家不要和市侩理论，因为作家的时间宝贵，劝他把更多的时间用在写作上。

但是作家却难以释怀，作家认为那个市侩破坏了自己的名誉，侮辱了自己的人格，自己要战胜他，让他心悦诚服。

从此，作家和这位“敌人”针锋相对，两人之间不断发生冲突和摩擦。作家从此再没有心思进行创作，也没有写出令人满意的作品。多年后，读者已不记得曾经有这样一位作家了。

一个人一辈子会有很多对手，对不值得付出精力应对的人，你其实可以一笑而过，不予理会。这就是人们常说的：要正确选择对手，选对了，会促使你不断向上；选错了，也许就选错了人生方向。

（**推荐者**：小　颖）

守护住一脸笑容

古河是个穷孩子，小时候帮人做豆腐，他做事总是尽心尽力，又总是充满信心，所以事情总是完成得很好。主人什么时候看到他，他都是一副信心十足、笑容满面的样子。长大以后，他不再做豆腐了，被放债的人雇去催收钱款。

古河靠着他的笑容，把收款的事情做得很出色，多么难收的款他也能收回来。

有一次，古河到一个借债的人那里要钱，这笔债早就应该还了，可是借债的硬是拖，“一千年不赖，一万年不还。”这一次，一看来了讨债的，那人脸色立刻由晴转阴，对古河一脸冰霜，横竖不理不睬。他把古河一个人晾在那里，自己走了。

晚上，直到睡觉的时候了，他也没搭理古河，索性关了灯，睡大觉去了，让古河一个人摸黑枯坐。古河晚饭也没吃，又冷又饿，但他就是不生气，就是那么静静地坐着，一直坐到天亮。

第二天早晨，那个借债的人看到古河仍然坐着，脸上仍然挂着笑容，没有一点生气的样子，着实被感动了，恭恭敬敬地把钱还给了古河。

古河的随和、耐心和永久的笑容，显示了一种心理的力量，意志的力量，信心的力量。两年后，古河买下一个废弃的铜矿，后来成为矿业大王。

任何一种成功都有自己特有的秘诀。人们问古河成功的秘诀，古河说“发财的秘方就是忍耐二字。”又说：“有了忍耐，就没有一件东西能阻挡你前进。”

人们这样评论他的成功：守候着一个信心与笑容，一切都变得有利起来。

（**推荐者**：马　良）

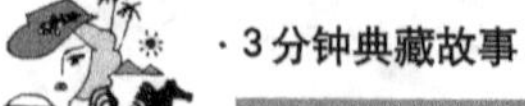

·3分钟典藏故事·

怎样取珍珠

从前，有一个海岛，岛上有很多长在贝壳里的大颗珍珠，可谁也无法接近这个海岛，只有栖息在海岸附近的海鸟能飞过去。

很多人慕名前来，带着枪支，捕杀飞回岸边的海鸟。因为这种海鸟每到白天都会飞到岛上觅食，吃蚌的时候，同时吃下珍珠。

时间长了，海鸟渐渐地少了，即使剩下的几只也过得胆战心惊。只要一闻到人的气息，看到人的踪影，就会早早逃走。

后来，来了一个商人。他在海岸附近买下大片树林，并在树林周围安上栅栏，不让闲杂人员走进他的树林。同时，他严厉告诫他的仆人，不许在树林里捕捉或驱赶海鸟，更不许放枪。

于是，当海岸其他地方的枪声一响，就会有海鸟在惊慌逃窜中不经意闯进他的树林。时间一长，海鸟渐渐地都留在他的树林里栖息。它们也因此不必再为安全而战战兢兢。

等海鸟在他的树林里逐渐安定下来以后，商人让仆人去鸟粪中拾捡珍珠。日复一日，这个商人成了百万富翁。

在对待一些问题上，人与人的思维只存在一种看不见的细微区别。但是，不同思维产生的结果，却有着惊人的差别。

（**推荐者**：蒋宁贤）

赚快乐

小张一个朋友在某单位坐办公室，衣食无忧，更用不着风吹日晒，被很多朋友羡慕。有一天，小张路过这个朋友的单位，就顺便上去看看他，哪知道同事说他已经辞职了，带着疑惑，小张按照同事提供的地址找到了这位朋友，他竟然自己开了家摩托车修理铺，自己是店主也是雇工。小张去的时候，他正满头大汗地在修理车子，手上都是油污。

小张知道他是摩托车的发烧友，但还是想不通爱好和生计怎么能混为一谈呢，于是问道：“你这活这么辛苦，赚钱吗？”那个朋友很认真地说：“以后不知道，反正现在各种费用算下来，还有点赔的。”“那你这何苦呢？”朋友笑道：“别人都觉得这活比我原来的工作辛苦，钱也没有以前多，但我高兴啊，我赚了快乐。钱这东西没有不行，多了也没用，忙忙碌碌一辈子，赚的是财富，不一定是幸福，做自己想做的事情，那才是真快乐。”

（**推荐者**：张 雷）

为爱挖一口井

加拿大有一个小男孩叫瑞恩·希里杰克。有一天，他在电视上看到非洲有成千上万的儿童没有水喝，他们渴急了就去喝残留在水洼里的脏水，甚至牲畜的尿！瑞恩难过极了。忽然，电视中传出来一句话——“70块钱可以挖一口井。”这话让瑞恩激动不已：“我一定要为他们挖一口井。我明天就要带70块钱去。”

电视节目结束后，他迫不及待地向妈妈伸出手：“妈妈，给我70块钱。”面对瑞恩的请求，妈妈根本没当回事。晚饭时，瑞恩又向爸爸提起这件事。“这是个可笑的想法，瑞恩……”爸爸还想说下去，瑞恩哭着叫起来：“你们根本就不明白！那里的人没有干净的水喝，孩子们正在死去，他们需要这笔钱！”

从此，瑞恩每天都向父母请求。瑞恩的爸爸妈妈认真地讨论后，告诉瑞恩：“如果你真想要，你可以自己赚，比如为家里打扫房间、清理垃圾。”

瑞恩的第一个任务是吸地毯。瑞恩干了两个多小时，他的储蓄罐里多了两块钱。半年过去了，瑞恩越干越卖力了。瑞恩每天睡觉前都这样祈祷：让非洲的每一个人都喝上干净的水吧。

附近的人知道了瑞恩的梦想，纷纷加入到“为非洲孩子挖一口井”的活动中。随后，不断有电视台要求采访。一天，在瑞恩家的邮筒里出现了一封信，信封上写着“瑞恩的井”，里面有一张25万元的支票，还有一张便条：“但愿我可以做得更多。”在不到一个月的时间里，有上千万元的汇款来到瑞恩家的信箱支持瑞恩的梦想。

（**推荐者**：姜 锦）

（**插图**：佐 夫）

（本栏欢迎来稿，推荐稿可从邮局寄发，也可发电子邮件，本期责任编辑的电子信箱为：liangningning@vip.sohu.net）

还你一个秘密

□ 傅人

自打父亲去世以后，秦月就和母亲相依为命。母亲是环卫工人，为了能多挣点钱，主动要求夜间扫马路的岗位，但即使这样，每个月也只有四百来元的工资。秦月到了高三学年，多出来不少资料费和补课费，母女俩都特别着急，要是凑不上这些钱，眼看到高考冲刺阶段，就真的要影响到学习了。

这天中午放学，秦月回到家，看见母亲眉头紧锁着在那儿发愣，她以为妈妈还是在为钱的事情发愁，忙走上前去，懂事地说："妈，别急了，我不参加补习，也不买资料，就好好把课本复习好，也能考上大学的。"母亲回过神来，拍着女儿的肩头："傻丫头，你别想这么多了，我有办法让你和其他同学一样学。"秦月好奇地问："啥办法啊？"母亲站起来，犹豫了一会儿，还是从抽屉里取出了一个纸包："你看，妈已经给你备下了这1000块钱！"

秦月看到这钱，立刻不开心了："妈，你哪来这么多的钱？"母亲吞吞吐吐地说："是，是向一个亲戚借的，妈过两个月就还人家，不用你管这事，快吃饭吧，下午就把这钱交了。"

秦月心里七上八下：自己家里没什么要紧亲戚呀，哪能随便借到这么多钱呢？母亲似乎怕被追问，径自去厨房盛饭去了，秦月有些不安地把钱揣进了贴身衣兜里。

下午到了学校，秦月准备把钱交给班主任陈老师，到了办公室门前，细

 缺乏智慧的灵魂是僵死的灵魂，若以学问来加以充实，它就能恢复生气。——伊斯巴哈尼

心的秦月拆开了包钱的那层纸，认真地数了数钱数，核对无误后，她正要再次包上钱时，忽然瞥见纸上若隐若现有个什么图案，秦月很好奇，仔细一看，上面画有一朵小小的玫瑰，是用红笔画出来的，已经被磨损得有些模糊。秦月似乎想到了什么，立马重新把钱包好，她不打算现在就将钱交给学校，她打算回去把事情弄个明白。

晚上回去后，母亲已上街打扫卫生去了，秦月怎么也静不下来，她一口气跑到母亲打扫的那个街区，街区很昏暗，当她突然站在母亲面前时，母亲吓了一大跳：“孩子，有啥急事吗？”秦月取出那个纸包：“妈，这钱真是你借的吗？包钱的纸，你仔细看了吗？”

“孩子，妈没有细看，怎么，那上面写啥话了吗？”母亲停下手中的扫帚，急急问道。

“上面画有一小幅画，我觉得有点奇怪，”秦月央求母亲说，“妈，你不说清钱的来路，女儿不能用！”

母亲沉默了好一会儿，说道：“孩子，我本不想跟你说的，你既然一定要知道，我也不想再瞒你了，这包里的1000块钱，是妈昨日，不，也就是今天天亮前扫垃圾时，一位晨练的人执意要送妈的。”

“晨练的人？”秦月很吃惊，“他为什么要送钱？妈，你认得他吗？”

“妈不认识，他是个男的，他说他每天晨练时路过这里，见扫夜路的清洁工都是男的，只有妈是个女的，天天这样怎么吃得消，他说送点钱是个心意，一定要我收下，他还说他的母亲也做过清洁工，”母亲叹口气，“他说了这几句后，也不听妈要讲什么，把纸包塞在我的怀里，就一溜小跑晨练去了，妈想追他也来不及了。”

秦月一下子打断母亲的话：“然后，你就想把钱当作自己借的，让女儿去交给学校！”

“孩子，你听我说，那人走后，妈这一整天都心神不宁的，妈看得出来，你的心里背着包袱，这会误了你的学习，这1000块钱就算妈借用借用，将来妈再还他……”

“妈，这事没弄清，不明不白用别人的钱，女儿心里更不安。妈，你看到他长什么样吗？”“这光线这么暗，妈没看清他的眉眼啊，不过，他的个子矮矮的，其他的妈没看出来，可能他是有意在暗处见妈的。”

秦月拿过母亲的扫帚，固执地说：“妈，你不是说他自己讲他天天晨练路过这里吗？女儿帮您扫扫大街，看能不能等到他！”

母亲知道女儿倔强的性格，看来她不见那个陌生人是不罢休的，只好无奈地摇摇头。

第二天一早，秦月就到街上等着，可从凌晨五点到天大亮，也没发

现那个晨练人，秦月还是不死心，第二天中午，她来到了派出所，她有自己的打算。

在派出所的接待室里，秦月浏览了一下墙上的警员照片，从众多的照片中一眼看到一个温和漂亮的女警员，她按照照片下面办公室序号提示，直接找到那个女警员："警察大姐，我想找个人，请您帮帮忙——"女警员站起来微笑着说："小姑娘，我这里是内勤室，来，我带你去值班室，那里的警察大哥可以帮你。"

秦月不好意思地说："警察大姐，他们都有点凶巴巴的，有些话……"

女警员连忙找只凳子让秦月坐下："小姑娘，对不起，想找谁，是亲人走失了吗？慢慢说，看我能不能帮上忙。"

"我想找一个想帮我和我妈的人。"

女警员感到十分好奇："我工作五年，这倒第一次听说。怎么回事呢？"

秦月拿出那个纸包，说出了事情的经过。女警员好像被这个事情打动了，她对秦月说："嗨！这人真想做无名英雄呀，可是，你母亲没看清那人的模样，几万人的县城，又不能贴告示，有用的线索又没有，还真比破一桩案都难。"

"警察大姐，你看，这算不算一条线索？"秦月展开纸包，将钱取出，指着包装纸上若隐若现的红玫瑰图画，"这上面有一小幅图……"秦月连钱带纸递给女警员。

"真有趣！"女警员认真地看起那张纸来，过了一会儿，她像是自言自语，又像是分析判断说："这原本是一张白纸，看样子，他是在不经意间画下玫瑰的，或许平日就喜欢玫瑰，或者是当时正想给谁送玫瑰，就有意无意留下了这幅小图，某天无意从手边取过这张纸，用它来包裹送你母亲的 1000 元钱。"

"您真不愧是警花，听您的分析，这人一点也不呆板，情调倒挺高，他会是做什么事的呢？"

女警员想了想："可以断定，这人平日和纸张打交道的多，喜欢红玫瑰，性格一定奔放，也许是搞文秘的。小姑娘，你说我这样推测，是不是缩小了寻找的范围？"

秦月像是受到启示似的："警察大姐，不瞒您说，我课余倒挺喜欢画画的。我能说说我的看法吗？"女警员微笑着点点头，秦月指着那一小幅画对女警员说："画是随意画的，不太专业，但从构图看，像从心底流露出来的，还有，这线条好像是用红笔画的，哪些人会经常使用红笔呢？"

女警员心头一动，没想到小姑娘分析得这么头头是道，她再次端详白纸上已经磨损得变淡的画，沉思了一会儿，对秦月说："你说得有道理，让

 不执着，便容易半途而废；不分析，便容易一条道走到天黑。——佚名

我再好好回味回味，理出一个思路，调查一番，再给你一个说法行吗？”秦月笑了，她高兴地点点头：“警察大姐，我等着你的好消息！”

秦月如释重负回到学校，嘿，没过两天，那个女警员竟然找到秦月的住处，秦月吃惊地问：“警察大姐，这里这么偏僻，你怎么找来了？”

女警员指指自己的警服：“你这么相信我，我可一点都不敢马虎。我是从你们学校班级一路调查过来的，现在我告诉你调查结果，你也许没想到——”

秦月眨眨眼“是吗？”女警员笑着说：“这个人就是你们班主任陈老师。”

“真的吗？您怎么会找到他？”秦月好奇地问。

“你就是一条好线索，别人送钱一定是冲你去的，这样我肯定要到你们学校去摸摸底，你不是说那画是用红笔画的吗？这样，我就要向你们老师问一问，我和你们班主任陈老师还是高中同学，我自然要先调查调查他，他看到派出所的人一下就查到他头上来了，你说，在老同学面前，他能不‘招’吗？”

秦月急于想知道答案，她连忙问：“那陈老师为什么要这么做呢？”

“他说他看到你高考前压力这么大，还要为这些费用着急，就拿出了这个月的工资，他知道你性格要强，直接给你你肯定回绝，就在那天天亮前以晨练人的身份送给你母亲，他的母亲过去也的确做过清洁工，咳，这个人，心地一直这么好，”女警员赞叹道，“他本来叮嘱我不要告诉你这些，可我的职业是警察，我还是要揭开谜底。只是，他不明白，连我都有点迷糊，你为什么要将这事‘捅’到派出所，这不是会弄得满城风雨吗？这或许违背了他的初衷。”

秦月狡黠地做个鬼脸，她从衣兜

2005年《中国最有影响力的故事》征文启事

6大措施奖励优秀作品

《故事会》杂志社决定，2005年举行《中国最有影响力的故事》征文大赛，并对优秀作品实行6大奖励措施：

1. 入选作品除在杂志上发表外，还将收入《中国最有影响力的故事》一书。2. 入选作品可得两笔稿酬：在《故事会》杂志发表的作品，首发稿酬每千字400元；入选《中国最有影响力的故事》一书，再追加每千字1000元。3. 入选作品的作者每人可得价值超1000元的《话说中国》一套（"月月评"的第一名获奖作者不重复这一奖励）。4. 入选作品均颁发奖励证书。5. 本刊将委托有关专家对入选作品进行精彩点评。6. 本刊将邀请有关作者参加优秀作品研讨活动，所有费用均由编辑部承担。

征稿范围：具有现实感、新鲜感且可读性强的中短篇原创作品，超短篇（如幽默故事）的字数一般在1500字以内，短篇（如中国新传说）的字数一般在5000字以内，中篇故事的字数一般在15000字以内。第四次截稿日期：2005年12月20日。

来稿方法：1. 从邮局寄发，请在信封上注明"征文大赛"字样，本刊地址：上海市绍兴路74号《故事会》杂志社，邮编：200020。2. 从网上传递，可寄以下信箱：wulun@vip.sohu.net，在主题上注明"征文大赛"字样，也可直接与本期责任编辑联系，信箱是：liangningning@vip.sohu.net。

里取出一个叠成"心"字的纸条，递给女警员："警察姐姐，这是我写的答案，你等会儿再看吧！好，我上学去了，再见！"

女警员打开"心"字纸条，只见上面写着："警察姐姐：我是个大女孩儿了，先请原谅一个女孩的敏感。你可能也意识到，你的老同学、我们的陈老师是许多追求你的人之一，这在我们这个高三班已不是秘密。他是教师，相貌平平，你是警花，那么出众，众多追求者中，你也许只把他当作一般同学，但是，我要说，他不但做教师优秀，做人也是那样富有爱心，许许多多的事例我不用举了，单单这次'送钱'，就足见其心。我是学习委员，有时送作业让他批改，好几次发现他在白纸上有意无意画那小小的玫瑰花儿呢，你的名字有个'玫'字，别人可能常送你幽香的玫瑰花，老师性格内向，或许只能把玫瑰画在纸上，印在心上。人说女孩敏感，是呀，那天见了那张包钱的纸，我的内心波动起来，我猜想这钱一定是陈老师送的，为了感激他这次和过去对我的关心，也是为了看到老师幸福的未来，最终我还是忍不住要找到你，来寻求我已经知道的'谜底'，真心祝愿您的这趟'寻人之旅'有所收获——这就是我要向老师回赠的一个秘密。"

女警员看着看着，脸变得绯红起来。

（本篇月月评短信代码：G208）

（**题图**、**插图**：黄全昌）

爱大山的女子

□陶柏军

刚子和杜鹃是在县里举行的一次业余美术作品大奖赛中认识的，刚子的作品《黄河惊涛》得了一等奖，杜鹃的作品《泰山日出》得了二等奖，一来二去，两人竟从画友发展成了夫妻。

其实两人都没去过什么名山大川，泰山和黄河都只在电视里看到过。

结婚后刚子放弃了画画，去省城做了木匠，他每个月给杜鹃寄回800元钱，让她一心学画画，争取早点画出点名堂来。每次刚子打电话回家都说："我在这里很好的，别惦记！"可杜鹃总是哭着说："我一个人在家太寂寞了，要不，你回来吧！"刚子总说："那怎么行啊！我是和人家工程队签了合同的，违约是要负责任的。再说了，不拖欠民工工资的单位很难找的。你一个人要是觉得无聊，就随便找点事情做。"

直到有一天，杜鹃打电话给刚子："文化馆新来了一位姓韩的美术老师在搞讲座，水平很高的，我想拜他为师。"刚子说："好啊！既学习了画画，又充实了生活，我支持你！"

此后杜鹃的生活真的充实了起来。她每天上午到文化馆上课，下午美美地在家睡一觉，晚上或者看电视，或者和画友们搞一些联谊活动。刚子每月都会按时寄钱回家，杜鹃的生活看上去真的是无忧无虑。

年底的时候，刚子回家了。外出的这一年，刚子赚了一万多元钱，除去两个人的开销，还剩余了三四千元。刚子骄傲地对杜鹃说：“亲爱的，这些钱怎么花，完全你说了算！”没想到杜鹃听了这话，一点不兴奋，反而发愁起来：“我们最缺的就是房子，可是那需要好几万呢，这么一点钱也不顶用啊！”刚子忙点了点头：“那是那是。我的想法就是我打工先赚钱，确保咱们的生活，将来你成了大画家，一幅画卖他个好几万，到那时候还愁房子么？别说房子了，汽车咱还得挑挑品牌呢！”

杜鹃不明白刚子怎么总是这么盲目乐观，伸手摸了摸刚子的额头：“不发烧啊，怎么还在说梦话？像咱们这样水平的人全国有成千上万，许多美术学院毕业的高材生都一生默默无闻，你还真的期望我能成为一个大画家啊？”这个时候，刚子已经无话可说了，他何尝不明白这个道理，说这些宽慰的话，只是想让杜鹃开心地画画，不想让她也被残酷的现实困扰罢了。他低声怯怯地问“你该不会后悔嫁给我了吧？”不想杜鹃却说：“不是后悔嫁给你，而是我有些后悔根本就不该那么早就嫁人！”刚子不是很明白她这么说的意思，却觉得莫名的失望。

就这样，他们在一起度过了一个沉默的夜晚。第二天清早，杜鹃起床后发现刚子已经不见了，直到吃早饭的时候，刚子才气喘吁吁地从外面赶回来。杜鹃有些气恼地问他：“这么早你干什么去了？”刚子扬了扬手里的两张火车票：“赶紧收拾一下，我要带你去看泰山！”杜鹃吃了一惊：“什么，你要带我去山东？”刚子点点头：“对。我想好了，你最喜欢的就是大山，这次我一定要让你看看五岳之尊是什么样子！”说完，他不待杜鹃再问什么，就催促道：“抓紧找身份证，再晚就来不及了！”

三十个小时后，刚子和杜鹃来到了泰安。他们不顾旅途的疲惫，立刻

和你过招（结尾部分）

（10月上半月刊说到：几个人贩子正在想办法对付于红萍，房门猛然被踢开，门外有人手操木棍，大声喝道："都给我住手，警察就在下面！"）

来人正是于有富，人贩子慌忙松开手，这时，几个警察冲了进来，上前把他们一一铐上，于红萍哭着扑在于有富怀里，问："哥，你怎么知道我在这里？"

于有富"嘿嘿"一笑，说："早上你跟陈素莲走后，我心里就有些不放心，害怕她趁机跑了，我就偷偷跟在你们后面。谁知道到城里后，我看见你被他们给硬塞进车里，知道事情不妙，就报了警，然后就跟着警察追了过来……"

于红萍笑了起来："哥，多亏了你啊，不然我就完了！"

于有富也笑了："也多亏了你，不然你哥真的是人财两空了，看来找媳妇，还是不能搞歪门邪道哩！"

所以，答案是B：于有富。

开始登山。到达中天门的时候，杜鹃还是忍不住问了刚子："你到底是怎么想到要来泰山的？"刚子嘿嘿一笑："那天晚上你在睡梦中说你喜欢大山，真的喜欢大山，我就猜到你肯定想把这笔钱用来旅游，可又不好意思说，所以我就独自拿了主意，不等你醒来，先去火车站买了票，现在高兴了吧。"刚子只顾着傻乐，没发现杜鹃的表情在一瞬间凝固了。

两个人在中天门休息了一会儿，杜鹃说："我实在太累了，你带上东西到前面等我吧，我想一个人在这看看风景。"刚子夸张地说了一声"遵旨"，就挎起背包出发了。待刚子走远，杜鹃跟一个登山的小伙子借了部手机，拨通了一个号码："韩大山么？我是杜鹃。我们的事情我仔细想过了，我还是无法离开刚子，你也不要离婚了，我们到此为止吧！"

刚子和杜鹃费了九牛二虎之力，终于登上了玉皇顶。刚子说："几年前你就画过泰山日出，而今我们才来到泰山，真是委屈你了，应该早点带你来，你就不用在梦里都说想大山了。"杜鹃点点头："是呀，想象的东西看上去美，到最后还是不如实际的好。对了，我想和你商量一件事儿，春节过后，我想和你一起出去打工。"刚子点点头说："听你的。"

（本篇月月评短信代码：G209）

（**题图、插图**：安玉民）

情缘难续皆因太过执著……

绝 对

□敖 冰

从前，金陵城里有一大户人家，主人姓徐名祖荫，家财万贯又知书达理，可就是家里人丁不旺，娶了三房妻室都未得一男半女，直到娶了第四房小妾才生了一个女儿，取名静仪。

虽说是个女孩，可全家大小还是欢喜得不得了，视作掌上明珠，令人称奇的是这女孩儿自小聪慧异常，三岁即能读书过目不忘，四岁便能吟诗作对，尤其是对联句有常人不及的天赋。

一次，徐祖荫独自在花园中散步，见到满园鲜花争相绽放，不禁触景生情，脱口吟出一联："满堂花醉还多事。"一旁正随丫鬟玩耍的小静仪忽然应声道："顽石无言最可人！"徐祖荫听了不禁大为惊奇，要知道当时她还不到五岁啊，打这以后，徐祖荫更加宝贝这个女儿，并将琴、棋、书、画悉心相授。

静仪长到十七岁，出落得跟出水芙蓉一般，也到了谈婚论嫁的时候了。此时远近都知徐家有一个美若天仙的才女，一时求亲的王公贵族趋之若鹜，几乎踏破了徐家门槛，然而这徐小姐择婿不求富贵显赫之家，声称只要有人能对出她所出三联，无论老幼她都将嫁与此人。

半年过去了，来应征的人当然不少，可还真没有一个人能对出小姐出的三个上联，这倒让徐祖荫伤透了脑筋。

这一日，有一姓王名宝钥的英俊小生来徐府求见徐小姐，说是从千里之外赶来的。徐祖荫见王宝钥气宇不凡，不由先喜了三分，连忙到后堂与女儿说了，待会出联时切不可太偏太难，以免人家对不上来，错过了良缘。静仪听了口上答应，心下却不以为然，心想："若无真才实学我还是一样打发他走人！"可等到花厅相见的时候，也不由在心中赞叹，有了几分喜欢。

徐小姐娇羞地说道："公子，请听好了，奴家要出上联了。"宝钥欣然道："小姐，请！"静仪吟道："青衫磊落，莫非太白转世？"宝钥听了，明白她是在夸自己，立刻应道："环佩叮当，原来仙女下凡！"

两人心意相通，相视而笑。静仪又吟道："文章千古好。"宝钥脱口道："仕途一时荣。"一旁的徐祖荫抚掌笑道："妙，妙极！我看今天就到这里，第三联过两天再对不迟。"说罢吩咐摆宴为宝钥洗尘。

接下来的几天，静仪与宝钥终日不是闲庭散步，就是抚琴清谈，两相爱慕，却绝口不提对联之事。最后还是宝钥先提出要小姐再出最后一联，好结良缘。静仪沉吟了一会才说："这第三联不对也罢！"宝钥道："这是为何？"

静仪先是不答，后禁不住他的一再追问，说道"先前两联只因家父有言在先，叫我不要为难公子，所以出得简单。这二日来与公子相随，感觉甚是投缘，所以不对也罢。"宝钥年轻气盛，听了这话深以为辱，当下断然道："小生本为联句求亲而来，岂可因大人与小姐眷顾便负初衷？即请小姐出第三联，小生若对不上来即当告辞回乡，再不敢提提亲之事！"

静仪见他对自己一腔深情置之不顾，心中气极，也不由恼道："这可是你说的！"

恰巧徐家有一仆人正在用锤子往墙上钉一根木楔，静仪见此当即吟道："壁上钉楔楔钉壁。"宝钥听了顿时呆了一呆，未料得她竟然出了这么句上联。此联看似平淡无奇却十分难对，宝钥冥思苦想了半天也未能对出下联来。静仪见状十分后悔，刚想重新出对，没想到宝钥却深施一礼，说道："小生才疏学浅，让小姐见笑了，就此告辞。"静仪垂泪道："事已至此，但只要公子半年能对出下联，咱们依然可续前缘。"宝钥默然无语，转身便走了。

宝钥回到家里，日思夜想，脑中

只想着那句上联，恍恍然已过了数月。

一日，他信步来到江边，只见江边泊着一只渔船，船上只有一个老渔翁，不一会老翁摇着橹向对岸划去。宝钥望着那橹一下一下拨动着水面，脑中不由灵光一闪，不禁跳了起来："有了！"当夜他便收拾行装赶往金陵。

可当他赶到徐府时，早已物是人非了，徐祖荫伤感地告诉他："你来晚了，静仪已于一个月前在城外古梅庵削发为尼了。老夫苦劝无用，也只得由她去了。"

原来，自打宝钥走后，静仪再也无心弄什么联句求亲了，整日间只是盼着他前来。眼见半年之期已过，却仍不见人来，她又是伤心，又是悔恨，便要死要活地出了家。

宝钥没想到事情会这样，当他失魂落魄地找到古梅庵，好不容易见到徐小姐时，只见她一身出家人打扮，头上青丝俱已剪去，不禁潸然泪下，说道："小姐，是小生辜负了你！"

静仪却平静地说道："王公子，我已不是什么小姐，而是一个出家人了，法名圆静。"宝钥道："我已对出下联，你听好了，下联是：艄公摇橹橹摇梢。"圆静听了，默然半晌才说道："对得真好，只可惜……"宝钥痛声道："你不是说过只要我对出下联，你我便可再续前缘么？现在我已对出来了，你当守信还俗才是！"

圆静对着佛像诵了一声："阿弥陀佛！既离红尘怎可再涉尘缘？你还是死了这条心吧！"

宝钥再三恳求，圆静道："既如此，我再出一联，你若对上了我便还俗，若对不上来，便不可再来纠缠！"宝钥点了点头，问道："可有期限？"圆静看看四周，但见青灯古佛，不由说道："公子，你听好了，上联是：寂

寞寒窗空守寡。”

宝钥听了，有若跌进了冰窖，半晌也说不出话来。这七字联字字为宝盖头，且七个字将出家人的悲凉凄苦描绘得淋漓尽致，是真正的难对之句，或许就是一个绝对！他知道自己让她还俗之事将变得遥遥无期了。圆静心里虽然十分难过，却也只说了声还有功课便进后堂去了。

宝钥万念俱灰，干脆就在离古梅庵不远的一座庙里出家当了和尚。

光阴荏苒，一晃三年过去了，那徐小姐，也就是圆静，为情所苦，久思成疾，竟然一病不起，没过多久就去世了。

宝钥得知消息，不禁悲痛欲绝，来到圆静坟前拜祭。

时值初夏，那水洼中不知怎的竟早早地开放了一朵野莲花。

宝钥见了不禁泪流满面，认定这莲花是小姐所变，仰天大笑道：“小姐，你的上联是：寂寞寒窗空守寡，下联我已有了，你听好了，下联是：退还莲迳返逍遥！”说罢，大笑三声，吐了一口鲜血，便就地坐化了。

（**题图、插图**：黄全昌）

·外国文学故事鉴赏·

神奇的嗅觉

□王升卫

有一家名叫美莎的公司，专门从事香水的研制及生产。公司里有个叫乔瑞克的小伙子，他是半月前公司扩大生产时应聘进来的，被安排在流水线上工作。

这天，乔瑞克与公司同事汤米正在干活，乔瑞克忽然使劲地抽抽鼻子，道:“咦，怎么有一股怪味？汤米，你小子身上是不是有狐臭，难闻死了。”说着，用手在面前扇来扇去。

汤米嚷道:“瞎说，我才没狐臭呢。再说，车间里这么浓的香水味，你怎么闻得出其他味来……”正说着，只听“哼”的一声，公司老板福雷蒙不知什么时候来了，他眼睛狠狠地瞪着乔瑞克，脸色难看极了。福雷蒙一句话没说走了。汤米夸张地大叫起来:“哈哈，乔瑞克，你小子这下惨了，你看见福雷蒙刚才的脸色吗，准是他有狐臭，你竟然当众揭老板的伤疤……哈哈。不过，你鼻子也真灵，我天天见老板也没闻出他身上有狐臭味啊。”

果然，没过多久，老板的秘书玛琳小姐过来通知乔瑞克，说老板让他去一趟。乔瑞克只得起身，汤米在背后幸灾乐祸地说:“我说得没错吧，你准要被开除了……”

乔瑞克忐忑不安地来到老板办公室，准备挨骂，没想到福雷蒙并没骂他，反而笑眯眯地问道:“乔瑞克，你鼻子真的有这么灵？我身上确实有狐臭，但已经做了手术，医生都说效果很好。刚才我离你那么远，你居然闻到了。”

乔瑞克吁了口气，诚惶诚恐地答

道："是的，福雷蒙先生，我的鼻子从小就灵，对气味特别敏感。"说完，生怕对方不相信，又道："福雷蒙先生，我感觉到你身上除了有你自己的气味外，还有一种别人的气味，我闻着好像是玛琳小姐身上的吧……"

话没说完，就被福雷蒙挥挥手打断了，他气恼地盯着乔瑞克。乔瑞克低下头，心想："坏了，我这人怎么老是乱说话，净揭老板的短。"

没想到，过了一会儿，福雷蒙又笑了："好样的，小伙子，从明天开始，你到公司化验室上班，我会给你很高薪水的。凭你这么灵敏的嗅觉，我们研制新产品根本用不着仪器了。"

乔瑞克不敢相信自己的耳朵："化验室是公司最重要的部门，工作轻松，而且待遇特别高，我……"

福雷蒙打断他的话头，叮嘱道："化验室是公司最重要的部门，里面的一切都是公司最高机密，有许多事让你怎么做你就怎么做，只做别问。这一点一定要记住，我现在就带你去化验室。"

走进化验室，乔瑞克见台面上摆了许多仪器，几个穿白大褂的正在操作。他还看到有许多器皿，器皿里装有一种白色的粉末。乔瑞克拿起一瓶在鼻下闻了闻，不由惊叫道："福雷蒙，这……这是不是海洛因？"

福雷蒙沉着脸，阴森森地说道："我不是告诉过你只用干活什么也别问吗？放心，只要你好好干，到时我不会亏待你的。"

乔瑞克明白了，原来美莎公司打着生产香水的幌子，暗地里却在生产毒品。但他知道，既然已经知道了公司里的秘密，就别想洗脱干系，只有加入他们的队伍，乖乖为他们卖力了。一旁的福雷蒙仿佛看透了乔瑞克的心事似的，阴险地笑了。

也别说，自从乔瑞克来到化验室，靠着他灵敏的嗅觉，很快就生产出一批高纯度的海洛因，这比以前借助仪器化验的效率高多了，福雷蒙很是满意。

这天，乔瑞克一个人在宿舍里，忽然嗅出门外有人，他警觉地喝道："谁？"只见同宿舍的汤米笑嘻嘻地进来，说是福雷蒙让他出去一趟。自从走上这条路，乔瑞克时刻觉得有人在盯着自己，见是汤米，暗暗吁了一口气。

福雷蒙让乔瑞克陪着去与一个客户接头。临走时，福雷蒙交代：这次是和客户进行交易，要特别谨慎。

他们来到一家名叫夜玫瑰的酒吧，进入包厢，早有一个胖子等在那里。

坐定后，双方寒暄了一阵，正准备切入正题，乔瑞克忽然抽抽鼻子，嗅了嗅四周，紧张地说道："不好，有一股杀气。"

听了这话，大伙一愣："什么杀气？"

乔瑞克屏息静气又嗅了一会儿，道："我闻到一股弹药味，可能有警察过来了。"

那个胖子笑了："小老弟，我们这次可是秘密行动，并没有透漏消息，再说，就算有警察有弹药，凭你这个鼻子也不能闻出来啊，别疑神疑鬼的。"说着，站起身走到窗口向下看。这一看不打紧，脸色立即变了，结结巴巴道："糟了，真的有警察过来了，已经将夜玫瑰包围了。"

包厢里的气氛立刻紧张到极点，要知道贩卖毒品可不是闹着玩的。谁知，这时福雷蒙却笑了："放心吧，我们都是守法良民，让他们来搜好了。"

果然，大队警察进来搜了好一阵，什么也没发现。

警察走后，乔瑞克疑惑地问："这是怎么回事？"福雷蒙拍拍他的肩，哈哈笑道："乔瑞克，只是想考验考验你。"

"考验我，考验我什么？我不知道你在说什么？"乔瑞克抹了脸上的一把汗，迷糊了。

福雷蒙看着他，又道："做我们这一行，最怕有警察卧底了。因此，我开始怀疑你是警方派来的，经过刚才的考验，你非常合格，很好，欢迎你正式加入我们这一行。"说完，端起酒杯说："来，我敬你一杯。乔瑞克，这种酒叫红丁玛瑙酒，只有在这家酒吧才有卖的，味道棒极了，来，干杯。"

乔瑞克愣愣的，还没有回过神来，听了福雷蒙的话，只得端起酒杯一饮而尽。

果然，经过这次事件，福雷蒙很是看重乔瑞克，走到哪儿都带着他。

又过了一段时间，福雷蒙交给乔瑞克一把枪，道："你准备一下，马上跟我出去，这次有笔大买卖。"

在车上，福雷蒙叮嘱，这次是同一个毒品供货商见面，要进一大批未经过提炼的毒品回来加工，要乔瑞克见机行事，机灵点。

车子开到郊外，果然有几个彪形大汉等在一棵大树下。他们走下车，对方一个满脸都是刀疤的大汉傲慢地问道："钱带来了没有？"福雷蒙拍拍密码箱，反问道："货呢？"

刀疤脸使了一个眼色，另一个大汉拎出一个旅行箱道："在这里。"福雷蒙正要将密码箱递过去交换，乔瑞克忽地拦住他："等一等，货可能有问题。"接着，他使劲地抽抽鼻子，又说："福雷蒙，这个箱子里装的全部是假货，千万别上当。"

听了这话，刀疤脸冷笑道："小子，凭什么说我这是假货。"乔瑞克针锋相对反击道："就凭我这只鼻子，你敢不敢打开箱子当面检验？"

刀疤脸愣了一下，随即换上笑脸，说："好样的，你这鼻子比狗都灵啊。"说着，又从身后拎出一个旅行箱："你再闻闻这个如何？"乔瑞克也笑了，对福雷蒙点点头道:“这个是如假包换的真货。”

双方正要交换手里的箱子时，从树林中冲出几条黑影:“不许动，我们是警察。”

说时迟，那时快，只见刀疤脸和他的手下以及福雷蒙立即掏出随身携带的枪支，与警察开起火来。他们都明白，一旦被抓起来，肯定没有好下场，与其坐以待毙，不如拼了，兴许还能拣回一条命。

交锋中，福雷蒙和乔瑞克果真杀出一条血路，逃了出来。福雷蒙一边跑一边埋怨:“乔瑞克，你这次怎么回事，竟然没闻出弹药味来？”

乔瑞克立住身子，语气冷冷地说:“福雷蒙先生，站住，别费力了。”

福雷蒙猛地站住，浑身抖了一下，慢慢转过身，只见乔瑞克手上乌黑的枪口正对着自己，他咆哮道:“乔瑞克，你疯了吗？我是你老板……啊，我明白了，你是警察？”

乔瑞克讥讽道:“对不起，福雷蒙先生，你猜错了，我不是警察。不过，虽然我不是警察，但我是卧底，因为你的毒品害得我家破人亡，你知道吗。我一直怀疑你在制毒，混进你的公司正是想获得你制毒的证据。上次在夜玫瑰酒吧算你命大，今天终于让我抓住你的证据了，我要将你这个恶棍送进监狱，那里才是你该去的地方。”

没想到已经成了瓮中之鳖的福雷蒙这时却狞笑道:“小子，上次在夜玫瑰酒吧，偏偏那么巧就有警察找上门来，从那时起我就开始怀疑你了。留你在我身边这么久就是想利用你的嗅觉帮我制造毒品，但没想你这么快就露出了尾巴。别忘了，这把枪是我给你的，你以为里面有子弹吗？哼！”

原来，上次在夜玫瑰酒吧，乔瑞克偷偷报了警，想将他们人赃俱获，到了地点他用鼻子一闻，才发觉狡猾的福雷蒙根本没带货，于是干脆假戏真做，提前告诉他们警察来了，却没

想到自己早就被怀疑了。

乔瑞克一下呆住了，福雷蒙趁他一愣神的片刻，夺命而逃。

乔瑞克下意识地扣动扳机，果真没子弹，他拔腿就追，却哪里还赶得上，福雷蒙已经逃得无影无踪了。

到警察局一打听，刀疤脸他们已被抓获。回到家后，乔瑞克懊恼得直拍自己的脑门，怪自己太大意让福雷蒙逃走了。

这时，电话响了："乔瑞克，你小子听着，你坏了我的大事，总有一天，我会要了你的命。"

一听对方是福雷蒙，乔瑞克赶紧答话："福雷蒙，别那么猖狂了，十分钟之后，我就会抓住你，我会送你上断头台的。"

"哈哈哈！"电话那头狂笑着，"十分钟？你别傻了，给你十天你也未必能抓住我。哈哈哈……"

十分钟后，乔瑞克持枪冲进夜玫瑰酒吧的包厢。包厢里，一个女人正陪着福雷蒙在喝酒，看到从天而降的乔瑞克，福雷蒙惊愕得张大嘴巴，完全不敢相信这是真的。

这时，一支硬邦邦的物体顶住乔瑞克的腰："别动！"听声音，乔瑞克不用回头也知道在身后拿枪顶着自己的人是以前在美莎公司的同事汤米。

福雷蒙见没有警察，只有乔瑞克一人，不禁得意起来："汤米，你很忠心，但你不要紧张，他手里的枪没有子弹。"

乔瑞克握着手里的枪没动，冷笑道："福雷蒙先生，你为什么不问问汤米手里的枪有没有子弹？"

汤米与福雷蒙同时一怔，汤米扣动扳机，果真没听到枪声，只听乔瑞克又道："汤米，我早就怀疑你是福雷蒙派到我身边监视我的，你枪里的子弹早就被悄悄下了。"接着他又对福雷蒙道："现在你还敢说我的枪里没有子弹吗？要不要试试？"

此时，汤米与福雷蒙已经吓得浑身筛糠般颤抖。汤米早已瘫在地上，声音里带着哭腔："你是怎么怀疑上我的？"乔瑞克冷哼道："我是嗅到了你身上有一种与福雷蒙身上一样的臭味，那是你们的良心腐烂了散发出的臭味。真没想到你为了金钱竟然与福雷蒙同流合污。你们等着吧，警察马上就来，你们会受到法律的严惩。"

这时，警察冲了进来，铐住汤米与福雷蒙。福雷蒙绝望了，嚎叫道："乔瑞克，我有最后一个问题，你是怎么知道我藏在夜玫瑰的？"

乔瑞克笑了，嘲笑道："福雷蒙先生，这还得感谢你。我不仅鼻子灵敏，耳朵也特别好使，当你打电话给我的时候，我立刻从电话里听到了夜玫瑰才有的音乐，再说您这么喜欢喝这里的红丁玛瑙酒，怎能不来压压惊呢？"听了这话，福雷蒙彻底蔫了。

（**题图、插图**：佐　夫）

在最危急的时刻，如山铁证震撼人心……

铁证如山

□夏启萍

1．背后的枪口

金风扬是工业大学有名的帅哥，女生视线的焦点，毕业后的夏天，他踌躇满志地前往特区投奔哥哥。哥哥叫金风飞，自幼与他相依为命，长得也很标致，在一家玩具厂搞管理。

见面后，他发现哥哥消瘦了许多。对他的突然到来，哥哥很生气，说这里不适合他，要他马上走。金风扬固执地说："不，这里开放、发达，我一定能干出点名堂！"哥哥气得直跺脚："咳！那你今后……就别往我这里跑，我不想再见到你！"金风扬大惑不解，无奈只好自己找工作。

他万万没想到，这竟然是他和哥哥见的最后一面，几天后，他突然得到了惊天的噩耗——哥哥死了！

哥哥死在自己的房间里，法医说，是自己注射过量的毒品导致了死亡。金风扬震惊了！哥赶我走，是怕我发现他吸毒呀！清理哥哥遗物时，他发现，哥哥已经吸得一无所有，连妈妈临终留下的那块特制的玉佩，也不见了。那玉佩哥俩各有一块，他抚着戴在自己脖子上的那块玉佩，欲哭无泪：料理哥哥后事的钱，到哪弄呢？

正为难时，玩具厂的厂长陈金宝及时赶来了，递给金风扬一个大信封："这点钱，算我的一点心意。工作的事，要我帮忙吗？"金风扬很伤心，决绝地说："谢谢您的关心，但这里我不想呆了！处理完哥哥的后事，我就

走。"陈厂长摇摇头，很惋惜。

料理完哥哥后事的那天晚上，走在霓虹闪烁的夜色中，金风扬格外孤独忧伤，不由自主地走进一家酒吧。在萨克斯忧伤的乐声中，他很快就喝醉了，把高脚杯举在低垂的脑袋上，叫着:"酒、酒……来、来杯……酒！"

"金风扬，你喝多了，不要再喝了！"一个甜美的女声在耳边响起了，同时，他手中的酒杯被轻轻拿掉了。

这个陌生的地方，怎会有人叫自己的名字？金风扬睁开蒙胧醉眼，眼前是个白衣姑娘，他疑惑地问:"小、小姐，我不、不认识你，你是谁、谁呀？"

眼前的姑娘很漂亮，像午夜悠悠开放的一朵睡莲，她嫣然一笑:"我不是小姐，我是你工大的同学啊！我叫林影，我们不是一个系的，你不认识我很正常，可你有名气，我认识你呀！我来这里没等到我表姐，却见到你，真是高兴！别喝了，我们出去聊聊，好吗？"

金风扬点点头。走出酒吧，沿着僻静的林阴道没走多远，金风扬酒劲上来，有些跌跌撞撞，林影伸手扶住他，说:"金风扬，看样子，你不能走了，我送你回去吧。你住哪？"

正说着，一辆小车滑到他们身边，悄然停下。车内，两个戴头套的人冲出来，握着白亮亮的刀子，架住他们塞进车。车飞快地开走了。没等林影和金风扬反应过来，两人的手已被捆了个结实，嘴被堵住，眼睛被蒙上，手机也被搜走了。

不好！自己和林影被绑架了！金风扬大吃一惊，酒醒了大半。大约半个小时后，车停下了。金风扬和林影感觉被架着上了楼，进了一间屋，接着听到身后的关门声。黑暗中，他俩的脚也被牢牢捆住了，动弹不得。

"妈的，给老子放乖点！"一个声音嗡嗡响起来，"嘿嘿！就你们两个菜鸟，也敢敲诈我们老板？活得不耐烦怎么着？老子这就送你上西天！对了，老八，我来瞧瞧这小妞靓不靓，送她上西天之前，咱兄弟俩尝尝味道，可别浪费了资源！"

敲诈人？天哪！金风扬和林影明白自己当替死鬼了，剧烈地挣扎起来。果然，打火机啪地一响后，那个嗡嗡的声音又叫了起来:"这小妞好靓！不对……老八，坏了！抓错人了！这……怎么办？我们是不是把他们做掉？"另一个尖嗓门，大概就是"老八"，说道:"做掉是肯定的，但别急，我得先去请示老大，再动手！你在这里看着，我马上回来。"

尖嗓门"咚咚咚"地走了。

金风扬浑身冰冷，死神的脚步似乎正在逼近。不一会，他从动静中听出来，留下的那个歹徒喘着粗气，拔掉林影嘴里的毛巾，强行要吻她，还伸手去撕扯她的裙子。无耻的歹徒！金风扬怒不可遏，却又无可奈何。林影挣扎了一会，哀求道：“大哥……别急，这样做……你我都不舒服的，给我的腿松绑吧，我们再做……好吗？”

“这就对了！好好配合，咱们都快活！”歹徒乐了，“我这就给你解开！不过，小美人，我劝你识相点，别耍什么花招！要不，可没你好果子吃！”放开林影的腿，歹徒好像迫不及待地扑了上去。突然，金风扬听到了歹徒“嗷”地大叫一声，就没了动静。林影惊慌地说：“风扬，我用膝盖顶了他的……下面，他晕过去了！我们有救了！”金风扬说：“你快跑！要不就来不及了！”“不，我们一起走！再说，我的眼睛还蒙着，怎么跑啊？”

是呀，怎么办？金风扬急得想挣脱手上绳子，突然发现手还能动，惊喜地说：“快蹲下来，摸出那家伙的打火机，打着后反过手，也许能烧断绳子！”一阵悉悉摸索后，打火机“啪”地一响，林影兴奋地说：“烧……断了！”她又奔过来，烧断捆绑金风扬的绳子。

两人逃出门一看，原来他们被关在一个废弃的工地里。外面月色朦胧，不远处，是一块茂密的果园，黑糊糊的望不到边。冲进果园深处，回头见没人追来，他们蹲在地上，上气不接下气地喘着。

“别动！小心我的枪走火！”突然，身后一声低喝，硬邦邦的枪口顶在金风扬的后腰上。偏头一看，身后站着一个蒙面的大个子，金风扬以为歹徒又追来了，绝望地说：“你们绑错了人，为啥还要……杀我们？林影，你快跑！”林影咬着牙说：“不，我不跑！”大个子冷冷地说：“嘿嘿，还算明智！能比我的子弹跑得快？我一般不杀人，只对钞票感兴趣！快，把你们的钞票都掏出来！”

倒霉！又撞上了抢劫犯！林影的小坤包早丢了，金风扬掏得兜底朝

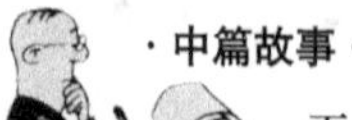

天，只有几百块钱。

“妈的，穷鬼！怪不得，跑这来风流！”大个子咕哝道，“哦！你俩这身衣服，看样子还值俩小钱，给我脱！”

大个子气势汹汹，看样子不脱别想脱身！那帮歹徒要是追来，就更糟了。脱吧！金风扬脱得只剩下一条裤衩，脖子上的玉佩，也被大个子夺走了。奇怪的是，同时，大个子将一张折叠的小纸条，悄悄地塞进了他的手心，还重重地捏了捏他的手，掳起衣服消失在黑暗中。

金风扬狐疑地捏紧纸条，没吭声，抬头一看，林影只剩下“三点式”的迷人胴体，在月光下犹如玉雕。他穿个裤衩倒没啥，可林影抱着胳膊蹲在地上，说“你快去想办法给我表姐王燕打个电话，让她送衣服来！燕姐有车，很快就能来的！千万别报警啊，黑社会咱惹不起！”她说了个手机号，金风扬飞奔而去。

2. 神秘的富姐

金风扬赶到不远处的公路，就着橘黄的路灯光，迫不及待地展开手心里的纸条，上面潦草地写着：

你想知道你哥哥真正的死因吗？请配合我，今晚的“绑架”，很可能是个精心设计的圈套！你要装着什么都不知道，一切顺其自然，发现可疑情况，随时拨打我的手机，请相信我！

哥哥的死，难道另有隐情？金风扬默默记住了纸条上的电话号码后，撕毁纸条，心如夜色一样迷茫。

就在这时，一辆红色出租车停在他的身边，一位中年司机打开车门，朝他招手道：“上车，上车吧！”他尴尬地说“师傅……我没钱。”“出门不容易，我也是顺道，没钱没关系。快上来吧！”他心里一暖，钻进了车。车开了一程，金风扬发现路边有个店铺灯还亮着，挂着“公用电话”的牌子。他正要说下车，不料司机已将车停下，意味深长地说：“要打电话吧？给你一块钱，免得多磨嘴皮！对了，你朋友要我告诉你，我们帮你的事，对谁也不能说，否则你有生命危险，切记！”

望着渐渐远去的出租车，金风扬的后背一阵冰凉，感觉自己好像被罩进了一张无形的大网。他暗下决心，一定要把事情弄个水落石出！走进店铺，他镇定地拨通了燕姐的手机。燕姐听完情况，惊讶地说：“怎么会……搞成这样？你现在在哪？”金风扬说了位置，燕姐说：“你在电话旁等着，我马上过来，找不到你，我再打这个电话！”

金风扬守在电话旁，寸步不敢离开。大约二十分钟后，电话响了，他抓起电话，果然是燕姐温柔、关切的声音：“你是风扬吧？门外有个手提袋，里面放着衣服、钥匙、一点钱，我今晚忙，不来了，林影认得我家，你们马上到我家去住。那伙人说不定到处找你们，安全要紧，我会尽快抽时间来看你们！”出门一看，果然，门外地上有个手提袋。为什么燕姐来了却不见面，搞得如此神神秘秘呢？

金风扬招了辆出租车，匆匆去接林影。林影可能是吓坏了，坐进车后，不由自主地抱住了金风扬。金风扬周身触电一般，脸也火辣辣的，很不自在，但他也不忍心推开林影。

进了燕姐的豪华别墅，林影熟练地打开灯，刹那间，满室金碧辉煌；她又按了另一个开关，室内一片淡淡的玫瑰色，热烈而温馨；再一按，眼前成了蓝色的海洋，迷幻而浪漫。灯光下，林影好似一条诱人的美人鱼，金风扬怦然心跳。这时，林影似乎已从惊吓中回过神来，甩了甩长发，笑着问他：“这灯光你喜欢吗？”“挺好的！”

林影高兴地说：“哦？真的？我燕姐也特喜欢，她对灯光很讲究，光安装这些灯饰，就花了几十万哩！”金风扬感叹道：“你燕姐真阔啊！她是做什么的？”“燕姐不喜欢人家打听她的事，她很有钱，但她并不幸福，离婚后，她不愿再结婚，四十了还孤身一人，心里很苦……”林影黯然说道。

真是个谜一样的女人！金风扬真想此刻就见到她。可是，大个子纸条中说的“圈套”，会不会与她有关系呢？这个大个子，到底是什么人？金风扬正发愣，林影在一旁体贴地说道：“今晚累得够呛，你赶快去冲凉，早点休息吧！”

金风扬的确累了，冲凉后打开空调，躺上床很快酣然入梦。迷糊中，他忽然感觉有个温软的身体缠着他，按亮灯一看，是穿着暴露、身材迷人的林影！他吓得坐了起来：“林影，你怎么……”

林影柔软的小手捂住金风扬嘴唇，娇喘道：“我怕，一闭眼，老是做噩梦，一个人……不敢睡……”金风

扬想挣脱她的搂抱“可是，这样不好……要不，我到地板上睡吧！”

林影嘤嘤哭泣起来：“不！风扬！你是个好人，我……喜欢你！难道我就那么让你……讨厌吗？”金风扬有些慌乱：“不，不是！林影，我一点思想准备都没有，不能对你不负责任！……”话没说完，他的嘴已经被林影的嘴堵上……

金风扬努力克制住内心的骚动，许久，林影安静下来，紧紧地依偎着金风扬宽阔的胸怀，忧郁地说：“风扬，真是缘分啊，今晚，我要是没去酒吧，就碰不上你，你也不会有机会见到燕姐。你的人品不错，燕姐最乐意帮你这样的人，你的好运来了！你一定会发达的！谢谢你，给了我一个美好的夜晚！今后，你还愿意……见我吗？”林影哽咽起来。金风扬安慰道：“别多想了，一切随缘吧！”

窗外，一阵电闪雷鸣，暴雨哗哗而下。金风扬辗转反侧，不能入眠 那个神秘的燕姐，究竟会给我带来什么好运？

3. 尴尬的爱情

天将亮时，金风扬疲倦地睡着了。半上午，强烈的阳光透过米色窗帘洒在床上，金风扬睁开惺忪睡眼，一下子惊呆了。

一个美艳的贵妇，坐在床沿上，浑身珠光宝气，看上去三十岁左右，粉面如花，脉脉含情的丹凤眼，正痴迷地看着他。金风扬慌乱地抓起被单，掩盖自己的身体：“你……你是……”贵妇坦然一笑：“我就是你燕姐啊！昨晚你受惊了！我早就来了，林影求我帮你，别急，姐已经在给你想办法了。哦，对了，林影在北京找了份工作，已经去那边了，她看你睡得香，走时就没叫醒你。我给你买了套衣服，你试试。”

林影的不辞而别，让金风扬怅然若失。他穿好衣服，燕姐爱怜地打量他一番，高兴地叫起来：“哟，怪合身的！奇了，你身材跟我想象的一点不差，咱姐弟真有缘！早餐我带来了，别饿坏了胃，你趁热吃了，我再跟你说正事。”

燕姐的温情，让金风扬凄楚的心中涌起一股暖流。燕姐怔怔地看他吃罢早餐，说：“风扬，姐看得出来，你是个能干大事的男人，这里也很适合你发展，现在有个很好的机会，姐想帮你一把，你很快就能发达，干不干？”“我行吗？”“行！你行！我有个朋友的玩具厂要出租，姐想让你租下来，你一定能做得很好！”

“可是，租厂要钱，流动资金我也没有，我刚做，销路也是个问题……”金风扬顾虑重重。燕姐嗔怪道：“瞧，还把燕姐当外人不是？这些问题不替你解决，姐还帮你什么！走吧，我们去见那位朋友，先谈谈再说嘛！”

车在市里转了很久，终于在一家古朴的茶楼前停下。进了一间包厢，金风扬一看等他们的人，惊讶地叫道：“陈厂长！是您？”真巧啊，燕姐的朋友，就是帮助他料理后事的陈金宝！燕姐问他怎么会认识陈厂长，他简单地讲了哥哥的事，燕姐听了，难过得眼睛都湿润了。

坐下后，燕姐快人快语：“陈厂长，事想好了吗？”“想是想好了，有些问题怕不好谈啊……”陈厂长欲言又止。燕姐不高兴了：“有什么不好谈的？说吧！”“那我就直说了！”陈厂长放下茶杯，“厂租和流动资金，你燕姐给他解决没问题，但我打算今后只经销原料和产品，所以，风扬的产品必须全部由我包销！不过，价格随行就市，决不让他吃丁点亏！让他吃了亏，你燕姐还能饶我？还有，这厂子是老爷子的心血，厂名不能换，对外还得说是我的，风扬只不过是我请的经营厂长，不然老爷子那儿，我没法交代。此外，厂里有两个大仓库，风扬有一个就足够了，另一个我要放货。如果风扬能答应这几条，我们就把合同签了。”

好运说来就来了！这是好事啊！销路不用愁，至于厂名，不过是个面子，无所谓的。没等燕姐说话，金风扬抢着表态：“行，行！我没意见！”手续很快办完了。

陈厂长走后，燕姐递给金风扬一把钥匙，说：“你现在没地方住，就住我家好了，有你陪姐说说话，姐也不孤单。姐还有事，晚上尽量回去。我先走一步，这里茶不错，你慢慢品。”

茶香袅袅，金风扬恍然如梦。这一切会不会又是“圈套”？冷静一想，反正自己一无所有，怕什么呢？

小坐一会，金风扬走出茶楼不远，一个小乞丐跟上来，拽拽他衣角：“老板，有人给了我钱，让我把这封信交给您！”“人呢？”金风扬急切地问。小乞丐指着远去的黑色轿车说：“走了！”金风扬脑瓜飞转：“那人，是不是大个子？”“对，对，跟你差不多高呢！”

金风扬意识到：一定又是果园里那个蒙面人！拆开信封一看，里面有一张字条，还有两样东西。字条写着：

做得不错，顺其自然，取得那个女人的信任，才能揭开真相！信封里的两样东西，一个是针孔摄像头，隐蔽性强；一个是微型录音笔，可以连续录音16个小时，对你可能有用。

金风扬若有所思：这家伙紧追不放，矛头好像是对着燕姐，莫非是燕姐的什么商业对头？

夜幕笼罩的时候，燕姐回来了。她无力地靠在沙发上，满上一杯酒，一饮而尽，又点上一支烟，默默地吸着。海蓝色的灯光映照着她的藕色吊

带裙，显得有点凄冷、忧伤。

“风扬，烟酒解愁，你坐下，陪陪姐。”燕姐拍拍身边的沙发，给金风扬满上一杯，又从小坤包里掏出一包烟，递给金风扬：“这是外烟，抽一支。”“燕姐，我不抽烟的……我知道你心里不如意，陪你喝酒吧。”金风扬咕咚喝了一大口，劝说道：“燕姐，你不能这样折磨自己，该成个家。”燕姐愣了一下，收回烟，灌下一杯酒，泪汪汪地说：“这世上还有好男人吗？还真有爱情吗？就算有，你姐人老珠黄，谁看得上啊？”“不，不，燕姐，你不老，你还很年轻啊！”“是吗？”“真的！”

燕姐听罢，举杯说道：“谢谢你看得起你燕姐！姐敬你一杯！”燕姐干了，金风扬仗着自己有酒量，也喝了个底朝天。

燕姐似乎喝多了，旁若无人地把腿架在茶几上，泪流满面地说：“扬，给姐倒……酒，姐还要喝！”金风扬这会儿也觉得浑身热血沸腾：“燕姐，你……喝多了，去休息吧！”“是该休息了……”燕姐起身，差点一头栽倒，金风扬忙伸手扶住她。

燕姐双手勾住他脖子，丰满的身子缠绕在他身上，他扶着燕姐进卧室，觉得自己越来越不受控制了，最后一点意志告诉他最好快点离开。可燕姐紧抱他不放：“别走，风扬，你是第二个抱姐的男人，就这么抱着，别走。”金风扬再也控制不了自己了……

平静后，燕姐陶醉地伏在金风扬的胸前：“扬，姐是你的人了！我不求你和我结婚，但你要对得起姐，不能伤姐的心，你懂吗？”金风扬感动地点点头。

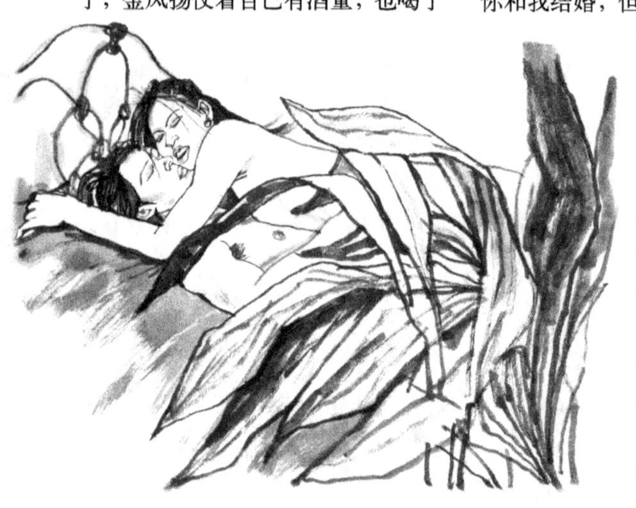

忽然，他惊讶地发现，燕姐的胸前，红丝带下挂着的一枚玉佩，和他的那个一模一样！他的玉佩，在果园里被“大个子”抢去了，怎么会在燕姐身上？

此时，金风扬猛地从刚才的迷糊中醒

 不要对一切人都以不信任的眼光看待，但要谨慎而坚定。——德谟克里特来，一把将玉佩捏在手里，不动声色地说：“燕姐，你这玉佩好漂亮啊！在哪买的？改天我也买个送你！”燕姐动情地说：“这玉佩不是买的，是一个负心男人送我的，我虽然恨他，但还是不忍扔掉。唉，女人就是太重情了。”

就在燕姐说话间，金风扬发现：玉佩上刻有一只芝麻大的小鸟，取意为“飞”！——这玉佩不是他的，而是哥哥金风飞失踪的那个玉佩！

啊！这么说，哥哥就是燕姐的第一个男人！现在，他竟然又和燕姐躺在一张床上！金风扬异常尴尬，可他再一想，不对呀，听林影说，燕姐离过婚，而哥哥根本没结婚，她们谁在说谎？事情的真相，林影一定知道！可林影已去北京，怎么才能找到她呢？

4. 肮脏的交易

三天后，金风扬接手陈金宝的宝乐塑胶玩具厂，他忙着熟悉情况，采购原料，安排生产。宝乐玩具厂位于远离市区的偏僻小镇，规模不大，只有20台生产塑料玩具的机器，原料主要是几种塑胶粒。好在陈金宝正在做这种原料生意，而且他的价格很合理，更有利的是，陈金宝的原料就装在厂里另一个大仓库中，进货方便，运费也节约。

陈金宝的贸易做得也很好，时常有大批新原料运进仓库，这时候陈金宝便催着要货，厂里就要加班加点。

虽然金风扬忙得团团转，但暗地里他在设法寻找林影。他请工大老师到学生处查询林影情况，意外的是，毕业生中根本没林影这个人！林影在撒谎！

这天晚上，厂里又要加班，金风扬守在办公室，桌上电话铃响了，他拿起话筒：“喂，您好！”话筒那头静默了会，传来一个微弱、含糊的女声：“有份商业传真，请您给个信号。”金风扬给了信号之后，收到了一份奇怪的传真。

对方传来的是一幅小小的夜景图画：月光下，两棵茂密的大树，投下一片阴影，一只没尾巴的小羊，正向阴影飞跑而去，画的下端有几个字：“海滨公园小景，作于八月七日二十二时。”

金风扬拧紧眉头，看了几遍图画，再看看手机上的日期和时间，八月七日二十一时，他恍然大悟，欣喜万分：发传真的女人，很可能就是林影！双木为“林”，加上阴影，即为“林影”；“羊”谐音“扬”，即指自己。她是在暗示自己，今夜十点去公园找她，还要防止“尾巴”——有人跟踪。从来电显示的号码看，她根本不在北京，就在本市！

夜静人稀，公园暗处，偶见情侣

们在搂抱蜜语。金风扬真的见到了林影！他们找了个僻静处的石凳坐下，林影像情侣那样，抱住金风扬的脖子，耳语道："别动，这样别人看不清我们，小声说话也方便！"金风扬只好生硬地搂住她，问道："你为什么不直接去找我，或者打电话给我，而要这样见面？""你那办公室装着监控系统，你的一言一行陈金宝和燕姐都了如指掌！他俩要是知道我跟你见面，我就会和你哥哥一样的下场，你也完了！"

听罢，金风扬大吃一惊"这到底是为什么？"

"交易，为了交易！"林影愤愤地说，"风扬，你没发现，和燕姐关系亲密的男人，都长得特别好看吗？你，你哥哥，还有陈金宝那个畜生，你们都是那种让女人着迷的男人啊！其实，燕姐是个生活很放荡的女人，被她看上的男人，就成了她永久的玩物。但她做事很谨慎，从不出面找男人，都是由陈金宝来寻找合适对象，再设个圈套，由我出面搭上那男人，和他在宾馆开房，录下我们俩床上的过程，第二天将录像带交给燕姐。男人表现得让她满意，燕姐就会同男人见面，再牢牢控制住这个男人。"

天哪，这怎么可能？那么富有的女人，怎么会做出如此肮脏的勾当？金风扬有了作呕的感觉，他不寒而栗地问："这么说，那天晚上我被绑架，真是陈金宝设的圈套？"

林影答道："不错！你在找你哥哥的时候，被陈金宝看中了，他把你推荐给了燕姐。因为你说你要离开这里，陈金宝就策划了'绑架'，为的是留住你。不过，果园里发生的抢劫不是他安排的。风扬，你在重演你哥的悲剧，你是你哥的替代品啊！"说到这里，林影的泪水沾湿了金风扬的脸颊。

"难怪哥哥要赶我走，原来是怕我落入陈金宝的魔掌呀！"夜空中，悬着一弯残月，几粒星星像哥哥的眼睛凝视着他，金风扬顿了顿，痛心地问："林影，你这么好的女孩，应该自尊、自重，为什么帮着他们这样干呢？我哥为什么不迷途知返呢？”

林影泪如泉涌“实话告诉你，我不是什么大学生，我高中毕业来玩具厂找工作，被陈金宝看上了，当他的秘书，后来，陈金宝又要我陪他抽烟，我不知道他给我的烟里有毒品，吸着吸着，我就上瘾了，我离开他，哪来的钱吸啊？你哥哥和我一样，都被他们这么给坑了，再也不能自拔！风扬，我今天找你，就是要告诉你这件大事！燕姐一定逼你抽她给的外烟了吧？那烟含有毒品，你千万不要抽啊！”

金风扬说：“有次她是要我抽，我说不会，她就没再硬劝我。”

“这就怪了！”林影很吃惊，思忖片刻叹道，“那就只有一种可能了！她这次真的喜欢上你了，对你动了恻隐之心。怪不得第二天他们就给了我五万块钱，逼我远走高飞，还威胁我说，要是我再敢跟你联系，就杀了我！但他们没料到，我犹豫着一直没走，我害了你哥哥，不能再害你呀……”林影不知不觉地搂紧了金风扬。

事情越来越清楚了，金风扬想了想，问道：“可是，陈金宝和燕姐是什么关系？燕姐到底是干什么的？他们又为什么要害死我哥哥呢？”

林影说：“他们瞒得很紧，燕姐的身份我至今都不知道，但我隐约感觉到，燕姐是陈金宝的摇钱树，陈金宝一直很巴结燕姐。至于燕姐怎么帮陈金宝赚钱，我就不清楚了。还有你哥死得很蹊跷，有天晚上，我无意中听到陈金宝给燕姐打电话，说你哥想坏他们的事，要做了他，当晚你哥就出事了……”

“我知道了！”金风扬感激地说，“林影，谢谢你！我们萍水相逢，你为什么要冒着生命危险，告诉我这一切呢？”

“因为你是个好男人！你知道吗？我见过不少男人，只有你把我当人看，对感情认真，你是自己救了自己啊！我知道自己配不上你，今晚见面后，我真的……要走了！”林影哽咽起来，“但我一生都会记着你！”

金风扬愣了一下，他看到了林影的泪光在闪动。林影站起来，默默地转身离去，白荷色的连衣裙，渐渐消失在迷离的夜色中，只留下身上淡淡的荷香……

5. 惊人的内幕

大个子送的摄像头和录音笔派上了用场。十天后，金风扬终于在燕姐的卧室里，摄录下了令他震惊的发现！他立刻拨通了大个子的手机，大个子冷静地吩咐道：“为了不让他们怀疑，也为了你的安全，你一定要……”

金风扬依计而行，马上给厂里打

了个电话，说自己得了重感冒，要到医院吊水，然后直奔医院。门诊医生低声对他说："你拿过药，直接去二楼一号病房，有人在等你。"金风扬取药后进了那间病房，一个穿白大褂的大个子起身握住他的手："谢谢你，金风扬同志！"金风扬很警惕，故意说："你是谁？怎么会认识我？"大个子笑了笑，拿出金风扬的那块玉佩："物归原主，我就是果园里'抢劫'你的那个人！现在应该放心了吧！那天我那样做，是迫不得已，只是为了逼出幕后人，那天晚上，那个燕姐虽然没有在电话亭和你见面，但还是被我盯上了！快让我看看你录的资料！"

录像和录音都很清晰，只见一个年轻漂亮的男子走进了燕姐的卧室，一阵缠绵之后，那男人说道："燕姐，这几年来，我可是对你一片真心，你答应我的话还记得吗？这次老李要退休了，你可得在孟关长枕头边多吹吹风啊！"燕姐道："放心，这次一定让你如愿，不会再让你干报关员了！不过，小朱，你可不能过河拆桥，得多陪陪我哟！"那个叫小朱的小伙子慌忙道："可我们这关系，要是让老头子知道了，他还不扒了我的皮？"

"他敢！我要是把他的破事抖出来，他得去牢里快活一生！"燕姐狠狠地说，"哦，小朱，陈金宝老板的事儿，你得多尽力办好，人家也没亏待你，他托我说一声，这次请你给他多进点原料，行吗？"那个男人连连点头。

看完后，大个子兴奋得一拍大腿："果然如此！金风扬同志，你明白了吗？"金风扬答道："我知道了，燕姐的老公是海关的关长，那个小朱是个报关员，他俩在做交易……"

大个子神情严峻地说"对，他们在做罪恶的交易——走私！"

"走私？"金风扬很惊讶。

"是的！"大个子顿了顿，"实不相瞒，我是海关缉私分局的缉私警察，我叫吴雄刚。宝乐玩具厂陈金宝一直在干走私倒卖保税原料的勾当……"

吴雄刚介绍说，陈金宝以宝乐玩具厂为幌子，骗取到加工贸易的生产经营权，再通过关长老婆——燕姐，让报关员小朱为他们大肆进口原料，再高价倒卖出去。近两年来，宝乐玩具厂共申办了16个加工贸易进出口合同，进口的几种塑胶料三万多吨，货值达三亿多元，宝乐玩具厂只有20台机器，即使30家同样规模的厂家，全天候生产，也无法加工完这么多的原料，而且，陈金宝太贪心，只想轻松赚钱，厂子一直在出租，原料直接倒卖给宝乐厂的租赁人！两年来，他偷逃国家税款几千万元！

金风扬听得目瞪口呆：“怪不得他要坚持厂名不变，对外，我还得说厂子还是他姓陈的，而且，我的产品得由他包销！我知道这是为什么了！因为进口的保税原料，必须在规定时间内生产成成品并出口，陈金宝不得不用我的产品冲数，是不是？”

“一点不错！”吴雄刚愤慨地说，“仅靠你这个小厂的产品，那是远远不够的！陈金宝还联系了几家没有出口经营权的厂家，代理出口他们生产的玩具！陈金宝就是这样瞒天过海的！要不是你哥哥举报，我们还蒙在鼓里呢！”

金风扬不解地问道：“我哥举报了？既然他向你们举报了，你们为什么不及时对陈金宝动手？他的死，是不是与举报有关？”

吴雄刚面露愧色：“有关。你哥出事的头天下午，我接到了一个举报电话，举报人只说了一句话‘宝乐在干走私’，就把电话挂了。我查号码，发现举报电话是你哥哥办公室的，估计可能是你哥打的，准备第二天暗暗接触你哥，可是……那天晚上，他就出事了！”“天哪！”金风扬惊叫起来，“我哥的办公室，就是我现在的办公室，陈金宝装了监控系统！我哥不知道啊！”

金风扬气得咬牙切齿：“情况都清楚了，你们为什么还不抓捕，让姓陈的逍遥法外？”

吴雄刚叹息道：“这个案子不一般啊！背景不同寻常，我们分局副局长肖天崖不让我向局长汇报，反复叮嘱我，局长有难处，没有确凿的证据，不可能同意我们侦查，肖局长让我和他一起搞暗查，那天晚上开出租车送你的那个人，就是我们肖局长！”

金风扬急切地问：“什么才是确凿的证据呢？”“抓现行！”吴雄刚斩钉截铁地说，“我们跟踪陈金宝的货车，只要他把保税原料拉出了我们分局的监管区，被我们抓住，就有了铁证，黑幕就可以揭开了！”吴雄刚拍拍金风扬的肩膀，接着说道：“我有个计划，一定能抓住他们，但需要你继续支持啊！”

金风扬坚定答道：“你说吧！只要能让这伙禽兽落网，上刀山，下火

海，我也没二话！”

说话间，两双大手紧紧握在了一起。

6. 悲壮的证据

真相浮出水面后，金风扬暗中留意了几天，果然发现了一个奇怪的现象，白天，从没见到陈金宝运货出去，深夜，却常见大货车进出。他和吴雄刚断定：这些深夜出厂的货车，正在悄悄拉走倒卖的原料！

本来，组织力量进行监控，抓住他们应该不难，但动静大了，容易走漏风声，再说，万一车上装的不是保税原料，扑了个空，打草惊蛇，那就坏大事了！因此，吴雄刚的方案必须万无一失。

这天上午，像往常一样，陈金宝运来一批塑胶粒进仓后，要求金风扬组织工人加班。凌晨，三辆加长大货车慢慢进了厂，开到了陈金宝的仓库停下。金风扬看看时间差不多了，按计划立即拨通了陈金宝的电话，说他的原料没有了，要立即提货，这样的事过去也有过，陈金宝没起疑，睡意蒙胧地说：“风扬辛苦啊，行，我仓库有人，你去提吧！”

金风扬带着工人匆匆赶到陈金保的仓库。这些工人中，就有一位下午新招的“工人”——吴雄刚。昏暗的夜色里，趁着两边装货的忙乱，吴雄刚瞅了个机会，爬上缓缓开动的大货车，隐藏在货物里。车上装的正是进口塑胶粒，每辆车足足20吨，三辆车共有60吨！吴雄刚暗自高兴：计划的第一步顺利完成了！

陈金宝的手下的确很狡猾，那三辆货车保持着一定的距离，开到监管区边缘地带，兜了几个圈子，确信无危险后，突然加速，驶离了分局关区，也就是说，陈金宝的行为已经构成了违法。证据确凿，终于抓住狐狸的尾巴了！现在可以向分局长汇报情况，请他下达命令了！吴雄刚精神振奋，他掏出手机，低声说完，分局长震惊地说：“好！你干得漂亮！我马上请求对方缉私分局，截查车辆！你在车上不要再打电话了，防止被他们发现，安全第一！”可是，吴雄刚不能自控，还是把消息告诉了肖局长，让他分享成功的喜悦……

这时，车驶上山间一条狭窄的柏油路，路上静悄悄的没有车辆。吴雄刚瞥了一眼手机，已经凌晨四点了，他刚收起手机，意外的情况发生了！

三辆货车忽然急刹车，戛然停下，接着传来打开车门、杂沓的脚步声，七八个押车的，慌慌张张地搜查着车厢。一个矮胖子阴沉地叫道：“快！老大说了，揪出这狗日的，宰了，赶快把车开回去！”吴雄刚心里猛一沉：糟了！他们发现我了！这怎么可能呢？肖天崖是不可能通风报信的，难道是……分局长？他这才恍然大悟，对，一定是他！怪不得肖局长一直背着他暗查！……这个缉私队伍中的败类！那一刻，吴雄刚心如刀绞，心在滴血，如果让这伙人逃回，那将前功尽弃啊！他迅速拨通肖天崖的手机，急切地报告："我暴露了，你快拦截他们退路……"

话没说完，两个彪形大汉已揪住他，把他扔下车。他敏捷地跳起来，掏出枪喝令道："我是警察，举起手来，要不我开枪了！""嘿嘿！狗日的瞎眼了？玩具枪也想吓唬老子啊？你不是执行公务，那有权配枪？"矮胖子凶狠地命令道，"兄弟们，快，做干净点！"他说的不错，吴雄刚手里握的，确实只是支塑料仿真手枪。

歹徒们挺刀扑来，几把白亮亮的尖刀，一齐捅进吴雄刚的身体。吴雄刚痛苦地挣扎了几下，就像沉重的麻袋一样，无声地倒在公路边……

四野黑沉沉的，幽暗的天幕上，有颗流星划出一道明亮的弧线，转眼消失了。

歹徒们来不及处理吴雄刚的尸体，他们仓皇逃回。三辆车在狭窄的公路上慢慢掉头后，全速逃窜。只要回到望湖关区，缉私局只能看着他们干瞪眼了！很快，三辆车驶上高速公路，呼啸着往回赶！

就在三辆货车即将冲进关区的时候，前面的公路上，几辆缉私车飞驰而来，迅速一字排开，堵住了去路，车里跳出十几名缉私警察，一排乌黑的枪口，朝三辆大货车举起来。矮胖子一看不妙，掏出手机拨打起来……

领队的正是肖天崖，他高声喝道："我们是缉私警察！我命令你们立即下车，举起手来！"

歹徒们磨蹭了好一会，才乖乖举手下车了，矮胖子咄咄逼人地叫起来："我们犯什么法了？我们在规定的关区，你们没权拦截我们！陈老板会告你们的！"

"因为你们在走私！就在刚才，你们把保税原料运出了我们的关区！你们把警察吴雄刚怎么啦？他的电话，为什么我打不通？"肖天崖义正词严地斥责起来，叫道："雄刚！雄

刚！你在车上吗？快，过去几个人看看！”几个警察过去看看车厢，不见吴雄刚。

矮胖子阴笑一声：“什么话！你的人丢了，还找我要啊？这是哪条法律规定的？说呀！”

“说得好！”不知什么时候，陈金宝幽灵似的出现了，他走到肖天崖面前，高傲地昂着头，气咻咻地质问道，“肖大局长，抓人可得有证据啊！你的证据呢？”

肖天崖说：“我们的吴雄刚同志，今晚就在你们车上，亲眼看见你们把货拉出了关区！”“这不是陷害我吗？既然他发现了，应该当场抓哪！现在还放什么屁！”陈金宝得意地说。

话没落音，金风扬站了出来，指着陈金宝的鼻子，愤怒地吼起来：“陈金宝！你别嚣张！我告诉你，你的老底我清楚，就是你害死了我哥哥！你和孟关长老婆，还有那个报关员小朱，干的见不得人勾当，我已经一清二楚！你的末日到了！我会提供证据的！比如今晚，你的车把货拉出厂，我是目击者！”

啊！这个小子怎么会知道这些？听罢金风扬的话，陈金宝浑身冒出了冷汗，色厉内荏地咆哮起来：“你他妈的胡扯八道！小子，你挺有想象力，也挺会造谣的啊！远的不说，就说今晚吧，即使我的车拉货出了厂，没出关区，谁管得着！拿出证据来啊！哈哈！”

刺耳的笑声，激起了缉私警察们心中的怒火！正在这时，最后一辆货车尾部，传来一个警察的凄厉的惊叫声：“雄刚！雄刚！你醒醒！肖局长，快来看雄刚啊……”

肖天崖飞跑过去一看，泪水止不住汩汩涌出。眼前，是何等悲壮的场面！吴雄刚乘最后一辆货车逃离的那一刹那，将自己的手铐在了货车的拖钩上！货车就这么把他拖到了这里，他的双腿背侧，皮肉几乎全被撕光，只剩下白森森的骨头；前胸赫然几个血窟窿，一片血红，双眼瞪得老大，惨不忍睹！吴雄刚是用自己一路上留下的血迹，证明货车驶出了关区！

几名警察放声痛哭起来，肖天崖瞪着血红的眼睛，吼道：“哭什么！把陈金宝带过来，让他开开眼，见见我们警察的证据！”

陈金宝过去只看了一眼，就绝望地叫了一声，晕倒在地！

这时，天已经亮了，如血的霞光穿透微明的曙色。肖天崖伸手抹上吴雄刚的双眼，抱起他的遗体哽咽着说：“雄刚，好兄弟，放心走吧！那些罪犯，一个也溜不掉！”

“走好，雄刚兄弟！”缉私警察们撕心裂肺般呼喊起来，路上车笛齐鸣，行人挥泪……

（**题图、插图**：杨宏富）

原创漫画系列《BRAVO 东东》问世

《故事会》与《我为歌狂》携手进军原创漫画新领域

东东是谁？东东是一个普通的初中生，有一点调皮捣蛋，脑子里充满各种奇思怪想，常常有点稀里糊涂，渴望做一个大男人，向往朦胧甜蜜的爱情……他还有一个搞笑的妈妈，一个严肃的爸爸，一帮性格各异、趣味横生的同学！也许东东就在你的身边，也许东东就是你自己，也许东东的许多故事许多想法都曾经发生在你的身上，也许东东会成为中国的樱桃小丸子！

一套反应e世代中学生生活的漫画丛书《BRAVO 东东》已由上海文艺出版社正式出版发行。该套书由曾经轰动一时的《我为歌狂》原班人马倾力打造，风格轻松活泼，风趣幽默，视觉效果和故事性俱佳，作为“故事会漫画丛书”向市场推出。

漂来的狗儿（青春系列小说）

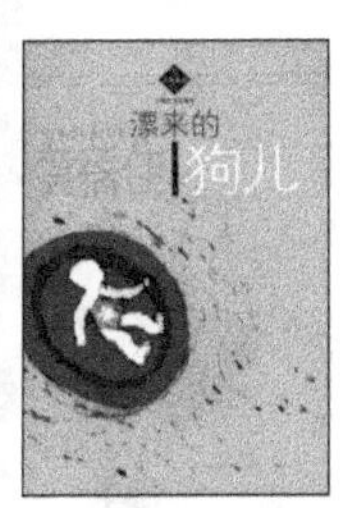

七十年代是一个奇特的年代，灰暗沉闷的生活禁锢了成年人的灵魂，却无法遏制孩子们自由奔放的性情。在“梧桐院”的小小天地里，一群中学教师的孩子和一个邻家女孩狗儿结成玩伴，玩得上天入地，花样百出，趣味无穷。聪明的小爱、博学的方明亮、高贵的小兔子、调皮的小山和小水、精灵般的小妹、心比天高命比纸薄的狗儿……这些可爱又可敬的孩子，是凡俗土地上开出来的摇曳的花朵，每一片花瓣都涂抹着温情和理想，闪耀出那个奇特年代的人性之光。因为他们“教师子女”的独特身份，每个人都在书香的氤氲中出生长大，相比于同时代的同龄孩子，他们的知识面更广，见识更多，胆子更大，脑子更灵，更能够创造乐趣，让童年的每一天都过得精彩纷呈。

这是一部讲述成长的小说，趣味盎然的小说，快乐而忧伤的小说。书中的背景和人物仿佛一段封存已久的电影，作者架起放映机，银幕亮起，胶带走片发出“沙沙”的响声，人物就动起来了，笑起来了，招手把你带进银幕中去了。你跟着他们一起捞小鱼，粘知了，去中学图书馆偷书，看连环画《红楼梦》，给伟大领袖写信，在漂亮的芭蕾舞演员面前自惭形秽，惶惑于身体的发育长大，被侮辱被伤害而后抗争，品尝少男少女的朦胧恋情……最后影像定格，灯光熄灭，银幕隐入黑暗，你会有一声轻轻的叹息，心里想：物质最贫困的童年其实是精神最自由的童年。

青春读本 1、2

——感动中学生的 100 个故事

这是我国第一种由中学生全选、推选和评选而成的作品集。它来自全国各地的中学生之手，是从数万件推荐作品中大浪淘沙，筛选出一千来份，然后又特邀上海市的几所重点中学的同学们组成“读书会”，依其多数同学的公认，最后才集镌了这二册共 200 个故事。

据先睹为快的同学们坦言，读了这些作品，才知道什么叫轻松阅读，体会到愉快教育的真正魅力；因为它不但使人学会了感动，而且还让人在感动中留下生命的暗记；用不着逐字逐句地诵读，这些故事已完全潜入了意识领地，在需要的时候喷薄而出。

当然对于其他读者来说，看这些作品，一方面，可以了解我们中学生到底喜欢什么样的作品，另一方面，也可以从中探究他们的心理世界和价值取向。

滴水藏海 1、2、3

——300 个 3 分钟典藏故事

我们常有这样的生活经验：有时，想说出一番道理容易，而想让人接受这番道理则难，但如果你借助一个精彩的故事来述说道理，借事寓理，托事言志，情况则完全改观。

这就是故事的魅力。

此书收录的作品正是这样魅力洋溢的精彩故事。这些故事内容精深，构思精巧，篇幅精短，形式精致。学者撰文，教师授课，干部讲话，家长训导，学生作文，都可从中得心应手地广征博引，如同置一架书橱于身边。

此书会是你的良师益友。

领 奖

□金 芝

刘老太家住会展中心旁边，每逢展会必去领免费派送的小礼品，乐此不疲。

这天有场服装展，刘老太听说这回送的不是杯垫、钥匙扣之类的小玩意，而是送女装，绝对“超值”，连忙一路小跑地往馆里冲。

刘老太兴冲冲来到服务台，一看就傻了眼。原来主办方有特别规定：只有身着内衣在展馆巡游一圈的女性才能领奖。这时，刘老太注意到，展馆里竟穿梭着十来个“三点式”女孩。

刘老太眼巴巴看着女孩完成巡游，拎着女装款款而去，羡慕得不行。她质问服务台一位制服小伙：“你们这分明是在搞年龄歧视啊！”

小伙微笑道：“并没有规定老人不能领奖啊，您要是穿着内衣走一圈，还不是一样可以领到礼品。”

刘老太更生气了：“我都一把老骨头了，怎么好意思在这么多人面前……”小伙子接嘴：“是啊，您老要是年轻30岁那该多好啊！”

忽然，她咬了咬牙，大声说：“我就不信拿不到这赠品。”说着，开始解自己衣服上的扣子。

周围的人见状，有的劝道：“大妈，为了一套衣服，您要是着凉了可不值啊。”也有人干脆对小伙子说：“我看干脆送大妈一套衣服算了。”

可不管人们怎样七嘴八舌，只见刘老太坚定地一粒一粒解开外衣的钮扣，有人已经不好意思再往下看了。

出人意料的是，刘老太并没有继续脱下去，解开几粒钮扣后，她从贴身口袋摸出一个手机，拨通后说道：“喂，小丫啊，我是奶奶啊，你赶快来展馆，有个奖，非得你来领不可，别忘了把你游泳穿的衣服给穿来……”

挂断电话，刘老太乐呵呵地冲大家说：“现在小偷可多了，手机放在外面不安全。刚才电话打过了，我孙女马上就来领奖……”

服务过位

□老　纯

老张这天特别背，先是在单位和领导吵了几句，回家又被老婆唠叨，他一气之下，摔门出去了，想干脆去饭店喝二两小酒，消消闷，解解愁，花点钱，图个清净。

老张一进饭馆的门，漂亮的女服务员立刻迎上来说“您好，先生。”老张不想搭理，没有吭声，没想到又往前走了两步，就看到走廊里站着四五个女服务员，每走到一个服务员跟前，都会听到一声“您好”。老张心里烦躁得很，回了句：“我不好。”可那一群小姐一点不恼，仍然笑嘻嘻地问好。

老张刚走到大厅的桌边想入坐，一个更漂亮的女服务员过来问：“先生，你是在雅座，还是在大厅？”

“就在这里。”他随便拉了一把椅子坐下。

“您是吃套餐还是点菜？”

“用不着什么套餐，我只要盘花生豆和拌三丝。”

“主食要什么？这里有包子、有水饺、有花卷……”

“随便。”

“我们没有随便这道主食。”

“你烦不烦，我随便吃点就可以了。”

“那您想喝点什么，是白酒还是啤酒？”

“喝白酒。”

“白酒要什么，是高档、中档还是低档的？”

老张的心里腾腾地起火，他来饭

男朋友的九大妙用

- 人肉沙包：心情不好时，可以用他来练拳脚。
- 强力开瓶器：打不开的瓶盖全交给他。
- 天然暖炉：冬天寒冷，可拿他来取暖。
- 小型起重机：搬家时，所有你搬不动东西，用他来搬。
- 取款机：这个月薪水花光了，输入“我爱你”这个密码，就可以提出钱来。
- 外卖速递员：吃东西，又懒懒地不想动，可叫他买过来。
- 软绵绵的枕头：在长途车或长途飞机上可将他的肩膀当枕头。
- 超级垃圾箱：你不吃和吃剩的东西，可以全给他吃。
- 粘邮票的胶水：甜蜜蜜地对他说：“做个吐舌头的鬼脸吧！”当他刚把舌头吐出来时，你就把一枚邮票放在他的舌头上沾一沾，然后就可以拿去贴在信封上。

（**推荐者**：罗丽雯）

（欢迎读者为本栏目推荐新鲜有趣的幽默格言、俏皮话和顺口溜。来稿请寄：上海市绍兴路74号《故事会》杂志社，邮编：200020。请写明姓名和联系方法，并请在信封上注明“快乐辞典”字样。电子邮件请发 liangningning@vip.sohu.net）

店是想清净清净，结果被个服务员问个没完没了的，他强压着火：“你看我这样，还能喝高档、中档的酒吗？”

“那么低档的酒要哪种，我们这有……”

“本地大曲。”

“本地大曲，有高度的有低度的您要哪种？”

“你随便。”

“对不起，我们有规定不可擅自替客人选择。”

老张受不了了，猛地一敲桌子：“你烦不烦。”

女服务员继续微笑说：“如果我们服务不到位，请多提宝贵意见。”

“你们服务不是不到位，而是过位，让我快受不了了。”

“先生您别发火，我们这里有服务规定，对客人要服务到位，你要的菜，是大盘、小盘还是中盘。”

“我要的是走。”老张真的急了，站起来就往门口走。

站门口的那排迎宾小姐，一个个又机械地喊着：“您走好，欢迎下次光临。”

“我不好，我走不好。”老张心里那个气啊，真不知道哪里才是个清净地。

老太太蹦起来

□农高佳

阿光在县城开了个迪吧，取名叫“蹦起来迪吧”。开业不久，迪吧要搞一次宣传活动，让大家知道，蹦迪是一项健康的娱乐活动。

这天晚上九点多钟，阿光请了电视台的记者小黎来拍宣传片。此时，迪吧里响着最新的音乐，DJ在台上带着大家一起舞动，七彩灯变幻莫测，气氛很是热闹。

就在这时，阿光忽然发现舞动的人群里竟然有一个老太婆。这老太婆穿一身蓝灰布衣服，双脚乱踩，双手在身上乱拍，嘴里“呀呀”直叫，脸上的五官奇怪地扭动着，表情像哭又像笑，十分投入的样子。

阿光急了，来蹦迪的都是年轻人，多少有点节奏感，一个老太婆混在其中不顾节拍地瞎蹦，给人的感觉极不协调，要是这模样被摄进镜头里，实在有些滑稽。这么想着，他赶紧走上前去，想把老太婆拉开，可走到近前才认出来，这老太婆竟是朋友阿皮的奶奶。

阿光上前扯了扯老太太的衣角，说：“奶奶！电视台在拍摄呢！您能不能先别跳了？”

老太太转头一看，见是阿光，左手猛然在腰间一按，这才停住了。显然这一阵蹦把老人家累得够呛，只见她缺牙的嘴张着，想说话却没说出来。

没想到这时小黎挤进来了，把话筒伸到老太太的嘴边，笑容满面地问：“老奶奶！您今年多大年纪？请问您刚才是干吗呢？是来跳舞的吗？”

老太太抬头看了看面前的摄像机，想了一想，大声说：“那当然啊！不跳舞我来干吗？难道你以为我刚才脖子里进了毛毛虫不成？这里又不是玉米地！哪来的毛毛虫？”

小黎笑着说："奶奶！您真幽默，我是觉得您这样的年纪来蹦迪是个新鲜事！"

老太太瘪了瘪嘴，说"我知道我刚才跳得不好，可我看其他人，也基本上就是瞎蹦的嘛！"

小黎赶紧说："奶奶您说得对！蹦迪本来就是要随心所欲，是现代人缓解精神压力的一种方式！您刚才虽然跳得不太有节奏，但像您这么大年纪还能这么有激情，已经很难得了！"

老太太这下乐了，说："小伙子，这话我爱听，不是吹牛，我年轻时可是个文艺活跃分子，扭过秧歌，唱过京剧，跳过交谊舞，要不也不能这么老了还有这么好的身板！刚才我在外边散步，听见这里热闹得很，就进来看看，一听音乐就忍不住了，过瘾啊！"老太太说完，一摇一摆走了。

过了几天，县电视台以《老太太迪吧蹦起来》为标题，播出了一个很轻松搞笑的新闻，把阿皮奶奶蹦迪的样子还有她和记者的对话都播出来了。这个新闻播出后，迪吧生意变得出奇的好，原来迪吧的顾客都是二十岁上下的小青年，现在不少三四十岁的人也来了。

几天后的一个中午，阿皮奶奶进了阿光的迪吧，这老太太现在也是县里的名人了，阿光赶紧迎上去。可老太太先是一言不发地这里摸摸那里瞧瞧，然后从口袋里掏出一个纸团递给阿光，阿光展开一看，里面包着一只死蟑螂。老太太笑道："我看，你得把这里的卫生再打扫打扫，那天晚上我来找阿皮，人太多了找不到，就坐在吧台旁边看。后来这只蟑螂钻进我的袖管里！你想想吧！要是哪天蟑螂钻进爱较劲的年轻人的衣服里，人家跟你闹起来，那肯定不是好玩的！"

阿光一听明白了，那天老太太哪是蹦迪呢，原来是给蟑螂闹的，这么说还真得感谢她帮自己圆了场，还做了活广告。

第二天，阿光和阿皮提起老太太袖管里进蟑螂的事，阿皮一听笑得腰都直不起来了，说道："我也不瞒你们了，奶奶身体原来很好，也喜欢唱歌跳舞什么的，自从前年爷爷去世后，她整个人像变了个样，整天唉声叹气！前不久县里要搞一个老人健美操比赛，我们一家就怂恿她参加，可她说穿着那些跟没穿看起来没两样的健美衣裤到台上乱舞，不是老年人做的事！凑巧那天晚上，她来迪吧找我，我看到她之后，就想找个办法让她在电视里露一回脸，增加点自信，刚好看到有一只蟑螂，当时我也喝多了酒，就不管三七二十一，抓住蟑螂，悄悄塞进她袖管里，还别说，你的生意也好了，我奶奶自打上了电视，回来后居然也愿意参加健美操比赛了！"

巾帼英雄

□王丽春

张三背着老婆小丽，在外面找了个小情人。虽说他想尽办法隐瞒，可俗话说得好：常在河边走，哪能不湿鞋？张三再怎么谨慎，不幸的事情还是发生了。

那天，小丽遇到一个字不会写便问张三该怎么写，张三殷勤地拿出手机，输入了拼音，那个字立刻出来了，他忙把手机递给小丽看。这一看不要紧，只见小丽怒目圆睁，满脸通红，她把手机往张三身上一扔，大声责问："这消息你发给谁的？我就知道你小子有鬼，怎么样，今天可被我抓住了！"

张三的心猛地往下一沉，他接过手机一看，脑袋"哄"的一声大了，原来小丽趁机看了他的短消息，他只记得把情人发给他的消息删除了，就忘了还有"已发送消息"这栏，他写给小情人的消息还在，内容是："小亲亲，我真是太想你啦！"

也算是张三脑子动得快，只愣了一下就故作轻松地哈哈笑了："小丽啊，你别误会，小亲亲是我大学时候的室友李四，这小子性格像女人，我们就给他取了"小亲亲"的外号。"

小丽瞪了张三一眼说："为了证明你的清白，你把他电话号码给我，我问一问他！"

张三没办法，只好告诉了小丽他

大逃亡（文：郑　乙；图：包丰一）

1. 煤气公司的两个维修工人到一户人家作安检，女主人接待了他们。

2. 检查完之后，两人突然提议看谁先跑到车上，跑得慢的人要请喝啤酒。

3. 正跑着，他们突然感觉有人猛喘着气跟在后面跑，回头一看，原来是刚才那家的女主人。

4. 他们问出了什么事，女主人回答：“看到你们检查完我的煤气系统后拔腿就跑，我哪敢不跟着跑？”

铁哥们李四的电话号码，不过他谎称去厕所，飞快地给李四发了消息：我老婆马上要给你打电话，你必须承认你的外号叫“小亲亲”！

李四回复的消息很快来了，虽然只有一个字“好”，但张三总算是把悬着的心放下了一点。

张三从厕所出来，看到小丽刚拨通了李四的电话，问道：“你叫‘小亲亲’是吧？”

电话那头也不知道回答了什么，就见小丽的脸越来越红，眼中的火焰也越烧越旺，几乎是扔掉了电话，一步蹿到张三面前，张牙舞爪地抓起来，张三还没明白怎么回事，脸上就添了一道道血痕。

第二天，张三找到李四，生气地说：“昨天你都对我老婆说了些什么？”

李四哭丧着脸说：“我现在哪有资格用手机，我手机全被我老婆控制了！昨天你的短消息是她回的，电话也是她接的，我只听她说了句‘是啊，他一直这样叫我的’，就挂机了，挂完机还傻笑，我真不知她葫芦里卖的什么药！”

张三愣了一会，叹了口气感叹道：“这些巾帼英雄啊！”

流行趋势

□ 刘勇军

马明是一家服装公司的推销员，最近为工作上的事正犯愁呢。原来，公司积压了一批牛仔裤，公司给所有推销员压任务，销不出去就得走人，销出去了，给20%的高额提成，6万条牛仔裤都是过时的面料和款式，哪里会有人要买呢？这不是叫神仙都犯愁吗？

马明愁得茶不思，饭不吃，整个人像破牛仔裤一样都快皱巴了，还是没有想出好办法，于是决定回乡下老家一趟，好散散心。

乘了四个小时的汽车，马明到家了。

眼前是一片绿油油的菜地，各种新鲜蔬菜长势喜人。

马明看到爹在大棚里摘菜，便上前帮忙。到了吃晚饭时，两父子已摘好了两筐蔬菜。

马明问爹:“明天到市场去卖菜要不要我帮忙？”

爹说:“不用，这菜好卖得很，不过，现在我得先下点工夫。”说罢，神秘地冲马明一笑。

马明不明白爹说的下工夫是什么意思，只见他拿出个特制的小钳子，蹲在地上，把菜叶上钳出许多不规则的小眼。

马明看糊涂了，问道:“爹，好好的菜叶，挺新鲜的，你弄那么多小洞眼干吗？”

爹瞧了他一眼，狡黠地说:“就靠这些小洞眼，这菜才卖得快呀。你不知道，现在这城里人吃菜可有一套了，专捡有虫眼的买，说有虫眼的没打药，吃得放心，这不，我给弄上，要不我这大棚蔬菜不好卖呀！”

马明瞅着那些小洞，还真像虫子咬出来的，他呆呆地盯着菜叶上的这些小洞，突然灵机一动，拍着脑门，连声说：“有了，有了。”

回到城里，马明神秘兮兮地开始准备，又是找模特，又是借场地，可旁观的人搞不明白了，这些过时的牛仔裤，再怎么搞推广也不会有人买啊。

过了几天，一场名叫“野蛮女友秀”的裤装展示会在城里发布了，舞台上一个帅帅的男生想讨女友欢心，送给她一条牛仔裤，她接过裤子看了看，皱了皱眉头，说了声“老土”，就随手往边上一扔，被扔到一旁的裤子很快被另一个美女捡了起来，只见她拿起一把剪刀，“咔嚓”几下，在裤腿上随意开了几个洞，就喜滋滋地去了了后台。

过了一会，女孩子穿了那条带洞的裤子从后台走了出来，裤子上那几个刚剪出来的洞看上去特别酷，腿上的皮肤隐隐约约地露着，那前卫劲儿，别提多迷人了。刚才还土不啦叽的裤子，一下子就变得时髦起来。就在这时候，一条标语在女孩身后打出来：“我野蛮，我可爱。”刚才把牛仔裤扔了的女孩，在边上看得直发愣，再看送自己牛仔裤的男朋友，正作惊艳状地盯着那个穿破牛仔裤的酷女孩。

这场秀结束的时候，台下响起了一片尖叫声，真是太成功了，很多小女生都爱疯了，大家都看过韩剧“野蛮女友”，谁不想做越野蛮越可爱的酷女孩啊？

很快，这种带洞的牛仔裤掀起了一股抢购风潮，你要问马明现在流行趋势是什么，他肯定不含糊地告诉你，当然是流行小洞啦。

·幽默世界·

为什么不赢

□群 山

钱银光先生在国内外赌博界享有盛誉。这天，他决定召开“首届国际赌博‘为什么不赢’知识讲座”。

不久，三个外国人来到钱银光府上。一个是美少妇金前苏，她赌钱总是不赢。一个是小伙横竖布银，他赌钱总是输。还有一个叫苏得彼亦诺夫，他把漂亮的老婆都输给了别人。

钱银光先生听了他们三个人的介绍，说道：“为什么你们总是输？因为你们的名字取得不好！金前苏，就是‘金钱输’，赌博不输钱才怪哩；横竖布银，就是‘横竖不赢’，赌博怎么会赢呢；而你，苏得彼亦诺夫，就更不会赢了，因为你的名字说不清楚的话，就成了‘输得不亦乐乎’！”

三个人听完钱银光先生分析，当即恍然大悟。金前苏反应更快一点，说：“难怪钱先生赌博总是赢，因为您的名字起得好啊，钱银光，倒过来就是‘光赢钱’的意思！”

另外两人听了，连连点头：“钱先生，您说我们的名字该怎样改？”

“简单，金前苏改成‘金钱赢’，横竖布银改成‘横竖不输’，苏得彼亦诺夫改成‘赢得彼亦诺夫’。”

“哇，太好了！我们改名后，拿命去赌，把失去的损失夺回来！”

金钱赢、横竖不输和赢得不亦乐乎得了新名后，立即回国，拿命去赌。可是，他们依然没赢，还把命都搭进去了。同时，钱银光先生的运道也转了，没多久，就把百万家产输得精光，一口气上不来，眼看性命难保。

一个反对赌博的老先生赶来看他，说：“先生连名带‘姓’都要改！”

钱银光先生用尽最后一口气，挣扎着问：“改叫什么？”

“改成姓‘命’，叫‘命输光’。”

（**本栏题图**：李加史琦）

www.ingramcontent.com/pod-product-compliance
Lightning Source LLC
Chambersburg PA
CBHW051931220626
47052CB00004B/647

* 9 7 8 7 5 3 2 1 2 9 3 6 2 *